더 스윗

더 스윗 2

초판 1쇄 찍은 날 ｜ 2019년 1월 04일
초판 1쇄 펴낸 날 ｜ 2019년 1월 11일

지은이 ｜ 이조영
펴낸이 ｜ 서경석

편 집 책 임 ｜ 조윤희
편　　　 집 ｜ 이예진
디　 자　 인 ｜ 고성희

펴 낸 곳 ｜ 도서출판 청어람
등록번호 ｜ 제387-1999-000006호
등록일자 ｜ 1999. 5. 31
어람번호 ｜ 제11-0099호

주소 ｜ 경기도 부천시 부일로 483번길 40 서경B/D 3F (우) 14640
전화 ｜ 032-656-4452 팩스 ｜ 032-656-4453
http://www.chungeoram.com
E—mail ｜ chungeorambook@daum.net

ⓒ 이조영, 2019

ISBN 979-11-04-91886-5　04810
ISBN 979-11-04-91884-1　 (SET)

더위
스윗

2

조영 장편소설

The Sweet

도서출판 청어람

◆ 목차 ◆

15
너는 정녕 나를 잊었나

　9년 후, 여름 끝자락의 어느 날. 새하얀 침대 위에 아름다운 미모의 루비가 누워 있었다. 그 위로 겹치듯 엎드린 사람은 리어였다. 상체를 벗은 그의 몸과 왼쪽 쇄골에 새긴 타투는 섹시했고, 화려하고도 몽환적인 분위기가 루비의 마음을 사로잡았다.

　'아흐, 떨려.'

　루비는 살짝 떨리는 손으로 리어의 왼쪽 쇄골에 새겨진 타투를 매만졌다.

　「My Heart, My Muse.」

　리어는 그 손을 잡아서 침대에 거칠게 내리눌렀다. 안 본 눈은 있어도 한 번만 본 눈은 없다는 강리어의 트레이드마크, 바닐라 아이스크림처럼 달콤한 눈웃음이 루비를 향해 작열했다.

　'계 탔다!'

루비는 인생의 행운을 오늘 다 쓰는 모양이라며 두근거려 했다.

리어는 루비의 입술을 향해 서서히 고개를 내렸다. 그의 얼굴이 다가올수록 그녀의 심장도 터질 것처럼 뛰었다.

'심장마비 일으킬 거 같아.'

심장마비면 어떠랴. 강리어와 키스를 하는데.

드디어 입술이 맞닿으려는 찰나 리어가 벌떡 몸을 일으켰고, 화들짝 놀란 루비는 번쩍 눈을 떴다.

"여기까지 하죠."

리어의 섹시한 입술에서 나왔다고는 믿기지 않는 무미건조한 말투였다.

'키스는 하고 끝내지.'

루비는 아쉬움에 속으로 몸부림을 쳤다.

"컷! 다들 수고했어. 확실히 루비가 베테랑이야. 배우는 달라도 뭔가 달라. 하하하."

뮤비 감독이 배우인 루비를 마구 칭찬했다.

오랜 연기 생활에 프로라고 자부했던 루비는 민망해하며 침대에서 내려왔다. 솔직히 오늘 촬영은 베테랑이 아닌 신인처럼 설레고 떨렸기 때문이다. 오히려 리어에게 리드를 당한 느낌이었다. 당차고 열정적인 그에게 새삼 반해 버렸고, 그래서 더욱 아쉬움이 남는 촬영이었다.

"고생하셨습니다, 선배님."

리어가 얼굴이 조금 달아오른 루비를 향해 짓궂게 씩 웃었다. 떨리는 마음을 들킨 것 같아 그녀는 창피했으나, 모른 척 말했다.

"저보다 리어 씨가 연기를 더 잘하는데요. 깜짝 놀랐어요."

"우리 리어야 타고난 연예인이구. 촬영도 끝났으니 어디 가서 맥주라도 한잔해야지."

코디가 가져다준 옷을 입으며 리어가 사양했다.

"전 오늘 중요한 약속이 있어서요."

루비는 좋아라 했다가 금세 실망한 표정을 지었다.

"이러기에요? 사흘을 뮤비 찍느라 같이 고생했는데."

"죄송합니다. 정말 중요한 약속이라 그래요."

"뭐 애인이라도 만나요?"

질투가 난 루비가 이죽거렸다.

"네."

감독이 깜짝 놀라며 아는 체를 했다.

"그 고등학교 때 짝사랑했다던 친구? 이름이……."

"표구름이요."

❧

'더 스윗' 카페는 최강고등학교 앞 사거리가 아닌 가로수 길의 귀퉁이에 자리하고 있었다. 2층은 'Sun Art Design' 회사였는데, 해가 대표로 있는 곳이었다.

2년간의 열애 끝에 결혼한 해와 은혜는 이곳으로 이사를 온 지 3년째였다. '더 스윗' 카페는 그곳에서도 유명해서 늘 손님이 끊이지 않았다. 음악과 예술을 사랑하는 은혜는 여전히 한 달에 한 번 카페에서 공연을 열었고, 이전에 있던 회사를 나와 개업한 해는 능력 있는 건축회사 대표로 승승장구했다.

저녁 7시. 카페 한구석에 위치한 소파에 구름이 널브러져 있었다.

무릎 나온 추리닝 바지에 슬리퍼를 신은 그녀는 단발에서 제법 머리가 긴 모습이었다. 헝클어진 머리칼은 핑크빛으로 염색을 해서 그녀의 하얀 피부와 어울렸다. 하지만 화장기 없는 얼굴은 초췌했고, 피곤에 절은 탓에 볼에는 심술이 덕지덕지 붙어 있었다.

옆 좌석에는 대학생으로 보이는 한 무리의 여자들이 앉아서 재잘재잘 수다를 떠는 중이었다.

"이번에 강리어 콘서트 대박이지 않았니?"

"진짜 죽는 줄. 지구상에 그런 생물체가 있다는 게 믿어져?"

"실물 갑이더라. 그냥 광채가, 와우!"

"박제해서 나 혼자만 보고 싶다."

얼마 전에 있었던 강리어 콘서트 후기를 수다로 풀고 있던 여대생들은 별안간 심각해졌다.

"애인 있다는 거 사실일까?"

"고등학교 때 엄청 좋아했다는 그 여자?"

"친구라는 말도 있구."

"애인이든 친구든 그 여잔 좋겠다. 실물 영접 제대로 할 거 아냐. 진심 부럽."

여대생들이 갑자기 구름을 도마에 올려놓고 이리 뒤집고 저리 뒤집더니, 본격적으로 회를 쳐 대기 시작했다.

"인터넷에 그 여자 사진 돌아다니잖아. 난 생각보다 별로."

"나도 봤는데, 강리어 취향이랑 안 어울려. 강리어는 화려하잖아. 그 여잔 좀 뭐라고 해야 하지? 너무 평범해서 오히려 마음이 놓인다고 해야 하나? 하고 다니는 것도 후줄근하구. 강리어가 콧대가 센 줄 알았더니, 여자 보는 눈은 너무 하향 수준이야."

"어릴 때니까 좋아할 수도 있지, 뭐. 난 친구 쪽에 더 가까운 거 같아. 솔직히 그런 여자가 리어 애인이란 건 수치야, 수치. 사생들이 포기할 정도면 말 다했지."

사생들도 포기했다는 강리어의 친구, 표구름.

"다행이다. 난 진짜 애인이면 어쩌나 걱정했는데. 강리어가 연애하는 거 정말 끔찍해."

옆 좌석에서 눈을 감고 거의 드러눕다시피 하고 있던 구름은 귀가 따가웠다.

'고만 씹어대라. 주디들도 안 아프나?'

[부산 갈매기~ 부산 갈매기~ 너는 정녕 나를 잊었나~]

테이블에 있던 핸드폰이 갈매기를 찾자 구름은 귀찮은 듯 전화를 받았다.

"어. ……알았어."

구름은 좀비처럼 자리에서 일어나 슬리퍼를 찍찍 끌고 주문대 쪽으로 걸어갔다. 그곳에서 주스를 만들고 있던 은혜가 물었다.

"가려구?"

"똥스타 금방 도착한대요. 체리 주스 주세요."

'똥'에서 '똥스타'로 신분 상승(?)한 리어였다.

은혜가 만들어준 체리 주스를 들고 카페 밖으로 나온 구름은 2층 사무실로 올라갔다. 문을 열고 들어가자 해가 소파에서 일어났다.

"언니 되게 바빠. 얼른 내려가 봐."

"넌 옷차림이 그게 뭐냐? 슈스를 만나는 자세치곤 너무 프리한 거 아니냐?"

"몰랐어? 나, 강리어 안티인 거."

그때 문소리가 들리며 리어가 들어왔다.

스물일곱 살의 슈퍼스타 강리어.

고등학교 2학년 때 오디션 본선에 붙고도 세련의 반대로 가수의 꿈이 좌절됐던 리어는 이제 대한민국뿐 아니라 세계적으로 주목받는 한류 스타였다. 고등학교를 졸업하자마자 군대에 다녀왔고, 스물두 살에 시안과 함께 만든 곡으로 4년 만에 솔로로 오디션에 재도전하여 일약 스타덤에 올라섰다. 그때도 세련의 반대에 부딪혔으나 성인이 된 리어는 더 이상 자신의 뜻을 굽히지 않았다. 그 일로 독립하여 세련과는 5년째 냉전 중이었다.

"우리 슈퍼스타 왔구나."

해가 오랜만에 나타난 리어를 반갑게 맞이했다.

"형은 갈수록 더 젊어지는 거 같아. 형수님이 잘해주셔서 그런가?"

"매일 연애하는 기분이라 그래. 하하. 얘기해. 먼저 간다."

"고마워, 형."

얼굴이 알려진 리어가 올 때면 일부러 사무실을 내주는 해였다. 리어는 오랜만에 보는데도 심드렁한 구름의 표정을 살폈다.

"하나도 안 반가운 표정인데?"

"신소리 그만하고 앉기나 해."

구름은 카페에서 그랬던 것처럼 소파에 앉아서도 뒤로 한껏 몸을 젖혔다. 푹신한 소파에 파묻힌 그녀는 무리한 일 탓에 몸살기가 있었다. 일찍 들어가서 쉬고 싶었으나 리어가 온다는 소리에 어쩔 수 없이 기다리고 있었던 것이다.

소파로 와서 앉으며 리어가 물었다.

"일이 많이 힘들어?"

"노가다 인생인 거 몰라?"

구름은 재수 끝에 실내디자인과에 들어갔고, 지금은 조명 디자이너로 일하고 있었다. 마땅한 진로를 정하지 못한 그녀에게 조명 디자인을 권유한 사람은 우탄이었다. 나중에 함께 일하면 좋겠다는 말에 구름은 '더 스윗' 카페에서 본 구름표범의 조명을 떠올렸다. 그때의 느낌과 감동이 강렬해서 조명 디자인 쪽으로 공부해도 괜찮을 것 같다는 생각이 들었다.

대학을 졸업한 후, 해의 회사에 취직한 지 3년째였다. 3년 차 신생 회사였던 탓에 일은 많았고, 경력이 쌓이는 만큼 고되었다.

"뮤비 촬영은 잘 끝냈어?"

"촬영 한두 번 하는 것도 아니구."

리어는 이골이 난 듯 무덤덤하게 체리 주스를 마셨다. 그를 바라보던 구름은 문득 불쌍하단 생각이 들었다.

"슈스면 뭐 해. 맘 편히 다니지도 못하는 신세인걸."

리어가 고등학교 때 좋아하던 여자로 신상이 털린 구름은 한차례 곤욕을 치렀다. 감추고 숨겨도 모자랄 판에, 리어가 애인이라고 입방정을 떠는 바람에 오히려 의심을 거두는 역효과(?)도 있었다. 어느 누가 봐도 구름이 슈스인 리어에게 어울리는 분위기는 아니었으리라.

리어 때문에 심신이 괴로운 구름은 공개적인 장소는 피하게 되었고, 기껏해야 사무실에서 그를 만났다. 그리고 고된 일 덕분에 외모에 신경 쓸 시간도 없었지만, 리어 때문이라도 일찌감치 포기했다. 그나마 아쉬움을 달래기 위해 하는 게 염색 정도였다.

"밥은 먹었어?"

"아직. 짜장면 시킬까?"

"누가 보면 어쩌려구?"

구름은 걱정이 태산이었지만, 스테이크를 써는 리어는 태평한 모습이었다. 사무실에서 나와 그가 온 곳은 미리 예약해 둔 레스토랑이었다.

구름은 리어가 모자와 마스크로 중무장을 했어도 모든 사람들의 시선을 피할 수는 없었기에 신경이 쓰였다. 두 사람만의 공간인 VIP 룸에 앉아 있어도 마음이 불편했다.

스테이크를 썰던 리어가 불쑥 말했다.

"우리 그냥 사귀자."

구름과 '나 홀로 연애' 중이던 리어는 모처럼 진지했다. 구름은 그다지 놀랄 일도 아니라는 듯 핀잔을 주었다.

"쓸 데 없는 소리 하지 말고 밥이나 곱게 처드셔."

"소식 없는 우탄이 더 이상 기다리지 말고 나랑 연애하자구."

"……"

구름의 관자놀이에 핏대가 솟았다. 이 말을 하려고 일부러 레스토랑에 데리고 왔나 싶었다.

9년째 리어는 무던히도 구름의 곁을 지켰다. 우탄이 떠난 자리에 친구라는 이름으로 버텼다. 고등학교를 졸업하고 어느덧 스물일곱 살이 되었지만, 리어는 변함이 없었다. 변한 건 우탄이었다. 미국에 머무는 동안 알바비가 전부 전화 요금으로 나갈 정도로 자주 통화했고, 1년에 한 번 정도는 서울에 다니러 왔던 우탄이었다.

스물두 살 때는 카투사에 입대하여 비교적 자주 만날 수 있었다. 군복 입은 모습은 또 얼마나 멋있었는지.

복무 기간이 끝나고 다시 미국으로 가기 전까지, 약 2년간이 우탄과의 사랑을 꽃피웠던 절정기가 아니었을까 싶었다. 보기만 해도 마냥 애틋하고, 같이 있는 것만으로 좋았던 시절이었다. 그 시절이 없었더라면 긴 이별을 견딜 수 있는 힘도 없었을 것이다.

애초에 기다림을 숙명처럼 받아들였던 구름이었다. 우탄과의 사랑을 지키는 유일한 방법 또한 무던한 기다림뿐이었다.

그랬던 우탄은 1년 전부터 갑자기 소식이 끊겨졌다. 그때가 우탄이 완전히 귀국하겠다는 얘기를 들었던 시기여서 그의 갑작스러운 잠적은 모두에게 충격이었다. 우탄의 엄마와도 소식이 끊어졌고, 집도 이사했고, 대학은 졸업한 상태여서 그의 행방을 찾을 길이 없었다. 사용하던 모든 SNS도 폐쇄해 버렸다.

세상에서 우탄의 흔적은 사라졌고, 구름은 지옥 같은 절망의 시간을 보내는 중이었다. 그에게 무슨 사정이 생겼을 거라 짐작하면서도, 그 사정을 알 길이 없어 답답했다. 그리고 이제 화가 날 지경에 이르렀다.

"그만해라."

구름은 리어를 무시하고 붉은빛 와인이 담긴 잔을 들어 한 모금 들이켰다. 알싸한 맛이 가슴을 훑어 내렸다.

"우탄이 연락 안 와."

"그만하라고."

"안 돌아온다구."

"그만하라니까!"

구름은 화가 나서 자리에서 벌떡 일어났다. 리어는 고개를 들어 그녀를 쳐다보았다. 그의 까만 눈동자에 안쓰러움과 안타까움이 담겨 있었다.

"너랑 나랑 어울린다고 생각해? 넌 누가 봐도 연예인이고, 내 꼬라지는 무릎 나온 추리닝 바지에 슬리퍼나 찍찍 끌고 다니는 노가다 인생이야. 아니, 다른 거 다 필요 없어. 난 단 한 번도 우탄이랑 헤어진다는 생각을 해본 적이 없다고."

오직 그 정신력 하나로 버틴 구름이었다. 적어도 우탄에게 무슨 일이 생겼는지는 알아야 할 것 아닌가. 죽었는지 살았는지 알아야 헤어지든 말든 할 것 아닌가 말이다.

"너 미련한 게 하루 이틀이냐. 성질 죽이고 앉아. 이 스테이크 먹이고 싶어서 얼마나 고민했는지 알아?"

자신 때문에 신상이 털린 구름에게 미안했던 리어 또한 고민 끝에 데리고 나온 것이었다. 그도 알고 있었다. 연예인으로서 주가가 한창인 지금, 그녀와 사귀면 어떤 후환이 뒤따를지. 그동안 애인인지 친구인지 헷갈리게 해서 팬들을 기만한 죄가 얼마나 무서운지, 구름은 또 얼마나 힘든 시간을 보내게 될지 불 보듯 뻔했다.

다만, 구름이 알아주었으면 했다. 그녀가 미련 곰탱이처럼 우탄을 기다리는 만큼 리어 자신도 똑같이 그녀를 기다렸다는 것을. 9년이란 세월의 무게는 우탄과 구름에게만 해당되는 게 아니었다. 누군들 9년을 한 여자만 바라보며 살고 싶었을까.

우탄이 미국이 아닌 한국에 있었다면 리어도 구름을 포기했을지 모른다. 우탄의 빈자리가 느껴질 때마다 마음은 더욱 구름에게 향했고, 우탄의 잠적으로 이게 운명인 양 받아들였다.

구름도 인내심에 한계를 느낀 듯 짜증스럽게 말했다.

"이럴 거면 친구 사이도 끝내."

"미치는 거 보고 싶냐?"

"네가 자꾸 이러면 불편해서 친구도 못 한다고."

리어는 한창 꾸미고 다닐 나이에 사람들의 시선이 불편해서 무릎 나온 추리닝만 고수하는 구름이 가여웠다. 애인도 아닌 친구 때문에 아리따워야 할 청춘이 컬러가 아닌 흑백이었다. 이게 다 그녀를 사랑한 자신의 탓이었다. 물론, 그녀의 흑백 청춘에 더 큰 일조를 한 건 우탄이었지만.

와도 걱정, 안 와도 걱정.

행방이 묘연한 우탄 때문에 낮게 한숨을 내쉰 리어는 구름을 달랬다.

"알았으니까 앉아."

구름은 자리에 털썩 주저앉았다. 리어가 다 썬 스테이크 접시를 그녀의 접시와 바꿔놓았다.

"먹어."

구름은 화를 삭이며 포크를 들었다. 스테이크를 입에 넣어 질근질근 씹었다. 부드럽고 고소한 육즙이 입안 가득 퍼졌다.

'드럽게 맛있네.'

리어는 비어 있는 구름의 잔에 와인을 따라주었다. 그는 와인을 마시는 그녀를 물끄러미 바라보았다. 우탄과 소식이 끊긴 지 1년이 되었다. 그리고 구름은 점점 생기를 잃더니 일을 하려고 태어난 사람처럼 오로지 일만 했다. 몸도 마음도 아플 게 분명하지만, 그럼에도 전혀 내색하지 않았다. 꿋꿋이 우탄을 기다렸다.

'개새끼.'

리어는 우탄에게 화가 치밀었다. 용이만큼은 그에 대한 행적을 알고 있을 줄 알았는데, 아니었다. 용이 말마따나 무슨 일이 있을 거라 생각했다. 그래서 연락할 수 없는 상황일 거라고 이해하려고 했다. 만약 죽었다면 그의 엄마가 소식을 전했을 테지만, 모자가 함께 감쪽같이 사라져서 영문을 알 수 없었다.

하지만 1년이 되자 더는 기다려 줄 수 없었다. 9년도 짧은 시간은 아니었으니까. 이젠 구름의 마음이 바뀌었을까 하고 찔러봤더니, 조금도 변함이 없었다. 그녀를 기다리느라 속이 썩을 지경인 건 리어 역시 매한가지였다.

리어가 레스토랑을 나와 구름을 데려온 곳은 영화관이었다. 태연히 팝콘과 콜라까지 사는 그에게 그녀는 식겁한 얼굴로 말했다.

"미쳤어?"

마스크도 하지 않은 리어는 오히려 자유로워 보였다. 그를 알아본 사람들이 몰려들어도 전혀 개의치 않는 눈치였다. 사람들이 사진을 찍는 통에 구름은 얼굴을 가리느라 바빴고, 스캔들 기사로 또 인터넷에 도배가 되겠다는 생각에 안절부절못했다.

"친구라며. 연인도 아닌데 뭐 어때?"

"또 오해받기 싫⋯⋯."

"네 복장이 우리가 친구 사이인 걸 증명해 주는데, 뭘."

구름은 입고 있는 옷을 쓰윽 훑었다. 어떤 여자가 강리어와 데이트를 하면서 무릎 나온 추리닝에 슬리퍼를 신고 나올까. 데이트 복장이라고 하기엔 꼴이 너무 가관이어서, 연인 사이라고 우겨도 안 믿을 것 같았다. 하긴, 그걸 노리고 외모도 포기했지만 말이다.

구름은 리어 때문에 손해 본 게 한두 가지가 아니어서 억울하고, 갑자기 사라진 우탄 때문에 암울한 청춘을 보내고 있었다.

"저기, 사인 좀."

"사진 한 장만 같이 찍어주심 안 돼요?"

여기저기서 사인과 사진 요청이 들어왔지만, 리어는 웃는 얼굴로 양해를 구했다.

"죄송합니다. 오늘은 친구랑 조용히 영화만 보고 갈 거라서요."

"친구 맞아요?"

누군가가 물었고, 리어는 진열품 소개하듯 손으로 구름의 전신을 훑어 내리며 대답했다.

"제 애인이면 이러고 나오겠어요? 친구예요. 자그마치 9년이나 된 묵은지 친구."

리어의 친절한 설명에 여자들이 안심한 표정을 지었다. 늘 장난처럼 애인이라고 했던 여자를 처음으로 '친구'라고 당당히(?) 밝힌 것이다. 솔직히 마음 같아선 '제가 죽도록 사랑하는 여잡니다'라고 큰 소리로 선언하고 싶었으나, 구름을 위해서 그것만큼은 자제했다.

"시어빠진 묵은지 맞아요. 흐으……."

리어의 친구라는 것도 죄송한 구름은 멋쩍게 해명했다. 9년 전이나 지금이나 까칠하기로 소문난 리어였다. 누구는 '팬 바보'라는데, 이놈은 팬들이 바보인 듯했다.

'이놈의 실체를 몰라서 그러지. 쯧쯧.'

사람들 앞에서야 웃음으로 가장하고 있지만 언제 돌변할지 몰라, 구름은 불안했다.

"가자, 묵은지."

일부러 '묵은지'라고 힘주어 말한 리어는 성큼성큼 에스컬레이터 쪽으로 걸어갔다. 구름도 사람들에게 떠밀리다시피 그를 따라갔다.

영화가 시작되어서야 구름은 사람들의 시선에서 벗어날 수 있었다. 물론 얼마 못 갔지만.

"으아아아악!"

리어가 들고 있던 팝콘 통이 앞사람 머리로 날아갔다. 하얀 팝콘을 뒤집어쓴 앞 좌석 여자가 사납게 홱 돌아보았다. 영화에 나오는 귀신보다 더 무서웠다.

"죄, 죄송합니다."

구름은 창피하여 얼굴을 붉히며 그녀의 머리에서 팝콘을 털어냈다. 하지만 앞 좌석 여자는 리어의 공포에 질린 얼굴을 보더니 화도 못 내고 어설피 웃었다.

"엄마야으으으!"

기다란 두 다리를 오그리며 리어가 구름의 어깨 뒤로 숨었다. 주변에서 리어의 모습이 귀엽다는 듯 웃음을 터뜨렸다.

"주, 죽었냐?"

리어는 무서워서 화면은 보지도 못하고 벌벌 떠는 소리로 물었다.

'아냐.'

이럴 거면 왜 공포 영화를 보러 왔는지 알다가도 모를 일이었다. 자세를 바로 했으나, 손으로 눈을 가린 리어는 일부러 그러는 게 아니라 정말 무서워했다. 손가락을 벌려 몰래 화면을 본 그는 갑자기 툭 튀어

나온 귀신에 기함했다.

"뜨아아아악!"

맨손으로 성추행범도 잡던 놈이 무슨 겁이 이리도 많을까.

구름은 처음 알게 된 리어의 모습이 생경했다. 그 후로도 온갖 비명과 민폐를 자행하는 리어 때문에 창피하기도 하고, 그를 신경 쓰느라 도저히 영화에 집중할 수 없었다. 결국 그의 손목을 잡아끌고 어두컴컴한 영화관을 나왔다.

밖으로 나오자 리어가 투정을 부렸다.

"아, 왜! 재밌는데."

"두 번만 재밌었다가는 득음하겠어. 쪽팔려서 너랑 다시는 영화 안 봐. 남자가 뭔 겁이 그리 많아? 너 겁대가리 상실한 놈 아니었냐?"

"귀신은 무섭……."

"근데 공포 영화를 보러 와? 딴 영화도 많더구만."

"네가 좋아하잖아. 공포 영화."

발을 탈착.

🖤

오픈카를 운전하는 리어는 언제 무서워했냐 싶게 한껏 신이 나 있었다. 그 옆에 앉은 구름은 바람 때문에 귀신 산발녀처럼 휘날리는 머리칼을 추스르느라 손이 바빴다. 영화나 드라마에서 봤을 땐 멋있기만 하던 오픈카가 그녀에게는 성가신 존재일 뿐이었다.

구름은 똥폼 잡느라 굳이 차 뚜껑을 오픈해서 달리는 리어를 흘겼다.

"영화도 다 못 보고 나왔는데 뭐가 그리 신나실까?"

"너랑 둘이만 보는 건 첨이잖아."

친구들과 함께 본 적은 있었지만, 단둘이서만 보는 건 처음이었다. 고등학교 때 우탄과 구름이 단둘이 영화를 보러 갔던 게 부러웠던 리어는 드디어 소원 성취한 기쁨을 만끽했다.

'역시 인내한 보람이 있었어.'

"말도 안 하고 그런 델 데려가? 부담스럽게."

자기 맘 대로인 리어 때문에 구름이 투덜거렸다.

"그럼 어떡하냐? 이렇게라도 해야 너랑 데이트다운 데이트를 할 수 있는걸."

"……!"

포기한 게 아니었어?

사람들 앞에서 당당히 '친구'라고 하기에 마음을 돌렸나 했더니, 깜빡 속았다.

구름의 따가운 눈총에 리어는 퉁명스럽게 쏘아붙였다.

"몰랐냐? 나, 끈질긴 놈인 거."

잘 안다. 고래심줄보다 더 끈질긴 어떤 놈 때문에 무릎 나온 추리닝 신세라는 거.

"차 세워."

"싫어."

"뛰어내린다."

"'미안하다, 사랑한다' 명대사라도 읊어주랴? 나랑 살래, 나랑 죽을래!"

대체 왜!

구름은 새삼 리어의 속내가 진정 궁금했다.

"넌 내가 뭐가 좋아?"

"나한테 못되게 구는 거."

"변태냐?"

"킥킥. 마음 정리되면 얘기해. 마음 정리한답시고 딴 남자한테 기웃대지 말고 곧장 나한테 와라."

저 청산유수인 말발로 다른 여자나 꼬실 것이지.

"아이고오, 너도 참 할 짓 드럽게 없다. 슈스면 슈스답게 놀아. 예나 지금이나 여자들이 너만 보면 사족을 못 쓰잖아."

예전에도 리어를 좋아하는 여자들이 많았지만, 지금은 국제적으로 좋아하는 여자들이 많아졌다. 심지어 리어에게 대놓고 대시하는 여자 연예인들도 있었는데, 그는 거들떠도 안 봤다. 구름이 우탄에게 그러하듯, 리어 또한 구름에게 일편단심이었다. 남자 팬의 수도 만만치 않아서, 그와 진짜로 사귄다고 하면 신상 털리는 정도에 그치지 않을 터였다. 그땐 무릎 나온 추리닝으로도 감당이 안 돼서 산속에 움막 짓고 살아야 할지도 모른다.

구름은 상상만으로도 오금이 저렸다.

"9년을 기다렸는데 더는 못 기다리겠냐."

리어의 무모함에 구름은 그만 고개를 절레절레 젓고 말았다.

얼마 후 'Sun Art Design' 사무실 앞에 도착한 리어는 걱정스럽게 물었다.

"여기서 잔다구?"

"괜찮아. 종종 자는데, 뭘."

이 밤에 이모 집까지 가기는 너무 멀어서 구름은 사무실에서 자기로 했다.

"나도 같이……."

"미친……. 그만 가. 인제 너랑 놀아줄 기운 없어."

몸살기가 있는 구름은 그만 쉬고 싶은 마음이 간절했다.

"그래도 여자 혼자 어떻게 사무실에서 자냐?"

"너랑 같이 있는 것보단 안전하거든?"

마음을 들킨 리어는 입술을 삐죽, 들었다 났다.

"운전 조심해. 아까 보니까 운전을 너무 막 하더라."

간만에 자유로운 기분을 만끽하느라 운전도 터프하게 했더니, 그걸 놓치지 않고 잔소리였다. 구름의 잔소리마저 좋은 리어는 생글거리며 눈웃음을 쳤다.

"알아쩡."

애교가 철철 넘치는 리어를 일별한 구름이 차에서 내렸다. 리어도 그녀를 따라 내렸다.

구름은 가까이 다가오는 그에게 재촉했다.

"빨랑 가."

"들어가는 거 보구. 문 잘 잠그고 자."

그 말을 하면서 리어는 자연스럽게 구름의 헝클어진 머리칼을 쓸어 넘겼다. 그의 눈짓과 손짓 하나하나에 애정이 담뿍 실려 있었다. 구름도 그가 늘 해오던 것이라 대수롭지 않게 받아들였다. 못 하게 하면 더할 걸 아니까.

"들어갈게."

"도착하면 전화할게."

"어."

사무실로 올라가는 구름의 모습을 보며 리어는 주변에 수상한 사람이 없는지 살폈다. 카페는 물론이고 주변 상가도 문을 닫아서 불 꺼진 2층 건물이 더욱 을씨년스러웠다. 그동안 이런 곳에서 혼자 불편하게 잠을 청했을 구름을 생각하자 마음이 아팠다.

"꽃길 놔두고 굳이 흙길일 게 뭐야."

여자들이 흠모하는 슈퍼스타와의 연애를 마다하고 소식 끊긴 남친 놈을 기다리느라 궁상을 떠는 그녀를 이해할 수 없었다.

"하긴, 너나 나나."

대시해 오는 많은 여자들을 제쳐 두고 한 여자에게 꿋꿋이 목을 매는 자신도 다를 게 없었다. 피식 웃고 만 리어는 2층 사무실에 불이 켜지는 걸 확인한 후 차를 몰고 그 자리를 떠났다.

사무실 불을 끈 구름은 소파에 담요를 덮고 누웠다. 지붕에 나 있는 유리 천장으로 별들이 보였다. 유난히 반짝이는 별 하나가 그녀의 눈길을 사로잡았다. 서울 하늘에서는 보기 드문 별이었다.

"우탄아……. 잘 있는 거 맞지? 바람이 나도 좋고, 내가 싫어져도 좋은데…… 별일만 없으면 좋겠다."

구름은 불길한 생각들을 억지로 물리쳤다.

"근데…… 인제는 기다리기 지쳐. 리어한테도 너무 미안하구. 후우."

잠시 생각에 잠겼던 구름은 어렵게 입을 열었다.

"솔직히 말할게. 나만큼이나 미련한 리어 보면서 자꾸 흔들려. 그 녀석 하는 짓이 너무 나랑 똑같아서 자꾸 맘이 쓰여. 그동안은 일부러 모른 척하고, 외면하고, 구박하고 그랬는데, 이제는 그러고 있는 내가 너무 답답하고 한심하다구. 내 자신을 속이는 짓, 더는 못 하겠어."

구름은 리어의 마음을 더 이상 외면하기 힘들어졌음을 깨달았다. 외롭고, 쓸쓸했으며, 막연히 우탄을 기다리고만 있는 자신이 너무 바보 같았다.

첫사랑이 끝사랑이라던 우탄은 대체 어디서 뭘 하고 있는 것일까?

기약도 없이 우탄을 기다리다가 지쳐 버린 구름의 눈에선 더 이상 눈물도 흐르지 않았다. 감정이 점점 메말라 가고 있는 걸 느꼈고, 그게 무섭고 두려웠다. 이렇게 우탄을 잊어버리게 될까 겁이 났다. 한편으로는 몸살기가 있는데도 리어를 기다리고 있는 자신의 그 이중성이 혐오스러웠다. 몸도 마음도 아픈데 좀처럼 잠이 오지 않는 밤이었다.

[부산 갈매기~ 부산 갈매기~ 너는 정녕 나를 잊었나~]

리어의 전화였다. 구름은 잠긴 목소리로 전화를 받았다.

"도착했어?"

[어. 문 잘 잠갔어?]

"어. 도착했으니 됐다. 잘 자."

[구름아.]

"왜?"

[사랑해.]

구름은 화를 낼 기운도 없었다. 사랑한다는 리어의 말이 마음 아파서 두 눈에 눈물이 고였다.

"언제 철들래?"

[철 안 들 거야.]

"난……."

목이 멘 구름이 뒷말을 잇지 못하는데, 리어의 음성이 뒤따랐다.

[괜찮아. 네가 날 사랑하지 않아도. 피하지만 마. 그럼 나, 정말 미친다.]

리어를 더 이상 기다리게 하는 건 죄가 아닐까?

'대체 내가 뭐라구.'

구름은 이제 그만 갈등의 종지부를 찍어야 할 때가 왔음을 직감했다. 가까스로 붙들고 있는 우탄과의 사랑이 초라하게 느껴졌고, 그럴수록 더욱 비참한 생각에 사로잡혔다. 풋풋하고 순진하기만 한 나이에서 이젠 현실을 직시할 나이가 되어버린 것이다.

"피곤해. 그만 잘래."

[그래, 잘 자.]

전화를 끊은 구름은 반짝거리는 별을 바라보았다. 어딘가에서 그 별을 우탄도 보고 있기를 바라며 그에게 간절히 부탁했다.

"우탄아, 나 진짜 힘들어. 이제 그만 돌아와 주면 안 되겠니?"

구름의 눈가로 고여 있던 눈물이 주르륵 흘러내렸다.

미국 애틀랜타.

헤드셋으로 음악을 들으며 거리에서 가볍게 조깅을 하고 있던 우탄은 무심코 골목 안을 쳐다보았다. 백인들 여러 명이 흑인 소년 하나를 둘러싼 채 괴롭히고 있었다. 그대로 지나쳤던 그는 서서히 뜀박질을 멈췄고, 머리에서 헤드셋을 벗어 목에 걸었다.

저벅저벅 되돌아와 골목 입구로 다가간 우탄이 말했다.

「헤이, 그만해.」

끼어든 사람이 동양인이란 걸 알자 백인들이 비웃었다.

「동양인 주제에 꺼져!」

「객지에서 죽고 싶지 않으면 조용히 입 다물고 사라지는 게 좋을 거야.」

우락부락한 백인들이 한마디씩 돌아가면서 겁을 주었다.

피식 웃고 난 우탄은 혀로 입가를 쓱 훔쳤다.

「어차피 내일이면 미국 뜰 걸, 뭐.」

「송장으로 돌아가고 싶냐?」

빙긋이 웃고 있던 우탄의 표정이 싸늘하게 돌변했다.

「내가 웬만하면 먼저 안 건드리는데, 오늘은 예외.」

「어디서 암고양이가 우네. 야옹, 야옹. 으하하하.」

「휴우— 간만에 몸 좀 풀어보실까.」

타앗!

탁, 타닥, 탁, 타악!

미국에 와서 몇 년간 갈고닦은 칼리 아르니스(Kali Arnis)로 우탄은 단숨에 거구의 백인 넷을 거꾸러뜨렸다. 동작이 너무 빨라서 어떻게 한 건지 제대로 볼 수도 없었다.

흑인 소년은 눈이 휘둥그레져서 우탄을 쳐다보았다. 그의 서늘한 갈색 눈동자가 흑인 소년을 향했다.

「괜찮아?」

흑인 소년은 대답 대신 고개를 마구 끄덕였다.

「다음부턴 맞고만 있지 마. 무조건 싸워. 이길 때까지.」

다음 날 오전, '문 The moon' 기획사 회의실에 김석문 대표를 비롯하여 고원과 몇몇 직원들이 모였다.

탕!

살벌한 분위기 속에서 김 대표가 회의 탁자를 소리 나게 내려쳤다.

"이 자식은 왜 안 와!"

직원 한 명이 급히 핸드폰을 들 때였다. 문이 벌컥 열리며 리어가 들어왔다. 그의 매니저인 윤희도 함께였다.

김 대표는 차마 리어를 야단치지 못하고 애먼 윤희를 꾸짖었다.

"소 매니저, 넌 일을 대체 어떻게 하는 거야?"

"죄송합니다."

표정이 굳은 윤희는 얼른 고개를 숙였다. 자리에 앉으며 리어가 느물거리는 말투로 끼어들었다.

"야, 네가 뭐가 죄송해? 사진은 내가 찍혔는데."

어젯밤 '더 스윗' 카페 앞에서 구름의 머리칼을 쓸어 넘겨준 사진이 인터넷에 대문짝만 하게 실렸다. 그뿐인가. 함께 레스토랑에서 식사를 하고 나오는 사진, 영화관에서 찍힌 사진까지 합쳐져 또다시 스캔들 기사가 난 것이었다. 처음 구름과 스캔들이 터진 뒤 긴가민가하던 사람들에게 제대로 떡밥을 던진 셈이었다.

윤희는 태평한 얼굴로 앉아 있는 리어의 옆자리에 조용히 앉았다. 어제 레스토랑을 예약한 사람도 그녀였고, 영화표를 예매한 사람도 그녀였다. 리어의 마음을 누구보다 잘 알기에 그의 청을 거절할 수 없었다.

"차라리 사귀어. 이건 뭐 해명하기도 난감해. 대체 친구라는 거야, 애인이라는 거야?"

김 대표가 입에 거품을 물었다.

"제 연애는 제가 알아서 할게요."

불만스럽게 구시렁대는 리어에게 김 대표는 버럭 소리를 질렀다.

"저게 정신을 못 차리고! 뭘 잘했다고 따박, 따박. 만인의 연인이란 놈이 여자 하나를 못 구워삶아서 9년을 그러고 있냐? 이 덜떨어진 놈아!"

"어제 당당히 밝혔어요. 친구라고. 억측 기사 한두 번 봐요?"

뻔뻔하게 나오는 리어 때문에 김 대표는 혈압이 오르는 듯 얼굴이 시뻘게졌다.

"내가 저걸 왜 우리 회사에 데려와 가지구."

"평생 같이 가자면서요."

리어는 억울해했으나 표정은 왠지 밝았다. 친구라고 밝혔는데도 스캔들 기사가 나니 기분이 좋았다.

'지금쯤 구름이도 봤을 텐데 왜 연락이 없지? 화났나?'

쌍심지를 켜고 달려들 구름이 생각에 등골이 오싹했으나, 큰 걸 얻으려면 작은 손실은 감수해야 했다.

❦

"어유, 미친놈."

그날 저녁, 구름과 시안은 구름의 사무실 근처 호프집에서 만났다.

성난 표정의 시안이 리어를 향한 비난을 쏟아냈지만, 오징어를 질겅질 겅 씹는 구름의 표정은 웬일로 덤덤했다.

"네가 이제 해탈을 한 모양이로구나?"

"예상했던 일인데, 뭐."

"근데 그러고 다녔단 말이야? 악플 달린 거 안 봤니? 거의 다 네 욕이야. 리어는 눈이 삔 정도지만, 넌 아주 천사를 꼬신 사탄 취급이라구."

이렇게 당하고만 사는 사탄도 있던가. 두 남자 때문에 통째로 청춘을 날리고 있는 사탄도 있는가 말이다.

"막일이나 하는 주제에 슈퍼스타를 꼬셨으니 어쩌겠어. 내가 사탄이 돼줘야지. 슈퍼스타를 사탄 만들어서야 쓰나."

구름은 시원한 맥주를 벌컥벌컥 들이켰다. 이상하게 속이 부글부글 끓지 않았다. 차라리 잘되었다 싶었다.

"시안아."

"어?"

"리어랑 진짜 연애할까?"

"뭐?"

"리어가 불쌍해서. 저렇게 일편단심인데. 나 같은 게 뭐라고 좋다고 하는지 미안하기도 하구. 지금 아니면 내가 슈퍼스타랑 언제 또 연애를 해보겠어."

시안이 구름을 가여운 눈초리로 바라보았다. 우탄을 기다리다가 지친 나머지 정신줄을 놓은 모양이었다.

"우탄인 포기한 거야?"

"1년을 기다렸는데 죽었는지 살았는지 소식 한 자 없는 놈이야. 나도 할 만큼 했다구. 우탄이 미국으로 떠날 때 마중 못 간 게 마음에 걸려서 힘들어도 내색 한번 안 했어. 카투사에 들어갔을 때도 내가 자기한테 어떻게 했는데. 남들은 고무신을 거꾸로 신는다는데, 난 고무신이 닳도록 그놈만 쫓아다녔잖아. 1년이 되도록 소식 없어도 꿋꿋하게 믿고 기다렸구. 근데 안 오잖아. 소식 한 자 없잖아, 그 자식."

구름이 얼마나 피를 말리며 살았는지 잘 아는 시안은 그녀를 격려했다.

"그래, 생각 잘 했어. 버려, 그딴 자식. 내가 뭐랬니? 미국 간다고 했을 때 끝냈어야 해. 그럼 이 고생 안 해도 되고, 깔끔하게 헤어졌지."

정말 그랬어야 했나 보다. 진즉에 난장 로맨스가 아닌 다큐를 찍었어야 이 고생을 안 하는 건데.

구름은 허한 한숨을 내쉬었다.

"더는 못 기다리겠어. 힘들어 죽을 거 같아."

16
그가 돌아왔다

"그놈이 원래 그렇게 냉정해. 소식 끊었다는 건 돌아올 맘 없다는 거야. 오죽하면 연락처 하나도 안 남겼겠어? 용이도 모르는 걸 보면 우리랑 끝내겠단 뜻이지, 뭐."

시안도 섭섭한 듯 속상해했다.

"용이랑 자주 연락해?"

"그 자식이야 병원 일로 늘 바쁘잖아."

의대를 수석으로 졸업한 용이는 현재 대학 병원에서 레지던트로 근무하고 있었다. 눈코 뜰 새 없이 바쁜 걸 알기에 구름도 전화하는 게 꺼려졌다.

"리어랑 나 때문에 윤희만 또 깨지게 생겼다."

구름이 윤희를 걱정하는 듯하자 시안도 인형처럼 예쁜 얼굴을 찡그렸다.

"리어 그 자식은 왜 윤희를 매니저로 찍어가지구."

우탄이 미국으로 가기 전날, 미정에게 맞아 중태에 빠졌던 윤희는 두 달 만에 퇴원했다. 실명할까 봐 가장 걱정이었던 눈도 원래 상태로 돌아왔다. 그녀의 집안 사정을 알게 된 시안의 아빠 고원이 고등학교를 졸업하자마자 기획사에 일자리를 주었고, 그 후에 기획사에 들어온 리어는 윤희를 매니저로 지목했다. 고등학교 밴드 매니저에서 진짜 가수 매니저가 된 것이다.

윤희는 죽을 뻔했던 그날 이후로 어딘가 분위기가 달라졌는데, 겁 많고 소심하던 성격에서 말이 없고 다크해졌다. 여전히 리어 말이라면 잘 들어주는 편이지만, 자기 할 말만 하고, 필요 없는 이야기는 하지 않고, 늘 조용히 자기 일만 했다.

리어가 바쁘니 윤희도 얼굴 볼 날이 많지 않아서, 구름과 시안은 그녀가 보고 싶었다.

"윤희한테 전화해 볼까? 그쪽 상황도 알아볼 겸."

시안이 핸드폰을 들었다.

[시안아.]

목소리마저 다크하게 변한 윤희였다.

"스캔들 난 거 어떻게 됐어?"

[리어 바꿔줄게.]

잠시 후 리어의 밝은 음성이 들렸다.

[안녕, 시안아?]

시안은 어처구니가 없었다. 스캔들 난 슈스치곤 너무 해맑은 거 아닌가?

"너 일부러 스캔들 낸 거 아냐? 구름이 어떻게든 꼬셔보려구."

[아니야. 진짜 친구라고 떳떳하게 밝혔어. 구름이도 들었구.]

진작 떳떳하게 밝혔으면 이 지경까지도 안 됐으련만. 친구인지 애인인지 애매하게 굴다가 스캔들 두 번에 구름이만 초주검을 만들어놓다니!

"근데 좋아 죽는 목소리잖아. 의도한 바를 이룬 놈이나 낼 목소린데?"

시안이 예리하게 캐물었으나, 리어도 이제 임기응변이라면 도가 텄다.

[결백해. 맹세해. 해명 기사 내보낸대.]

"해명 기사로 돼? 탈탈 털린 구름이 멘탈은 어찔 거야?"

[구름이 화 많이 났어?]

그걸 질문이라고.

시안이 곁눈으로 핸드폰을 째렸다.

"넌 날마다 뻔뻔 열매를 처먹니? 내가 우탄이 미국 갈 때부터 알아봤어. 이렇게 될 줄 알았다구."

[그럼 너라도 구름일 구슬려 보든가. 오지도 않는 놈 기다리느라 옆에 있는 난 거들떠도 안 보는 건 잘하는 짓이냐?]

"둘 다 멍청해서 그런 걸 나더러 어쩌라구?"

[우쒸. 이 시대의 순정남한테 멍청이라니. 구름이나 바꿔봐.]

시안이 핸드폰을 구름에게 건넸다.

"어."

[괜찮냐? 아니다. 괜찮을 리가 없지. 그래, 내가 죽일 놈이다. 내가 다 책임질게. 해명 기사 낸다니까 넌 좀만 참고 기다려.]

구름은 덤덤히 물었다.

"내일 뭐 해?"

[응? 내일 쉬는 날인데, 왜? 나, 만나게? 때리게? 또 머리채 잡으려구? 야, 그러지 마. 우리 이제 열여덟 소년 소녀 아니야.]

구름은 차라리 그때가 나았다 싶었다. 어른이 되면 모든 속박과 구속에서 벗어날 수 있을 줄 알았더니, 되레 인생에 발목이 잡힌 느낌이었다.

"일어나면 전화해. 만나서 얘기하자."

전화를 끊은 구름은 맥주를 벌컥거리며 들이켰다. 그녀의 모습이 심상치 않아 시안은 걱정스러웠다.

"진짜 사귀자고 하려구?"

"인제는 내가 우탄일 용서 못 하겠어."

와그작!

구름이 빈 맥주 캔을 한 손으로 우그러뜨렸다. 그녀의 비정한 표정에 시안의 동그란 눈이 더욱 커졌다.

"구름아……."

"나한테 이러면 안 되지. 내가 기다리는 거 뻔히 알면서, 무슨 수를 쓰든 연락은 해줘야 하는 거 아냐? 내가 언제까지 리어한테 미안해야 해? 내가 언제까지 독수공방하면서 너만 기다리며 청춘을 보내야 하냐구!"

절대 안 흔들리겠다던 약속?

천년만년 독수공방하며 기다리겠다는 거?

다 개뻥이다!

❦

[부산 갈매기~ 부산 갈매기~ 너는 정녕 나를 잊었나~]

다음 날 아침, 사무실 소파에서 일어난 구름은 부스스한 모습으로 전화를 받았다.

"일찍 일어났네?"

[오늘 만나자며. 궁금해서 잠도 설쳤어. 언제 만날까? 지금 내가 집으로 데리러 갈까?]

흥분한 리어의 목소리가 방방 뛰었다.

"사무실이야. 어제 시안이랑 술 마셨거든."

[또? 잠은 집에 가서 자. 그러다 사무실에 도둑이라도 들면 어쩌려구.]

"도둑 들면 잡으면 되지 뭔 걱정. 일 끝나고 저녁에 보자. 사무실로 와."

저녁까지 기다리기가 힘들었는지 리어가 졸랐다.

[점심때 만나면 안 돼? 빨리 듣고 싶어.]

"직원들 있는데 어떻게 얘기해? 카페도 사람들 눈이 많아서 안 되구. 그냥 저녁에 와."

[치. 알았어. 그때 만나.]

전화를 끊었을 때 사무실 벨이 울렸다.

구름은 담요를 갤 생각도 못 하고 슬리퍼를 끌고 문으로 걸어갔다. 아직 세수 전이라 몰골이 험악한데, 직원들이야 늘 보던 얼굴이니 놀랄 것도 없었다. 비밀번호를 누르고 들어와도 되련만, 그녀가 종종 사무실에서 자는 걸 알기에 아침이면 꼭 벨을 눌렀다.

크게 하품을 하며 무심히 문만 열어준 구름이 돌아섰다. 대충 눈곱을 떼고 헝클어진 머리카락을 추슬러 고무줄로 묶었다. 그런데 들어오는 소리가 없었다.

"들어오이소. 안 잡아묵으께."

이젠 잘 쓰지도 않는 사투리로 싱거운 농담을 하며 무심코 뒤로 돌아보았다.

'어?!'

문 안으로 성큼 들어온 사람이…….

머리를 묶던 손에 스르륵 힘이 빠졌다. 그 바람에 핑크빛 긴 머리가 너풀거리며 구름의 어깨와 등 뒤로 흘러내렸다.

'내가 지금 꿈꾸는 기가?'

구름은 두 눈을 끔벅 감았다가 떴다.

1년 전에 만났을 때보다 살도 빠지고 눈매가 더욱 깊어졌지만, 영락없는 우탄이었다.

'아이고야, 이젠 헛것이 다 보이는구마. 정신 차리라.'

구름은 두 손으로 제 뺨을 톡톡 두드렸다. 가까이 다가와 그 손을 잡은 건 우탄이었다. 그가 그녀를 끌어당겨 품에 안았다.

'어어!'

꿈인지 현실인지 아직 구분이 안 간 구름은 우탄에게 안기고도 정신이 멍했다.

"우탄아……."

"응……. 나야."

'보고 싶었어, 구름아.'

구름을 꼭 껴안은 우탄은 그녀에게서 나는 달콤한 체취를 흠뻑 들이마셨다.

'너의 향기가 얼마나 그리웠는지 모르지?'

우탄은 구름의 따뜻한 체온과 달달한 향내에 취했다.

"어떻게…… 된 거야?"

"말 못 할 사정이 있었어. 미안해. 정말 미안해."

그랬을 거라 예상하고 있었으나, 너무나 갑작스러워서 구름은 얼떨떨했다. 방금 리어와 통화할 때까지만 해도 우탄과 헤어질 생각이었다. 그를 용서하지 않을 생각이었다.

그런데…… 우탄이 돌아왔다.

구름을 품에서 놓아준 우탄은 두 손으로 그녀의 얼굴을 감쌌다. 그러고는 하나하나 그녀의 얼굴을 뜯어보았다.

"구름이 맞구나."

눈, 코, 입. 모든 게 그대로였다. 이전의 '땡초 소녀' 분위기는 사라졌지만, 여전히 귀여웠고 사랑스러웠다.

"많이 기다렸지?"

"어……."

기다리다가 망부석이 될 뻔했지. 그래서 어젯밤에 혼자 이별했고, 오늘 리어와 새 출발까지 하려고 했지. 근데 우탄이 네가 와버린 거지.

"구름아?"

구름은 우탄의 이상한 눈초리에 퍼뜩 정신을 차렸다.

기다리고 기다리던 우탄이 왔는데 왜 이럴까? 기뻐서 날뛰어도 시원찮을 텐데 뭔가 크게 잘못되었다는 생각이 드는 건 왜일까?

"우아아아악!"

구름은 머리를 쥐어뜯듯이 감싸고는 그 자리에 털썩 주저앉아 버렸다.

'헉!'

깜짝 놀란 우탄이 구름의 앞에 쪼그려 앉았다.

"미, 미안. 난 그냥 놀라게 해주려고……."

말 그대로, 서프라이즈!

대실패로 끝난 서프라이즈에 우탄은 매우 당황했다. 고개를 확 든 구름이 그를 죽일 듯이 노려보았다.

"야, 이 또라이 시키야. 1년 동안 소식 없었던 것도 서프라이즈였냐?"

"아, 아니, 그건……."

덥석!

우탄의 멱살을 잡은 구름이 마구 흔들었다.

"니가 죽고 싶재! 이제껏 소식 한 자 없다가 말도 없이 오마 우짜노! 어젯밤이라도 연락했으마 이런 일은 없다 아이가! 이 또라이야! 이 악마! 이 변태 자슥!"

억장이 무너진 구름의 입에서 가까스로 고친 사투리가 튀어나왔다. 오자마자 멱살을 잡힌 우탄은 화가 머리끝까지 난 그녀에게 사정했다.

"구, 구름아. 이거 놓고 얘기하자."

"니랑 끝났다!"

"뭐?"

청천벽력 같은 소리에 우탄은 정신이 번쩍 들었다. 그런 그에게 구름이 악에 받쳐 소리를 질렀다.

"내, 니랑 좋냈다꼬! 니, 인제 내 거 아니라꼬! 어제부로 깨끗이 버렸다, 이 말이다!"

❧

탁탁탁, 탁탁탁!

대학 병원 로비를 용이 빠른 속도로 달려오고 있었다. 뒷짐을 진 채 기다리고 있는 우탄을 향해 달려간 용이는 환하게 웃으며 그와 포옹했다.

"우탄아!"

달려오는 속도에 못 이겨 용이를 안고 한 바퀴 핑그르르 돈 우탄이 씩 웃었다.

"잘 있었어?"

"인마, 어떻게 된 거야? 연락 좀 하지."

"서프라이즈."

구름에게는 실패한 서프라이즈 이벤트가 용이에게는 통한 모양이었다.

"간 떨어질 뻔했어, 새끼야. 구름인? 구름인 만났어?"

우탄이 손으로 제 목을 긋는 시늉을 했다.

"아이고, 안 죽은 게 다행이다. 네가 해도 너무하긴 했지."

"후후. 그러게. 아침에 사무실로 찾아갔다가 내쫓겼어. 어제 나랑 헤어졌대."

"뭐라구?"

오늘이 아니고 어제? 무슨 계산법이 그래? 구름이 원래 수학과 원수를 지긴 했다만.

우탄이 매끄러운 미간을 찡그렸다.

"쫑 냈대, 나랑. 미국으로 다시 꺼지란다. 꼴 보기 싫다구."

"어떻게 된 건지 사정 얘기는 했구?"

"말도 못 꺼냈어. 애가 완전 빵 돌아버려서 무슨 얘기를 해도 소용 없을 거 같아."

"어휴, 어쩌냐? 안 그래도 조마조마했다. 내가 그동안 거짓말한 거 알면 나도 안 보려고 할걸?"

사실, 용이는 우탄의 소식을 알고 있었다. 나름 귀국하지 못할 사정이 있었다. 친구들에게도 비밀로 했던 건 우탄의 간곡한 부탁 때문이었다. 오래 전 구름이 서울에 첫 입성하던 날, 서울역에 마중 나가 달라고 부탁했던 걸 그렇게 갚았다. 빚 갚는 것치곤 너무 큰 후환이 따르는 게 문제였지만 말이다.

"혹시…… 구름이 리어랑 사귀어?"

한국에 오자마자 핸드폰부터 새로 샀던 우탄은 인터넷으로 본 리어의 스캔들 기사 때문에 신경이 쓰이던 참이었다. 연인이 아닌 친구라고 해명 기사가 났지만, 이전부터 두 사람 사이가 모호해서 계속 의심을 받는 상황이었다.

한 번도 아니고 두 번씩이나. 그것도 모자라 과감하게 외식과 영화까지.

이때만 해도 대수롭지 않게 여겼던 우탄은 구름이 어제부로 끝냈다는 말을 듣자 걱정이 되었다.

"아니야. 그랬으면 내가 얘기했지."

우탄은 안도했으나, 리어의 끈질기고도 질긴 구애에는 질린 표정을 지었다.

"리어 그 자식도 제정신은 아니구나."

뭐, 예전부터 줄곧 제정신은 아니었지만.

"나도 좀 놀랐어. 연예인 되면 다른 여자도 만나고 그럴 줄 알았는데 말야. 그나저나 넌 몸은 괜찮은 거야?"

"그러니까 왔지. 오기 전에 칼리도 해봤는데 괜찮더라구."

칼리 때문에 일이 그 지경이 됐는데, 포기라고는 모르는 녀석이었다.

"무리하지 마."

용이는 염려했으나, 우탄은 편안한 낯빛이었다.

"진짜 괜찮아. 이젠 아무렇지도 않아."

"지낼 곳은 정했어? 갈 데 없으면 우리 집에서 지내자. 해 형이랑 달이 형이랑 다 장가가서 2층이 텅텅 비었어."

카투사 시절 용이네에서 거의 살다시피 한 우탄이었다. 그때 구름이와 꽁냥꽁냥 제대로 연애를 했던 것 같다.

그러나 매일 그 집에서 사는 건 무리였다.

"아버지랑 마주칠까 봐 싫어."

미국으로 간 뒤 아버지와 완전히 연락을 끊었던 우탄은 우연이라도 마주치는 것조차 끔찍했다.

"사무실 근처에 오피스텔 얻을 거야."

"아, 맞다. 너, 큰형네서 일하기로 했지. 너랑 나만 구름이한테 죽은 목숨이 아닌데?"

그때 용이의 의사 가운 주머니에서 핸드폰이 울렸다. 발신자를 확인한 그의 겁먹은 눈동자가 지진을 일으켰다.

"시안이야. 어떡하지?"

구름이 시안에게 우탄의 귀국 소식을 알린 모양이었다. 우탄이 미국에 가기 전에도 구름이와 헤어지고 가라고 호통을 쳤던 시안이었다. 그랬던 시안이 우탄이 무사히 돌아왔다고 해서 곱게 넘어가줄 리가 없었다. 구름이 못지않게 불알친구인 시안도 실망했을 게 분명했다.

우탄의 깊은 눈매에 그늘이 드리워졌다.

"넌 그냥 몰랐다고만 해. 나머진 내가 알아서 할게."

"시안이가 사실을 알면 구름이 손에 죽기 전에 시안이 손에 먼저 죽을 거야."

용이는 엄살을 떨며 나긋이 전화를 받았다.

"우리 시안이, 오빠 보고 싶어서 전화했구나?"

[너, 우탄이 온 거 알아, 몰라?]

"우, 우탄이? 우탄이가 왔어? 언제? 지금 어딨는데?"

용이는 팔자에도 없는 연기력을 짜내느라 진땀을 뺐다.

[진짜 몰라?]

"내가 어떻게 알아? 그 자식, 살아는 있대? 안 죽었대?"

[살아 있으니까 왔지.]

목소리에 칼날이 번뜩이는 건 기분 탓이겠지?

용이는 능청스럽게 물었다.

"와아, 그 자식 왜 소식도 없었대? 무슨 일 있었대?"

[지금부터 네가 그걸 알아내.]

기껏 시치미를 떼고 있던 용이는 시안의 말에 벼락 맞은 얼굴을 했다.

"내, 내가?"

[이번에도 그 자식 편을 들었다간 넌 내 손에 죽을 줄 알아. 알았어?]

"난 어디까지나 중립……."

[닥쳐!]

전화를 끊은 용이는 시무룩해서 말했다.

"그냥 아프리카로 도망갈까 봐."

"무슨 얘긴데 뜸을 들여?"

그날 저녁, 사무실에 온 리어는 구름의 안색이 어두워서 걱정이 되었다. 이러면 종일 애타게 기다린 보람이 없지 않은가.

"절교하자는 건 아니지?"

"실은……."

"빨리 말해. 숨넘어가겠다."

"우탄이가…… 돌아왔어."

"뭐……?"

순간, 리어는 두 가지 마음이 동시에 들었다. 하나는 녀석이 살아 있다는 소식에 마음이 놓였고, 또 하나는 돌아온 것에 눈앞이 캄캄했다.

구름은 당혹감으로 물든 리어의 눈을 똑바로 쳐다볼 수 없었다. 우탄이 돌아오지 않았다면 홧김이든 동정이든 리어와 사귀자고 말했을 거였다. 그동안 고민하고 또 고민하던 갈등에 종지부를 찍으려고 결심했으나, 우탄의 갑작스러운 귀국으로 무산되고 만 것이다.

"언제…… 왔는데?"

"오늘 아침에 사무실에 왔다 갔어."

"지금 어디 있어?"

리어의 목소리에 화가 묻어났다. 구름이 흥분한 그를 말렸다.

"넌 가만있어. 아무것도 하지 마."

"어떻게 그래!"

"네가 나서면 일만 더 복잡해져. 넌 우탄이가 오든 말든 날 좋아할 거고, 난 계속 그런 너와 승강이해야 하고, 우탄인 우리 땜에 힘들어야 해."

9년간 그 지지부진한 관계에서 벗어나지 못한 구름이었다. 사랑이란 이름으로, 우정이란 이름으로.

"우탄이가 힘든 것만 생각해? 지금까지 그 자식 때문에 힘들었던 넌? 넌 그딴 자식이 용서가 돼? 난 용서가 안 되는데!"

분노가 치민 리어는 주먹으로 소파의 팔걸이를 팍 내려쳤다. 그가 화를 낼 걸 알고 있었기에 구름은 최대한 침착해지려고 노력했다. 화만 낸다고 능사가 아니었다.

"부탁이야. 넌 가만있는 게 날 돕는 거라는 것만 알아. 우탄이한테 시비 걸 생각도 하지 말고, 때릴 생각은 더더군다나 하면 안 돼. 네 일거수일투족이 다 기삿거리라구. 사람 때린 걸로 기사에 오르내릴 셈이야? 나랑 스캔들만으로는 부족해?"

"날 걱정하는 거냐, 우탄일 걱정하는 거냐?"

"널 걱정하는 거야. 우탄인 나랑 풀기만 하면 되지만, 넌 그걸로 안 끝나잖아. 괜히 나 때문에 너한테 피해 가는 거 싫어."

"또 기다리라구?"

리어는 좌절했다. 이제 거의 고지에 다다랐다고 생각했다. 그런데 우탄이 때문에 지금까지의 수고가 허사로 돌아갈 위기였다.

구름은 마음이 아팠다. 미련퉁이 강리어를 또 밀어내야 해서 미안했다.

"리어야."

"하지 마. 아무 말도 하지 마. 헤어지자고 하지 마!"

"솔직히 말하면 네가 옆에 있어줘서 견딜 수 있었어. 내가 널 싫어하면 그랬겠냐. 너 좋은 친구고, 앞으로도 그러고 싶은데…… 네가 안 될 거 같다. 그치?"

"아으, 진짜!"

리어는 머리를 마구 헝클였다.

"그만 끝내자, 우리. 그게 나아. 너나 날 위해서."

"이제 와서 우탄이 좋은 일 시키자구? 넌 왜 그 자식한테 그렇게 매달리는 건데! 그 자식이 너한테 한 걸 생각해 봐. 1년 동안 소식 한 자 없다가 이제 와서, 왜!"

"우탄이랑도 헤어질 거야."

뜻밖의 선언에 리어는 가슴이 쿵 떨어졌다.

"뭐……?"

"너도, 우탄이도 다 끝낼 거라구. 나도 이제 그만 자유롭게 살래. 나만 생각하면서."

리어는 정신이 아득해졌다. 단 한순간도 결코 구름과 헤어질 거란 생각을 해본 적이 없었다. 그녀 말고는 딴 여자를 생각해 본 적도 없었다.

"난 못 해. 그렇게 못 해. 너 없인 싫어! 미칠 거 같다구!"

어린애처럼 떼를 쓰는 리어를 보며 구름은 참았던 울분을 터뜨렸다.

"내가 돌아버릴 거 같다구⋯⋯. 우탄이도, 너도 미워서 돌아버릴 거 같단 말이야!"

"구름아⋯⋯."

"제발 끝내줘. 내가 이렇게 부탁할게. 인제 진짜로 홀가분하게 살고 싶어서 그래. 서울 머스마랑 로맨스 안 해도 좋고, 평생 혼자 살아도 괜찮으니까 나한테서 떨어지라구, 좀!"

이제 난장 로맨스는 질색이었다. 차라리 다큐가 나았다.

🌶

"누가⋯⋯ 온다구?"

다음 날 아침, 회의 때 해가 하는 말을 듣고 구름은 머릿속이 새하얘졌다. 난처한 듯 관자놀이를 긁적이던 해가 조심스럽게 말을 꺼냈다.

"우탄이가 오기로 했어."

쾅!

구름이 주먹으로 탁자를 세게 내려치는 바람에 직원들은 화들짝 놀랐다.

"오, 오빠⋯⋯ 아니, 대표님도 우탄이가 올 걸 알고 있었단 말이야?"

"어, 그, 그게 어떻게 된 거냐면⋯⋯."

이런 씨 발라 먹을 경우를 봤나. 어찌하여 모두 한편이 되어 사람을 우롱하고 있는 것 같지?

구름은 배신감에 극단적으로 물었다.

"우탄이야, 나야? 하나만 골라."

"구, 구름아."

"우탄이랑 쫑 냈어. 근데 한 사무실에서 일을 하라구? 다들 날 물로 아는 거야?"

해는 구름을 이해 못 하는 바 아니어서 어쩔 줄 몰랐다.

"나도 며칠 전에 우탄이한테 전화받고 알았어. 진짜 그전까진 몰랐다니까. 난 네가 우탄이랑 헤어질지 몰랐지. 그리고 너도 좋아했었잖아. 1년 전만 해도 우탄이가 그 많은 유수의 회사를 마다하고 우리 회사에 오기로 한 거."

그건 그렇다만.

쫑을 내지만 않았다면 우탄이와 함께 일하게 된 걸 누구보다 기뻐했을 구름이었다. 서로 디자인 공부하면서 나중에 꼭 같이 일하자며 꿈에 부풀어 있었으니까. 그게 이 구차하고 빌어먹을 사랑을 버티게 해준 또 하나의 목표이자 이유였으니까.

1년 전에 우탄이 귀국한다는 소식을 들었을 때만 해도 당연히 이곳에서 같이 일할 줄 알았다.

그러나 지금은 사정이 달랐다. 달라도 아주 많이 달랐다!

구름은 핑크 머리 마녀처럼 독기를 내뿜으며 말했다.

"그래? 그럼 우탄이랑 일하면 되겠네. 나보다야 유수의 회사를 마다하고 돌아온 우탄이 같은 인재가 회사에 더 큰 도움이 될 테니까 말이야."

"그렇다고 회사를 관두면 어떡해? 강원도 공사는 어떡하구?"

지금까지 한 계약 중에 가장 큰 공사였다. 석 달 후에 강원도에서 있을 한미 합작으로 하는 축제 무대를 맡은 것이다. 축제 기간만 한 달이어서, 모든 일정의 무대가 이들의 손에 달려 있었다.

그리고 축제가 끝나면 그 자리에 한미 양측의 투자로 관광호텔이 들어설 터였다. 단순한 숙박 시설이 아닌 관광객들이 즐길 수 있는 각종 공연을 위한 호텔이었다. 축제가 성공리에 끝나면, 'Sun Art Design'에서 호텔 건설 계약을 따낼 수도 있었다. 신생 회사로서는 그야말로 초대박인 계약이었다. 축제는 그저 호텔을 짓기 위한 홍보였으나, 'Sun Art Design'으로서는 회사의 도약을 위해 꼭 필요한 일이었다.

"그것까지만 하고 관두면 되지?"

"구름아, 이성을 찾으렴."

"내 이성은 이미 9년 전에 갖다 버렸어. 그래서 내가 이 모양 이 꼴인 거야. 다시는 이 꼴로 안 살 거고, 무릎 나온 추리닝도 안 입을 거고, 멋지게 한평생 살 거야. 말리지 마."

구름이 우탄 때문에 화가 단단히 났다고 생각한 해는 그녀를 달래기 위해 일단 제안을 받아들였다.

"알았어. 일단 그것까진 끝내는 걸로. 그 이후의 생각은 또 그때 가서 하는 걸로. 회의 끝!"

잽싸게 회의를 끝낸 해는 후다닥 회의 노트를 챙겨 일어났다. 직원들도 살벌한 구름을 피해서 슬금슬금 회의실을 나갔다.

혼자 남은 구름은 분노의 이를 갈았다.

"서프라이즈 같은 소리 하고 자빠졌네. 이럼 내가 감동이라도 할 줄 알았냐."

[야, 사태가 심각해. 구름이가 너, 우리 회사에서 일할 거 알고 관두겠단다. 어떡하냐?]

마침 회사 근처의 오피스텔을 보러 왔던 우탄은 해의 전화를 받고 난감했다. 구름이 화를 낼 줄은 알았지만, 보자마자 헤어지자거나 회사까지 관두리라고는 생각을 못 했던 것이다. 1년간 연락을 끊은 것이 미안해서 기껏 고민했던 게 서프라이즈였는데, 그게 오히려 역효과를 내버렸다.

"집 알아보는 중이에요. 조금 있다가 사무실로 갈게요."

전화를 끊은 우탄은 함께 온 중개인에게 말했다.

"여기로 할게요."

우탄은 부동산 사무실로 가서 계약을 마친 다음, 구름이 있는 사무실로 향했다. 그러나 사무실에 도착했을 때 그녀는 다른 진행 건으로 현장에 나가고 없었다.

우탄을 맞이한 해는 십년감수한 얼굴로 말했다.

"너 진짜로 구름이랑 헤어졌어?"

"아뇨."

"그치? 구름이가 화가 나서 그러는 거지?"

우탄은 곤혹스럽게 인상을 찌푸렸다.

"제가 잘못 생각했나 봐요. 나만 오면 좋아할 줄 알았더니, 아니더라구요."

서운했지만, 구름을 원망할 수도 없는 노릇이었다. 이렇게 된 게 다

자기 잘못이었으니까.

"그동안 왜 연락이 없었던 거야? 구름이가 화날 만도 하지, 인마."

해도 상세한 내용은 몰랐던지라 우탄을 타박했다. 우탄은 순순히 시인했다.

"저도 이렇게 오래 걸릴 거라곤 생각 못 했어요. 구름이한테 말하면 이해해 줄 거라고 생각했는데, 말할 기회조차 안 주네요."

"나라도 알자. 미국에서 무슨 일이 있었던 건데?"

"죄송해요, 형. 그 얘긴 구름이한테 먼저 하는 게 맞을 거 같아요. 딴 사람한테 듣게 하고 싶지 않아요."

그게 9년을 기다려 준 구름에게 최소한의 예의가 아닐는지.

우탄은 구름의 화를 풀어주기가 생각보다 쉽지 않겠다는 예감이 들었다.

해와 면담을 마친 우탄은 1층 카페로 내려왔다.

"우탄…… 이?"

카페 안으로 성큼성큼 걸어오는 우탄을 보며 은혜는 반가운 기색이 역력했다. 해를 통해 함께 일하게 되었다는 소식을 듣고서도 구름에게 비밀로 해달라는 바람에 모른 척하고 있었다.

"안녕하셨어요?"

고등학생 때도 분위기가 남달라서 늘 눈길이 가던 우탄이.

스물일곱의 그는 소년의 이미지는 사라지고 완전한 남자가 되어 있었다. 여전히 소년미가 넘치는 리어와는 다른 모습이었다.

"와아, 이게 누구야? 1년 전에 봤을 때보다 훨씬 더 멋있어졌는걸?"

"누난 더 예뻐지셨네요."

더 원숙해졌다는 말이 어울릴 것이다. 9년 전이나 지금이나 바람처럼 시원한 이미지의 은혜였다.

"진해 씨한테 너 온단 얘긴 들었어. 다들 그동안 얼마나 걱정했는지 몰라."

"죄송해요. 덕분에 서프라이즈는 완전히 망쳤어요."

우탄이 민망한 듯 웃었다.

"앉아. 주스 만들어줄게."

"누나가 만들어준 키위 주스 많이 생각나던데."

"후후. 이제 앞으로 매일 먹게 될 텐데, 뭘. 그동안 많이 힘들었지?"

시시콜콜 사정을 듣지 않고도 이해한다는 투여서 우탄은 조금 위안이 되었다. 은혜의 넉넉한 마음은 변함이 없었다.

"이해해 주시니 감사해요."

"구름이랑 이제 예쁘게 사랑할 일만 남았어."

"그래야죠."

가슴이 부풀어서 돌아온 한국. 그러나 우탄을 기다리고 있는 건 구름의 냉정한 이별 선언.

이제 좀 편히 연애해 보나 했더니, 우탄의 험난한 인생은 아직도 끝이 아닌 모양이었다.

❦

모두 퇴근한 저녁, 혼자 사무실로 돌아온 구름은 녹초가 되어 있었다. 종일 우탄의 생각을 잊고자 일에만 매달렸더니, 시간 가는 줄도 몰랐다. 저녁을 못 먹어서 무척이나 시장했다.

"아이고오, 삭신이야."

어두컴컴한 사무실에 들어온 구름은 불부터 켰다. 탕비실로 가 오면서 사 온 컵라면에 뜨거운 물을 부은 뒤 다시 소파가 있는 곳으로 갖고 나왔다. 뜨거운 컵라면 용기를 소파 테이블 위에 내려놓았을 때였다. 비밀번호 누르는 소리가 들리더니, 우탄이 들어왔다.

구름은 속으로 깜짝 놀랐으나 애써 아무렇지 않은 척했다. 그를 생각하면 화가 났고, 마주하니 더 화가 났다. 사사건건 화를 유발하는 리어도 모자라서 이젠 우탄이까지.

'이놈들은 원 플러스 원으로 괴롭히는구마.'

부글부글.

좀 전 라면 물 끓던 소리가 가슴속에서 들렸다.

"같이 저녁 먹을까 했는데……."

우탄이 구름의 안색을 살피며 슬쩍 말을 붙였다. 구름은 대꾸도 없이 소파에 주저앉았다. 컵라면을 달랑 하나만 사 온 덕에 우탄은 구름의 맞은편에 앉아서 그녀가 먹는 모습만 봐야 했다. 컵라면을 사 와서 같이 먹기도 애매하고, 어떻게든 그녀에게 해명할 기회만 엿보았다.

"구름아, 내 얘기 좀……."

"왜? 감옥이라도 갔다 왔어?"

"……."

"너한텐 네 사정이 나보다 더 중요했던 거잖아. 진짜 너한테 화가 나는 게 뭔지 알아? 난 시시콜콜 다 얘기하는데, 넌 감추려고만 한다는 거. 네가 아직도 날 못 믿는다는 거."

고등학교 때 분식집에서 '아무도 믿지 않는다'는 우탄 때문에 상처받았던 마음이 다시금 구름을 아프게 했다. 여전히 그에게는 비밀이 존재하고, 구름은 그의 세상에서 밀려나 있는 기분이었다. 그런 줄도 모르고 이제껏 그의 마음 끄트머리를 붙잡고 아슬아슬하게 버티고 있었다는 게 비참했다.

그리고 이제 정말 그 손을 놓고 싶었다. 너무 지쳐서, 너무 힘들어서 더는 버틸 수가 없었다.

"나, 리어 좋아해."

"……!"

단단하던 우탄의 눈빛이 크게 흔들렸다.

"리어한테 흔들린 지 꽤 됐어."

심장이 파스스 부서지는 고통에 우탄은 어금니를 꾹 악물었다. 구름에게 그 어떤 말을 들어도 상관없었다. 하지만 리어를 좋아한다는 말만큼은 절대 듣고 싶지 않았다. 9년 전에 한국을 떠날 때만 해도 리어에게 흔들리지 않을 테니 믿으라고 했던 그녀였다. 리어가 연예인이 된 후, 사람들이 리어와 구름의 사이를 의심할 때도 그녀의 말을 믿어 의심치 않았던 우탄이었다.

리어에게 흔들리는 구름의 마음보다 그녀를 사랑하는 자신의 마음이 더 중요하다는 걸 깨달았던 그때, 손아귀에서 파득거리던 파랑새를 놓아주었다. 그리고 마음만 먹으면 언제든 그 파랑새를 다시 손에 쥘 수 있다고 생각했다.

그런데 결국 이렇게 끝이 나고 마는 것인가.

후루룩.

구름은 폭탄선언을 하고서 라면 국물만 들이켰다. 점심도 못 먹은 탓에 허기가 져서 혼났는데 국물 한 모금에 살 것 같았다.

삶이란 이렇게 단순한 것을. 이렇게 간단하고 쉬운 걸 모르고 복잡하고 어렵게만 생각했다.

그동안 우탄이만 바라보느라 주변을 둘러보지 못한 자신이 어리석었다. 구름은, 오랫동안 기다리게 해놓고 연락도 없이 불쑥 돌아와서 자기 해명만 늘어놓으려는 우탄이 너무 미웠다.

"너 없는 동안 리어가 항상 내 옆에 있었어. 너도 알지? 네가 소식 없는 동안에도 리어는 한결같이 날 좋아한 거. 도저히 미안해서 안 되겠더라. 미련하게 소식도 없는 널 기다리느니 리어랑 스캔들도 난 김에 사귀려고 했어."

"……."

"넌 몰라, 내가 얼마나 힘들었는지. 넌 진짜 모를 거야, 내가 리어 때문에 얼마나 괴로웠는지. 흔들린 거 맞아. 리어한테 가려고 했는데 네가 하필 그때 나타난 거라구."

왜 돌아왔냐는 소리처럼 들려 우탄은 가슴이 아팠다. 그 또한 지금 오고 싶어서 온 게 아니었는데, 모든 게 뒤틀려 버린 것 같았다. 구름을 못 믿어서 말을 안 한 게 아니라, 그녀를 걱정시키고 싶지 않아서 비밀로 한 것뿐이었다.

"또 중간에 끼어서 이 남자, 저 남자 마음 아프게 하는 거 끔찍해서 이제 더 이상은 안 할래."

우탄은 구름이 정말 괴로워하고 있다는 걸 깨달았다. 리어를 진심으로 좋아하고 있다는 것도 알게 됐다. 심장이 아렸다. 모든 걸 그녀의 잘못으로만 돌릴 수도 없었다. 그녀를 외롭게 두었다는 자책감이 그의 마음을 짓눌렀다. 더 이상의 해명은 그녀에게 아무런 도움이 안 될 것이다. 오히려 그녀를 더 마음 아프게 할 뿐이었다.

"네 잘못이 아니야, 구름아."

자그마치 9년이었다. 그나마 자주 만날 수 있었던 카투사 시절을 빼더라도 7년의 세월이었다. 오래 기다렸다. 누구도 구름을 비난할 수 없었다. 리어에게 흔들리는 게 당연했다. 한결같이 그녀 곁을 지킨 리어를 원망할 수도 없었다. 모든 원인과 잘못은 다른 누구도 아닌 우탄 자신에게 있었다.

"너 원망 안 해. 이해하니까."

먹먹한 우탄의 음성에 구름은 젓가락질을 멈칫했다.

우탄은 이해하지 않을 줄 알았다. 예전 같았으면 당장 리어를 찾아가 때려눕혔을 것이다. 그는 말보다 주먹이 앞서는 사람이었다.

그런데 스물일곱의 우탄은 달라졌다. 가을처럼 눈빛은 더욱 깊어졌고, 편안해 보였으며, 여유가 있었다. 이제 더는 여자 하나에 일희일비하는 소년이 아니었다. 그는 유수의 회사에서 스카우트를 해갈 정도로 능력 있는 남자였다.

우탄은 능력 있는 무대 디자이너로, 리어는 슈퍼스타로, 용이는 의사로, 시안은 유명한 작곡가로, 윤희는 리어의 매니저로.

모든 건 달라졌는데, 구름은 자기 혼자만 제자리걸음을 하고 있단 생각이 들었다. 조명 디자이너라고 해봐야 노가다 신세일 뿐, 피곤에 찌든 청춘이었다.

리어를 좋아하게 되었다고 고백하는데도 우탄은 원망하지 않겠다고 했다. 그게 구름에게 얼마나 가슴이 무너지는 일인지 그는 꿈에도 모를 터였다.

왜 우탄은 리어처럼 너 아니면 안 된다고, 미칠 거 같다고 말하지 않는 걸까?

'대관절 내는 뭘 기대하면서 기다렸단 말이고?'

구름은 시종일관 차분하고 냉정하기만 한 우탄 때문에 맥이 쭉 빠졌다.

"회사 관두겠다고 했다면서?"

"강원도 공사만 끝내놓고 관둘 거야."

"나 때문이라면 안 그래도 돼. 공은 공이고 사는 사니까."

구름은 어이가 없어 실소가 나왔다. 연인 사이에 공과 사를 따지고 있는 우탄이 너무 얄미웠다. 겨우 이딴 말이나 듣자고 9년을 기다린 게 아니었다. 그녀는 하염없이 기다린 시간이 서글펐고, 그런 자신이 또 비참해졌다.

"리어랑도 사귈 거 아니잖아. 회사 관두면 너만 손해일 텐데, 왜 굳이?"

생각해 보니 우탄의 말이 맞았다. 모두 제자리에서 끄떡없는데, 왜 자기만 회사를 관둬야 하는지 억울했다.

"너 꼴 보기 싫어서 관두는 거야."

구름은 퉁명스럽게 쏘아붙이고 다시 라면을 먹기 시작했다. 할 말을 잃은 우탄은 공연히 딴 얘기를 꺼냈다.

"오늘 오피스텔 구했어. 이 근처야. 애들 한번 초대할 건데 너도 올 거지?"

내가 지금 헤어진 전 남친 집들이에 가게 생겼나!

구름이 뾰족한 시선으로 우탄을 노려보았다.

"내가 거길 왜 가?"

오늘은 구름의 마음을 돌리기엔 역부족인 것 같았다. 우탄은 식사

중인 그녀를 더 이상 방해하고 싶지 않아 자리에서 일어났다.

"그럼 어쩔 수 없구. 갈게. 맛있게 먹어."

우탄이 일어나 사무실을 나가자 구름은 복장이 터져 먹던 젓가락을 집어 던졌다. 화가 나면 어김없이 튀어나오는 사투리로 악을 쓰면서.

"저런 놈을 기다린 내가 미친년이다! 내가 등신이라꼬오오!"

17

연애 혁명

"저기 강리어 아냐?"

술집에서 술을 마시던 사람들이 리어를 발견하고 수군거렸다.

"술에 많이 취한 거 같은데? 스캔들 해명 기사 내더니 왜 저래?"

"친구인지 애인인지랑 싸웠나? 하긴, 나라도 자꾸 그런 기사 나가면 화나겠다. 쟤도 그래. 애매하게 그게 뭐람. 앞에선 친구고, 뒤에선 애인인가?"

술에 취한 리어 옆에서 가만히 앉아 있던 윤희가 고저 없이 말했다.

"그만 마셔. 너무 취했어."

양주잔을 빙빙 돌리고 있던 리어는 윤희에게 고개를 돌렸다.

"너도 한잔할래?"

"운전해야 해. 너 데려다주려면."

"대리 부르면 돼. 우리 친구끼리 한잔하자."

"내일 스케줄 있어."

"저녁에 있잖아. 오전까진 잘 수 있어."

술이 담긴 양주잔이 위태롭게 돌아갔다.

탁!

리어가 그 잔을 낚아채듯 잡았을 때, 윤희가 쏙 빼앗아갔다. 한입에 쭉 마시는 그녀를 보더니 리어는 놀라는 시늉을 했다.

"우와, 술 잘 마신다, 너. 근데 그동안 왜 나랑 술을 한 번도 안 마셨냐?"

친구들과 함께 있는 자리에서도 윤희는 절대 술을 입에 대지 않았다. 자유분방한 리어 덕분에 매니저인 자기라도 정신을 똑바로 차리고 있어야 한다는 책임감 때문이었다.

"마시잔 소리 안 했잖아."

"그랬나? 너도 소식 들었지? 우탄이 돌아온 거."

"시안이한테 들었어."

손으로 턱을 괸 리어는 다시 우울해졌다.

"구름이가 헤어지재."

"알아."

"넌 그게 가능하다고 생각하냐? 9년을 짝사랑하던 애야."

윤희는 대답 대신 양주잔에 술을 부어 들이켰다. 지독하게 쓴 술이었다. 태어나 처음으로 마셔보는 독한 술이었다.

술에 취한 리어는 계속해서 넋두리를 늘어놓았다.

"너도 알지? 내가 얼마나 구름이를 사랑하는지."

"알아."

"구름이 좀 데려와 줄래? 구름이한테 헤어지잔 말 하지 말라고 좀 해주라."

"기다려."

괴로워하는 리어를 보기가 고역스러운 윤희는 구름에게 전화를 걸었다. 전화를 받자마자 구름의 입에서 나온 첫마디가 까칠했다.

[리어가 대신 전화해 달라던?]

한두 번이 아닌지라 구름도 거의 도사가 되어 있었다.

"리어 내일 저녁에 스케줄 있어. 밤새 마시면 스케줄 엉망 돼."

[미안한데, 리어 일은 네가 해결해. 난 리어한테서 완전히 손 뗐으니까.]

윤희가 리어에게 말했다.

"구름이 못 온대. 너한테 완전히 손 뗐대."

리어는 머리를 바에 꽝 들이받았다. 윤희는 중계하는 아나운서처럼 구름에게 상황을 그대로 전달했다.

"리어가 바에 머리 박았어. 너 안 오면 머리 깨져서 병원에 가게 될 거야."

[걔가 그러는 거 한두 번이냐? 자해 공갈단도 아니고, 걸핏하면 지 몸 갖고 협박질이야. 대가리가 깨지든가 말든가.]

매정하게 전화는 끊겼고, 윤희는 무표정한 얼굴로 말했다.

"자해 공갈에 안 속는대. 머리 깨지면 내일 스케줄 펑크야. 어떡할래?"

"아씨이이이!"

바에서 머리를 뗀 리어는 빨개진 이마를 문질렀다.

"피부 망가지면 안 돼. 내일 피부과 가자."

이쯤 되면 안내 멘트였다.

리어는 못마땅하게 윤희를 째려봤다.

"넌 왜 자꾸 기계화되어 가는 건데? 예전의 소윤희 어디 갔어?"

"죽었어. 9년 전에."

"뭐야. 나, 지금 유령이랑 술 마셔? 그래, 누구랑 마시면 어떠냐. 좋아하는 여자도 내 걸로 못 만드는 등신이."

절망에 빠진 리어 대신 윤희는 또 술을 입안에 털어 넣었다. 독한 양주를 연거푸 세 잔이나 마셨더니 머리가 핑 돌았다. 이런 술을 대체 왜 마시는 건지.

하지만 윤희는 내색조차 없었다. 왜냐? 인생의 쓴맛을 골고루 보다 보니 감정을 감추는 데 도가 텄기 때문이었다.

그때 윤희에게 전화가 걸려왔다. 입력이 안 된 번호인 걸 보면 회사 사람은 아니고, 섭외 전화?

매니저 일에 헤매던 초반과 달리 지금은 베테랑이 된 윤희는 기계적으로 전화를 받았다.

"네. 소윤희입니다."

[나, 오우탄이야.]

"……!"

❦

"……."

"……."

무슨 말을 해야 할지 몰라 서로 멀뚱히 보고만 있던 우탄과 윤희는 동시에 얼어붙은 공기를 깼다.

"오랜만이다, 윤희야."

"오랜만이야."

윤희는 오랜만에 만난 우탄에게도 사무적으로 대했다.

"싸우면 안 돼. 내일 스케줄 있어."

우탄은 윤희를 낯설게 바라보았다. 오래전 미정에게 당할 때와는 사뭇 다른 사람 같았다.

윤희는, 용이로부터 연락처를 알아서 전화했다는 우탄을 매몰차게 대할 수 없었다. 9년 전 미정에게 구해주면서 저를 '친구'라고 했던 기억이 또렷이 남아 있었기 때문이다. 그 후로도 친구라고 하기엔 여전히 서먹하고 어색한 사이였으나, 오늘은 그에게 빚 갚는 셈 쳤다. 그리고 그는 무엇보다 리어와 묵은 감정을 풀어야 했다.

"얘기는 리어 집에 가서 해. 술집보단 거기가 나을 거야."

담백하게 제 할 말만 하고 난 윤희는 리어를 부축했다. 축 늘어진 그를 부축하기가 쉽지 않았다. 우탄은 윤희 대신 리어를 어깨에 들쳐 멨다. 사람들이 리어를 어깨에 메고 나가는 그를 보며 수군거렸다.

"배우 맞나? 멋있다."

"강리어 친구면 연예인이겠지. 와우, 끼리끼리라는 말이 딱 맞네."

"잘생긴 애 옆에 잘생긴 애를 보니까 심신이 정화되는 느낌이야."

사람들이 우탄과 리어의 이야기로 꽃을 피우는 사이, 우탄은 주차장으로 내려와 리어를 차 뒷좌석에 태웠다. 윤희가 우탄에게 차 키를 건넸다.

"집에 가면 주방 식탁 위에 술 깨는 약 있어. 그거 먹여."

"넌?"

"택시 타고 가면 돼."

끝까지 사무적인 윤희 때문에 우탄이 피식 웃었다.

"넌 점점 딴사람이 되어가는구나."

"리어 매니저잖아."

통 얼굴을 못 보다가 리어의 매니저가 된 다음에서야 윤희를 만났다. 이전의 소심하고 겁 많은 소녀에서 기계처럼 일만 하는 매니저가 된 그녀였다.

그때 알았다. 윤희가 가면을 쓰고 있다는 걸.

우탄은 윤희가 알려준 집으로 향했다. 리어는 강남의 꽤 유명한 펜트하우스에 살고 있었다. 소파에 리어를 눕히고 주방으로 가서 술 깨는 약과 물을 가져왔다. 그러고는 소파에 아무렇게나 널브러져 있는 리어를 일으켜 약을 먹여주었다.

"소 매야, 양말도 좀 벗겨줘."

갑갑했는지 양말을 벗으려고 낑낑대던 리어는 뜻대로 안 되자 징징거리기 시작했다.

"강리어."

그 소리에 리어는 소파에 기대 있다가 실눈을 떴다. 흐릿한 시선에 웬 건장한 남자가 어른거렸다. 그의 뒤로 벽에 건 커다란 사진이 보였다. 리어의 상체 누드 사진이었다. 섹시한 분위기가 잘 살아 있는 사진을 보니 제집이 맞기에 리어는 앞에 서 있는 남자의 얼굴을 확인하려 초점을 모았다.

"너 누구야?"

"나야."

"누구?"

"오우탄."

리어는 술이 확 깨는 기분이었다.

❦

몸은 피곤한데 편히 쉴 수가 없어 내려온 카페. 마른 수건으로 식기를 닦으며 정리를 돕고 있는 구름에게 은혜가 넌지시 말을 걸었다.

"우탄이는 볼 때마다 더 멋있어지더라."

"걔가 원래 멋있었어요."

"하긴. 고등학교 때 인기 꽤 많았지. 리어랑 용이도 그렇구."

이름을 부르던 습관이 있어서 은혜는 막내 도련님이 된 용이를 아직도 편하게 대했다. 구름이 반짝거리는 식기를 확인하며 무심히 말했다.

"인기는 리어가 제일 많았죠."

"우탄이랑 화해 안 할 거야?"

우탄이 오자마자 이별해 버린 구름이 안타까워서 은혜는 은근히 참견했다.

"우탄이 때문만은 아니에요."

"다른 이유가 또 있어?"

아주 잠깐 생각에 잠겼던 구름이 말했다.

"청춘이 아까워서요."

"청춘?"

"저도 시안이처럼 자유롭게 살려구요."

연애도 자유롭게, 삶도 자유롭게.

시안이야말로 이 시대의 자유 여성이었다. 솔직히 구름은 지금처럼 그녀가 부러웠던 적도 없었다. 진작 훌훌 털어버리고 자유를 택했더라면, 두 남자 사이에서 괴로울 일도 없었을 것을.

나라에서 열녀문을 세워줄 것도 아니고, 한 남자에 목매느라 청승 떠는 짓은 이제 그만 스톱!

은혜는 뜻밖이라는 표정이었다.

"구름이가 드디어 연애 혁명을 하는구나."

"맞아요. 연애 혁명."

그렇게 말하는 구름의 표정이 다부졌다.

❦

"와, 이게 누구야? 우탄이잖아? 이 세상에서 내가 제일 싫어하는 오우탄. 흐흐흐."

갑자기 나타난 우탄 때문에 술이 확 깨긴 했으나, 꼬부라진 혀는 그대로인 리어는 느물거리며 웃었다. 우탄이 1년에 한 번씩 귀국할 때마다 무슨 수를 써서든 만나러 왔던 리어였다. 친구로서가 아닌 연적으로서. 오죽하면 군에 있을 때도 우탄이 귀국할 날을 맞춰 휴가를 나왔을까. 리어가 제대한 뒤 카투사에 들어갔던 우탄은 그 기간 동안 구름을 만났던 것만큼 뻔질나게 리어를 만났다.

마치 구름이 옆에서 '난 아직 건재하니 긴장해라.' 하는 의미 같아서 우탄도 리어를 볼 때마다 신경이 쓰였다. 하지만 우탄은 단 한 번도 구름이 변심할 거라고 생각하지 않았다. 어쩌면 리어의 지독한 집착이 구름을 포기하지 못하게 만드는 일등공신이었는지도 모른다.

그럼에도 리어를 좋아한다는 구름의 말이 지독하게 아픈 건, 믿고 싶지 않았던 일이 벌어졌기 때문이었다.

"근데 어쩐 일이지, 내 집까지? 구름이가 헤어지자고 해서 따지러 왔나? 이미 알고 있었잖아. 내가 구름이 옆에 있는 한, 넌 구름이랑 안 된다는 거. 나뿐만 아니라 너랑도 헤어지겠다는 말이 무슨 뜻이겠어? 나한테 흔들렸단 거잖아. 안 그래?"

우탄은 이죽거리는 리어의 턱을 날려 버리고 싶은 충동을 억눌렀다. 십대 때도 싸움이라면 절대 안 졌지만, 미국에서 칼리까지 배웠으니 리어 정도는 한주먹거리도 못 되었다. 그런데도 참고 있는 이유는 구름을 사랑하기 때문이었다. 그녀 말마따나 지금껏 우탄의 빈자리를 채운 사람은 리어였으니, 그것만큼은 인정했다.

우탄은 한층 차가운 눈빛이 되어 말했다.

"미국으로 떠나기 전에 카페에서 했던 말 기억나?"

난데없이 웬 기억력 테스트?

"어제 일도 기억 안 나는데 9년 전에 한 말을 어떻게 기억해?"

리어는 전혀 기억이 안 나는 투였지만, 우탄은 토씨 하나 잊지 않았다.

"넌 구름일 뺏을 자신도, 지킬 자신도 있다고 했지."

"그래서?"

"난 구름일 끝까지 사랑할 자신이 있다고 했구."

"......!"

"네가 알아둬야 할 게 있어. 난 내가 한 말은 꼭 지킨다는 거."

그렇게 약속을 철저히 잘 지키는 놈이 1년 전에 오겠다는 약속도 깨버리고 소식 한 자 없었단 말인가. 앞으로 또 얼마나 구름이에게 상처를 주려구?

한없이 이기적이고, 사악한 놈!

리어는 날카롭게 우탄을 노려보았다.

"쉽게 물러설 것 같았으면 애초에 시도도 안 했어."

"그래서 경고하러 왔어. 남의 여자한테 그만 집적대라구."

"뭐야?"

우탄이 발끈하는 리어를 향해 히죽 웃었다.

"이번엔 안 봐준다."

❦

"윤희야……."

카페 문을 닫고 2층으로 올라왔을 때 문 앞에 윤희가 서 있었다. 구름은 리어도 함께 왔나 싶어 주변을 둘러보았다.

"혼자 왔어."

"왔으면 전화를 하지."

"카페에서 일하는 거 봤어."

카페에 들어오지 않고 사무실 앞에서 기다리고 있었던 걸로 보아 따로 할 말이 있는 듯했다.

"이 시간에 어쩐 일이야?"

"너랑 술 마시려구."

윤희와 함께 옥상에 올라온 구름은 테이블 앞에 가서 앉았다. 두 사람이 앉은 테이블 옆에는 세모꼴로 우뚝 솟은 유리 천장이 있었다. 구름은 소파에 누워 그곳을 통해 밤하늘을 보곤 했다.

비닐 봉투 안에서 주섬주섬 윤희가 사 온 맥주와 안줏거리를 꺼낸 구름은 뜻밖이라는 듯 웃었다.

"네가 웬일이냐? 술을 다 마시자 그러고. 넌 술 안 마시잖아."

"오늘 양주 마셔보니까 마실 만하더라구."

"리어랑 양주 마셨어?"

"응."

윤희는 말없이 맥주 캔을 들었다.

9년 전의 사고 이후로 달라진 윤희 때문에 구름은 마음이 편치 않았다. 친구들과 함께 모이는 자리라면 모를까, 이렇게 혼자 찾아온 적도 없었다.

"리어 때문에 힘들지?"

학창 시절 땐 미정이 때문에 힘들었고, 성인이 되어서는 리어 때문에 고달픈 윤희였다.

"너나 나나 인생이 뭐 이러냐."

구름은 푸념을 늘어놓으며 맥주를 홀짝홀짝 들이켰다. 윤희의 얼굴도 수심에 잠겼다.

"리어가 많이 힘들어해."

"그래서 지금까지 봐준 거잖아. 더 이상은 안 돼. 그러니 너도 리어가 하는 말이라면 무조건 들어주지 말고 내버려 둬. 리어, 어린애 아이야."

"나한텐 영원한 슈퍼스타지."

구름은 조금 망설이던 끝에 조심스럽게 말을 꺼냈다.

"너 리어 좋아하지?"

윤희는 깜짝 놀라 구름을 쳐다보았다.

"뭘 그리 놀라? 내가 모를 거라고 생각했어?"

리어라면 무조건 충성하는 윤희의 마음이 사랑이라는 걸 왜 모르겠는가. 친구와 매니저 그 이상의 감정을 숨기느라 맞지도 않는 가면을 쓰고 있는 그녀를 볼 때마다 짠한 마음이 드는 것도 그래서였다.

"……."

"근데도 난 리어랑 사귀려고 했다는 거 아냐. 한 방에 관계 정리 좀 해보려구. 답답해 돌아버릴 거 같아서 뭐든 해볼까 했는데……."

우탄이 돌아오는 바람에 관계 정리는커녕 더 복잡해진 기분이었다. 그래서 결심한 거였다. 가장 빨리 정리하는 방법은 어느 누구도 사랑하지 않고 잘라 버리는 것이었기에.

가을은 진심으로 이 구차한 사랑에서 해방되고 싶었다.

답답한 속을 달래듯 구름은 맥주를 꿀꺽꿀꺽 마셨다. 금세 무표정한 얼굴로 돌아온 윤희가 담담히 말했다.

"그 관계에서 난 빼줘. 리어를 어떻게 해보겠단 생각 없으니까."

"알아. 너도 네 속 편하게 짝사랑만 주구장창 하고 있는 거."

윤희는 속을 들킨 것 같아 황급히 맥주를 마셨다.

"다들 속 편하게 자기 식대로 사랑하고 사는데, 나만 실속이 없는 거지. 그게 너무너무 억울해서라도 다 관두려고. 진즉에 다 치워 버렸어야 하는데 미련을 못 버려서 이 꼴 난 거야."

"우탄이 만났어."

"우탄이를?"

우탄이 윤희를 따로 만날 이유야 단 한 가지.

"지금쯤 리어 집에 있을 거야. 내가 알려줬거든."

구름은 가슴이 철렁 내려앉았다. 서로 떼어놔도 시원찮을 판에 싸움을 붙인 것과 다름없었다.

"두, 둘이 같이 있다고?"

"어차피 치러야 할 일이야."

구름은 지끈거리는 머리를 손바닥으로 꾹 눌렀다.

"윤희 너까지 왜 이래? 그 자식들이 얌전히 말로 끝낼 거 같아?"

🍓

힐끗.

구름은 아침에 멀쩡한 얼굴로 출근한 우탄을 훔쳐봤다. 해가 첫 출근한 우탄을 직원들에게 정식으로 인사시켰다.

"고등학생 때부터 점찍어뒀던 녀석이랑 드디어 같이 일하게 되다니, 감개무량합니다. 하하하."

'더 스윗' 카페 무대 디자인을 한 학생이 우탄이란 걸 미국에 간 후에나 알게 됐지만, 해는 꿈을 이룬 것 같아 마냥 좋았다. 눈에 독기를 품고 있는 구름 때문에 그 기쁨을 다 표출할 수 없다는 게 천추의 한이었다.

"흠흠. 이제 한 식구가 되었으니까 다들 사이좋게 잘 지내봅시다."

"네에!"

모두 이구동성으로 대답하는데 구름만 심술궂은 표정으로 입을 꼭 다물고 있었다.

"구름 씨, 공과 사는 좀 구분하지? 언제까지 우리가 구름 씨 눈치를 보고 있어야 해? 구름 씨가 계속 그러고 있으면 우탄 씨도 마음 불편하잖아."

구름과 입사 동기인 재무팀 여직원 명은이 입바른 소리를 했다.

'그노무 공과 사!'

구름이 아니꼬운 눈초리로 한 살 위인 명은을 쳐다보았다.

"3년 동안 같이 일하는 동기 마음은 안 챙겨도 처음 본 남자 마음은 챙기고 싶나 봐?"

"뭐라구? 말 참 삐딱하게도 한다."

이미 삐딱선을 탔으니, 말도 삐딱하게 나올 수밖에.

'고마 세상이 다 삐딱했으마 좋겠다!'

"어휴, 왜들 이래? 사이좋게 지내자는 말 떨어지기가 무섭게 싸우면, 말한 난 뭐가 돼? 우탄아, 미안하다. 사무실 분위기가 이렇다는 건 참고만 해. 좋을 땐 또 엄청 좋아. 다들 성격이 뒤끝은 없거든."

"명은 언니는 몰라도 난 뒤끝 많아요, 대표님. 소개 끝났으면 먼저 일어나도 되죠?"

공과 사를 구분하느라 해에게 높임말을 쓴 구름은 당당히 회의실을 나갔다.

"아으, 저걸 그냥!"

명은이 바르르 떨자 우탄이 대신 사과했다.

"저 때문에 죄송합니다."

인상 좋은 삼십대 후반의 무대 디자인 팀장 최후정이 웃으며 말했다.

"구름이 성격 장난 아닌데, 고생 좀 하겠어."

명은이 또 종알거렸다.

"얼른 해결해요. 맘 편히 일 좀 하게."

직원들이 모두 나간 뒤 회의실에 단둘이 남은 우탄과 해는 민망하게 웃었다.

"죄송해요, 형."

"됐어, 인마. 불편해도 참아. 말은 저래도 다들 좋은 사람들이야."

"네."

우탄이 회의실을 나와 사무실로 들어갔을 때 최 팀장이 자리를 안내해 주었다. 무대 디자인 팀에 속한 우탄은 조명 디자인 팀인 구름과는 반대편 자리였다. 빈 책상을 손으로 쓱 쓰다듬어 보았다. 이곳까지 오는 데 너무나 긴 시간이 걸렸다. 미래라고는 없이 반항심만 가득했던 십대 시절이 떠올라 우탄은 마음이 뭉클했다.

'이게 다 구름이 네 덕분인데……'

구름이 덕분에 꿈을 키우고, 함께 일할 날을 손꼽아 기다리며 미국에서 열심히 공부도 했다. 그런데 정작 구름은 자꾸만 멀어지려 하고 있었다. 어떻게 돌아온 자리인지 안다면 박대만 하고 있진 못할 텐데. 하지만 우탄은 화가 난 구름 앞에서 무엇부터, 어떻게 입을 떼야 할지 점점 막막해졌다.

❦

"끄응—"

윤희가 깨우러 와서야 부스스 일어난 리어는 억지로 몸을 일으켜 앉았다. 골이 깨지는 것처럼 아파서 침대에서 내려오지도 못한 채 앉아 있는데, 침실로 그녀가 들어왔다. 늘 봐오던 모습처럼 윤희는 익숙한 손길로 아무렇게나 벗어둔 가운을 들어 그의 앞에 던졌다. 그리고 빈 양주병들과 술잔 두 개, 먹다 만 안주들을 치우기 시작했다. 우탄과 둘이서 술로 끝장을 볼 생각이었던 모양이다.

"소 매야, 물 좀."

윤희는 치우다 말고 주방으로 가서 능숙하게 냉수에 꿀을 타 그에게 갖다 주었다. 꿀꺽꿀꺽, 단숨에 꿀물을 마신 리어는 빈 잔을 그녀에게 건넸다.

"몇 시야?"

"12시. 우탄이랑 마신 거야?"

"응."

새벽 3시까지 마시다가 리어는 먼저 뻗어버렸고, 우탄은 제집으로 갔다가 아침 일찍 출근한 것이었다.

"아이고, 죽겠다."

술집에서도 꽤 마셨는데, 거기에 양주를 또 부어댔으니 속이 멀쩡할 리 없었다. 예전처럼 쌈박질 안 하고 술을 퍼마셔 준 걸 고맙다고 해야 하나?

윤희는 스케줄 펑크만은 막아야겠기에 침대에 도로 널브러진 리어를 달랬다.

"펑크는 절대 안 돼. 중요한 자리인 거 알지?"

"구름이 보고 싶다."

쓰레기를 치우던 윤희의 손끝이 움찔했다.

"구름이랑 얘기해 봤는데, 이번엔 마음 돌리기 힘들 거 같아. 애가 완전히 지쳐 버렸어. 그러니까 그냥 좀 내버려 두는 게……."

"소 매야."

"어."

"넌 내 편이지? 내 매니저잖아."

윤희는 마저 비닐 봉투에 쓰레기를 담고 일어섰다.

"구름이 친구이기도 해."

윤희의 냉정한 말에 리어는 입술을 삐죽였다. 그동안 그녀가 중간에서 애써준 걸 알고 있었다. 윤희는 리어의 투정을 다 받아주고, 온갖 심부름에, 회사에서 대신 욕 먹어주는 건 기본이었으며, 매니저로서 최선을 다했다. 이젠 그녀만큼 편한 매니저는 없었다. 누구보다 구름을 사랑하는 걸 이해해 주는 친구였다.

윤희를 위해서라도 스케줄만큼은 펑크 내지 말잔 생각에 리어는 억지로 침대에서 내려왔다. 가운은 입지도 않고 다가온 리어는 그녀의 손에서 쓰레기봉투를 빼앗았다.

"도우미 아줌마가 치우게 내버려 둬."

"……."

윤희는 리어의 충고대로 그의 앞에서 더 이상 '고맙다', '미안하다', '내 잘못이다'란 말을 하지 않았다. 그러나 이따금 그가 보이는 친절에는 고마웠고, 그의 매니저로서 다른 건 몰라도 구름이 일만큼은 별 도움이 안 된다는 게 미안했다.

이미 모두가 부러워하는 슈퍼스타 강리어의 매니저로서 성공한 덕후, 윤희.

언감생심 리어의 얼굴도 똑바로 못 쳐다보던 소심쟁이 왕따였던 윤희는 그때나 지금이나 그가 웃기만 해준다면 더 이상 소원이 없었다.

❦

어제와 마찬가지로 현장에 가기 위해 주차장으로 내려온 구름은 우탄이 따라오자 걸음을 멈췄다.

"왜 따라와?"

구름이 퉁명스럽게 묻자 우탄이 어깨를 으쓱했다.

"현장에 같이 가라고 하기에."

"아―놔."

구름에게는 말도 없이 우탄에게만 얘기한 모양이었다. 그녀는 당장 해에게 전화를 걸기 위해 주머니에서 핸드폰을 꺼냈다. 핸드폰을 빼앗은 우탄이 그녀의 차로 걸어갔다.

"야……."

투덜대며 따라온 구름이 차에 타서야 우탄은 핸드폰을 건넸다. 그의 손에서 핸드폰을 홱 낚아챈 그녀는 안전벨트를 하고 시동을 걸었다.

도로에 나오고 얼마 안 있어 우탄은 슬쩍 말을 붙였다.

"어제 리어 만났어."

"……."

구름도 궁금하던 차에 귀를 쫑긋 세웠다. 그러나 아무 관심 없는 척 시큰둥하게 대꾸했다.

"알아야 해?"

"난 또 궁금해할 줄 알았지."

구름은 우탄이 일부러 놀리는 것 같아 찌릿 쩌렸다.

'이노마 이거, 미국 물 먹드마는 능구렁이가 다 됐네.'

무심히 창밖을 보는 우탄의 옆얼굴 선이 그림 같아서 구름은 욱했던 마음도 잊고 저도 모르게 시선을 빼앗겼다.

'이 와중에 왜 까리하고 지랄.'

시선을 느낀 우탄이 고개를 돌렸다.

"왜?"

"너…… 술 마셨어?"

회의실에서는 뚝 떨어져 앉아서 몰랐는데, 우탄에게서 옅은 술 냄새가 났다.

"새벽까지 리어랑 마셨어."

치고받고 쌈박질을 한 것도 아니고 술을 마시면서 회포를 풀었다고? 누구는 응급실에 실려 간 건 아닐까 염려되어 잠도 설쳤는데? 이별 기념으로 화해주라도 마셨냐?

구름은 치밀어 오르는 부아를 꾹 억눌렀다.

"걱정했어?"

"내가, 왜!"

버럭 소리를 지른 구름은 거칠게 운전을 했다. 피식 웃은 우탄은 차에 있는 껌 통을 발견했다.

"먹어도 돼?"

"먹어. 현장에 가면서 술 냄새가 웬 말이야? 첫 출근을 하는 놈이 새벽까지 술을 마신다는 것부터가 정신머리가 글러먹은 거지. 리어 그 자식도 웃겨. 너랑 마주 보고 술이 넘어가던가? 와아, 이렇게 또 뒤통수를 얻어맞는구나."

허구한 날 사랑하니 어쩌니, 말로 현혹하던 리어는 실상 살아 돌아온 우탄이 반가웠던 것일까?

'세상에 믿을 놈 하나도 없다드마는. 우탄이가 때맞춰 돌아오길 잘했지. 안 그랬으마 리어 금마한테 또 속을 뻔했다 아이가.'

구름은 어이가 없어서 헛웃음만 나왔다.

"너도 줄까?"

"난 내가 알아서 먹어."

구름이 툴툴거리며 껌 통에 손을 대는데, 우탄이 먼저 그녀의 입에 껌을 넣어주었다. 얼결에 받아먹은 구름은 아무런 내색 없는 그를 힐끗 쳐다보았다.

'어떻게든 꼬셔볼라 카는 거 모를 줄 아나?'

구름은 우탄이 자신과 화해할 타이밍을 노리고 있다고 생각했다.

'꿈 깨라이!'

쉽게 용서해 줄 것 같았으면 이별 선언 같은 건 하지도 않았다. 고등학생 때야 푼수처럼 우탄이한테 다 맞춰줬지만, 9년 연애에서 얻은 거라면 실속 없는 연애는 아까운 청춘만 허비한다는 것이었다.

'그나저나 그 사정이란 기 뭐고?'

성질이 뻗쳐서 사정 얘기를 듣지도 않았던 구름은 뒤늦게 궁금해 미칠 것 같았다. 하지만 지금까지 안 한 얘기를 누구한테 했을 리도 없었다. 이제 와서 말해보라고 하기엔 그에게 난리를 쳤던 게 무안했다.

'됐다. 마. 신경 꺼라. 어차피 헤어진 마당에 알면 뭐 하겠노.'

질겅질겅.

껌을 씹으며 구름은 금세 체념했다.

현장에 도착하자 담당자가 멀끔하게 잘생긴 우탄에게 호감을 드러냈다.

"어머, 새로 오신 분이구나. 엄청 핸섬하시다. 호호호."

오나가나 시선을 끄는 우탄이 때문에 구름은 뾰로통해서 서 있었다.

저놈이 바로 한국 오기 전날 일방적으로 내가 차버린 전 남친이랍니다! 그리고 난 실속 없는 난장 로맨스에서 실속형 다큐 우먼으로 새 인생을 살고 있는 전 여친이구요!

"안녕하세요? 오우탄이라고 합니다."

언제 들어도 듣기 좋은 달콤한 목소리.

"어머나, 목소리도 넘 좋으시다. 오우탄 씨. 네에, 기억하고 있을게요. 우리 앞으로 자주 봐요."

찡긋.

'얼씨구, 윙크까지.'

여자의 노골적인 추파에 구름은 속이 거북했다.

"어머, 구름 씨 옷이 바뀌었네요? 추리닝 바지만 입더니. 구름 씨도 우탄 씨랑 같이 다니려니 신경 쓰였구나?"

"그게 아니고……."

"에이, 다 알아. 잘생긴 남자한테 잘 보이고 싶은 건 여자의 본능이지, 뭐."

헐.

황당해하는 구름을 보더니 우탄이 픽 웃었다.

"어머어머, 우탄 씨는 웃는 것도 구웃. 배우상이야, 배우상."

"그런 얘기 많이 들어요. 후후."

사람들을 경계하던 우탄의 모습은 더 이상 없었다. 어둡고 퇴폐적인 눈빛은 다정하고 따뜻한 시선으로 바뀌어 있었고, 웃는 꼴을 못 보던 얼굴엔 부드러운 미소가 드리워져 있었다. 매년 조금씩 달라지는 모습을 보긴 하였으나, 지금은 변화의 완성도를 보는 느낌이었다. 한마디로, 이보다 더 매력적일 수는 없었다.

두근두근, 두근두근.

'오잉?'

구름은 심장이 뛰는 소리에 당황하여 가슴을 부여잡았다.

'뛰마 안 된다. 뛰지 마라. 제발, 멈추라꼬!'

죽어라 거부해도 심장은 우탄을 거부하지 못했다. 그 사실이 구름을 절망하게 했다.

❦

'내가 또 뭘 잘못했나?'

현장을 돌아보는 내내 시선을 피하는 구름 때문에 우탄은 마음이 불편했다.

'그 여자랑 얘기해서 질투가 난 것도 아닐 테고.'

만나자마자 이별을 고한 구름에게 질투심이 남아 있을 리 없었다.

'리어랑 술 마신 것 때문에 그러나?'

주먹질하는 것보단 훨씬 잘한 짓 아닌가?

"구름아."

참다 못한 우탄이 구름의 팔을 붙잡았다.

"정신 사나워. 조용히 따라와."

구름이 무정하게 우탄의 손을 떨치고 앞서 걸어갔다. 성큼성큼 큰 걸음으로 다가온 우탄이 그녀의 손목을 낚아채 어디론가 데려갔다.

"어어어, 왜, 왜 이래?"

사람들이 볼까 무서워서 구름은 종종걸음으로 우탄이 이끄는 대로 따라갔다. 건물 뒤편, 한적한 곳으로 그녀를 데려간 우탄은 마침내 걸음을 멈췄다.

"무슨 짓이야!"

화가 난 구름이 빽 소리를 질렀다.

턱!

한 팔로 벽을 짚은 우탄이 구름에게 바짝 붙어 섰다. 깜짝 놀란 그녀가 동그래진 눈으로 그를 올려다봤다.

"내가 잘못한 거 아니까, 나 좀 봐주라."

한국에 돌아올 날만 손꼽아 기다렸던 그였다. 그 하루하루가 지옥 같았기에 우탄은 냉담하게 변해 버린 구름을 보기가 괴로웠다.

"미치게 보고 싶었어. 그러니까 제발…… 나 좀 봐. 응?"

구름은 우탄의 진심 어린 눈빛에 흔들리는 마음을 다잡았다.

"너 소식 없는 동안, 내가 매일 무슨 생각으로 버텼는지 알아? 네가 바람이 나도 좋고, 내가 싫어져도 좋으니까 살아만 있어달라고 매일 별 보고 빌었어."

"살아 돌아왔잖아. 바람난 것도 아니고, 네가 싫어진 것도 아니야."

"근데 난…… 네가 왜 이렇게 미운지 모르겠다."

우탄이 무사히 돌아오기만 해준다면 고맙고 기쁠 줄 알았는데, 오히려 마음이 더 복잡해졌다. 그 아리송한 마음을 구름도 이해할 수 없기는 매한가지였다.

"너 정말 리어를 좋아하게 된 거야? 나한테 화나서 그런 거 아니고?"

우탄은 그렇게 믿고 싶었다. 구름의 마음을 차지한 사람이 자신이 아닌 리어라는 게 견딜 수 없었다. 9년의 연애가 결국 리어 때문에 깨진다면, 그녀 곁으로 완전히 돌아올 날만 기다리며 살았던 시간은 아무 의미가 없었다.

구름은 우탄이 이렇게 미운데, 미친 듯이 가슴이 뛴다는 사실이 싫었다. 이별하기로 선언해 놓고 신경 쓰는 것도 싫었다. 우탄이 없는 동안 리어에게 흔들렸으면서, 여전히 그를 사랑하고 있다는 게 어처구니가 없었다. 모든 게 혼란스러웠고, 그 혼란을 잠재울 시간이 필요했다.

그런데 우탄은 그 시간마저 허락하지 않는 것이다.

"이젠 내가 나를 못 믿겠어."

"뭐?"

"내가 하는 사랑이 진짜 사랑이 맞는지도 모르겠고, 집착인지 오기인지도 헷갈린다고. 날 좀 내버려 둬. 내가 지금까지 널 기다려 준 걸 생각한다면, 너도 좀 기다려. 진짜 내 마음 알게 되면 그때 대답해 줄게."

벽을 짚은 우탄의 팔에서 힘이 빠졌다. 몸을 바로 세운 우탄은 안타까운 눈으로 구름을 내려다보았다. 만나면 매일처럼 키스할 생각에 부풀었던 마음도, 알콩달콩 사랑을 꿈꾸었던 것도, 모두 그녀의 간절한 호소에 무너져 버렸다.

이젠 기다림도 끝일 거라 생각했는데, 그녀는 또 기다리라고 한다. 그녀를 안고 싶어서, 그녀와 키스하고 싶어서 미칠 거 같은데…….

다가오지 않고 자꾸만 뒷걸음질 치는 구름 때문에 우탄은 돌아버릴 것 같았다. 그녀를 기다리게 한 죄에 대한 벌이라면 달갑게 받아야지 어쩌겠나. 하지만 마지막에 원치 않는 대답을 듣게 될까 봐 겁이 났다.

우탄은 많은 말을 삼키며 마지못해 고개를 끄덕였다.

"알았어. 너 좋을 대로 해."

[부산 갈매기~ 부산 갈매기~]

모처럼 집에 와 일찍 잠을 청하려던 구름은 요란하게 울리는 전화
에 핸드폰을 집어 들었다. 리어라는 걸 알고 꺼버리자 곧장 벨이 울려
댔다.

"돌아가시겠다, 고마."

전화를 계속 안 받으면 그 또라이는 이모한테 전화를 해서라도 집
으로 들어올 터였다. 리어의 성미를 잘 아는 구름은 어쩔 수 없이 전
화를 받았다.

"왜?"

[들어간다.]

"뭐?"

말이 끝나기가 무섭게 다락방 문이 벌컥 열렸다. 해와 달이 결혼해
서 2층이 비었어도 구름은 다락방이 좋아서 옮길 생각을 하지 않았
다. 그녀의 유일한 안식처인 다락방에 키가 큰 리어가 들어왔고, 구름
은 침대에 누웠다가 벌떡 몸을 일으켰다.

"이모한테 전화했어?"

"응. 넌 문 안 열어줄 거잖아."

아는 놈이 이래?

"지금 몇 신지는 알고?"

"내 사정 잘 아시는 분인데, 뭐."

"아이고, 어무이."

사방이 적이라 구름은 맥이 빠져 털썩 침대에 주저앉았다.

오늘은 또 무슨 말을 하려고 집까지 찾아온 걸까? 낮에는 우탄이에게 시달리고, 밤에는 리어에게 시달려야 하는 신세여.

'이것들을 세트로 묶어다가 한강에 던져 버리까 부다.'

구름 옆으로 와서 앉은 리어는 고개를 숙여 그녀의 얼굴을 들여다봤다. 그의 애교 섞인 눈웃음에 구름이 찌릿 째려보았다.

"나, 어제 우탄이랑 술 마셨어."

"그거 자랑하러 왔냐?"

"싸움 안 했어. 잘했지?"

'이제 보니, 칭찬받으러 온 거였구만.'

칭찬을 엄청 좋아하는 리어를 보니, 구름은 뭔가 자신이 오해하고 있단 생각이 들었다. 두 녀석이 회포를 풀기 위해 술을 마신 게 아니라, 싸움을 자제하느라 그랬다는 걸 말이다. 나름 어른답게 대작을 했던 모양인데, 그게 또 어처구니가 없었다.

"대가리 터지도록 싸우지, 왜? 그거 너희들이 제일 잘하는 거잖아."

"우탄이랑 나랑 싸울까 봐 걱정한 거 아니었어?"

"내가 한 말은 똥구녕으로 들었냐? 너희랑 헤어졌다니까. 둘이 싸우든지 말든지 나랑 아무 상관도 없다고 사방팔방 광고라도 내야 믿을래?"

잔소리가 듣기 싫었는지 리어는 침대에 벌렁 드러누워 버렸다.

"일어나. 내일 출근하려면 자야 해. 올빼미처럼 밤낮이 뒤집어진 너랑 같은 줄 알아."

"같이 자자."

"이 시키가!"

구름은 주먹으로 리어의 배를 세게 내려쳤다.

"윽!"

리어가 배를 움켜잡으며 침대를 뒹굴었다.

"음란마귀가 씌었나. 걸핏하면 키스하자, 자자. 주둥이를 확 지그재그로 꿰매 버릴라."

"쿡쿡쿡. 네 욕 들으니까 살 거 같다."

"변태 시키."

구름의 무릎을 비집고 누운 리어는 그녀를 올려다보며 졸랐다.

"나, 그냥 네 옆에서 구박받으면서 살면 안 돼?"

구박이 전문이긴 하다만.

"우탄이가 엔간히 가만있겠다. 어제 안 뒤진 것만 해도 다행인 줄 알아."

리어는 구름의 손을 잡아 제 가슴에 얹었다.

"가슴 뛰는 거 느껴지지? 신기하지 않냐? 이렇게 구박하는데도 난 널 생각하면 가슴부터 뛰어. 그래서 널 못 놓나 봐."

리어의 말처럼 쿵쿵 뛰는 심장이 느껴졌다.

열여덟 살 때처럼 아직도 설레고 가슴이 뛴다는 리어.

밀어내도, 밀어내도 자꾸만 파고드는 리어를 어떻게 하면 좋을까? 우탄을 포기 못 한다고 한다면 이 녀석은 어떻게 될까?

구름이 정말 무서운 건 리어가 상처를 받는 것이었다. 그의 엄마처럼 세상과 벽을 쌓고 숨어버릴까 봐 두려웠다.

어린애 같기만 한 리어.

수많은 팬들의 사랑을 받으면서도 정작 엄마의 응원은 받지 못하고, 자신이 사랑하는 여자에겐 외면당하는 슈퍼스타.

"똥스타."

"어?"

"시간을 좀 줘."

"시간?"

"내가 정말 사랑하는 사람이 누군지 나도 알고 싶어."

　구름은 우탄에게 그랬던 것처럼 리어에게도 시간을 달라고 부탁했다. 그게 최소한 리어에게 베풀 수 있는 배려이자 예의라는 생각이 들었다. 그래도 결정이 나지 않는다면, 어쩌겠는가. 두 녀석 다 원래 마음먹은 대로 쫑 내버려야지.

18

첫사랑의 인과관계

며칠 후 아침 8시 반. 강원도에 출장이 잡힌 구름은 모처럼 화장을 했다. 굳이 따로 가겠다고 우긴 그녀 때문에 아직 차가 없는 우탄은 최 팀장이 태워서 가기로 했다.

"하이고야. B.B만 발라도 요래 미모가 살아나는 거를. 뭐 한다꼬 그래 청승을 떨었으꼬."

장난처럼 사투리를 하며 구름이 제 뽀샤시 한 피부에 감탄하고 있을 때였다. 최 팀장에게 전화가 걸려왔다.

"예, 팀장님."

[구름 씨, 내가 일이 생겨서 오후에나 출발할 거 같아. 구름 씨가 우탄 씨 태워서 먼저 출발해.]

"뭐라구요? 갑자기 이러는 게 어딨어요? 총괄 팀장님은요?"

[벌써 출발하셨대. 미안해. 부탁할게.]

최 팀장이 서둘러서 전화를 끊어버렸고, 구름은 황당하기 그지없어 거울 속에서 썩은 표정을 짓고 있는 자신의 얼굴만 쳐다보고 있었다.

"이 양반들이, 단체로 짰구만!"

솟구치는 울분을 억누르며 빠른 속도로 화장을 하기 시작했다. 우탄을 태우고 가려면 사무실 근처로 가야 했기에 여유를 부릴 시간이 없었다.

"이럴 거면 첨부터 말을 하든가!"

최고의 미모로 둔갑하려던 구름은 화장품을 대충 찍어 바르고 입고 갈 옷을 골랐다. 브리핑 때 입을 옷은 이미 차에 실어두었고, 가서 입을 옷도 캐리어에 챙겨놓았다. 입고 갈 옷만 고르면 되는데, 갑자기 서두르다 보니 뭘 입어야 할지 우왕좌왕했다. 집에서 사무실까지 가는 시간만 해도, 1시간은 족히 걸릴 터. 넉넉히 가려면 1시간 전에는 출발해야 했다. 미모를 포기한 덕분에 옷 정리를 안 해서 어제 옷을 챙기는 시간만도 꽤 걸렸다.

"입고 갈 옷도 챙겨놓을걸!"

구름은 후회하며 손에 잡히는 대로, 마구잡이로 옷을 꺼내 침대에 펼쳤다.

"요거, 요거."

몸에 착 달라붙는 스키니 진과 흰색 티셔츠를 집은 구름은 빠르게 옷을 갈아입었다. 거울에 비춰보니 무릎 나온 추리닝보다야 훨씬 '사람 여자' 같았다.

"출바알!"

박명수 흉내를 내며 캐리어를 번쩍 들고 다락방을 나온 구름은 1층으로 다다다 뛰어 내려갔다.

차가 막히는 시각이라 우탄을 데리러 가는 데만 1시간을 잡아먹었다. 교통체증에 잔뜩 짜증이 나 있던 구름은 회사 앞에서 기다리는 우탄을 만났다. 강원도에 가느라 평소보다 멋을 냈는지 가뜩이나 뛰어난 외모가 더 돋보였다. 그를 보자마자 짜증마저 사라진 구름은 기분 좋게 출발했다. 족쇄 같은 9년의 연애에서 벗어나 자유를 만끽하리라!

흥얼흥얼 노래까지 부르는 구름을 우탄이 자꾸 쳐다보았다. 운전 중인 구름이 보지도 않고 물었다.

"왜?"

"예뻐서."

"화장하니 몰골이 좀 낫지?"

"화장 안 해도 예뻐."

우탄이 무심히 하는 말에 구름은 심쿵했다.

'이래서 같이 안 가려고 했는데.'

최 팀장의 만행으로 작전 실패였다.

어쨌거나 오는 정이 있으면 가는 정도 있어야 하는 법.

돌아온 미모에 우쭐해 있던 구름은 인심을 팍팍 썼다.

"너도 인물 잘난 거는 인정해 줄게."

"풋."

좋냐?

"실실 웃지 마라. 중간에 버리고 가는 수가 있다."

구름이 무섭게 으름장을 놓자 우탄은 고개를 돌리고 웃었다. 우탄을 힐끔 훔쳐본 구름은 그의 웃는 모습에 또 가슴이 설렜다.

날렵한 턱선, 하얗고 가지런한 치아, 손가락만 스쳐도 벨 것 같은 콧날, 살짝 감춰지는 갈색 눈동자……. 웃는 게 이리 스윗하기도 어려울 거다.

미치도록 까리한 놈.

'아이고오, 인간아. 웃기만 해도 가슴 설레마 우짜노. 연애 혁명은 개뿔!'

구름은 자신의 줏대 없음을 탄식했다.

🦋

"와아~ 바다다!"

그들이 묵을 호텔 앞. 차에서 내리자마자 찬란한 태양 아래 새파랗게 펼쳐진 강원도 바다를 본 구름이 환호성을 질렀다. 우탄도 태어나 강원도에는 처음 와봤다. 드넓게 펼쳐진 바다를 보자 답답하던 가슴이 확 트였다.

"우와!"

우탄이 구름의 옆에 서서 두 팔을 번쩍 치켜들었다. 바다를 바라보는 그의 모습이 싱그러워서 구름의 입꼬리가 절로 위로 말려 올라갔다. 그녀의 미소에 우탄이 씩 웃었다.

"너랑 같이 바다 보고 싶었어."

한국에 돌아오면 구름과 꼭 같이 해보고 싶었던 일이었다.

'내도 그랬다.'

우탄을 부산에 데려가 부모님께 인사도 시켜주고, 해운대 바다도 보여주고 싶었다. 1년에 한 번 귀국할 때도 짧은 일정 탓에 부산 한번 내려가 보지 못한 게 속상했었다. 그런데 함께 바다를 보고 있으니 기분이 이상했다. 알고 지낸 기간은 9년이었지만, 실제 함께 있던 시간은 길지 않았기에 익숙함보단 낯선 순간이 더 많았던 우탄. 그래서 매 순간 더 새롭고 설레었는지도 모르겠다.

우탄이보다는 리어와 함께한 시간이 훨씬 많아서, 구름은 쓸쓸했다. 리어와 함께하던 그 모든 걸 우탄과 함께하고 싶었기에 외롭고 쓸쓸했다. 리어는 그런 자신을 보면서 또 얼마나 괴로웠을까. 리어가 쏟은 정성을 생각하면 마음이 아팠고, 우탄과 있는 이 시간이 좋아서 리어에게 미안했다. 생각해 보면 늘 그랬던 것 같다. 리어와 함께했던 수많은 시간보다는 우탄과 함께했던 짧은 시간의 소중함이 더 컸었다.

우탄은 생각에 잠긴 구름을 물끄러미 바라보았다. 단발머리 소녀에서 성숙한 여인이 된 구름. 그러나 우탄의 마음엔 언제나 첫사랑이자 끝사랑인 소녀로 남아 있으리라.

우탄은 바닷바람에 흩날리는 구름의 핑크빛 머리칼을 귀 뒤로 넘겨주었다. 그의 다정한 손길에 구름이 고개를 돌렸다. 퇴폐적이던 그의 눈이 이렇게 맑았던가 싶었다.

구름은 우탄의 모습을 오랫동안 눈에 담았다.

가슴 절절하도록 보고 싶었던 우탄이.

'내 사랑.'

"구름아."

구름의 눈에 고이는 눈물을 보았는지 우탄의 미간이 살짝 패었다. 그녀는 급히 발길을 돌렸다.

"그만 들어가자."

호텔로 들어와 체크인을 한 두 사람은 정해진 방으로 올라왔다. 우탄과 최 팀장, 그리고 총괄 팀장이 함께 쓰는 방의 옆 호실이 구름이 묵을 방이었다. 오면서 총괄 팀장과 통화했더니, 그는 본가가 그 부근이라 잠깐 들렀다가 온다고 했다. 일찍 출발한 이유가 그것 때문인가 싶었다.

방으로 들어가기 전, 우탄이 말했다.

"좀 쉬었다가 전화해. 점심 먹어야지."

아침도 못 먹었던 터라 구름은 시장했다. 그도 배가 고플 것이기에 고개를 끄덕이고는 방으로 들어갔다. 캐리어를 한쪽에 두고 침대로 가서 벌렁 누웠다. 운전을 오래 했더니 허리뿐 아니라 근육이 죄다 뭉쳤다.

"아이고오오, 삭신이야."

잠시 후 대충 짐 정리를 한 구름은 방을 나와 옆방의 벨을 눌렀다. 문을 열어준 우탄이 들어오라는 눈짓을 했다. 그녀는 아직 준비가 덜 된 모양이라며 안으로 들어갔다.

그새 편안한 복장으로 갈아입은 우탄은 쇄골이 살짝 드러난 티와 스트링 바지를 입고 있었다. 반팔 소매 아래로 탄탄한 근육을 보는데 남성미가 느껴졌다. 그에게서 느껴지는 특유의 날 선 긴장감과 묘하게 나른한 분위기가 섞여 꽤나 섹시했다. 고등학생 때는 정제되지 않아 거친 면이 많았다면, 성인이 된 지금은 확연히 멋스럽게 다듬어진 티가 났다.

구름은 저도 모르게 우탄의 전신을 눈으로 훑으며 침을 꼴깍 삼켰다. 우탄은 그때 테이블 위에 둔 캐리어를 들여다보고 있었다. 그가 다른 일에 집중해 있는 사이, 구름은 마음 놓고 그의 몸매를 감상했다.

'칼린가 뭔가 무술 배운다더니, 그거 때문인가? 몸이 이전보다 훨씬 탄탄해진 거 같다이. 살도 많이 빠진 거 같고.'

살짝 숙인 우탄의 이마가 반듯하고 매끄러웠다. 그 아래 짙은 눈썹과 오뚝 솟은 콧날이 남성미를 한층 돋보이게 했다.

구름은 잘 보이지 않는 입술 때문에 삐딱하게 고개를 옆으로 기울였다. 그런데 갑자기 우탄이 고개를 드는 바람에 머리를 바로 할 틈을 놓쳤다. 그와 눈이 마주치자 민망해진 그녀는 고개를 좌우로 꺾으며 딴청을 피웠다.

피식.

줄곧 구름의 시선을 느끼고 있던 우탄은 모른 척 캐리어 뚜껑을 닫고 그녀에게 다가왔다.

"운전하느라 힘들었지?"

우탄은 구름의 뒤로 돌아가 어깨를 주물러 줬다. 딱딱하게 굳어진 어깨 때문에 우탄은 인상을 찡그렸다.

"어깨 안 아파?"

"어깨만 아프나. 삭신이 다 쑤시고 아프지."

우탄과 리어 때문에 쌓인 스트레스로 몸이 안 아픈 날이 없었다. 마음이 편해야 몸도 편한 법인데, 두 녀석 때문에 골병이 들 지경이었다.

"이리 와."

우탄이 구름의 손을 잡아끌었다. 그녀는 얼결에 그의 손에 잡혀 침대 위로 엎어졌다.

"뭐, 뭐 하는 거야?"

화들짝 놀란 구름은 몸을 일으키려 했다.

"가만있어 봐."

구름의 위로 올라간 우탄이 제대로 마사지를 해주기 시작했다.

"아아, 아악! 으으윽! 아오오오오!"

손이 닿는 곳마다 비명을 질러대는 통에 우탄은 난감했다. 밖에서 이 소리를 들었다간 오해받기 십상일 만큼 적나라했다.

"시원해?"

"시, 시원하긴 한데…… 아흐윽!"

너무 아파서 절로 신음이 흘러나왔다. 우탄도 얇은 티 위로 느껴지는 구름의 맨살에 점점 심호흡이 가빠졌다. 처음엔 아무런 사심 없이 마사지만 해줄 생각이었다. 그런데 그녀의 신음 소리를 듣고 있으려니 정말 괴로웠다.

"똑바로 누워."

구름은 주저 없이 몸을 뒤집었다. 안 그래도 마사지 생각이 간절하던 차였다.

'이왕 할 거면 제대로 해보거라.'

구름은 태평하게 눈을 감았다.

"음……."

눈을 감고 편안히 누운 구름을 내려다보는 우탄의 눈빛이 크게 동요했다. 티 위로 볼록한 가슴이 그의 생각을 어지럽혔다. 긴 머리칼이 침대 위로 퍼져서 얼굴선이 더욱 도드라져 보였다.

'미치겠군.'

우탄은 하체가 뜨거워지는 걸 느끼며 곤욕스럽게 상체를 숙였고, 구름의 한쪽 다리를 굽혀 그 위로 몸을 실었다.

뚜두두둑!

굳어 있던 관절에 힘이 들어가며 시원한 소리가 났다.

우탄은 자신의 얼굴이 그녀의 가슴에 가까워지자 심장이 쿵쿵 뛰었다.

'젠장.'

얼른 다리를 바꿔서 상체를 실어 꾹 눌렀다.

"아흐으응."

나른한 음성이 구름의 입에서 새어 나왔다.

"……!"

양쪽 뺨이 볼긋해진 구름을 보자 우탄은 더는 참을 수 없었다. 반대편 다리를 다시 내리누르는 척하며 구름의 입술에 가볍게 입맞춤을 했다.

'응?'

눈을 번쩍 뜬 구름은 약 5초간 정지했다가 그를 홱 밀어냈다. 아무리 시간을 달라고 했어도, 우탄은 구름이 자신을 그런 식으로 밀어낼 줄 몰라 충격을 받았다. 마치 성추행범을 밀쳐 내는 모양새와 다름없었다.

"너 진짜……."

갑작스러운 입맞춤에 구름은 우탄을 원망스러운 눈초리로 노려보고는 방을 뛰어나갔다.

침대에 주저앉은 채로 우탄은 가시지 않는 충격을 억지로 추슬렀다. 구름의 단호한 거절로 인해 마음에 상처를 입자 불쑥 화가 났다. 이게 다 리어 때문이란 생각에 더 참을 수가 없었다.

🍒

쿵쾅쿵쾅! 쿵쾅쿵쾅!

제 방으로 도망 온 구름은 도저히 진정되지 않는 심장박동에 구석에 웅크리고 앉아 있었다. 우탄이 입맞춤을 하는 순간, 하마터면 그를 끌어안을 뻔했다. 제멋대로 반응하는 두 팔에 당황한 나머지 그를 밀쳐 내버렸지만…….

"돌아버려."

그동안 너무 독수공방을 한 덕에 우탄의 손만 닿아도 정신이 혼미해질 정도였다.

"표구름 넌 생각이 있는 거야, 없는 거야. 개폼 똥폼 다 잡으면서 둘 중에 결정하겠다고 지랄을 떨 땐 언제구. 아휴!"

딩동!

"옴마야!"

소스라치게 놀란 구름은 쪼그려 앉아 있다가 엉덩방아를 찧었다. 우탄이란 걸 알기에 후다닥 일어나 거울 앞으로 갔다.

"얼굴 어떡해? 벌그죽죽해서 음란마귀 썬 거 다 들통나겠네."

딩동, 딩동!

"머스마야, 쫌 가만있어 봐라. 내가 더 급하다."

구름은 파운데이션으로 붉어진 얼굴을 재빨리 두드렸다.

톡톡톡!

딩동, 딩동, 딩동!

"간다! 문 연다!"

쪼르르 문으로 뛰어간 구름이 활짝 열어젖혔다. 문 앞에는 예상대로 우탄이 서 있었다. 약간 화가 난 표정이었다.

구름은 어색하게 이를 드러내며 스마일 표정을 지었다.

"밥 먹으러 가야지."

안으로 들어오려는 우탄을 밀어낸 구름이 서둘러 말했다.

"배고프다. 얼른 가자."

구름도 민망해하는 것 같아서 우탄은 더 이상 얘기를 꺼낼 수 없었다.

두 사람은 엘리베이터를 타고 1층 식당으로 내려갔다. 사람들로 붐비는 그곳에서 음식부터 챙겨 빈자리를 찾아 앉았다. 배가 고픈 탓도 있었지만, 구름은 좀 전 상황이 너무 민망해서 고개를 숙이고 부지런하게 식사만 했다. 우탄은 그런 구름을 보며 말 붙일 기회만 엿보았다.

"구름아."

"이거 드레싱이 뭐지? 되게 맛있다."

"아까……."

"빵 좀 더 갖고 올걸."

구름이 자꾸 말을 돌려서 우탄은 그녀가 대화도 거부하는 것 같아 애가 탔다.

"내 말 좀 들어."

그때 누군가 두 사람이 있는 테이블로 다가왔다.

"우탄아."

차분한 여자 음성에 두 사람은 동시에 고개를 돌렸다. 키가 크고 늘씬한 여자가 우탄을 보고 있었다. 세련되고 우아한 여자는 구름도 놀랄 정도로 엄청난 미모의 소유자였다.

'우와아, 이쁘다.'

"맞구나?"

반가운 건지 놀란 건지 애매한 표정을 지은 여자가 더 가까이 다가왔다.

구름은 그때야 우탄의 얼굴이 차갑게 굳어져 버렸다는 사실을 알았다.

"설마 날 잊은 건 아니겠지?"

언중유골이라고 했던가. 말 속에 깊은 의미가 담긴 느낌이 강하게 들었다.

'뭐꼬? 이 얄딱꾸리한 분위기는?'

두 눈을 껌벅이던 구름은 얼른 우탄의 표정을 살폈다. 그의 고집스러운 입술 새로 차디찬 한마디가 흘러나왔다.

"잊을 리가."

❧

'누군고?'

구름은 식사를 하는 척하며 창문으로 테라스에서 이야기 중인 우탄과 여자를 훔쳐보고 있었다.

'우탄이 표정만 봐서는 좋은 사이는 아닌 거 같고. 여자 표정으로는 엄청 반가워하는 거 같고. 요상하데이.'

구름은 식탁에 우탄이 먹다 만 그릇을 쳐다보았다.

"다 먹고나 가지."

거의 남아 있는 음식을 보자 무척이나 배고파하던 우탄 생각에 신경이 쓰였다.

"밥도 안 먹고 같이 나갈 정도면 중요한 사람이겠지?"

구름은 자기는 모르는 둘만의 관계가 거슬렸다.

"뭔 비밀이 그리 많은지. 지가 비밀 요원이라도 되나?"

우주의 비밀보다 더 오리무중인 우탄 때문에 구름은 툴툴거리며 거칠게 포크질을 했다. 맛있기만 하던 음식이 맹물처럼 밍밍했다. 그렇게 구름의 식사가 거의 끝나갈 무렵 우탄이 들어왔다. 자리에 앉는 그를 힐끗 본 구름이 은근슬쩍 물었다.

"누구야?"

"예전에 알던 사람."

알던 사람이니 아는 체를 했겠지.

"어떻게 알던 사람인데?"

포크를 들던 우탄은 난처한 표정이었다. 그 표정을 놓치지 않은 구름이 이죽거렸다.

"또 비밀?"

무대 디자인 때려치우고 CIA를 하지 왜?

"네가 알 필요 없는 사람이야."

우탄은 대답을 잘라 버렸다. 구름에게 말하고 싶지도 않았고, 알아서 좋을 것도 없었다. 아니, 그녀가 아는 것조차 싫었다. 왜냐하면, 우탄에게는 전혀 중요한 여자가 아니었으니까.

그러나 우탄의 냉정한 태도에 이미 마음이 상한 구름은 포크를 소리 나게 내려놓았다.

"하긴, 내가 알아서 뭐 하겠어. 너한테 도움도 안 될 텐데."

"……."

우탄이 빈정대는 구름을 불쾌한 눈빛으로 쏘아보았다. 매사에 삐딱하게 구는 그녀가 못마땅했다. 그녀에게 한 짓이 있어서 참고는 있지만, 시간이 갈수록 해결될 기미는커녕 화해할 타이밍조차 찾을 수 없었다.

화를 참는 기색이 역력한 우탄의 얼굴을 보며 구름은 더욱 기분이 나빴다.

'쳇. 그냥 편하게 말 좀 해주면 어때서? 미국에서 사귀던 여자도 아닐 긴데. 내는 지나가던 강아지가 똥 싸는 얘기까지 전부 다 해줬구마는.'

뭔가 숨기고 감추는 게 많다는 건 뒤가 구리다는 뜻.

구름은 우탄의 강한 눈빛에 질려 그만 자리에서 일어났다.

"먹고 와라. 먼저 간다."

구름이 빈 접시를 들고 가버린 후 우탄은 이미 식어버린 음식을 애써 꾸역꾸역 삼켰다. 구름이 앉았던 자리에 누군가 음식물이 담긴 접시를 놓고 앉았다. 우탄이 고개를 드니, 방금 얘기를 나눴던 여자였다.

"나 때문에 싸운 거야?"

"다른 데 앉아."

매정하기 짝이 없는 명령조였다.

쓰게 웃은 여자는 도도한 투로 대꾸했다.

"나 신연주야. 강리어의 뮤즈. 넌 나의 첫사랑이었구."

우탄과 리어의 우정을 갈라놓은 바로 그 최강고등학교의 여신이라 불렸던 신연주. 학창 시절 때나 지금이나 변함없이 냉정한 우탄 때문에 그녀는 기분이 상했다.

"게다가 넌 나한테 빚진 게 있잖아."

"……."

"미국에서 나 아니었으면 넌 한국에도 못 왔을 거야."

연주는 고맙다고 해도 부족할 판에 그때보다 더 경계하는 태도인 우탄이 못마땅했다. 포크를 내려놓은 우탄은 한층 차가워진 눈빛으로 그녀를 바라보았다.

"한국에 온 거 나 때문이야?"

우탄의 눈빛에 오기가 난 연주는 부러 여유를 부렸다.

"글쎄. 근데 인연은 인연인가 봐. 여기서 또 이렇게 만나는 걸 보면."

❦

"랄라라라라라라라, 랄라라~"

맨발로 바닷가를 거닐며 구름은 콧노래를 흥얼거렸다. 우탄 때문에 화가 났던 마음이 화창한 날씨와 시원스러운 바다 덕분에 해소가 되었다.

"아흥, 좋다."

올여름, 휴가도 반납하고 일만 했던 구름은 이왕 온 거 즐기자고 마음먹었다.

오우탄 따위! 정체불명의 여자 따위! 흥이닷!

"이럴 줄 알고 수영복도 챙겨왔지롱~"

총괄 팀장님과 최 팀장님이 오면 내일 브리핑할 거 회의한 다음, 저녁에 호텔 수영장에서 수영을 할 생각이었다. 그런 다음엔 방에 가서 뜨끈한 물에 몸을 담그고, 와인도 한잔하면서……

'으응?'

별안간 우탄과 함께 와인을 마시며 에로틱한 분위기를 내는 상상이 그려졌다.

우탄의 섹시한 눈빛, 뺨을 쓰다듬는 다정한 손길, 야릇하게 무르익은 분위기 속에서 갑자기 와락 끌어안는 그의 거친 손길…….

키스한다, 키스한다, 키스한다…… 쪼오오옥!

"엄훠!"

저도 모르게 상상에 빠져 있던 구름은 얼른 도리질을 쳤다.

"아이고오, 주책바가지. 싸운 지 10분도 안 됐다. 넌 좀 도도해질 생각이 없니? 아까 그 여자는 완전 도도해 보이더구만. 나, 원래 이런 캐릭터가 아니었는데 그 두 또라이 땜에 인생 조졌어."

"뭐 해?"

바다를 향해 혼자 넋두리를 늘어놓고 있던 구름은 별안간 들리는 소리에 흠칫 놀라 돌아보았다. 두어 걸음 뒤에 우탄이 비스듬히 서서 쳐다보고 있었다.

"남이사."

샐쭉해진 구름이 우탄을 지나쳤고, 그는 그녀의 팔을 잡아 제 앞에 세웠다. 푹신한 모래에 중심을 못 잡고 휘청한 구름은 엉겁결에 그의 허리를 붙잡았다.

오, 실한 허리 근육.

"흠흠!"

구름은 괜히 손을 탈탈 털며 딴전을 피웠다.

"너랑 싸우기 싫어."

우탄은 한국에 와서 구름과 싸운 기억밖에 없는 게 화가 났다. 강원도 바다까지 와서도 뾰족하게 날을 세우고 있는 구름 때문에 신경전을 벌이고 있는 시간이 아까웠다. 그녀와 화해하고 싶어서 해 형에게 자청했던 강원도 행인데. 뭐 하나 뜻대로 되는 일이 없어서 속이 탔다. 이제 와서 아무렇지도 않게 연주 이야기를 하기도 우스웠다. 자신한텐 아무것도 아닌 여자 이야기를 굳이 할 필요가 뭐가 있단 말인가.

"중학교 동창이야. 친한 사이도 아니었구."

친하지도 않은 중학교 동창을 우연히 강원도에서 만났는데, 표정이 그래? 굉장한 사연이 있는 눈치더구만.

구름은 알 만하다는 듯 고개를 주억거렸다.

"아, 그래? 안 친한 중학교 동창이었구나. 난 또 첫사랑이라도 만난 줄 알았지."

연주는 몰라도, 우탄은 아니었다.

"그런 거 아냐."

눈길을 피하며 정색하는 게 더 수상쩍었다.

"첫사랑이면 또 어때? 10년도 더 된 일인데. 누구한테나 그런 추억 하나쯤 있는 거잖아. 숨길 거리나 되나."

연주가 혼자 짝사랑했으니, 우탄은 억울했다. 그것 때문에 리어와도 지금까지 악연으로 이어지고 있었다. 입에 담기도 불쾌한 일이었기에 연주 때문에 승강이를 하고 있는 게 짜증스러웠다.

"우리 그냥 우리 얘기 하면 안 돼? 난 네 생각만 하기에도 바쁘고, 네 얘기만 하고 싶어. 안 돼?"

리어나 이놈이나 말은 번드르르하지.

"난 너한테 시시콜콜 다 얘기했거든? 나야말로 네 얘기가 듣고 싶어. 네가 하도 숨기는 게 많아서 답답해 돌아가실 거 같다구."

터진 주둥이로 왜 말을 못 하니! 말을 하렴. 말을 해!

"재판 중이어서 연락 못 했어."

"뭐?"

재, 재판이라니!

"누굴 좀 도와주려다가 시비가 붙었는데, 무죄 받기까지 1년이 걸리더라구."

맙소사.

"왜 말을 안 했어?"

"걱정할 테니까. 무죄 선고 못 받으면 감옥에서 썩어야 하는데, 어떻게 말해?"

"왜? 감옥에라도 갔다 왔어?"

그냥 해본 말이 사실일 줄 정말 꿈에도 몰랐다. 무죄 판결을 받기 위해 먼 이국땅에서 고군분투했을 우탄을 생각하자 구름은 가슴이 미어졌다. 그런 줄도 모르고 그를 원망하고 미워했던 자신이 너무 한심했다.

충격에서 헤어 나오지 못하는 구름에게 우탄은 도리어 미안해서 죽을 것 같은 표정이었다.

"너한테 너무 미안해서 사실대로 말할 수가 없었어. 실망시키기 싫었어."

어떻게 가게 된 미국인가. 구름이와 헤어지는 게 가슴 아파서 생전 눈물이라곤 모르던 놈이 비행 내내 모포를 덮어 쓰고 울었던 기억은 9년이 지났어도 생생했다. 무슨 일이 있어도 구름을 실망시키지 않겠다던 결심도 그렇게 무너졌다.

"실망시켜서 미안해."

구름은 고개를 저었다. 우탄의 사정을 다 아는 것만이 문제는 아니었다. 사실, 구름에게는 그 어떤 사정이라도 상관없었다. 그녀가 정말 걱정하는 건 제 마음으로 인해 또 한 번 상처를 입은 리어였고, 또 어떻게 하면 상처를 최소한으로 줄일까 하는 난제가 아직 남아 있었다. 우탄이 짓는 미소, 그가 하는 말 한마디에 가슴이 뛰지만, 리어를 떼어놓고 생각할 수가 없었다. 저도 모르는 새 그렇게 되어버렸다. 함께 있을 땐 몰랐는데, 막상 우탄이 오니까 리어의 자리가 컸다는 걸 알았다. 내 시간이 소중한 만큼 그의 시간도 소중하다는 걸 깨달았다.

"좀 놀래서 그렇지 실망한 건 아냐."

구름이 말마따나 실망한 표정은 아니었지만, 마음을 돌린 것도 아니었다. 구름의 덤덤한 태도에 오히려 실망한 건 우탄이었다.

"아직 더 기다려야 해?"

구름은 어렵게 고개를 끄덕였다.

우탄의 착잡한 눈동자가 바다 끝에 머물렀다. 사정을 얘기했음에도 변함이 없는 구름을 보자 어떻게 해야 그녀의 마음을 돌릴 수 있을지 막막했다. 완전한 내 여자라고 생각했던 오만함이 큰 잘못이었다는 것도 깨달았다. 자존심 때문에 좀 더 솔직하지 못한 자신이 원망스러웠다.

    호텔 방으로 돌아온 구름은 문에 기댄 채 쪼그려 앉았다. 그를 실망시켜서 마음이 무거웠다. 자신이 이렇게 이기적일 수 있다는 게 놀라웠다.

    '내가 욕심이 많은 건가?'

    우탄과 리어를 양손에 올려놓고 어느 쪽도 포기하지 않겠다는 욕심인가 싶었다. 우탄과는 오랜 연인이고, 리어와는 오랜 친구여서 서로에게 상처가 되는 일은 더 이상 하고 싶지 않을 뿐인데…….

    [부산 갈매기~ 부산 갈매기~ 너는 정녕 나를 잊었나~]

    가방 안에서 핸드폰이 울렸기에 구름은 정신을 차렸다. 후다닥 가방 안을 뒤져 핸드폰을 꺼냈다. 리어였다. 그새를 못 참고 전화를 한 것이다.

    "아아~!"

    구름은 꽉 잠긴 목을 소리 내어 풀고는 전화를 받았다.

    [구름아!]

    쌩쌩 바람 부는 소리가 들렸다. 불안했다.

    "너 어디야?"

    [호텔 앞.]

    "뭐, 뭐라구? 네, 네가 여길 왜 와?"

    너무 놀란 나머지 구름은 쭈그리고 앉았던 몸을 일직선으로 세웠다.

    [왜 오긴. 너 보러 왔지. 오늘 스케줄 없거든. 하하하.]

우탄이 온 후로 왜 자꾸 스케줄이 비는지 이해가 안 됐다.

"스토커나 하는 짓인 거 알지? 당장 차 돌려."

[나도 바다 보고 싶어. 너랑.]

이 개똥만도 못한 똥스타야!

"내가 널 몰라? 우탄이랑 같이 온 거 알고 온 거잖아."

[잘 아네. 몇 호실이야? 우탄이랑 한방 쓰는 건 아니겠지?]

미친! 그거 확인하려고 온 거였냐!

[조용히 올라가고 싶으니까 빨랑 말해. 안 그럼 나 왔다고 동네방네 소문낼 거야.]

"야, 이씨!"

스캔들 기사에 치를 떨던 구름은 이를 갈며 말했다.

"절대 다른 사람 눈에 띄면 안 돼. 명심해라."

잠시 후 구름은 살며시 문을 열고 고개만 내밀어 복도를 살폈다. 다행히 복도에는 사람 그림자도 보이지 않았다. 리어가 워낙 눈에 띄는 놈이어서 걱정이 태산이었다. 숨기려야 숨겨지는 기럭지여야 말이지.

"왜 안 와?"

초조하게 입술을 깨물고 있던 구름의 눈에 복도 끝에서 멋지게 등장하는 리어가 들어왔다. 그녀는 손목이 떨어져라 아래위로 흔들었다.

"뛰라, 머스마야."

하지만 개폼 잡느라 복도를 런웨이 하듯 걸어온 리어는 구름의 손에 억세게 붙잡혀 방 안으로 사라졌다. 리어를 휙 밀친 구름은 문부터 잠갔다.

"아우, 아퍼. 가스나가 힘만 세가지구."

구시렁대며 침대에 걸터앉은 리어는 금세 헤헤 웃었다.

"우와, 침대다."

"테이블로 착석."

장난스럽게 침대 위를 구르고 있던 리어는 미적거리며 테이블 의자로 옮겨 앉았다.

"우탄이는?"

"옆방에. 돌았니? 여기 있는 거 기자들이 알아봐. 뭔 소문이 날지 감이 안 와?"

그걸 노리고 왔을지도.

구름은 밉살스럽게 웃고 있는 리어에게 손톱을 세웠다.

"어휴, 내가 너 땜에 못 살아."

"나, 오늘 여기서 자?"

구름이 레어에게 다리를 쭉 뻗었다.

퍽!

구름에게 걷어차인 리어는 울상을 지었다.

"아퍼!"

"조용히 해. 옆방에 다 들려."

"치. 들리면 또 어때?"

"딱 1시간만 있다가 돌아가."

"방 예약했어. VIP룸으로."

그렇게 말하며 리어는 약을 올리듯 혀를 쏙 내밀었다.

"혀를 확 뽑아뿔라마."

분노가 담긴 억센 사투리에 리어는 몸서리를 쳤다.

"으유, 무서. 밤바다 보러 갈래?"

"모래사장에 거꾸로 꽂아버리기 전에 조용해라. 내가 지금 너랑 한가하게 밤바다 보러 가게 생겼어?"

구름은 천지 분간 못 하는 리어 때문에 억장이 무너졌다. 저런 놈도 친구라고, 사랑하는 우탄이랑 저울질이나 하고 있어야 하다니. 의리고 사랑이고, 새삼 다 때려치우고 싶은 욕망이 솟구쳤다. 하필이면 왜 이 중요한 때에 저놈에 대한 배려심이 폭발하는가 말이다!

"우탄이랑 술이나 마실까?"

저 능지처참을 할 놈!

이게 다 누구 때문인데 또 우탄이와 술을 마시겠다고?

구름이 말릴 새도 없이 리어가 자리에서 일어났다. 구름은 잽싸게 그를 붙잡아 억지로 주저앉혔다.

"쫌!"

딩동, 딩동!

"흐엑!"

벨소리에 기절초풍한 구름의 이마에 진땀이 확 솟았다. 순간, 겁먹은 그녀와 눈이 마주친 리어는 후다닥 문으로 뛰었다.

"야, 야, 안 돼!"

벌컥!

"헉!"

구름은 리어에게 뻗었던 손을 파르르 떨었다.

저 망할 똥스타!

구름이 질끈 감았던 눈을 떴을 때 이미 우탄은 방 안으로 들어와 있었다. 구름은 우탄의 어이없는 시선과 마주쳤다. 살짝 찌푸린 이마

위로 분노가 스며 있었다. 그 옆에서 우탄의 반응을 조롱하듯 리어가 빙글거렸다.

호텔에서 바람피우다 걸린 여편네처럼 구름은 절망스러웠다.

'환장하겠네!'

❦

굳이 술집에서 술을 마시자는 우탄 때문에 구름과 리어는 하는 수 없이 호텔 지하에 있는 바에 내려왔다. 이럴 거면 처음부터 리어를 방으로 부르는 게 아니었는데, 구름은 후회가 막심했다. 우탄이 귀국한 뒤 처음으로 셋이 만나는 자리가 하필 호텔방이라니. 생각할수록 기가 찼다.

사람들 시선이 부담스러운 구름은 미어캣처럼 사방을 살폈다. 리어 때문에 생긴 습관성 눈치였다. 구름과 리어에게 술잔을 나눠주며 우탄이 여유를 부렸다.

"괜찮아. 너희 둘만 있는 것도 아니고, 나도 같이 있는데, 뭐."

진짜 남친이 돌아왔으니, 스캔들 따위 무시하겠다는 태도였다. 일종의 기 싸움이라고 해도 무방했다.

리어는 우탄이 술을 따라주자마자 단숨에 들이켰다. 우탄도 내기를 하듯 똑같이 잔을 비웠다. 서로 끝장을 볼 것처럼 술을 마시는 모습을 보자 구름은 가슴이 조마조마했다.

"우리 내일 브리핑 있어. 많이 마시지 마. 알지?"

구름이 우탄을 챙기는 게 아니꼬웠는지 리어가 비아냥거렸다.

"해 형이 우탄일 엄청 믿나 보다. 벌써 이런 큰일에 합류시키구, 빽

이 너무 좋은 거 아냐?"

구름이 톡 끼어들었다.

"나도 해 오빠 빽으로 들어간 거거든?"

"넌 사촌 동생이잖아."

"실력으로 따지면 나보다 우탄이가 훨 낫거든?"

리어는 우탄의 편을 드는 구름이 못마땅해서 애꿎은 술만 들이켰다.

"축제 때 나도 초청 가수로 오는 건 알지?"

리어는 우탄에게 자신의 존재감을 알리고 싶은 듯 굳이 생색을 냈다.

"나 때문에 광고도 엄청 붙……."

"강리어?"

귀에 익은 음성에 구름은 휙 뒤를 돌아보았다. 우탄의 중학교 동창이라는 그 여자였다.

'아, 맞다. 리어도 같은 학교재.'

그나저나 왜 자꾸 나타나나 싶어 마음이 불편했다.

리어도 무심코 시선을 돌렸다. 좀 더 가까이 다가온 연주가 그를 향해 미소를 지었다.

"나야. 연주."

"……!"

마치 어제 만나고 또 만나는 사람처럼 연주는 담담히 리어와 눈을 맞췄다.

'신…… 연주?'

리어는 너무 놀라서 들고 있던 술잔을 툭 떨어뜨렸다. 리어의 하얀고 긴 손가락에서 빠져나간 술잔이 테이블에 데구루루 굴렀다. 우탄이 좀 더 남자다운 손가락으로 넘어진 술잔을 똑바로 세웠다. 그의 차가운 입가로 조소가 걸렸다.

"인연은 인연인가 보다. 여기서 다 만나는 걸 보니."

마치 의도하기라도 한 것 같은 뉘앙스에 리어의 얼굴이 살짝 굳어졌다. 냉기가 도는 분위기에 구름만 영문을 모르고 세 사람의 눈치를 보았다.

19

Love VS Time

"괜찮아?"

리어를 따라 바닷가로 내려온 구름은 그의 팔을 살짝 흔들었다. 넋이 빠져 있던 리어가 그녀를 돌아보았다.

"어…… 괜찮아."

하나도 안 괜찮아 보이는데?

구름은 우탄에 이어 리어까지 놀라게 만든 여자의 정체가 더욱 궁금했다.

"우탄이 말로는 중학교 동창이라던데."

"맞아. 중학교 동창. 내가 엄청 좋아했었어."

우탄과 달리 숨기는 게 없는 리어였다. 그의 직설법에 조금 놀랐던 구름은 이내 평정을 되찾았다.

"그렇구나. 어쩐지. 낮에 우탄이 표정이 요상하다 했다. 네 첫사랑이었어?"

우탄이 아닌 리어의 첫사랑이어서 왠지 안심이 되었다.

"우탄이가 얘기 안 해?"

"뭘?"

"연주가 좋아한 사람은 우탄이었어."

"······!"

구름은 매우 당황했다. 이제야 맥이 잡혔다. 삼각관계는 삼각관계인데, 화살표가 한 방향으로만 향해 있었던 거다. 일명 짝사랑.

"진짜? 저 여자 때문에 너희 사이가 안 좋아진 거였구나."

어쩐지 나를 서로 못 가져 안달이더라.

드디어 두 녀석의 경쟁 심리를 파악한 구름은 썩소를 지었다.

"그럼 인제까지 내가 연주인가 하는 저 여자, 대신이었다는 거잖아?"

리어가 펄쩍 뛰었다.

"뭔 소리야? 어떻게 네가 연주 대신이야? 넌 너지."

"네가 나한테 왜 그렇게 집착하나 했어. 저 여자가 우탄이를 좋아하니까, 다시는 빼앗기기 싫어서 그런 거잖아. 내 말이 틀렸어?"

리어가 구름의 팔을 아프게 꽉 잡았다.

"널 연주 대신으로 생각한 적 없어."

리어의 손을 탁 떨친 구름이 그를 무섭게 노려보았다.

"그렇게 생각하고 싶겠지. 근데 네 마음은 첫사랑의 상처가 남아 있는 거 맞잖아. 그 여자를 보자마자 피해서 바닷가로 도망 온 것만 봐도 그래. 네가 먼저 누굴 피할 놈이야?"

세상 사람이 다 알건대, 강리어는 곧 죽어도 그럴 놈이 아니었다.

"내가 사랑하는 사람은 너야! 신연주가 아니구!"

"그럼 왜 피해? 네 잘못도 아닌데."

리어는 거칠게 얼굴을 쓸었다.

"그냥 당황했을 뿐이야. 또 만날 줄 몰랐으니까. 그 시절의 내 모습을 보는 게 싫어서. 쪽팔려서."

정말이었다. 철없던 사춘기 시절이 그렇듯이 인생에서 가장 지우고 싶은 흑역사라면, 바로 신연주였다.

"차라리 너처럼 솔직하게 말해주니 낫구나. 우탄이는 이런 얘기 안 해줬거든."

"너한테 숨기고 싶지 않아."

"진작 말하지. 이렇게 놀랄 정도면 그동안 얼마나 가슴에 사무쳤겠어."

사무치는 건 아니었으나, 구름이 이해하는 눈빛이어서 리어는 불안하던 마음이 금세 가라앉았다.

"말했잖아. 쪽팔려서 말하기 싫었다구. 첫사랑을 우탄이한테 빼앗겼는데 너까지 우탄일 좋아하니까 더 쪽팔렸단 말이야."

"이거 봐. 그 여자 때문에 우탄이한테서 악착같이 날 빼앗으려고 한 거 맞네, 뭘."

"아니라구!"

리어가 버럭 소리를 지르는 바람에 구름은 깜짝 놀랐다.

"아이고, 놀래라. 소리 좀 그만 질러. 귀청 떨어지겠다."

"오해하지 마. 널 사랑하는 마음, 진짜야. 연주랑 아무 상관 없어. 자꾸 오해하면 나, 미친다."

"또 협박이냐?"

"자꾸 연주 대신 널 사랑한 것처럼 얘기하니까 억울해서 그러지."

"알았어. 오해 안 할게. 됐지?"

울상이던 리어의 얼굴이 서서히 펴졌다.

"고마워."

고맙다고 하는 걸 보니 이놈, 당황하긴 정말 당황했구만.

"뭐래?"

"이해해 줘서 고맙다구. 사랑해, 구름아."

"지랄."

그때 어둠 속에서 묵직한 음성이 들렸다.

"그만 좀 붙어 있지!"

약간 신경질이 묻어나는 음성은 우탄이었다. 그가 보고 있는 줄 몰랐던 구름과 리어는 놀라서 동시에 소리쳤다.

"넌 왜 거기 숨어 있어!"

가까이 다가온 우탄이 어둠 속에서 모습을 드러냈다. 두 사람을 바라보는 표정에 불만이 가득했다.

"숨어 있었던 거 아냐. 안 보였던 거지."

이거나 저거나!

"이게 무슨 난리람. 올라가자, 춥다."

차가운 바닷바람에 으스스해진 구름이 양팔로 자신을 감싸 안았다. 호텔 술집에 갈 생각이어서 겉옷을 안 챙겼던 우탄과 리어는 똑같이 팔을 벌려 그녀를 안으려 했다.

서로 끌어안으려는 두 남자에게 구름이 경고했다.

"둘 다 떨어져. 내 몸에 손대지 마. 나도 비싼 몸이야."

무섭게 으름장을 놓은 구름은 두 남자 사이에서 쏙 빠져나와 총총

가버렸다. 뒤에서 서로를 노려보고 있던 우탄과 리어도 곧 그녀를 따라 호텔로 들어갔다.

🐨

다음 날 오전 10시 10분 전. 호텔 내의 세미나실에 먼저 와서 기다리고 있던 우탄과 구름, 그리고 총괄 팀장과 최 팀장은 브리핑 자료를 점검했다.

정확히 5분 전이 되자, 문이 열리며 한미 양측 공연 기획사 직원들이 세미나실로 들어왔다. 자리에서 일어난 우탄과 구름은 마지막으로 문을 닫고 들어오는 여자 때문에 깜짝 놀랐다. 미국 측 대표 중 한 명이 연주였던 것이다.

우탄은 뭔가 이상한 예감에 가슴이 철렁 내려앉음을 느꼈다.

'라이언 회사 직원이었어?'

미국의 공연 기획사 중 손꼽히는 라이언 기획사에서 주최한다기에 내심 반가웠다. 그런 회사와 합작으로 진행하는 무대를 꾸밀 수 있겠단 생각에 마음이 부풀었다. 국내에 수많은 건축 회사들과 경쟁이 심했을 텐데, 일개 작은 회사가 계약을 따내서 대단하다 싶었다.

그런데 연주의 등장은 왠지 석연치 않았다. 우연도 지나치면 그 동기가 의심스러운 법이었다.

우탄을 향해 생긋 미소 지은 연주가 당당히 악수를 청했다.

"자주 보네?"

최 팀장은 연주가 우탄과 아는 사이라는 게 놀라웠다.

"아는 사이세요?"

"네. 한마디로 질긴 인연이죠."

총괄 팀장과 최 팀장은 계약 때 만났었기에 구면이었고, 연주는 계약 때 없었던 구름에게도 인사를 건넸다.

"인사가 늦었어요. 켈리 신이라고 해요."

'켈리 신? 담당자 이름을 보고도 몰랐던 게 미국식 이름이어서였구나.'

며칠 동안 자료를 검토했던 우탄은 깜빡 속았다. 구름도 연주가 라이언 쪽 직원이라는 사실이 찝찝했다.

'뭐꼬? 마치 이 상황을 예견이라도 한 것 같은 느낌은.'

10시가 되자 최 팀장의 브리핑이 시작됐다. 브리핑은 순조로웠고, 이미 여러 차례 자료 공유를 한 덕분에 분위기도 좋았다. 하지만 우탄과 구름은 시종일관 얼굴을 펴지 못했다.

총괄 팀장과 향후 진행 상황에 대해 이야기를 나누던 연주는 말이 없는 우탄을 쳐다보았다.

"무슨 불만이라도?"

우탄은 무표정하게 대답했다.

"아니. 얘길 들어보니 워낙 철저하신 분들이라 이견을 찾아볼 수가 없군."

우탄의 말속에서 뼈가 느껴졌는지 연주가 빙긋이 웃었다.

"어마어마한 투자비가 들어갔어. 당연히 철저해야지. 안 그럼 'Sun Art Design'이 위험해지지 않겠어?"

그날 오후 모든 일정이 끝난 뒤 구름이네 일행이 호텔에서 짐을 꾸려 나왔을 때였다. 모자와 선글라스로 무장한 리어가 숨어 있다가 툭 튀어나왔다. 리어의 등장에 직원들의 얼굴에는 놀랍고 반가운 빛이 떠올랐다. 누가 또 볼세라 주변을 살피며 구름이 물었다.

"아직 안 갔어?"

"기다린다고 했잖아."

리어는 무작정 구름의 캐리어를 빼앗아 차가 있는 곳으로 걸어갔다. 난처해진 그녀는 우탄과 직원들에게 양해를 구했다.

"미안한데, 먼저 갈게요."

구름은 대충 손을 흔들고 리어에게 달려갔다. 무슨 생각인지 우탄도 직원들에게 말했다.

"저도 그럼."

우탄은 빠른 걸음으로 구름을 쫓아갔다. 주차장에 오자 리어는 이미 자신의 오픈카와 구름의 차를 견인줄로 연결해 놓은 뒤였다. 미처 우탄을 못 본 리어는 오픈카 뒷좌석에 캐리어가 던져지는 소리를 듣고 깜짝 놀랐다. 트렁크 문을 닫았더니, 우탄이 서 있는 게 아닌가.

"태워준단 소리 안 했거든!"

우탄은 대꾸도 없이, 조수석으로 가려는 구름의 팔을 잡아 뒷좌석에 태웠다. 이번엔 리어가 구름의 옆에 올라타려는 우탄의 어깨를 잡아끌어 조수석으로 밀어 넣었다. 그리하여 구름이 뒷좌석에 우탄의 캐리어와 함께 앉고, 우탄과 리어는 앞좌석에 나란히 자리하게 되었다.

세 사람은 오픈카 덕에 바닷바람을 만끽하며 도로를 달렸다. 구름은 오픈카에 매달린 제 차가 앙증맞게 느껴졌다.

"캬, 날씨 죽이고."

리어는 어제와 달리 기분이 꽤 좋아 보였다.

"연주라는 여자 말이야."

구름이 불쑥 연주 얘기를 꺼내자 리어는 얼굴에서 웃음기를 싹 거뒀다. 우탄도 구름이 연주 얘기를 꺼낼 줄 몰랐기에 살짝 미간을 찡그렸다. 구름과의 사이에 리어가 낀 것도 못마땅한데 연주까지 끼어드는 건 더 싫었다.

"라이언 회사 직원이더라. 미국 공연 기획사 대표로 왔더라고."

리어는 머리칼이 다 쭈뼛 일어설 정도로 놀랐다.

'연주가 미국 공연 기획사 대표라구? 그럼 걔가 기획한 무대에서 내가 공연을 해야 한단 거잖아.'

"우리 회사를 콕 집어서 계약하자고 한 게 행운이라 생각했거든? 근데 가만 보니까 우리 회사에 대해서 뭔가 알고 계약한 것처럼 찜찜해."

"설마."

리어는 대수롭지 않은 듯 말했지만, 저도 모르게 우탄을 쳐다봤다. 우탄도 똑같이 리어를 쳐다봤는데, 뭔가 통하는 눈빛이었다.

'네가 해 형네 회사에 들어올 거 연주가 알고 있었어?'

연주에게 빚이 있었지만, 우탄도 그녀가 제 일거수일투족을 지켜보고 있으리라고는 정말 몰랐다.

'그런 거 같아.'

리어는 낭패 어린 얼굴을 했다. 연주가 왜 이제 와서 우탄에게 접근하는지 불안했다. 이미 오래전 일로 앙심을 품었을 리는 없었다. 정말 그런 거라면 우탄에게만 국한되어야지, 회사를 이용할 필요가 없었다.

서로 눈짓을 주고받는 우탄과 리어 때문에 구름은 슬슬 골이 났다. 주로 사고 칠 때 죽이 척척 잘 맞더라.

'이것들이 또 뭔 수작인고. 아무래도 그 연주라는 여자, 몹시 수상 타이.'

🐾

"집이 여기야?"

우탄의 오피스텔 앞에 차를 세운 리어는 선글라스 너머로 건물을 올려다봤다. 신축은 아니었고 연식이 좀 돼 보였다.

"어."

"집에 가 봐도 돼?"

"지금?"

"너도 내 집에 네 맘대로 왔었잖아. 아무나 안 주는 비싼 양주 다 마시구. 나도 밥 사줘. 여기까지 태워다 줬는데, 안 고맙냐?"

구름이와 단둘이 차를 타고 오는 걸 방해해 놓고 고맙냐구?

우탄이 리어의 뻔뻔한 얼굴을 어이없게 보고 있는데, 구름이 차에서 내리더니 리어에게 말했다.

"차나 떼."

홀쩍 차에서 내린 리어는 구름의 팔짱을 꼈다.

"너도 같이 가자."

"싫어. 둘이 밥을 먹든 술을 마시든 맘대로 하셔. 난 집에 가서 잘래."

"가긴 어딜 가. 따라와."

리어는 구름을 질질 끌고 오피스텔 건물로 걸어갔다.

"제멋대로군."

우탄은 구름이라면 몰라도 리어까지 집에 들이고 싶은 마음은 추호도 없었다. 그는, 뭐든 자기 마음대로인 리어 때문에 구시렁대다 캐리어를 끌고 두 사람을 따라갔다.

우탄의 오피스텔로 올라온 리어와 구름은 내부를 쓱 둘러보았다. 혼자 살기에는 아담한 집이었다. 연식에 비해 내부는 새로 인테리어를 했는지 꽤 세련됐다.

'무대 디자이너이니 대충 살 리 없지.'

리어는 감각이 뛰어난 인테리어에 입술을 삐죽대며 장식장 앞으로 갔다. 벽에 구름과 우탄이 찍은 사진들이 작품처럼 진열되어 있었다. 열여덟 살 때부터 작년까지 시기별로 매년 찍은 사진에는 두 사람의 연애 과정이 전부 담겨 있었다. 사실 자신의 집에도 구름과 찍은 사진이 있었지만, 우탄은 연인이라서 그런지 느낌이 또 달랐다. 서로를 바라보는 눈빛, 표정, 미소만 봐도 얼마나 사랑하는지 알 수 있었다.

리어는 사진만 봐도 자신이 둘 사이에 억지로 끼어 있는 것 같아 궁색하고 초라해진 기분이었다. 그런 기분이 강하게 들수록 우탄에 대한 질투와 오기도 불처럼 일었다.

"밥 시켜."

우탄이 음식점에서 준 책자를 테이블에 던졌다. 소파에 꿔다 놓은 보릿자루처럼 앉아 있던 구름이 책자를 들췄다.

"생각 없는데……."

뭐 좋은 관계라고, 두 남자 사이에 끼여 밥을 먹겠는가. 밥이 코로 들어가는지 입으로 들어가는지도 모를 텐데.

꼬르르르륵~!

그래도 배는 고프니, 일단 먹자.

"똥스타, 뭐 먹을래?"

"으차!"

소파로 겅중 올라앉은 리어는 고개를 빼어 구름이 든 책자를 들여다봤다. 강아지 한 마리가 올라앉은 것 같아 구름이 잔소리를 했다.

"똑바로 좀 앉아. 넌 강아지처럼 꼭 그렇게 앉더라."

"네 강아지잖아. 왈왈."

리어가 강아지 소리를 흉내 내며 애교를 부렸다.

"후딱 골라. 딱 1분 준다. 이거 먹는다, 저거 먹는다, 시간 끌기만 해봐."

"1분 만에 이걸 어떻게 다 봐? 넌 뭐 먹을 건데?"

"나랑 똑같이 시켜서 맛이 있네, 없네 지랄할 거잖아. 너랑 절대 똑같은 거 안 시켜."

전적이 있어서 입을 삐죽한 리어는 책자에서 고개를 거뒀다.

"그냥 네가 알아서 시켜줘. 다이어트식으로."

"굶어."

구름이 일언지하에 자르자 리어가 냉큼 물었다.

"랍스터 하는 데 없냐?"

"랍스터로 삽질하는 소리 하지 말고 빨랑 시켜. 얼른 먹고 가게."

우탄은 음식 하나 시키는데도 티격태격하는 두 사람을 보자 질투심이 올라왔다. 너무나 친근하고, 너무나 익숙한 모습이었다. 자신은 늘 경계하던 구름이 리어에게는 자연스러웠다.

'저러니 정이 안 들 수가 있나.'

구름이 리어를 좋아한다고 고백했던 게 단순히 화가 나서가 아니었다. 리어와 사귀려고 했다는 것 역시 기다리다 지쳐서가 아니었다. 어느덧 저런 익숙함에 물들어 진짜로 리어를 좋아하고 있었던 거다. 우탄은 자신의 빈자리가 그토록 컸다는 것을 깨닫자 마음이 아팠다.

"10초 남았다. 10, 9, 8……."

빠르게 손가락을 접는 구름의 손을 잡으며 리어가 칭얼댔다.

"아 씨, 그렇게 빨리 세는 게 어딨어?"

"7, 6, 5, 4……."

"흐으응."

"3, 2, 1…… 땡."

땡과 동시에 리어가 외쳤다.

"돈가스!"

"진작 고를 것이지. 우탄이 넌 뭐 먹을래?"

구름이 고개를 돌리자 팔짱을 낀 채 두 사람을 빤히 보고 있던 우탄이 불퉁한 목소리로 말했다.

"나도 돈가스."

❤

"아유, 드러."

리어가 돈가스 소스를 입가에 묻히자 구름이 구박했다.

"다섯 살짜리도 너보단 잘 먹겠다."

"네가 닦아줘."

리어는 우탄이 보란 듯이 입을 쭉 내밀었다. 우탄을 보기 민망한 구름은 들고 있던 플라스틱 포크로 그의 입을 탁 때렸다.

"조용히 입 닥치고 처무. 시끄러워서 돈가스가 콧구녕으로 들어가는지 똥구녕으로 들어가는지 모르겠네."

똥구녕이란 소리에 우탄은 속이 거북한데, 구름은 아무렇지도 않게 포크에 묻은 소스를 싹 빨아 먹는 게 아닌가.

"……!"

"크크큭. 난 9년째 네 사투리 들었어도 아직 적응이 안 돼. 겁나 웃겨. 푸하하하하."

리어가 웃느라 뒤집어졌다. 짜증을 사투리로 표출했던 구름은 어이없게 물었다.

"너도 날 웃게 만들 용의는 없냐? 넌 내 속만 긁을 줄 알지?"

"야, 내가 그동안 널 얼마나 웃게 해줬는데 그래. 생일 때마다 파티도 해주고. 선물도 많이 사주고."

어두운 안색을 하고서 돈가스만 먹고 있는 우탄의 눈치를 본 구름은 리어의 허벅지를 포크로 쿡 찔렀다.

"또 생색낸다, 또."

"생색이 아니라 팩트를 얘기하는 거야. 솔직히 우탄이보다 내가 뭐든 더 많이 해준 건 맞잖아."

"미국에 있는 애가 어떻게 해줘? 해주기 싫어서 안 해줬겠냐. 해주고 싶어도 못 해줬겠지. 그리고 우탄이가 카투사 복무할 땐 생일 챙겨줬잖아."

"피. 꼴랑 두 번?"

구름은 우탄의 눈치를 보며 반박했다.

"아예 안 챙겨준 건 아니잖아."

"……."

우탄은 점점 자신이 초라해지는 걸 느꼈다. 자신이 해야 할 일을 리어가 도맡아 해온 것에 창피하고, 구름에게 미안했다.

"이제 그만 먹을래. 다이어트 해야 해."

돈가스를 반이나 남긴 리어가 포크를 내려놓자, 우탄도 포크를 툭 던지듯 놓았다.

"별로 맛이 없다."

❦

"손님, 다 왔습니다."

굳이 구름의 차를 매단 채 용이네 집 앞까지 온 리어였다. 그는 내리려는 구름의 팔을 잡았다.

"차비는 뽀뽀."

"하지 말랬지!"

리어의 머리채를 잡은 구름은 결국 화가 폭발했다.

"아아아! 아퍼, 아퍼."

리어의 머리를 밀치듯 놓아준 구름이 씩씩거렸다. 머리칼이 제멋대로 뻗친 그는 입이 댓 발 나왔다.

"나, 슈스다."

"똥이다."

"이 씨!"

"우탄이 앞에서 꼭 그리 생색을 내야겠어!"

마음 아파하던 우탄의 모습이 떠올라 속상한 구름은 빽 소리를 질렀다.

"없는 얘기 했냐?"

"못돼 처먹었어. 으휴! 차나 떼."

차에서 훌쩍 내린 리어는 견인줄을 제거하고 구름의 차 트렁크에서 캐리어를 꺼내주었다. 그의 손에서 캐리어를 홱 빼앗은 구름은 화가 나 인사도 없이 돌아섰다. 리어가 그녀를 뒤에서 와락 끌어안았다.

"미안해. 다신 안 그럴게."

"꺼져."

리어는 구름을 더욱 꼭 껴안았다.

"잘못했다구우!"

구름은 속이 상해 리어를 홱 밀쳤다.

"너 때문에 내가 지금 무슨 짓을 하고 있는지 알아?"

"무슨 짓을 하는데?"

"우탄이 마음 아프게 하는 짓. 그러니 너라도 제발 가만히 좀 있어. 우탄이 건드리지 말고, 속 뒤집지 말고. 가만히 좀 내버려 두라고!"

구름이 대문 안으로 들어간 뒤 리어는 차에 기대어 우두커니 서 있었다. 우탄의 집에서 두 사람의 애정이 담뿍 담긴 사진들을 보고 질투가 뻗치는 바람에 유치하게 굴었던 게 맞았다. 근데 그게 또 구름을 속상하게 했나 보다. 별짓을 다해도 구름의 마음을 살 수 없어서 속상한 건 리어 자신인데, 그녀는 여전히 우탄이 생각뿐이다.

"멍충이."

리어는 구름이 자신의 사랑을 알아주지 않아서 슬펐다.

❧

다음 날 오전, 'Sun Art Design' 대표실.

"다음 주부터 공사 끝날 때까지는 그 근처 숙소에서 묵어야 해."

해가 하는 말에 우탄은 고개를 끄덕였다. 어제 브리핑 때도 들었던 이야기였다.

"알다시피 회사 재정이 그리 넉넉한 편은 아니야. 이번 공사에 투자한 돈이 엄청나. 숙소는 호텔까진 아니더라도 몇 달 묵을 정도는 되니까 염려 말구."

"이번에도 구름이랑 같이 가요?"

"그래야지. 걔가 조명 담당이니까. 너도 알겠지만, 경력은 짧아도 실력은 괜찮아. 내 동생이라서 하는 얘긴 아니구."

우탄의 입매가 씨익 올라갔다.

"좋냐?"

"그럼요."

"잘 좀 해. 공사 끝나면 구름이 진짜 회사 그만둘지도 몰라. 그 안에 해결하라구, 인마. 나도 좋은 인재 뺏기기 싫어."

"네, 형. 아니, 대표님."

대표실을 나와 자기 자리로 걸어가던 우탄은 한 통의 전화를 받았다.

"오우탄입니다."

[나야, 연주.]

연주의 목소리를 듣는 순간, 우탄은 긴장감에 뒷목이 서늘해졌다.

"무슨 일이지?"

[뭘 그렇게 긴장해? 그냥 안부 전화 한 걸 가지고. 서울 잘 도착했나 해서.]

편안히 안부를 나눌 정도로 친한 사이가 아닐 텐데.

그 말이 입 밖까지 나오려는 걸 억지로 참은 우탄은 발길을 돌려 사무실 밖으로 나왔다.

"일 이야기 아니면 전화 끊자."

전화를 끊으려는데 연주가 다급히 우탄을 불렀다.

[잠깐!]

짜증스럽게 미간을 찌푸린 우탄은 쇠로 된 난간을 잡은 손에 힘을 주었다.

"왜?"

[아무리 껄끄러운 사람이라도 빚은 갚아야 하는 게 도리 아냐?]

"물론이지. 나도 너한테 도움 받은 거 찝찝했거든. 어떻게 빚 갚으면 돼?"

[강원도에 너도 오는 거 맞아?]

"어."

[그럼 그때 얘기해. 강원도에서 봐.]

전화는 끊겼고, 우탄은 1층 카페에서 나와 계단을 올라오고 있는 구름을 바라보았다. 오전 9시면 문을 여는 카페에서 가장 먼저 하는 일은 직원들에게 줄 주스를 챙기는 것이었다. 아직 우탄이 있는지 모르는 구름은 콧노래를 흥얼거리고 있었다. 양손에 주스가 담긴 종이박스를 들고 계단을 올라오는 발걸음이 경쾌했다. 한동안 블랙을 고수하던 그녀는 분위기가 다시 컬러풀해진 느낌이었다.

핑크빛 헤어가 잘 어울린다는 생각을 하며 우탄은 그윽한 시선으로 구름을 응시했다. 계단을 끝까지 올라온 그녀는 그제야 우탄이 난간에 기대어 지켜보고 있었다는 걸 알았다.

"왜 나와 있어?"

"잠깐 바람 쐬러."

구름이 종이 박스를 쓱 살피더니 키위 주스를 꺼내 우탄에게 건넸다. 키위 주스를 받아 든 그가 싱긋 웃었다. 오늘따라 그 미소가 주스처럼 상큼해서 구름은 저도 모르는 새 우탄에게 시선을 빼앗겼다.

시도 때도 없이 까리한 머스마.

주스를 쪽 빨아 먹던 우탄은 뚫어져라 보고 있는 구름에게 시선을 돌렸다.

"왜?"

"어? 아, 아냐, 아무것도."

구름은 퍼뜩 정신을 차리고 사무실 안으로 들어갔다. 그러나 이미 그녀의 은근한 시선을 느끼고 있던 우탄은 피식 웃어버렸다.

"귀여워. 확 깨물어주고 싶다."

그날 저녁, 우탄의 집으로 용이와 시안이 찾아왔다. 용이 쉬는 날에 맞춰 같이 온 것이다.

시안은 우탄을 보자마자 눈꼬리가 확 올라갔다. 이미 시안에게 야단 들을 걸 각오했던 터라 우탄은 긴 설명 없이 담백하게 사과했다.

"미안."

낮게 한숨을 내쉰 시안이 다가와 우탄을 꼭 껴안았다. 말썽 많은 친구 놈들 덕분에 수명이 팍팍 주는 느낌이었다.

"잘 돌아왔어. 송장으로 안 와서 다행이야."

시안다운 인사여서 우탄은 피식 웃고 말았다. 그를 놓아준 시안이 물었다.

"구름인 안 왔어?"

"어제 리어랑 왔다 갔어."

"리어두? 리어 그 자식, 너 어떻게 사나 궁금했나 보구나?"

"그런가? 앉아."

용이와 시안이 사 온 맥주 캔과 음료수 캔 하나를 꺼내놓았다.

"간단히 맥주나 한잔하자고 사 왔어. 괜찮지?"

"좋지. 근데 넌 왜 음료수야?"

"운전해야지."

용이 시안의 손에서 음료수 캔을 빼앗아 대신 뚜껑을 따줬다.

짠!

캔을 부딪친 세 사람은 똑같이 들이켰다.

"아유, 시원해. 오늘따라 더 맛있네. 오랜만에 널 봐서 그런가."

시안의 살가운 투에 우탄과 용이 싱그럽게 웃었다.

"구름인 어때?"

용이 넌지시 물었다. 시안에게 들으니 그다지 화해할 기미가 보이지 않는다고 했다.

"아직. 그 녀석, 쉽게 풀어질 화가 아닌 거 같아."

"당연하지. 널 기다리느라 애간장이 다 졸았어. 넌 평생 구름이한 테 잘해야 해. 요즘 그런 애가 어딨니? 9년을 한결같이 한 남자만 바라보는 게 쉬워?"

"그건 우탄이도 똑같은데."

용이의 말에 시안이 그의 허벅지를 꽉 꼬집었다.

"우탄이 편들지 말랬지."

찔끔한 용이는 맥주를 쭉 들이켰다. 우탄에게 시선을 돌린 시안이 애써 인상을 부드럽게 폈다.

"너한테 잔소리하러 온 건 아니니까 겁먹진 말구. 사정이야 어찌 됐든 백 번 천 번 네가 잘못한 거야."

"응."

약간 의기소침한 우탄을 보자 마음이 약해진 시안은 하소연을 가장한 잔소리를 늘어놓았다.

"솔직히 난 누구 편을 들어야 할지 모르겠어. 리어를 생각해도 불쌍하고, 널 생각해도 못 할 짓이구. 제발 속히 해결 좀 해. 내가 다 스트레스야."

"잔소리 안 한다며?"

용이 참견하자 시안이 눈을 흘기고는 우탄에게 말했다.

"여기까지만 할게. 금요일에 리어 생일이야. 그때 다 모일 건데 너도 와."

"난……."

"안 내키는 거 알아. 그래도 와. 구름이 오는데 네가 안 오면 어떡해? 네 여친 지키고 싶음 싫어도 와야지. 사랑도 같이하는 시간엔 못 당하는 거야."

시안의 말이 옳았다. 구름이 리어와 함께한 시간이, 떨어져서 하는 사랑보다 더 크게 느껴졌으니까. 어쩌면 구름이 리어를 냉정히 끊어내지 못하는 이유도 함께한 시간 때문이 아닐까. 그 앞에서 사랑은 얼마나 보잘 것 없는가.

우탄은 지난 9년간의 사랑이 결국 아무것도 아닌 게 될까 봐 자꾸 조바심이 났다.

"어이구, 착하다, 우리 시안이."

우탄의 집을 나서던 용이 시안의 머리를 쓱쓱 쓰다듬으며 칭찬했다. 우탄의 집에 오기 전 시안에게 성질부리지 말라고 신신당부했었는데 그녀가 그 부탁을 제법 잘 지켜줬기 때문이다.

시안이 약간 으쓱해져서 말했다.

"네 부탁만 아니었어도 우탄이 그 자식 가만히 안 놔뒀을 거야."

"알지, 알지. 이게 다 현명하고 지혜로운 고시안이어서 가능한 거. 후후."

"근데 구름이 말로는 미국에서 무슨 재판이 있어서 그랬다던데."

철렁!

용이는 시안이 이미 사실을 알고 있는 듯해 가슴이 조마조마했다.

"그, 그런 일이 있었대?"

"넌 몰라?"

"모, 모르지. 난 아무것도 몰라."

아무것도 몰라야 한다. 그래야 목숨을 부지할 수 있다.

용이는 시안의 유도에 걸리지 않기 위해 자기 암시를 걸었다.

"우탄이가 너한테 얘기 안 했을 리가 없는데."

용이의 어색한 발연기에 시안이 미심쩍은 눈으로 쳐다보았다. 다른 사람이라면 몰라도 용이에게는 제일 먼저 얘기할 줄 알았는데, 이상했다.

은근슬쩍 시안의 시선을 피한 용이는 딴청을 부렸다.

"무슨 사정이 있는 거 같아서 꼬치꼬치 캐묻기가 그렇더라구."

"근데 왜 안 놀라?"

"어? 뭐, 뭐가?"

"우탄이가 재판받았다는데 안 놀라잖아, 너. 다 알고 있지 않은 이상 안 놀라기가 쉽지 않을 텐데?"

점점 좁혀오는 포망에 용이는 입안이 바짝바짝 말랐다. 그가 사는 길은 오로지 시안이 눈치를 채기 전에 빠져나오는 것뿐이었다.

"우탄이 때문에 하도 놀래서 더 이상 놀랄 일도 없어. 그리고 내가 의사 아니냐. 병원 생활 해봐라. 웬만한 일엔 놀라지도 않아."

오! 자연스러웠어!

용이가 자신의 연기에 만족스러워하고 있을 때, 줄곧 의심의 눈초리로 보던 시안이 단박에 눈빛을 거두고 고개를 끄덕였다.

"하긴."

우탄이 소식이 끊긴 동안 별별 생각이 다 들었을 텐데, 재판 정도에 놀라진 않을 테지.

'휴우, 살았다.'

의외로 단순한 구석이 있는 시안 때문에 용이는 속으로 간담을 쓸어내렸다.

두 사람은 엘리베이터를 타고 지하 주차장에 세워둔 차에 올랐다. 시안은 병원에 있는 용이를 픽업해서 왔기에 집까지 데려다줄 참이었다. 리어가 있는 '문 기획사' 소속 작곡가인 그녀도 늘 바빠서 용이와 만날 시간이 없었다. 만날 때라고 해봐야 모두가 모이는 자리가 다여서, 모처럼 둘만의 시간이었다. 생각해 보면 학창 시절 때도 그랬다. 모두가 모이는 자리가 아니고서는 둘만 있을 이유도 없었다.

시안은 문득 용이에게 가슴이 떨렸던 때가 떠올랐다. 남매 같던 용이 남자로 보인 것 때문에 큰 충격을 받았고, 어쩌면 그날 이후로 더 그와 단둘이 있는 걸 피했는지도 모르겠다. 사춘기 때이니 충분히 그럴 수 있겠다, 위안을 삼아보지만⋯⋯.

웃기는 건 불쑥불쑥 그때 기억이 잊히지 않고 떠오른다는 점이었다.

'만약 그때 용기를 내서 고백했다면 어떻게 됐을까?'

시안은 생각만 해도 몸서리가 쳐졌다. 황당해하며 웃는 용이를 상상할 때마다 움츠러들었고, 그 수치심에 다시는 그의 얼굴을 볼 수 없을 것 같았다.

"요즘은 사귀는 사람 없냐?"

용이 묻는 말에 시안은 괜히 찔려서 움찔했다.

"그건 왜?"

"그전엔 남자가 자주 바뀌더니, 요즘은 뜸한 거 같아서. 맘에 드는 남자나 대시하는 남자 없어?"

시안은 용이에게 가슴 떨렸던 일에 대해 은근히 죄책감을 느끼고 있었다. 마치 해서는 안 될 짓을 한 것처럼 느껴져서, 다른 남자를 사귀어보려고 무던히도 애를 썼다. 하지만 길어봐야 6개월이었다. 사람들은 그녀를 남성 편력이 심한 여자라고 생각했다.

"연애도 자주 하니까 지쳐. 당분간 좀 쉬려구. 자유를 만끽하는 거지."

"어떤 남자가 네 남편이 될지 힘깨나 들겠어."

"네가 내 남편 될 거 아니잖아. 걱정일랑 고이 접어둬."

"하하하. 상상만 해도 웃긴다. 시안이 너랑 내가 부부가 된다는 게 말이 돼?"

시안도 콧방귀를 뀌었다.

"허구한 날 싸우다가 좋 나겠지, 뭐."

"우리가 언제 싸운 적 있냐? 싸우는 건 구름이랑 우탄이, 리어가 더 심해."

생각해 보니 맞는 말이었다.

"오오, 그러네. 걔네들에 비하면 우린 사이좋은 친구였어. 호호호."

"그게 다 내 덕분인 줄 알아라. 평화를 추구하는 나의 넓은 이해심으로 까칠한 너의 모든 걸 감싸줘서 가능한 거 아니겠냐."

시안은 새삼스레 용이를 쳐다봤다.

"가끔 생각하는 건데, 너희 삼총사 중에 네가 제일 나아. 하는 짓이 그나마 정상이잖아."

"그걸 이제 알았냐? 넌 나 같은 오빠를 둔 걸 자랑스럽게 생각해야 해."

시안은 우쭐해하는 용이를 보며 진지하게 말했다.

"그런 의미에서 우탄이가 무슨 재판을 받았는지 알아봐."

"엉?"

난데없이 왜 또 재판 이야기를 꺼내나?

속없이 웃고 있던 용이는 불안했다. 우탄의 재판 이야기가 무서운 게 아니라, 그 모든 사실을 알고 있었다는 걸 시안에게 들키는 게 두려웠다. 그 사실을 들켰다간 그녀의 손에 온몸을 해부당하는 끔찍한 일이 벌어질지도 모른다.

"구름이한테도 자세한 얘기를 안 한 모양이야. 우탄이가 난처해하는 거 같아서 구름이도 더 못 물어봤대."

"우리도 잠자코 있는 게 낫지 않을까? 괜히 긁어 부스럼 만들면 어떡하려구?"

"그것도 그러네. 구름이도 가만있는데 우리가 나서는 건 오버겠지?"

금방 마음을 돌리는 시안 때문에 용이는 또 안도의 숨을 돌렸다.

단순한 건지 쿨한 건지, 알다가도 모를 그대여.

"역시 현명한 시안이는 다르구나. 이렇게 두뇌 회전이 팽팽 잘 돌아가니 천재 작곡가란 소리도 듣는 거지."

말은 장난처럼 하지만 용이는 진심으로 시안이 자랑스러웠다. 리어가 승승장구하게 된 이유 중에는 시안의 작곡 실력도 있었던 것이다. 음악은 취미로만 하겠다던 그녀는 제대한 리어와 의기투합하여 다시 오디션에 도전했고, 비록 1등은 못 했지만 음원 차트에서는 1위를 하는 기염을 토했다. 그것을 계기로 리어와 함께 시안도 운명처럼 작곡가로서의 길을 걷게 되었다. 음악 파트너로서 시너지 효과를 톡톡히 누린 두 사람은 현재 가요계에서 환상의 콤비로 인정받고 있었다.

"푸하하하하!"

갑자기 크게 웃어 젖히는 시안 때문에 용이는 간담이 서늘했다. 다중 인격도 아니고 왜 이러나 싶었다.

"야, 캐릭터 하나만 써. 네가 이랬다저랬다 할 때마다 내 명줄이 줄어드는 느낌이야."

"난 가끔 리어가 귀엽다?"

시안이 하는 말에 용이는 기겁했다.

"헤엑! 귀, 귀여워?"

무대뽀에 고래 심줄보다 질긴 놈이 어디가? 어떻게? 너한테 귀요미는 나 아니었냐?

"크크큭. 하는 짓이 귀엽잖아. 솔직히 난 우탄이가 안 돌아왔으면 하는 마음도 있었어."

"뭐?"

시안은 아무래도 리어한테 마음이 쓰였던가 보다. 하긴, 어릴 때도 그랬다. 늘 툭탁대면서도 리어를 신경 써주던 건 시안이었다.

"우탄이가 안 돌아왔으면 구름인 리어랑 사귀었을걸?"

"그게…… 정말이야?"

구름의 진심을 모르고 있던 용이는 충격을 받은 얼굴이었다. 몸이 멀어지면 마음도 멀어진다더니.

장거리 연애가 이렇게 위험합니다, 여러분!

"나도 처음엔 구름이가 우탄이 때문에 화나서 이별을 선언한 줄 알았거든? 근데 그게 아닌 거 같아. 구름이가 리어랑 함께한 시간을 생각하면 갈등할 만도 해."

"그건 그렇지만, 우탄이도 어쩔 수 없는 상황이었잖아."

"구름이가 어느 쪽을 택하든 누군가 상처받는 건 똑같아. 구름이가 걱정하는 것도 그걸 테고."

"넌 구름이가 누굴 선택할 거 같은데?"

시안은 깊은 고민도 없이 대답했다.

"난 누구도 선택 안 할 거 같아. 그게 우탄이와 리어, 둘 다 잃지 않는 가장 효율적인 방법이니까."

"그건 아니지. 우탄이는 연인이었다가 친구가 되는 건데, 그게 가능해?"

친구가 연인이 되긴 쉬워도, 연인이 친구가 되는 건 결코 쉬운 일이 아니었다.

그러나 시안의 대답은 담백했다.

"그땐 또 우탄이 선택에 맡겨야지."

20
키스는 좋은 것이여

금요일 저녁. 퇴근 시간이 다가오자 우탄은 갈등하는 표정으로 건너편 책상의 구름을 훔쳐보았다. 오늘이 리어 생일이라고 시안에게 문자를 받긴 했는데, 가야 할지 말아야 할지 난감했다. 안 가면 좀스러워 보일 거 같고, 가려니 멋쩍고.

'어쩌지?'

문제는 구름이 리어의 생일을 축하해 주러 간다는 것이었다. 그동안 서로 생일을 챙겨주며 정이 든 두 사람을 생각하자 우탄은 절로 한숨이 나왔다. 미국에 있을 땐 몰랐던 빈틈이 죄다 보였다.

그때 구름이 자리에서 일어나 가방을 챙겼다. 이제 가려는 모양이어서 우탄도 서둘러 일어났다.

"팀장님, 오늘 친구 생일이어서 먼저 가보겠습니다."

"어, 그래, 그래. 내일 보자구."

우탄은 최 팀장과 팀원들에게 인사한 뒤 먼저 밖으로 나왔다. 잠시 후 문이 열리며 구름이 나왔다. 후줄근한 추리닝에서 탈출한 그녀는 날이 갈수록 화사해지고 예뻐졌는데, 오늘은 특별히 더 신경을 쓴 것 같았다. 리어 생일이라 일부러 화장도 진하게 하고 멋을 낸 것 같아서 여간 신경 쓰이는 게 아니었다.

"너도 가게?"

구름은 우탄이 가지 않을 줄 알았던지 뜻밖이라는 표정이었다.

"안 가기도 우습잖아. 뻔히 생일인 거 알면서."

우탄은 자신이 대단히 마음이 넓은 사람처럼 허세를 부렸다. 그런데 구름은 떨떠름한 눈치였다.

"싸우려거든 애당초 가지를 마."

장담은 못하겠지만. 우탄은 짐짓 능청을 떨었다.

"설마 생일날 싸우겠어?"

"그럴 지각이나 있으면 걱정도 안 해. 경고하는데, 조금이라도 허튼 짓하면 알지?"

우탄은 내심 서운했다.

"넌 꼭 내가 먼저 시비를 거는 것처럼 말한다?"

"리어가 먼저 시비 거는 거 알아. 근데 너도 시비 거는 걸 곱게 안 넘어가니 하는 말이야. 둘이 똑같다고."

우탄은 할 말이 없어 얼른 말을 돌렸다.

"선물 샀어?"

"벌써 사놨지."

선물이 가방 안에 있는 것 같아, 우탄이 넌지시 물었다.

"뭐 샀는데?"

"네 선물도 아닌데 뭘 궁금해해. 넌 선물 준비했어?"

"아니."

"선물도 없이 가려고?"

하는 수 없이 가는 길에 백화점에 들른 두 사람은 리어에게 줄 선물을 골랐다.

우탄은 미국에서 친구들에게 선물을 해준 적은 있었지만, 중학교 때 이후로 리어에게 선물하는 건 처음이라 어색했다. 따지고 보면, 연적의 생일을 챙겨준다는 것 자체가 코미디였다.

"리어가 웬만한 건 다 있을 텐데, 뭘 사지?"

구름도 난감한 듯 백화점을 빙빙 돌기만 했다.

"책 어때?"

우탄이 기껏 생각해서 한 말에 구름이 초를 쳤다.

"걔가 책 읽는 거 봤어?"

하긴. 리어가 좋아하는 책이라곤 만화책뿐이었다.

"지금부터라도 마음의 양식을 좀 쌓으라구. 책을 안 읽으니까 생각하는 게 초딩이잖아."

"리어는 책 싫어해. 차라리 먹을 걸 사다 주면 더 좋아할걸. 걸핏하면 다이어트 한다고 제대로 못 먹어서 그런가, 먹는 거만 보면 환장하잖아."

'리어에 대해 모르는 게 없구나.'

은근히 질투가 난 우탄이 서둘렀다.

"시간 맞춰 가려면 빨리 사야 해."

그때 구름의 눈에 띄는 게 있었으니.

"오오, 저거다! 리어 취향에 딱 맞는 거."

"생일 축하합니다. 생일 축하합니다. 사랑하는 똥스타~ 생일 축하
합니다."

리어의 집에서 벌어진 생일 파티에 초대된 사람은 구름과 우탄, 시
안과 용이, 그리고 윤희가 다였다. 파티를 좋아하는 리어가 조촐하게
끝낼 리는 없었다. 주말까지 내내 생일 파티가 준비되어 있었다. 연예
계 절친 모임부터 가수팀, 배우팀, 모델팀, 기획사 스태프팀, 제작팀
등 팀별 모임만 해도 줄줄이었다. 그뿐인가. 팬들까지 선물 공세와 함
께 그의 탄생을 축하했다. 정작 그를 낳아준 엄마 세련에게선 문자
한 통 못 받았지만.

"넌 해마다 생일로 뽕을 뽑을 셈이야?"

구름이 잔소리를 했다.

"선물이나 내놔."

리어는 선물이 궁금한지 손을 내밀었다. 구름은 가방 안에서 포장
한 선물을 꺼내어 그에게 건넸다. 포장지를 다 뜯은 리어의 입이 헤
벌어졌다. 그녀가 준 선물은 시계였다.

시계 선물에 날카롭게 신경이 곤두선 건 우탄이었다.

'남자한테 시계 선물은 특별한 의미가 있는 거 아닌가?'

우탄은 구름이 리어를 진심으로 좋아하는 게 느껴져 속이 쓰렸다.

"오, 굿."

리어는 가죽 시계가 마음에 드는지 얼른 손목에 찼다.

"구름아, 이것 좀."

"슈스라 시계도 제 손으로 안 차는 거 보라지."

구름이 툴툴대며 직접 리어의 손목에 시계를 매주었다. 모두가 보도록 손을 든 그는 세상에서 제일 소중한 물건을 보듯 요리조리 시계를 뜯어보았다.

"되게 맘에 들어. 전에 사준 것도 예뻤는데 누가 훔쳐 가서 잃어버렸잖아."

리어는 누군지 모르는 상대로부터 간혹 제 물건을 도둑맞곤 했는데, 그중에는 작년에 구름이 선물해 준 시계도 있었다. 시계를 잃어버려서 속상해하던 그를 기억하고 있던 구름이 새로 선물한 것이었다.

"비싼 것도 아닌데, 뭘."

"나한텐 이게 롤렉스고 명품이야. 고마워. 잘 쓸게. 이번엔 절대 안 잃어버려. 잘 때도 차고 자야지~ 후후."

"흠!"

괜히 헛기침을 한 우탄도 오면서 사 온 선물을 내밀었다. 머쓱하게 선물을 받은 리어는 상자를 흔들어봤다.

"빈 거 아냐?"

"내가 너냐?"

우탄은 한심스러운 눈으로 리어를 쳐다보았다. 구름이 준 선물 포장지를 곱게 뜯을 때와 달리 북북 찢어발긴 리어는 상자를 열었다.

"장난해?"

모두 '풉!' 하고 웃음을 터뜨렸다. 리어가 기다란 손가락으로 집어든 건 다름 아닌 티팬티였다.

구름의 권유에 마지못해 티팬티를 샀던 우탄은 민망했다. 하지만 정작 구름은 아무렇지도 않은 표정이었다.

"왜? 너 원래 티팬티 입지 않아?"

"그건 내가 모델로 섰을 때 얘기지."

"또 모델 설 일 있겠지. 놔뒀다가 그때 입어. 너 섹시한 거 좋아하잖아. 우탄이랑 나랑 심혈을 기울여서 고른 거야. 맘에 안 드냐?"

한숨을 푹 내쉰 리어는 상자 안에 팬티를 쑤셔 넣었다.

"상식적으로 사내새끼가 선물이 티팬티가 뭐냐? 놀리는 것도 아니구."

구름이 리어를 구박했다.

"사줘도 지랄. 입기 싫으면 도로 내놔. 손바닥만 한 게 드럽게 비싸더구만. 엿이나 바꿔 먹게."

구름의 말에 모두 자지러졌다.

"그날 잘 들어갔어?"

다함께 맥주를 마시다가 시안이 옆에 앉은 용이에게 물었다. 지난 월요일, 우탄을 만난 후 그와 같이 집 근처 술집에 가서 필름이 끊기도록 마셨던 날을 두고 한 말이었다.

용이 말 잘 꺼냈다는 얼굴로 되물었다.

"기억 안 나?"

"나."

"난다고?"

"그날 완전 필름 끊겼잖아. 소주 세 병 마셨던 것까지 기억나."

용이 그런 진상이 없었다는 듯 고개를 절레절레 흔들었다.

"너, 그날 엄청났어."

"주사가 엄청났구나. 쏘리. 오랜만에 우탄이 저놈을 만나서 그랬었나 봐."

용이 떨떠름하게 시안을 쳐다봤다. 맥주를 마시다 말고 그녀가 그와 눈을 맞췄다.

"왜 그런 눈빛인 거지? 불안하게."

"아니다."

용이는 뭔가 감추는 듯 맥주잔을 들었다. 그의 손에서 맥주잔을 빼앗은 시안이 캐물었다.

"말을 해봐. 그날의 주사에 대해서."

"모르는 게 약이야."

"그 정도야? 완전 개 됐구나."

"개도 되고, 떡도 됐지. 널 집까지 업고 가느라 허리 끊어지는 줄 알았어."

시안이 용이의 어깨에 팔을 척 두르며 너스레를 떨었다.

"자네, 기억 안 나는가? 고등학교 때 여의도에서 벚꽃 흩날리던 날 자네가 그랬지. 날 업고 지구도 돌 수 있노라고. 음화화."

"좋냐?"

"좋고말고. 내 남친이던 놈들도 그런 말을 안 하더군. 업어주긴커녕 내 주사를 견디지 못하여 다들 떠나곤 하였지. 개자식들."

그러면서 시안은 또 맥주를 홀짝거렸다.

"너의 주사에 문제가 있단 생각은 안 드냐?"

"자주 주사를 부리는 것도 아니고 한 달에 한 번 정도라네. 그것도 못 봐줘서야 어찌 진정한 남친이라고 할 수 있겠나? 안 그런가, 친구?"

시안이 용이의 어깨에 두른 팔을 장난스럽게 끌어당겼다.

'으응?'

시안은 용이의 얼굴이 가까이 오자 흠칫 놀랐다.

쿵쾅쿵쾅, 쿵쾅쿵쾅.

'이, 이것은!'

고등학교 때 느꼈던 그 설렘이 또 시안의 심장을 강타했다.

'아, 안 돼. 안 돼에에에!'

속으로 비명을 지른 시안은 팔에 힘이 빠져 스르륵 용이의 등 뒤로 미끄러뜨렸다.

"얘 또 술 취했네."

용이는 시안이 술에 취해서 얼굴이 빨개졌다고 생각했는지 투덜거렸다.

"그, 그런가 봐."

시안은 용이의 눈길을 피하며 떨리는 손으로 맥주잔을 꼭 쥐었다.

"야, 그만 마셔."

용이 시안의 손에서 잔을 빼앗았다. 잔을 빼앗기고도 그녀는 아무 말도 못 한 채 고개를 푹 숙였다.

'이게 대체 무슨 일이야? 왜 아직도 가슴이 뛰는 거냐구? 다 괜찮아진 거 아니었어?'

정말 이젠 괜찮아진 거라고 믿었다. 그랬는데, 그랬는데…….

암이 재발했다는 소식을 들은 것처럼 시안은 좌절했다.

'내가 정말 용이를 좋아하는 거 아냐?'

또다시 시험대에 선 기분이었다. 몇 날 며칠 끔찍했던 기억이 시안을 괴롭혔다.

'절대 안 돼. 용이만은 안 된다구우우우.'

그런데.

"너 다시는 술 마시지 마. 그날도 나한테 뭐랬는지 아냐?"

시안은 숙이고 있던 고개를 번쩍 들어 용이를 쳐다봤다.

"뭐랬는데?"

"사랑한다고, 키스해 달라고."

쿠쿠쿵!

시안의 머릿속에서 지진이 일어났다.

"뭐, 뭐?"

"내가 네 남친인 줄 착각해서는 아주 가관도 아니었어. 진상도 그런 진상이 없었다구."

'마, 맙소사!'

시안은 너무 놀라고 창피해서 현기증이 날 지경이었다.

'설마 자자고 한 건 아니겠지?'

정말 그랬다면 한강에 가야 할 성싶었다.

'죽고 싶어어어어!'

용이의 말을 듣고 있던 리어가 참견을 했다.

"시안이 너도 슬슬 맛이 가는구나. 얼마나 외로웠으면 용이를 남친 으로 착각해?"

구름은 미련을 못 버렸는지 두 사람을 이어주지 못해 안달이었다.

"둘이 사귀라니까 말 진짜 안 들어."

용이 농담 말라는 듯 손을 휘저었다.

"야, 됐어. 내가 우리 병원에선 아이돌이야."

"하기사. 용이 넌 최강고 아이돌이었지. 그게 병원에서도 먹히나 보다?"

구름이 흐뭇하게 용이를 바라봤다. 그 오줌싸개가 의사가 된 것도 기특한데 아이돌급 인기를 유지하다니. 역시 나긴 난 놈이었다.

"노른자가 흰자 되는 거 봤냐?"

학창 시절 때 별명이 '노른 자'였던 용이. 이젠 그 별명도 추억이 되었다.

시안은 화제가 바뀐 것에 안도하면서도 전혀 눈치를 채지 못하는 용이에게 섭섭했다. 안도하는 것으로 끝나지 않고 왜 섭섭한 마음이 드는지는 알 수 없었다. 하지만 아무리 주사였다고 해도 그를 붙잡고 사랑한다고 한 말은 그냥 지나쳐지지가 않았다. 남친과 헤어졌다고 아쉬웠던 적이 단 한 차례도 없었기에 더더욱 그랬다.

'내 본심은 뭐지? 정말 용이를 사랑하는 거야? 그런 거야?'

윤희만이 시안의 심각한 표정을 유심히 지켜보고 있었다.

빈 맥주병을 정리하겠다고 솔선수범한 시안은 주방에 와서야 막혔던 숨을 몰아쉬었다.

'당황하지 마. 아무도 모를 거야.'

그때 윤희가 주방으로 들어왔다. 시안은 넋을 놓고 있다가 얼른 맥주병을 치우는 척했다. 안주를 챙기며 윤희는 시안의 안색을 살폈다.

"괜찮아?"

"응? 뭐가?"

"안색이 안 좋아 보여서."

"술 마신 게 좀……."

"그래?"

마저 안주를 챙긴 윤희는 말을 이었다.

"내가 시안이 널 왜 좋아하는지 알아?"

"뜬금없이 무슨 말이야?"

"난 네가 솔직하고 거리낌 없이 당당한 게 좋았어. 나한텐 없는 모습이었거든."

지금이 띄워줄 타이밍은 아닌데.

"윤희야……."

"그냥 그렇다는 말이야. 맥주병 놔둬. 나중에 내가 치울게."

윤희가 주방을 나간 뒤 시안은 싱크대 아래 철퍼덕 주저앉았다. 아무래도 윤희가 눈치를 챈 것 같았다. 차라리 윤희에게 들킨 거면 다행이었다. 다른 애들이 알면 그보다 난감한 일이 또 있을까. 정작 장본인인 용이는 질색을 하니 말이다.

윤희가 안주를 챙기러 주방에 간 사이, 우탄과 용이는 잠깐 바람을 쐬러 테라스에 나왔다. 야경이 꽤 근사했다. 서울 하늘에서 사라진 별이 다 땅 위로 내려온 것 같았다.

"넌 우리가 스물일곱이라는 게 믿어지냐? 난 병원에서 일하면서도 가끔 안 믿겨져. 십대 때는 빨리 의사 돼서 아프리카로 떠나야지 했는데, 막상 의사가 되고 나니까 쉽지 않다."

우탄도 십대 땐 빨리 성인이 되어서 지옥 같은 집을 떠나고 싶은 생각만 간절했었다. 하지만 떠난 후의 삶은 또 나름대로의 고통이 기다리고 있었다. 성인이 된다는 건 새로운 고통을 만나는 일이라는 걸 그땐 몰랐다.

"엄만 한국에 오겠다고 하니까 뭐라셔?"

"서운해하시지. 날 어떻게 미국에 데려갔는데."

"하긴. 네가 재판받는 동안에도 많이 힘드셨을 텐데. 한국에 보내는 거 걱정 많으셨겠다."

"얼마 전에 재혼하셨어. 미국 사람인데 좋은 분이야. 나한테 그 일 있고, 엄마를 많이 챙겨주셨지. 그래서 나도 안심하고 한국에 올 수 있었던 거구. 난 엄마가 행복했으면 좋겠어."

수애가 재혼한 것까진 모르고 있었던 용이는 외로워 보이는 우탄의 어깨를 툭툭 쳐 주었다.

"좋은 분 만났으니까 행복하게 잘 사실 거야."

"엄마가 재혼을 하셨다구?"

갑자기 들리는 리어의 목소리에 두런두런 이야기를 나누던 두 사람은 찔끔했다. 돌아보니 짓궂은 표정으로 리어가 서 있었다. 이야기에 몰두하는 바람에 리어가 오는 줄도 모르고 있던 우탄과 용이는 낭패 어린 표정을 지었다. 리어가 재혼 이야기만 들은 게 아닌 것 같았기 때문이다.

용이는 우탄의 눈치를 보며 대신 대답했다.

"어, 그렇다네. 나도 방금 들었어."

"재판은 처음 듣는 이야기가 아닌 것 같던데?"

'아 씨, 들었구나.'

용이는 뭐라고 해야 할지 몰라 머뭇거렸다. 리어가 냉정한 눈빛으로 우탄을 다그쳤다.

"우탄이 네가 설명 좀 해봐. 무슨 재판을 받았는지."

"……."

"범죄라도 저지른 거야?"

"그게 아니라……."

용이 나서려고 하자 리어가 제지했다.

"난 우탄이한테 직접 듣고 싶어. 재판 때문에 한국에 못 나왔던 거였어?"

재판 이야기를 꺼내면 어쩔 수 없이 연주 이야기도 해야 할 것이다. 리어가 모른 척해 주면 좋으련만, 꼬투리를 잡았으니 쉽게 놓지 않을 게 분명했다.

더 물러설 곳이 없다는 생각에 우탄은 솔직히 털어놓았다.

"미국에서 칼리라는 무술 배운 거 너도 알지? 그때 같이하던 친구들과 맥주 마시다가 시비가 붙었어. 상대방 쪽 한 명이 그 일로 죽었고."

"죽었…… 다구?"

생각보다 큰일이었던 탓에 리어는 가슴이 덜컥 내려앉았다. 우탄에게 사정이 있을 거란 생각은 했지만, 그 정도로 심각한 일일 거라고는 상상도 못 했다.

"목격자 진술이 오락가락해서 가해자가 내가 되어버렸어. 그거 증명하느라 시간이 많이 지체됐던 거야."

결국 풀려난 걸 보면 증명이 된 모양인데, 미국이었으니 그 또한 쉽지 않았을 터였다.

"구름이도 알아?"

"시비가 붙은 것만 알아. 사람이 죽은 건 모르고. 놀랄 거 같아서 일부러 얘기 안 했어. 그러니까 너도 말하지 마."

"정말 네가 한 짓이 아닌 건 맞고?"

용이 빈정대는 리어를 나무랐다.

"말은 가려서 하자. 아무리 우탄이와 사이가 안 좋다고 해도 그런 말은 하는 게 아니지."

리어가 쓰게 웃었다. 어쩌면 용이는 처음부터 알고 있었을 거라는 생각이 들었다. 리어는 용이가 자신에게마저 그 사실을 숨겼다는 게 서운했다.

"넌 여전히 우탄이 편이로군."

"리어야."

용이의 변명 같은 건 듣고 싶지 않았던 리어는 재판으로 화제를 돌려 버렸다.

"빠져나오기 쉽지 않았을 텐데 변호사를 잘 썼나 봐?"

중간에 변호사가 바뀐 건 사실이었다. 그 술집에서 만난 연주가 사건이 있은 지 6개월 후에 다시 나타났고, 변호사를 써서 가해자가 딴사람이었음을 증명해 냈다. 술집에서 나간 후에 벌어진 사건이어서 그런 일이 있었는지 전혀 몰랐던 연주는 6개월이 지나서야 그의 소식이 궁금해서 찾아왔다고 했다. 진작 알았더라면 좀 더 일찍 도와줬을 거라고도 했다.

처음엔 연주의 도움을 받은 것도 몰랐다. 엄마가 변호사를 바꾸었다기에 그런 줄로만 알고 있었다. 모든 재판이 끝난 후 풀려났을 때 우탄을 기다리고 있는 건 엄마뿐만이 아니라 연주도 함께였다. 그래서 알게 되었다. 그녀의 도움으로 살인 혐의를 벗었다는 것을.

"연주가 도와줬어."

"뭐?"

리어는 그 일에 연주가 개입되었을 거란 생각을 추호도 못 하고 있다가 깜짝 놀랐다. 용이도 연주 이야기는 처음 듣는 거였기에 어리둥절했다.

"연주라니? 설마 그…… 신연주?"

우탄은 어두운 얼굴로 고개를 끄덕였다. 연주를 강원도에서 만났을 때 가슴이 철렁 내려앉았다. 왠지 그녀의 그물에 걸려든 물고기 같은 느낌이 들었기 때문이다.

리어는 우탄을 지독하게 좋아했던 연주를 떠올리자 씁쓸했다. 다 끝난 일인 줄 알았는데, 다시 지독한 싸움이 시작될 것만 같은 예감이 들었다. 아니, 어쩌면 이미 시작되었는지도 모르겠다.

"어쨌든 누명을 벗었으니 다행이야. 까딱했음 영영 못 돌아올 뻔했잖아."

진심인지 비웃음인지 모를 말을 건넨 리어는 몸을 돌려 집 안으로 들어가 버렸다.

'정말 잘된 일일까?'

우탄은 또다시 자신의 인생에 끼어든 연주가 불길했다.

생일 파티가 끝나고, 운전 때문에 술은 입에도 대지 않은 구름과 달리, 술을 마신 시안과 윤희는 대리운전을 불렀다. 병원에 가봐야 하는 용이는 시안이 데려다주기로 했고, 스케줄 때문에 새벽에 다시 와야 하는 윤희도 그곳을 떠났다.

모두 떠나고 나자 그 자리에 남은 사람은 우탄과 구름뿐이었다. 구름은 어쩔 수 없이 그와 단둘이 차에 올랐다.

"오늘도 사무실에서 자려고?"

"그래야지. 너 데려다주고 집까지 가려면 시간 많이 걸려."

"집에 빈방 있어."

"수작 부리지 마."

구름이 일언지하에 자르는 바람에 우탄은 능청스럽게 말을 돌렸다.

"그냥 잠만 자는 것도 안 돼? 사무실보단 낫잖아."

구름이 우탄을 흘겨보았다.

"미국 가더니만 능구렁이만 잡아먹었나. 애가 왜 이렇게 능글맞아졌지?"

"후후. 내가 아직도 열여덟 살인 줄 알아?"

그 말을 할 때 우탄에게서 성인남자의 여유가 넘쳐흘렀다. 섹시한 표정에 가슴이 두근거려 구름은 더 퉁명스럽게 나왔다.

"그러니 안 되지. 이십대인 남자 놈하고 한집에서 단둘이 자다가 뭔 일이 생길 줄 알고."

"나, 네 남친이야."

"말은 똑바로 해. 남친이었지."

우탄은 심드렁하게 대꾸했다.

"그건 너의 일방적인 이별 통보였잖아."

"연애가 계약이니? 쌍방 합의로 헤어지게."

우탄은 구름이 정말 마음이 떠난 것 같아 속상했다. 아주 간혹 그녀가 보내는 은근한 시선에 위로 받는 것만으로는 성에 차질 않았다. 처음부터 자신이 그녀의 남자였던 것처럼, 그녀 또한 자신의 여자여야 했다. 첫사랑이 끝사랑이라던 결심은 지금껏 단 한 번도 흔들린 적이 없었다.

그런데 전학 온 이틀 만에 '인제 니는 내 끼다'라며 당돌하게 선언하던 구름은 어디 있단 말인가. 그 고백 하나가 우탄의 인생을 바꿔놓았다고 해도 과언이 아니었기에 그에게 구름의 매정함은 견딜 수 없는 고통이었다.

"내 평생에 너랑 이별은 없어. 네가 시간을 달라고 하기에 그러겠다고는 했지만, 내 뜻은 아니었다고. 너한테 미안해서 네 마음이 풀릴 때까진 기다려 주고 싶은데, 그게 내 맘대로 안 돼. 널 보면 안고 싶고, 키스하고 싶어서 돌아버릴 거 같아."

말 속에 담긴 진심은 뜨거웠다. 구름은 간절한 표정의 우탄을 외면했다. 지금 그의 눈을 보면 무너질 것 같아서 쳐다볼 수가 없었다. 마음속에 리어에 대한 미안함이 남아 있는 이상, 찝찝함을 안고 우탄에게 갈 수는 없었다. 가더라도 완전무결한 채로 가고 싶었다. 그래야 그에게 떳떳할 것 같았다. 그를 끝까지 기다리지 못했고, 리어에세 흔들렸던 자신을 용서하기 전까진 아무것도 안 할 생각이었다.

우탄에게는 너무너무 미안한 일이지만, 구름은 조금만 더 잔인하고 이기적이 되기로 마음먹었다. 그래봐야 4개월이었다. 강원도 축제가 끝나는 그날, 마음을 결정할 생각이었다. 지금으로선 모두를 위하여 그것이 최선이었다.

❦

공사 현장과 멀지 않은 강원도의 한 마을. 바닷가와 인접한 마을은 경치 좋고 조용한 곳이었다. 4개월가량 머물 숙소라고 알려준 주소로 찾아갔더니, 마당이 꽤 너른 2층짜리 주택이었다. 평소에는 펜션으로 쓰는 곳이라는데, 주택 전체를 통째로 빌린 모양이었다.

서울에서 현장에 투입된 인원은 모두 아홉 명. 총괄 팀장 외에 각 파트별로 책임자가 두 명씩 온 셈이었다. 공사가 진행되는 대로 필요한 인원은 그때마다 충원될 예정이었다.

2층을 남자 다섯 명이 쓰기로 하고, 1층을 여자 네 명이 쓰기로 합의한 뒤 각자 방으로 들어갔다. 1층은 방이 두 개, 2층은 방이 세 개. 총괄 팀장이 2층 방 하나를 쓰고, 나머지는 두 명씩 한방을 쓰기로 했다. 구름과 함께 방을 쓰기로 한 사람은 명은이었다.

짐 정리를 하던 명은이 슬며시 말을 붙였다.

"우탄 씨랑은 헤어지기로 결정 난 거야?"

벽장에 옷을 걸던 구름은 명은을 쳐다보지도 않고 대답했다.

"신경 꺼."

"넌 무슨 복이라니? 슈스인 강리어랑 친구이질 않나, 유학파인 우탄 씨가 남친이질 않나. 부럽다."

"부러울 것도 많다. 언니도 사귀는 사람 있으면서, 뭘."

"헤어졌어."

"또?"

"그래봐야 네 번밖에 안 사귀었어. 너처럼 9년 장거리 연애는 아무나 하는 줄 알아? 네가 별종이야, 이것아."

하긴, 평균 3개월 단위로 남자가 바뀌는 시안이보다는 명은이 양호했다.

"강리어한테 얘기 좀 해봐. 주변에 연예인들 많잖아. 나도 연예인이랑 연애 한번 해보게."

"연애가 장난인가? 그리고 난 소개팅 주선은 안 하거든?"

"치. 넌 애가 생각보다 되게 고리타분하더라?"

"어. 나, 고리타분해. 됐지?"

곱게 눈을 흘긴 명은이 들으란 듯이 말했다.

"우탄 씨는 보면 볼수록 진국이더라. 솔직히 네가 좀 딸려."

이럴 때 꼭 팩트 폭격을 해대는 인성 보소.

"알아, 나도."

"근데 뭘 그렇게 튕겨? 보는 사람 민망하게. 네가 언감생심 어디 가서 그런 남잘 만날 거야? 우탄 씨가 싫으면 강리어한테 가든가."

"에헤이, 거참!"

찔끔한 명은이 새치름하게 옷 정리를 하기 시작했다.

"다들 남의 연애에 뭐 그리 관심이 많아?"

짜증스럽게 구시렁대던 구름은 문득 배가 고팠다.

"밥은 언제 먹지?"

"근데 우리 진짜 여기서 밥도 해 먹을 거야? 귀찮은데."

"삼시 세끼 다 사 먹으려고? 이모가 반찬도 잔뜩 싸줬어. 밥만 해서 먹으면 되는데 뭐 하러 사 먹어?"

그리하여 숙소에 오자마자 밥을 하게 된 구름이었다.

식탁에 전부 앉을 수 없어 거실 바닥에 상 두 개를 편 후, 가져온 반찬과 뜨끈한 밥을 내놓았다. 둘러앉은 사람들이 하나같이 구름을 칭찬했다.

"우와, 구름 씨가 아주 현모양처감이야. 우린 그냥 나가서 사 먹을 생각이었는데, 여기서 집밥을 다 먹네. 고마워."

이왕 바닷가에 온 거 삼시 세끼도 찍고, 집밥도 찍고 다 해보지, 뭐. 연예인만 리얼리티 찍으라는 법 있나.

"반찬도 정말 맛있겠어요. 이모님한테 감사하다고 전해줘요."

"우리 이제 구름 씨만 있으면 늘 집밥 먹을 수 있는 건가? 하하하."

"아이, 그랬으면 좋겠다. 나가서 먹는 건 금방 질려서. 호호호."

자리에 앉던 구름은 모두를 싸늘히 훑었다.

"밥은 당번 정해서 돌아가며 할 거예요. 하기 싫은 사람은 나가서 사 먹으면 돼요."

그 말에 당황했던 사람들은 얌전히 수저를 들었다. 최 팀장이 어색해진 분위기를 바꾸었다.

"그럼 그래야지. 구름 씨가 밥 해주려고 온 것도 아니구. 당연히 돌아가면서 해야지."

"그래도 총괄 팀장님까지 어떻게 밥을 해요?"

명은이 구시렁대자 구름이 톡 쏘아붙였다.

"그리 안타까우면 언니가 대신 하면 되겠네. 총괄 팀장님 몫까지."

움찔한 명은이 대꾸도 않고 밥만 먹고 있자, 총괄 팀장이 너털웃음을 웃었다.

"나도 할 테니까 다들 걱정 말고 먹어."

"저녁부터는 밥 담당이 설거지까지 하는 겁니다. 세탁 시간도 다 정해줄 거니까 어기지 마세요. 단체 생활에 지장 없도록, 알았죠?"

명은이 투덜댔다.

"네가 군기 반장이라도 돼? 총괄 팀장님이 계신데 왜 네가 나서서 그래?"

"총괄 팀장님 일 덜어주는 거야. 자잘한 것까지 신경 쓰시지 말라구. 그리고 결정적으로다가 이 반찬들 다 내가 갖고 온 거거든? 이 정도는 해도 된다고 보는데, 난. 안 그래요?"

구름의 우격다짐에 조용히 밥을 먹던 직원들이 한마디씩 거들었다.

"그, 그렇지. 구름 씨가 야무져서 이런 일은 잘하지."

"그러엄. 이 반찬들 없으면 다 사다 먹어야 해. 난 요리 자신 없어."

"이야, 역시 총괄 팀장님 생각해 주는 사람은 구름 씨밖에 없구나. 우린 밥을 해먹을 거란 생각도 못 했거든. 아하하."

"구름 씨 예전에 횟집에서 부모님 일손 많이 도와드렸다고 했었죠? 그래서 그런지, 구름 씨도 요리를 잘하더라구요. 전에 사무실에서 라면 끓여줬을 때 보통 솜씨 아니었잖아요. 이번에도 기대할게요."

식사를 마친 후 설거지까지 끝낸 구름은 밖으로 나왔다. 너른 마당, 낮은 담장 너머로 새파란 바다가 보였다. 시원한 바닷바람이 그녀의 머리칼을 쓸고 지나갔다.

구름은 잠시 그 자리에 서서 바다를 바라보았다.

"부산 바다도 저리 멋지겠지?"

생각해 보니 부산에 안 간 지도 꽤 되었다. 서울에서 푹 눌러 살라던 엄마의 말이 생각나 구름은 울적했다.

"그냥 횟집이나 하고 살걸. 뭐 하러 서울 머스마랑 연애는 한다고 설쳐서 이 고생인지 모르겠네."

결국 난장 로맨스나 찍고 말 것을.

모래사장에 누군가 서 있기에 봤더니, 우탄이었다. 바다 위로 쏟아지는 햇살과 더불어 그의 모습이 한 폭의 풍경처럼 아름다웠다.

파랗게 일렁이는 바다와 우탄.

"캬. 화보 장인이 따로 없구만."

구름의 짙은 시선을 느꼈던 것일까. 마치 텔레파시가 통한 듯 뒤로 돌아본 우탄이 그녀에게 손짓을 했다. 구름은 이끌리듯 집을 나섰다. 푹푹 발이 빠지는 모래 위를 걸어 그에게 다가갔다.

산책 삼아 바닷가를 걸으며 우탄이 말했다.

"덕분에 맛있게 잘 먹었어."

"잘 먹었다니 다행이네. 사람들 많아서 불편할 줄 알았더니."

"괜찮아. 사람 사는 것 같잖아."

구름은 새삼스레 우탄을 쓱 바라봤다. 십대 때의 그는 늘 혼자였는데, 지금은 많이 달라졌다. 사람들과 얘기도 잘하고, 가끔 웃기도 하는 모습이 훨씬 자연스러워졌다. 세월은 그렇게 사람을 변화시키는 것일까. 멀리 떨어져 있을 땐 오히려 가깝게 느껴졌었는데, 막상 가까이 있으니 멀게 느껴지는 건 왜일까. 리어의 익숙함에 젖어 우탄이 더 낯설게 느껴지는 건 아닐까.

[부산 갈매기~ 부산 갈매기~ 너는 정녕 나를 잊었나~]

누군가 했더니, 리어였다.

"사색할 틈을 안 주는구만."

구름은 간만에 철학적이 되었다가 홀딱 분위기를 깨는 리어의 전화를 받았다.

"왜?"

[잘 도착했어?]

자다 일어났는지 졸린 목소리였다.

"도착한 지 좀 됐어. 인제 일어났어?"

[응. 스케줄 끝나고 새벽에 왔거든. 숙소는 어때? 지낼 만해?]

"괜찮아. 주택이라 정감도 있구."

[다행이네. 내가 나중에…….]

"오지 마."

구름은 리어가 온다고 할까 봐 아예 철벽을 쳤다.

[내 맘. 언제 갈지 모르니 긴장하고 있어. 바이바이.]

"똥스타!"

구름이 휴대폰에 대고 버럭 소리를 질렀다. 그러나 대답 없는 우리의 똥스타.

"안돼."

"왜? 리어가 오겠대?"

구름은 신경질적으로 핸드폰을 카디건 주머니에 쑤셔 넣었다.

"언제 올지 모르니 긴장하고 있으래."

"왜 긴장하고 있어야 하지?"

우탄은 그러면서 은근슬쩍 그녀의 손을 잡았다. 구름이 손을 빼려고 했으나, 소용없었다. 그녀의 손을 더욱 꼭 잡은 우탄은 씩 웃더니 모래사장을 달리기 시작했다.

"옴마야! 천천히 가, 넘어져."

"하하하!"

싱그럽게 웃는 그의 모습이 보기 좋았다.

"우리 달리기 시합하자."

구름의 제안에 우탄이 그 자리에 멈춰 섰다.

이 여자 패기 좀 보게.

"네가 날 이길 거라고 생각해?"

"용이 보면 몰라? 우리 집안에 육상의 피가 흐르는 거."

달리기 준비 자세를 취하며 구름이 싱긋 웃었다. 간만에 여고생으로 돌아온 것 같아 우탄도 기꺼이 수락했다.

"좋아, 해. 이기면 뭐 할 건데?"

"아이스크림 사기. 직원들 거 싹 다."

소박하긴.

"오케이."

"시작."

다다다다다.

먼저 달리기 시작하는 구름을 보고 멈칫했던 우탄은 곧 그녀를 따라잡았다.

"아악, 안 돼에에에!"

구름이 앞서가려는 우탄의 허리춤을 잡고 늘어졌다. 그녀의 악력에 휘청한 우탄이 항의했다.

"너 이거 반칙이야."

"시끄러!"

구름이 세게 홱 밀치는 바람에 우탄은 모래 위에 나동그라졌다. 그 사이 쏜살같이 달려가는 그녀를 보자 그는 어처구니가 없었다.

"아이스크림이 뭐라구."

구름이 못지않게 승부욕이 발동한 우탄은 벌떡 일어나 그녀를 따라갔다. 휙 뒤로 돌아본 그녀는 무섭게 쫓아오는 우탄을 보더니 눈이 동그래졌다.

"거기 서!"

"으아아아아!"

형사에게 쫓기는 범인처럼 도망가던 구름은 그만 제 발에 걸려 철퍼덕 넘어지고 말았다. 얼굴이 모래에 처박혔고, 그녀는 입안으로 들어간 모래 때문에 질색했다.

"으퉤퉤!"

"괜찮아, 구름아?"

우탄이 구름을 부축하여 일으켰다. 옷에도 온통 모래투성이여서 손으로 탁탁 털어주었다. 그리고 얼굴에 묻어 있는 모래를 털어주려는데⋯⋯.

아이처럼 모래를 퉤퉤 뱉어내는 그녀의 모습이 너무 맑고 예뻤다.

두근두근, 두근두근.

우탄은 구름에게 이끌리듯 고개를 숙였다. 그녀의 입술을 머금자 서걱한 모래가 느껴졌다. 뒤로 물러나려는 그녀의 허리를 잡아챘다.

"으읍, 읍!"

구름이 손으로 밀어내려고 했지만, 우탄은 움쩍도 하지 않았다. 오히려 제 쪽으로 좀 더 강하게 끌어당겼다.

'제발 거부하지 마.'

우탄은 그녀의 입술을 탐스럽게 머금으며 마음속으로 속삭였다.

"으읍, 읍읍!"

미워서 죽겠다는 듯 밀어내는 구름의 손길에도 아랑곳하지 않았다. 그녀가 그럴수록 그녀의 머리를 잡아 움직이지 못하게 고정했다. 우탄은 그녀의 입술을 사정없이 파고들었다. 너무나 탐하고 싶던 입술이었다. 너무나 그리웠던 입술이었다.

'사랑해, 구름아.'

어느 순간 구름의 저항이 멈췄다. 덩달아 우탄도 마음이 놓였다. 힘이 빠진 그녀를 놓아주었을 때였다. 시선을 피한 그녀가 돌아섰다.

"구름아."

우탄이 급히 구름의 손목을 잡았으나, 그녀는 물기에 젖은 음성으로 말했다.

"아이스크림 사러 가자."

직원들에게 나눠줄 아이스크림이 든 검은 비닐봉지를 손에 들고 구름은 맛있게 아이스크림을 먹으며 숙소로 걸어갔다. 좀 전 키스를 하고 지었던 상기된 표정은 찾아볼 수 없이 해맑은 얼굴이었다.

"아이스크림 되게 맛나는걸."

구름이 먹고 있는 아이스크림은 리어가 광고하는 것이었다. 편의점에서 하나 남은 아이스크림으로 싸우던 추억이 있어서인지 아직도 즐겨 먹었다. 하지만 우탄은 그녀가 아직도 그 아이스크림만 먹는 게 불만이었다.

"넌 왜 그 아이스크림만 먹는 건데?"

"맛있잖아. 달달하고 부드럽고."

"리어가 광고해서 그런 거 아니구?"

"나, 원래 이 아이스크림만 먹어. 몰랐어?"

"리어도 그것만 먹어."

구름은 아이스크림이 묻은 입술을 삐죽거렸다.

"질투해?"

"그래, 질투한다. 내 앞에서 그걸 꼭 먹어야겠어?"

아직도 리어가 구름의 입술에 묻은 아이스크림을 닦아주던 장면이 선명했다. 그때만 생각하면 열이 확 받는 것도 여전했다.

"아이스크림 하나 먹는 것도 네 눈치를 봐야겠니?"

"넌 내가 신경 안 쓰여?"

"신경 쓰이지. 걸핏하면 주둥이를 들이대는데."

쪼옥!

그녀의 입술에 묻은 아이스크림을 싹 빨아 먹은 우탄 때문에 구름은 우뚝 걸음을 멈췄다. 얼른 주변을 둘러보았다. 다행히 본 사람은 없었지만, 그녀의 얼굴은 빨갛게 물들어 있었다.

구름이 손으로 우탄의 어깨를 탁 쳤다.

"미쳤어? 왜 자꾸 네 맘대로 키스야?"

"좋으니까."

"함부로 키스하지 마. 너야말로 이거 반칙이야. 생각할 시간을 달라 했으면 아무 짓도 하지 말아야지."

허리를 숙여 구름의 얼굴에 가까이 얼굴을 들이댄 우탄이 장난스럽게 말했다.

"본능을 이기는 이성은 없어."

구름은 뒷짐을 지고 앞서가는 우탄을 째려보았다.

"저게 키스를 못 해서 환장을 했나."

하긴, 그의 마음도 이해가 간다. 예전엔 만나기만 하면 입술이 떨어질 줄 몰랐었으니까.

함께할 시간이 늘 부족했기에 애틋한 마음을 키스로 표현했었다.

바닷가에서 기습적으로 한 키스도 사실 미치게 좋아서 정신이 아찔했다. 우탄의 키스에 취해 더는 반항도 못했던 구름은 또 얼굴이 발그름해졌다.

어쨌거나.

"키스는 좋은 것이여~"

21
기를 쓰고 사랑하거나 기를 쓰고 사랑하지 않거나

다음 날인 토요일 저녁, 강원도 호텔에 투숙 중인 한미 양측 대표 팀과 파티가 있었다. 지난번에 있었던 최종 브리핑을 마친 후 오늘은 공사를 앞두고 잘해보자는 의미의 파티였다. 호텔에 초대받은 구름과 직원들은 격식을 차려 정장과 세미 드레스 차림이었다.

구름은 이런 파티가 처음이어서 세미 드레스도 여간 불편한 게 아니었다. 청바지와 티, 운동화 차림에서 몸매가 드러나는 미니 원피스와 하이힐을 신었더니 답답해서 숨도 잘 안 쉬어졌다. 게다가 우탄의 눈에서 꿀이 뚝뚝 떨어지는 게 느껴질 정도여서 민망했다.

우탄은 미국 측 대표와 영어로 이야기를 나누고 있었다. 원체 피지컬이 훌륭하여 정장을 입은 모습도 모델처럼 멋졌지만, 능숙하게 영어를 구사하는 걸 보자 해 오빠가 왜 그를 이곳에 보냈는지 알 것 같았다.

구름을 제외하곤 모두 영어든 일어든 중국어든, 하다못해 불어까지 하는 직원들이었기에 괜스레 주눅이 들었다. 이러니 다들 구름을 가리켜 낙하산 소리를 하는 거다. 그녀도 그걸 만회하느라 사무실에서 잠까지 자가며 죽을힘을 다해 일했다.

'이 나이 묵도록 외국어 하나도 공부 안 하고 뭐 했노.'

구름은 자괴감을 느끼며 과일 주스를 홀짝홀짝 들이켰다.

"표구름 씨 맞죠?"

누군가 다가오기에 쳐다봤더니 한국 주최 측 직원이었다. 최종 브리핑 때 본 적이 있어서 구름은 꾸벅 인사했다.

"안녕하세요?"

"안녕하세요?"

이십대 후반으로 보이는 남자는 잘생긴 얼굴은 아니었지만, 호감가는 스타일이었다.

"일한 지 오래됐어요?"

"아뇨. 3년 됐어요."

"그렇구나. 실력이 좋으신가 봐요. 큰 공사에 투입된 걸 보면."

"실력은 모르겠고, 힘쓰는 일은 잘하죠."

"네?"

구름이 팔을 들어 알통을 보여줬다.

"이게 노가다 3년 차 알통이거든요."

매우 자랑스러운 표정인 구름을 보며 남자는 와하하 웃어 젖혔다.

"구름 씨 되게 재밌는 사람이었구나."

"헤헤. 지성훈 씨도 인상 좋으세요."

"어? 제 이름 알아요?"

"그럼요. 중요한 일을 같이하게 됐는데 당연히 이름 정도는 알고 있어야죠."

성훈은 털털한 구름이 마음에 드는 눈치였다.

"앞으로 자주 보겠네요. 우린 호텔에 묵어요. 숙소가 어디……."

"저희 숙소까지 신경 안 쓰셔도 됩니다만."

툭 끼어든 목소리는 우탄이었다. 성훈과 잠시 화기애애한 대화를 나누느라 그가 다가오는 걸 보지 못했던 구름은 속으로 찔끔했다.

"아, 오우탄 씨."

성훈은 강렬하게 쏘아보는 우탄의 눈빛에 얼떨떨했다. 마치 남의 여자한테 집적대는 놈을 보는 것처럼 위협적인 눈빛이었다.

'둘이 무슨 관곈가?'

"성훈 씨, 잠깐만 실례할게요."

성훈에게 상냥하게 웃으며 양해를 구한 구름은 우탄을 구석으로 끌고 갔다.

"뭐 하는 짓이야?"

"네가 너무 웃으니까……."

그러면서 우탄은 구름에게서 시선을 떼지 못했다. 너무 아름다워서 누가 보기만 해도 닳을 것처럼 아까웠다. 보고만 있어도 심장이 두근두근 뛰었다.

"영어는 못해도 회사에선 내가 네 선배야. 너만 비즈니스 하는 줄 알아? 나도 비즈니스 중이라구."

"그래도 네가 너무 웃……."

"주최 측 직원이랑 얘기하는데 웃지 그럼 우니?"

차라리 우는 게 낫겠다 싶었다. 다른 남자들이 다 구름을 흉하게 봐도 우탄의 눈엔 그저 예쁘기만 할 테니까.

구름은 불쾌한 표정을 풀지 못하는 우탄에게 따끔하게 경고했다.

"인상 펴. 여기 너랑 연애질 하려고 온 거 아니야. 한 번만 더 간섭하기만 해봐."

'저 자식이!'

우탄은 계속 신경이 쓰이는 듯 구름과 성훈을 힐끔거렸다. 성훈이 구름에게 하는 행동 하나하나가 거슬렸다.

"난 안중에도 없는 모양이야?"

우탄은 바로 옆에서 들리는 소리에 살짝 인상을 썼다. 아까부터 일부러 피하고 있던 사람이 연주였기 때문이다. 보다 못해 직접 다가온 연주는 구름만 신경 쓰는 우탄 때문에 속이 뒤틀렸다. 일전에 호텔 식당에서 만났을 때도 구름을 '애인'이라고 소개했었다. 우탄의 애인이라고 하기엔 모든 면에서 부족해 보이는 구름이었기에 솔직히 만만한 감도 있었다.

하지만 우탄이 그녀와 장장 9년간을 사귀었다는 것에는 꽤 놀랐다. 조사한 바에 의하면 열여덟 살 때부터 사귀었다고 했으니, 연주가 미국으로 떠나고 1년 후에 만난 셈이었다. 그토록 제가 좋다고 하는데도 눈 하나 깜짝 안 하던 우탄이 9년이나 사랑한다는 여자. 한국과 미국이라는 장거리 연애에도 아랑곳없이 말이다.

'대체 무슨 매력이 있어서 헤어 나오질 못하는 거야?'

연주는 해맑게 웃고 있는 구름을 보자 질투심이 들끓었다.

"잠깐 얘기 좀 할까?"

우탄은 사람들이 없는 곳으로 연주를 불러냈다. 일전에 통화한 것도 있어서 그녀는 약간의 기대감을 품고 그의 앞에 섰다. 늘씬한 몸매를 과시하듯 서서 농염한 눈빛으로 그를 바라보았다.

"너 혹시 내가 'Sun Art Design'이랑 일할 거 알고 있었어?"

무슨 얘기인가 했더니, 일에 관한 거였다.

실망한 연주는 유혹하듯 우탄의 옷깃을 매만졌다.

"그게 궁금해?"

"정말 알고 있었던 거야?"

"궁금하면 나중에 따로 만나. 그게 말하는 사람도, 듣는 사람도 편할 거야."

'뭐가 저래 심각하노?'

성훈과 이야기를 나누던 구름은 구석에서 대화 중인 우탄과 연주를 훔쳐보았다. 어느 순간 우탄이 안 보이기에 찾다가 연주와 함께 있는 걸 보자 피가 거꾸로 솟았다. 그녀가 우탄을 좋아했다는 말도 그렇고, 리어의 첫사랑이라는 것도 그렇고. 너무 예쁜 것도 거슬리고, 우탄 앞에 자꾸 얼쩡거리는 건 더더욱 거슬렸다.

"구름 씨?"

"네? 뭐라고 하셨어요?"

"켈리 신, 되게 멋지지 않아요?"

"아……. 멋지네요."

구름은 타는 목을 과일 주스로 축였다.

"켈리 신이 강력하게 'Sun Art Design'을 추천했다고 하던데 알고 있었어요?"

그런 일이 있었던가?

구름은 멍하게 고개를 저었다.

"아뇨. 계약할 땐 참석을 안 해서 자세한 건 몰라요."

"그렇구나. 진 대표님이 실력 있는 분인 건 알지만, 사실 좀 의외였거든요. 워낙 경쟁사들이 쟁쟁했잖아요."

"맞아요. 경쟁사들에 비하면 우리 회사는 아직 많이 부족하죠."

"기분 나쁜 건 아니죠? 전 그냥 사람들이 걱정하는 걸 귀띔해 드린 것뿐인데요."

성훈이 하는 말뜻이 무엇인지 알기에 구름은 도리어 그를 안심시켰다.

"알아요. 부족한 만큼 더 열심히, 최선을 다할 거니까 지켜봐 주세요. 성훈 씨가 회사에 말 좀 잘해주시고요."

성훈은 구름이 겸손해 보였는지 기분 좋게 웃었다.

"그럼요. 구름 씨랑 잠깐 얘기했는데도 신뢰가 가는데요. 앞으로 우리 잘해봅시다."

"네. 잠깐 실례할게요, 성훈 씨."

파티장 밖으로 나온 구름은 의자에 앉자마자 하이힐을 벗어버렸다.

"아오, 발이야."

세미 드레스에 맞춰 산 하이힐이 말썽이었다. 새 구두에 뒤꿈치가 까져 몹시 쓰라렸다. 빨갛게 까진 뒤꿈치를 보고 있던 구름은 울상을 지었다.

"운동화만 신던 사람이 갑자기 하이힐을 신으니 탈이 안 나고 배겨?"

혼잣말을 중얼대고 있는데, 또각또각 구두 소리를 내며 연주가 다가왔다.

"무슨 일이에요?"

구름은 아픈 발을 주무르며 말했다.

"하이힐을 신었더니 발이 좀 아파서요."

연주는 발을 주무르고 있는 구름을 신기하게 쳐다보았다. 다른 사람들 같으면 예의상으로라도 괜찮은 척할 텐데, 구름은 전혀 그런 게 없었다. 너무 털털해서 오히려 당황스러울 정도였다.

'창피한 걸 모르는 거야, 내가 만만한 거야?'

구름은 저를 빤히 쳐다보는 연주가 의아했다.

"왜 그렇게 보세요?"

"파티에 초대했는데 그다지 즐거운 얼굴이 아니어서요."

"아니에요. 발이 좀 아파서 그렇지 즐거워요. 파티는 첨이거든요."

가식이라곤 없는 해맑은 표정이었다.

'저런 여자한테 무슨 매력이 있나 했더니, 우탄이와 리어가 좋아하는 이유를 알겠군.'

이미 리어의 스캔들을 알고 있었던 연주는 씁쓸하게 구름을 쳐다보았다. 두 남자의 사랑을 한 몸에 받고 있는 그녀가 부러웠다. 어느 것 하나 빠지지 않는 연주에게 치명적인 실패가 있다면, 바로 우탄의 사랑을 얻지 못했다는 것이었다.

그 일이 큰 영향을 주었던 탓에 연주는 미국에 가서도 제대로 연애를 할 수가 없었다. 자신을 좋아하는 남자들에게 흥미를 느끼지 못했고, 우탄이만큼 좋아하는 남자를 만나지도 못했다.

그러던 어느 날, 우연히 출장차 갔던 곳에서 우탄을 만났다. 술집에서 재회한 그는 처음에 연주를 알아보지 못했다. 그녀는 자신이 그정도로 그에게 임팩트가 없는 존재였던가 싶어 무척 자존심이 상했다. 하긴 중학생 때도 그랬다. 모두가 여신처럼 우러러보았지만, 단 한사람, 우탄만은 무관심했으니까.

"우탄이가 나에 대해 뭐라고 그래요?"

"우탄이한테 직접 들은 건 아니고, 리어가 그러대요. 켈리 씨가 우탄이를 많이 좋아했다구요."

연주는 구름이 가벼운 첫사랑 정도로 생각하는 것 같아 차갑게 웃었다.

"그랬죠. 리어는 또 날 좋아했구요."

연주는 자랑처럼 말했으나, 구름은 다 지나간 일이라는 듯 대수롭지 않은 투였다.

"중학교 때 추억이죠, 뭐."

"그게 아니라면요?"

"예?"

"내가 아직도 우탄일 좋아한다면요?"

오호라, 그럼 그렇지. 우탄일 보는 눈이 심상치 않더라니.

구름은 속으로 콧방귀를 풍 뀌었다.

"우탄인 켈리 씰 안 좋아할걸요."

구름에게 직격탄을 맞은 연주는 가뜩이나 상처 입은 자존심에 더욱 자극을 받았다.

"뭐라구요?"

"켈리 씬 우탄이 취향 아니거든요."

"홋. 꼭 취향에 맞는 사람하고만 연애하는 건 아니잖아요?"

그럴 만한 능력이 있다는 뜻으로 들려, 구름은 빈정이 상했다.

"쉽지 않을 텐데. 우탄이가 한 고집, 하잖아요."

이게 웬 느닷없는 자존심 싸움인가.

알면서도 구름은 왠지 지고 싶지 않았다. 먼저 싸움을 건 사람은 연주였고, 구름은 그 싸움에 응했을 뿐이었다. 딱히 없는 말을 지어 낸 것도 아니었다. 애석하게도 우탄의 취향은 개싸움의 일인자 '땡초 소녀'였고, 하이힐보단 운동화를 즐겨 신는 노가다가 더 잘 어울리는 여자였다.

"그래서 이번엔 제대로 해보려구요."

연주의 도발에 구름은 관자놀이에 핏대가 확 솟았다.

'이 여자가 지금 내랑 우탄이가 사귀는 걸 알고 지껄이는 거 맞재?'

우탄이 그녀에게 '직원'이라고 소개한 줄 알았더니, 그게 아니었단 생각이 들었다. 직원이라 소개했다면 굳이 파티장 밖까지 따라 나와 속을 긁을 이유는 없을 테니까.

'그때부터 이미 신경전을 벌였다는 긴데……'

그 사실을 감쪽같이 몰랐던 구름은 속은 기분에 내장이 뒤틀렸다. 다시 하이힐을 신고 의자에서 몸을 일으켰다. 가죽에 눌린 뒤꿈치가 너무 아팠지만, 꾹 참았다.

"켈리 씨."

"네?"

연주를 똑바로 쳐다본 구름이 해죽 웃었다.

"도전 정신과 용기는 가상한데요, 상대를 잘못 골랐어요. 장담하는 데 우탄인 절대로 켈리 씨한테 안 넘어가요."

연주는 거만하게 미소를 지었다.

"그거야 두고 보면 알겠죠. 난 우탄이보다 구름 씨가 더 걱정인데요."

"무슨 말이죠?"

"우탄이가 날 좋아하게 되면 구름 씬 우탄일 놓아줄 수 있겠어요?"

"······!"

우탄을 놓아주어야 할 상황이 생긴다?

구름은 자신이 우탄과 리어 사이에서 갈등하는 것처럼, 우탄도 자신과 다른 여자 사이에서 갈등할 거란 생각을 해본 적이 없었다. 그와 연락이 되지 않았을 때조차 차라리 바람이 나도 좋으니 살아만 있으라고 할 정도였다. 그래서 우탄인 연주가 아니라 그 어떤 여자에게도 절대 넘어가지 않을 거라고 장담할 수 있었다.

하지만 우탄이 연주에게 흔들린다면 그땐 어떻게 해야 할까? 연주 말대로 그를 보내줄 수 있을까?

"우탄이가 나 말고 다른 여자를 좋아한다는데, 쿨하게 놔줘야죠. 이미 끝난 사랑 붙잡고 집착 떠는 짓, 전 못 하거든요."

연주는 구름이 하는 말에 낯빛이 창백해졌다. 10년 전에 끝난 짝사랑에게 집착을 떨고 있다며 정곡을 찌른 탓이었다.

'만만하게 봤더니, 아니었어.'

연주는 싸늘한 눈빛으로 말했다.

"시원시원해서 좋군요. 쿨하게 놔주겠단 말, 책임질 거라 믿어요."

연주가 다시 파티장으로 들어간 후 구름은 하이힐을 벗고 도로 의자에 주저앉았다. 연주와의 예기치 못한 신경전으로 잠깐 혼란스러웠지만, 우탄에 대한 생각만큼은 더욱 확고해졌다.

"우탄이가 바람피울 놈 같으면 돌아오지도 않았지."

스케줄을 마치고 로드 매니저가 운전하는 밴에 오른 리어는 핸드폰으로 급히 문자를 확인했다. 문자에는 전화번호가 적혀 있었다. 그 번호로 전화를 걸자 음산하고 굵직한 음성의 남자가 받았다.

[네.]

"제가 의뢰했던 사람인데요."

[네. 지시 사항 들었습니다.]

"오래 걸릴까요?"

[사람에 따라 다릅니다. 처리되는 대로 연락드리죠.]

"부탁드리겠습니다."

전화를 끊은 리어는 옆 좌석에서 윤희가 빤히 보고 있자 머쓱했다.

"뭐? 왜?"

"의뢰한 게 뭐야?"

"넌 몰라도 돼."

"난 네 매니저야. 뭐든 알아야 해."

"내 사생활이야. 매니저라도 알 권리 없어."

리어는 팔짱을 끼고서 아예 눈을 감아버렸다.

"구름이도 아는 일이야?"

등받이에 푹 기대앉았던 리어는 벌떡 상체를 일으켰다.

"야, 절대 말하지 마. 구름이가 알면 큰일 나."

"그러니까 그 큰일이 뭐냐구."

리어는 못마땅하게 윤희를 쳐다보았다.

"예전엔 눈도 똑바로 못 맞추던 애가 왜 이렇게 변했어? 너 소윤희 맞아?"

"넌 내가 소윤희로 보이니?"

"아악! 하지 마. 귀신 무서워."

기다란 몸을 반으로 접은 리어는 창문에 찰싹 달라붙었다. 그 모습을 보고도 웃음기 없는 얼굴로 윤희가 말했다.

"예전의 소윤희는 죽었다고 했잖아."

"그래도 말 안 해. 못 해."

리어는 독립투사처럼 입을 일자로 꾹 다물었다.

"이번에도 일 벌이면 알지? 이왕 할 거면 쥐도 새도 모르게 하든가."

"그럴 거야."

"벌써 나한테 들켰잖아. 넌 매번 들켜. 허술해서."

윤희의 이야기가 사실이었기에 리어는 할 말이 없었다.

"목말라. 물 줘."

윤희는 차에 있던 물병을 건넸다. 반쯤 남은 물을 마신 리어는 피곤하다며 눈을 붙였다. 연예인 친구들과 클럽에서 생일 파티 약속이 있었기에 잠깐이라도 자둘 생각이었다. 그런데 얼마 못 가서 잠이 든 줄 알았던 그의 팔이 힘없이 축 처졌다.

이상한 느낌이 들어 윤희는 살며시 리어의 어깨를 흔들었다.

"리어야."

툭!

옆으로 쓰러진 리어를 얼결에 받아 안은 윤희는 비명처럼 그를 불렀다.

"강리어!"

🐝

[속보입니다. 가수 강리어 씨가 방송 직후 약물 테러를 당했습니다. 차에 있던 생수에 졸피뎀을 탄 것으로 분석이 나왔는데요. 누군가 생수병을 바꿔치기한 걸로 추정되는 상황입니다. 경찰에서 CCTV를 분석 중이라고 합니다. 강리어 씨는 다행히 목숨에는 지장이 없고, 현재 병원에서 입원 치료 중인 걸로 알려졌습니다.]

용이가 근무하는 병원 VIP실에 입원한 리어는 심각한 속보와 달리 생생한 얼굴이었다. 다행히 병원이 가까운 곳에 있어 처치가 빠른 덕분이었다. 병실에는 주치의와 윤희도 함께 있었다.

"이거 영광입니다, 강리어 씨. 제 아내와 딸이 강리어 씨 팬이에요."

"오, 그러시구나. 그런 의미에서 부탁 하나만 드려도 될까요?"

눈을 반짝이며 천진난만한 미소를 짓는 리어를 보자 주치의는 그가 전형적으로 사람을 홀리는 여우상이라는 생각이 들었다.

"예. 무슨 부탁인지 일단 말씀을 해보세요. 제가 도와드릴 수 있는 거면 뭐든 도와드리겠습니다."

"저 되게 아프다고 해주세요."

"네? 아, 아니, 당장 내일이라도 퇴원하셔도 되는데요. 워낙 건강하셔서……."

리어는 말귀를 못 알아듣는 주치의 때문에 짜증을 억누르며 조곤조곤 설명했다.

"그러니까 아프다고 해달라구요."

"멀쩡한 몸을 어떻게 아프다고 합니까?"

"몸은 멀쩡해도 정신은 안 멀쩡할 수도 있죠. 충격 때문에 공개적인 장소에 가면 막 어지럽고 구역질나고, 사람들이 무섭고……."

또 뭐가 있었더라?

"저런. 그런 증상이 있었군요. 진작 말씀을 하시지."

이제 말귀를 알아먹는다 싶어 흐뭇한 표정을 짓는 리어에게 주치의가 진지하게 말을 건넸다.

"제가 속히 정신과에 연락을 해드리겠습니다."

"아니, 그게 아니라……."

리어의 말을 자른 윤희는 차분히 주치의에게 말했다.

"저랑 말씀하시죠, 선생님."

주치의를 데리고 나간 윤희는 잠시 후 조용히 병실로 들어왔다. 시무룩해 있던 리어가 물었다.

"의사 쌤한테 뭐라고 했는데?"

"당분간 요양이 필요하다구. 정신적 충격으로 당장 일하기 힘드니 쉬어야 한다고 말씀드렸어. 네가 원하는 게 이거 아냐?"

"앗싸! 소 매, 넌 진짜 짱이야. 매니저 시킨 보람이 있었어."

리어는 자기 속을 대신 시원하게 긁어준 윤희가 대견하고 고마웠다. 그나저나.

"넌 그걸 어떻게 알았냐?"

"구름이 만나러 가고 싶어서 그런 거잖아."

리어는 평소 또라이 끼가 다분했으나, 자작극을 벌일 만큼 우매하진 않았다.

"가도 돼? 강원도에서 요양한다고 하면 대표님이 '오냐, 그러렴' 하시진 않을 거 같은데."

말은 그러면서도 이미 마음은 강원도로 달려가고 있는 리어였다.

신이 난 리어의 표정에 윤희는 마음이 착잡했다. 스케줄이 펑크 나는 건 둘째치고, 약물 테러로 대표님에게 혼이 날 건 리어가 아닌 자신이었다. 그의 안티나 사생들 때문에 하루 이틀 겪는 고충이 아니었지만, 가장 힘이 드는 건 그 심각성을 모르는 리어였다. 리어는 그 모든 걸 그저 자신의 인기 때문에 생기는 불협화음 정도로 치부했다.

그러나 리어를 곁에서 지켜야 하는 매니저인 윤희는 달랐다. 그의 안전은 곧 자신의 책임이었고, 조금만 늦었어도 약물 과다로 큰일 날 뻔한 상황이었다.

'언제 또 테러를 당할지 몰라.'

굳이 구름이 때문이 아니더라도 리어는 조금 쉬어야 할 필요가 있었다. 잠시라도 연예계를 떠나 안전하게 지냈으면 했다. 그래야 윤희도 마음이 놓일 것 같았다.

전화가 또 들어와 윤희는 가방 안에서 핸드폰을 꺼냈다. 액정에 뜬 이름을 보자 난처했다.

"쉬고 있어. 통화 좀 하고 올게."

복도로 나온 윤희는 병실 앞을 지키는 경호원들을 피해 비상구로 걸어가며 전화를 받았다.

"예, 감독님."

[리어, 입원했다는 거 사실이야?]

"예. 용이네 병원에 있어요. 많이 놀라셨죠?"

[리어 상태는?]

"괜찮긴 한데……."

[왜? 무슨 문제 있어?]

"아뇨. 당분간 좀 쉬게 하려구요. 많이 지쳐 있어서요."

핸드폰 건너로 안도의 한숨이 들렸다.

[소 매니저가 고생이 많아. 고마워.]

"별말씀을요. 수습되는 대로 한번 댁에 들를게요. 장 봐서."

[매번 미안해서 어떡해?]

리어 몰래 세련의 집에 드나든 지 꽤 되었다. 세련이 불러서가 아니었다. 리어 때문에 집 안에만 칩거하는 세련이 걱정되어서였다. 리어의 매니저로서 해야 할 일이었고, 친구로서의 도리라 생각했다. 리어가 아니었다면 매니저는 되지도 못 했을 테니까.

은혜를 갚는 길은 리어 대신 세련을 찾아가 챙기는 일이었다. 처음엔 문조차 열어주지 않던 세련도 윤희의 정성에 감복했고, 지금은 리어에 관한 모든 걸 윤희를 통해 전해 들었다.

"너무 걱정 마세요. 리어한테 아무 일 없도록 제가 더 노력하겠습니다."

[지금보다 더 어떻게 노력해? 그냥 지금처럼 리어한테 비밀로 해주면 돼.]

못난 엄마 때문에 리어가 구설수에 오르내리는 게 싫어서 뮤지컬계도 떠나 버린 세련이었다. 세련은 자기 방식대로 리어를 지키고 있던 것이다. 윤희는 그런 세련이 존경스러웠다.

"어머! 강리어가 약물 테러를 당했대."

파티가 끝나고 집으로 돌아가는 길, 함께 차를 탔던 명은이 하는 말에 운전 중이던 구름은 소스라치게 놀랐다.

"뭐, 뭐라구?"

"강리어가 졸피뎀을 탄 생수를 마시고 병원에 있대. 어머, 어머, 어떡해?"

끼이이익!

급정거를 한 차가 덜컹거리며 도로 한중간에 멈췄다. 조수석에 앉았던 우탄을 비롯하여 뒷좌석에 앉은 명은과 최 팀장은 앞 좌석에 머리를 들이받을 뻔했다.

구름은 손이 떨려 운전을 할 수가 없었다. 운전대를 붙잡은 채 벌벌 떠는 그녀를 본 우탄이 말했다.

"내가 운전할게."

최 팀장은 이력서에서 본 내용이 기억났다.

"맞다. 우탄 씨 국제면허증 있지?"

구름은 천천히 차에서 내렸다. 그녀와 자리를 바꿔 앉은 우탄은 침착하게 물었다.

"위중한 상태래요?"

"몸에는 이상이 없는데 충격을 많이 받은 모양이에요."

명은이 인터넷에 올라온 기사 내용을 전달했다. 최 팀장도 충분히 이해가 간다는 듯 거들었다.

"그럴 만도 하지. 얼마나 놀랐겠어? 그러게 유명인이라고 다 좋을 것도 없다니까."

"아유, 나도 이렇게 심장이 떨리는데 리어는 오죽할까. 불쌍해서 어떡해, 우리 리어."

우탄은 창백한 얼굴로 앉아 있는 구름을 힐끗 쳐다봤다. 그녀가 리어를 걱정하는 모습이 너무 딴사람 같아서 기분이 이상했다. 친구가 아닌 연인을 걱정하는 표정이었으니 말이다.

우탄이 정말로 긴장한 건 그때부터였다. 단지 리어와 오래 한 시간 때문만이 아니라 구름의 진짜 감정이 무엇일지 걱정스러웠다.

"리어한테 전화라도 해보지 그래?"

리어의 상태가 궁금하긴 우탄도 마찬가지였다.

넋을 놓고 있던 구름은 떨리는 손으로 핸드폰을 들었다. 차마 리어에게 못 하고 윤희에게 전화를 걸었으나 계속 통화 중이었다. 많은 문의 전화가 올 거라 예상한 구름은 초조하게 핸드폰을 만지작댔다. 리어에게 전화를 걸면 바로 받을 텐데 왜 이렇게 전화 걸기가 무서운지. 다른 때라면 곧장 아프다고 엄살떨며 연락을 해왔을 리어가 잠잠해서 더 전화 걸기가 두려웠다.

우탄은 망설이는 구름 대신 직접 용이에게 전화를 걸었다. 몇 번의 신호 끝에 이어폰 리시버에서 용이의 목소리가 들렸다.

[너도 소식 들었구나? 리어 지금 우리 병원에 있어.]

"상태는?"

[몸은 멀쩡해. 근데 당분간 모든 스케줄 취소야.]

"그 정도로 심각해?"

[그런가 봐. 하긴 또 그런 일 생길까 봐 무서워서 함부로 나돌아 다닐 수나 있겠냐. 조심하는 수밖에. 생명엔 지장 없다니까 너무 걱정 말구.]

전화를 끊은 우탄은 구름을 안심시켰다.

"생명엔 아무 지장 없대. 너무 걱정하지 마."

"당연하지. 강리어가 쉽게 죽을 놈이야?"

말은 그렇게 하지만, 구름은 불안에 떨고 있었다.

❦

"구름이 아직 모르고 있는 거 아냐? 지금 세상이 다 나 때문에 떠들썩한데 어떻게 모를 수가 있지?"

핸드폰의 부재중 전화를 확인하던 윤희가 말했다.

"구름이한테 전화 왔었어. 통화 중이라 못 받은 거야."

"왜 너한테 전화를 해? 내 전화 놔두고. 네가 테러 당한 것도 아닌데."

"못 받을 상황이라고 생각했나 보지."

리어는 직접 걸려는 듯 핸드폰을 들다가 무슨 생각인지 윤희를 쳐다봤다.

"네가 전화해서 나, 많이 아프다고 해."

"강원도에 일하러 간 애야. 지금쯤 알고 있을 텐데 놀란 애한테 거짓말하라구?"

"나, 진짜 충격받았거든?"

"충격은 나도 받았어. 내가 얼마나 놀랐……."

그때 상황만 떠올려도 심장이 벌렁거려서 윤희는 제대로 숨도 안 쉬어졌다. 죽은 듯이 병원 이동침대에 실려가던 리어를 생각하면 지금도 다리가 후들거렸다.

"소 매……."

"나도 네 매니저이자 친구야. 널 지켜야 할 의무가 있다구. 근데 못

지켰어. 내가 준 생수 때문에 네가 죽을 뻔했는데, 그걸 봐야 하는 내 심정이 어떨 거 같아?"

리어는 미처 윤희의 마음을 헤아리지 못한 게 미안했다. 늘 내색하지 않아서 괜찮은 줄 알았다. 하지만 예전의 그녀를 생각한다면 가장 놀라고 무서웠을 사람은 윤희였다.

"지금 너한테 혼나는 거냐?"

리어의 말에 윤희는 움찔 놀랐다. 감정에 치우쳐 내뱉은 말이 지나쳤다는 생각이 들었다.

"그게……."

당황하는 그녀를 보며 리어는 피식 웃었다.

"이제야 매니저답네."

"뭐?"

"차라리 그렇게 혼을 내. 할 말 있음 하구."

리어가 하는 말이라면 무조건 들어줬던 윤희는 머리가 흔들릴 정도로 세게 얻어맞은 느낌이었다. 리어는 알고 있었던 것이다. 그녀가 가면을 쓰고 살았다는 것을. 우탄이 그녀를 보고 단번에 알아차렸던 것처럼.

❦

"정말 괜찮아?"

우탄은 숙소에 도착해서도 안색이 좋지 않은 구름 때문에 걱정이 되었다.

"괜찮아. 놀라서 그래. 먼저 들어가. 난 리어랑 통화 좀 하구."

아픈 리어와 통화하겠다니 말릴 수도 없어서 우탄은 마지못해 그녀를 혼자 두고 집 안으로 들어갔다.

마당에 있는 흔들의자에 가서 앉은 구름은 리어에게 전화를 걸었다.

[구름아, 나 아퍼.]

리어는 전화를 받자마자 어리광이었다. 멀쩡한 그의 목소리를 듣자 구름은 안도감이 밀려왔다.

"많이 놀랐지?"

[응. 죽다 살았어. 지금도 무서워서 잠이 안 와.]

그럴 정도로 약한 놈이 아니었기에 구름은 어이가 없었다. 이런 발 연기로 그동안 뮤직비디오는 어떻게 찍었는지 모르겠다.

"이왕 그렇게 된 거 병원에서 푹 쉬어. 입버릇처럼 쉬고 싶다 했잖아."

[그럴 거야. 스케줄 다 취소됐어.]

금방 다 죽어가던 목소리가 스케줄 취소됐다는 대목에서 살짝 살아났다.

"소원 성취했구나. 일부러 스케줄 빵구 내고 강원도에 올까 봐서 걱정했더니, 꼼짝없이 병원에 붙잡혀 있게 생겼네."

[아프니까 네가 더 보고 싶어.]

"으이그, 또 헛소리 한다. 살아 있는 거 확인했으니까 됐어. 그만 끊어."

[잠깐만! 네 목소리 좀만 더 들으면 안 돼? 나한텐 네가 약이야.]

구름은 하늘을 올려다봤다. 서울의 별들이 다 강원도 하늘로 이사를 왔나 보다. 별들이 반짝이는 하늘이 그리 아름다울 수가 없었다.

"여기 별 정말 많아."

[나도 전에 스케줄 때문에 갔을 때 본 적 있어. 정말 황홀할 정도로 좋더라.]

"똥스타."

[어?]

"아픈 건 너랑 안 어울려. 얼른 나아. 알았지?"

[너 솔직히 말해봐. 내가 약물 테러 당한 소식 듣고 기분 어땠어?]

'눈앞이 캄캄했지. 심장이 멈추는 것 같았고, 머릿속이 백지장이 된 것처럼 하얘졌지. 사생들과 안티 때문에 늘 고생하던 네가 진짜 죽을지도 모른다는 생각이 드는 순간, 세상이 멈추는 것 같았지.'

구름이 더 암담했던 건, 그 마음이 정말 리어를 사랑하는 거면 어쩌나 하는 두려움이었다.

"얼마나 띨띨하면 약 탄 생수인지도 모르고 마셨나 싶어 한심하더라."

[우씨! 그게 나야?]

"그만 자. 오늘 파티 해서 피곤해."

[넌 내가 사경을 헤매는 동안 한가롭게 파티를 즐기고 있었단 말야?]

리어는 진심으로 서운한 투였다.

"사경을 헤매는지 안 헤매는지 알았냐. 암튼, 몸조리 잘하고. 괜히 간호사 괴롭히지 말고. 너 때문에 윤희만 대표님한테 또 된통 깨지게 생겼어. 하여간 넌 윤희한테 엎드려 절해야 해. 그런 매니저가 어디에 있냐."

[야, 됐어. 내 걱정할 시간도 부족할 판에 윤희 걱정에 간호사 걱정

에. 쳇! 끊어.]

단단히 삐친 리어가 전화를 끊어서야 구름은 피식 웃음이 나왔다. 스케줄도 전부 취소했다니 꾀병은 아닌 것 같았다.

"강원도에 쫓아올 일은 없으니 됐지, 뭐."

구름도 홀가분한 마음으로 일어나 집으로 들어갔다.

❦

다음 날 저녁, 리어의 병문안을 온 시안은 병실 한쪽에 쌓아놓은 선물들을 보며 혀를 내둘렀다. 복도에도 경호원들이 지키고 있더니, 슈스는 다르긴 다르다 싶었다. 어쩌다 저런 꼴통이 슈스가 다 되었는지 새삼 신기했다.

"왔냐?"

리어는 느긋하게 침대에 누워 만화책을 보고 있었다.

"팔자 좋으셔."

"4년 만에 처음 휴가야."

데뷔 후 거의 쉬지 못하고 일만 했던 리어는 장소가 병원일 뿐, 바닷가에서 수영복을 입고 휴가를 즐기는 사람처럼 태평했다. 시안은 그의 꾀병도 이해가 가서 더 이상 딴죽을 걸지 않았다.

"퇴원 언제 해?"

"내일."

"스케줄 다 취소됐다면서?"

"응."

"강원도로 튈 생각만 하고 있겠네?"

뜨끔한 리어는 만화책을 내려놓고 시안을 쳐다보았다.

"윤희가 그래?"

"윤희가 그런 얘기를 할 애니? 네가 집 안에만 틀어박혀 두문불출할 놈도 아니고, 뻔한 시나리오 아냐?"

리어에 대해 너무나 잘 아는 시안은 그의 꼼수가 전부 읽혔다. 리어는 금방 꼬리를 내렸다.

"구름이한테 이를 거야?"

"이른다고 네가 안 갈 놈이니?"

"킥킥. 그건 그래. 너도 같이 갈래?"

"대표님한테 덜 혼날 방책이 나인 건 아는데, 너무 이용해 먹을 궁리만 하는 거 아냐?"

"내가 언제 또 널 이용해 먹었다구. 바닷가 가면 곡 쓰는 데 도움이 될까 해서 그런 거지. 우리 환상의 파트너잖아."

"……"

아무 말 없이 쳐나보는 시안 때문에 리어는 몸을 사렸다. 지금 그녀를 잘못 건드렸다간 강원도로 튈 계획이 다 무산될지도 몰랐다.

"왜 또?"

"엄마랑 언제까지 그러고 있을 거야?"

갑자기 엄마 얘기를 꺼내는 바람에 리어는 얼굴이 굳어졌다. 아무리 시안이라고 해도 편히 나눌 이야기는 아니었다.

"엄마도 소식 들었을 텐데 아무 연락 없는 걸, 뭐."

기대도 하지 않았지만, 리어는 마음 한구석이 쓸쓸했다. 예전 같으면 제일 먼저 달려왔을 엄마였다. 아들을 보호하기 위해서라면 그 좋아하는 뮤지컬도 관둘 수 있다던 엄마. 그 아들을 위해 모든 걸 포기하고 미혼모라는 수치심도 참아냈던 엄마.

그러나 강인하던 엄마는 아들에 대한 기대가 무너지는 순간, 자신의 인생도 무너졌다. 누구보다 강해서 금방 훌훌 털어버릴 줄 알았던 엄마는 고집스럽게 세상의 문을 닫아버렸다. 그런데도 엄마에게 먼저 손을 내밀 수 없었다. 엄마에게 너무나 큰 상처를 주었기 때문에 염치가 없기도 했고, 자신도 없었다. 그 상처가 아물기엔 너무 멀리 와버렸다.

낯빛이 어두워진 리어를 보자 시안도 심란했다.

"네가 엄마랑 사이가 나빠진 게 내 탓도 있는 거 같아서 그래."

"네 탓 아니야. 가수가 되기로 결정한 건 나야. 넌 내가 가수가 되는 데 도와줬을 뿐이고."

"그러니까 하는 말이야. 내가 괜히 오디션에 참가하자고 해서 일이 이렇게 된 거잖아."

"네가 바람을 안 넣었어도 무슨 수를 쓰든 가수 됐어. 안 어울리게 왜 자책하고 이러지?"

리어는 괜히 우스갯소리로 그녀의 마음을 풀어주려고 했다. 시안이 엄마에게 죄책감을 갖고 있을 거라고는 생각하지 못했기에 오히려 그녀에게 미안했다.

"인마, 내 성격 알잖아. 한 번 한다면 하는 놈인 거."

리어의 너스레에 조금 마음이 풀린 시안은 생긋 웃어 보였다.

미우니 고우니 해도 오랜 친구이자 파트너인 리어.

용이 우탄의 편을 들어줄 때 과감하게 리어의 옆에 서주지 못했던 게 늘 미안했었다. 진작 그의 편이 되어주었더라면 구름과 사귀는 사람은 리어가 되었을지도 모른다. 시안은 많은 사람들의 사랑을 받으면서도 늘 외로워 보이는 리어가 가엾었다. 그리고 한 사람만을 죽어라 사랑하는 그의 일편단심이 정말 대단하게 느껴졌다. 가끔은 사랑 앞에서 솔직한 그가 부럽기도 했다.

"넌 그 못된 성질머리 때문에 구름일 포기 못 하는 거야. 그냥 쌈박하게 딴 여자랑 연애하면 안 되겠니? 다양한 연애 콘셉트 해보고 싶지 않아?"

"나라고 그런 생각 안 해봤겠냐? 어쩔 땐 내가 뭐 하는 짓인가 싶어서 나 좋다는 연예인이랑 연애할까도 생각했지."

"진짜?"

"근데 마음이 동하질 않는 걸 어떡해? 구름이처럼 가슴 뛰는 여자가 없어."

의외로 간단한 이유였다. 시안은 간단한 이유 하나만으로 평생 그 사람을 사랑할 수도 있다는 걸 깨달았다. 리어와 달리 자신은 용이를 남자로 사랑하지 않기 위해서 열심히 다른 남자를 눈에 담으려 노력하고 있었나.

극과 극은 서로 통한다. 그러니 결국 기를 쓰고 사랑하거나 기를 쓰고 사랑하지 않거나 똑같은 건 아닐까?

22

우리의 똥스타

그때 문이 열리며 용이 들어왔다. 용이는 시안이 와 있는 줄 몰랐다가 놀라는 시늉을 했다.

"오면 온다고 연락을 하지."

"너 보러 온 거 아니거든?"

시안은 괜히 퉁명스럽게 말했다. 다가온 용이는 허리를 숙여 그녀의 얼굴을 쓱 들여다봤다.

"왜 또 골이 났냐?"

무심코 고개를 돌리던 시안은 흠칫 놀랐다. 용이 불쑥불쑥 얼굴을 가까이 들이댈 때마다 심장이 철렁 내려앉는 기분이었다. 손으로 그의 어깨를 밀어낸 그녀는 짜증을 냈다.

"제발 부탁인데, 면상 좀 들이대지 말아줄래?"

용이는 알 만하다는 표정이었다.

"리어 때문에 회사에 비상 걸려서 그러지? 근데 사고는 얘가 쳤는데 왜 네가 저기압이냐? 아하, 윤희가 대표님한테 작살났구나. 친구란 죄로 너까지 욕먹고. 맞지?"

다른 건 귀신같이 잘 아는 놈이 딱 하나만 눈치가 더럽게 없었다. 시안이 너무 티를 안 내기도 했지만, 용이가 사랑이란 감정에 대해 무지한 게 가장 큰 문제였다.

앓느니 죽자는 심정으로 시안은 자리에서 일어났다.

"그만 갈게. 몸조리 잘해. 강원도로 토끼는 건 좀 더 신중하게 생각하구. 그러다가 윤희가 잘리게 생겼어."

"소 매가 잘릴 일은 절대 없어. 왜냐? 다른 매니저들은 날 감당 못할 테니까. 훗."

"자랑이다. 구름인 생각 안 해? 강원도에 구름이 있는 걸 사람들이 알아봐. 연애하느라 일부러 스케줄 펑크 냈다고 할걸?"

"말도 안 돼. 테러당한 거 사실이고, 쉬고 싶은 것도 사실이야. 이왕 쉬는 거 구름이 있는 데서 쉬는 거구."

"어쨌든 더 이상 사고치는 건 안 돼. 간다."

시안이 병실을 나가자마자 용이 뒤따라 나왔다. 그를 힐끗 쳐다본 시안이 물었다.

"리어 보러 온 거 아니었어?"

"병원 앞까지 데려다줄게."

용이의 친절에도 시안은 시큰둥했다.

"뭘 새삼스럽게."

용이 시안의 팔을 잡아 세웠다.

"왜?"

무언가 할 말이 있는 듯 머뭇대던 용이는 고개를 저었다.

"아니다."

"왜 말을 하려다가 말아? 찝찝하게."

"네가 기분이 너무 저조해 보여서. 내가 뭔가 해줄 게 없나 생각해 봤는데, 아무것도 없네."

그 말이 자조적으로 들려, 시안은 곱게 눈을 흘겼다.

"뜬금없긴. 가기나 해. 신경 쓰이게 자꾸 알짱대지 말구."

"시안아."

"알아, 미안한 거. 그런 거 안 해줘도 넌 내 불알친구야. 그러니까 뭘 해주려고 애쓰지 마. 네가 그러는 거 싫어. 부담스러워."

"……"

시안은 말없이 보고만 서 있는 용이를 떠다밀었다.

"우린 편하게 살자, 좀. 어서 가."

용이에게서 돌아선 시안은 빠르게 걸었다. 그의 시선이 따갑게 뒤통수에 와 닿았지만, 돌아보지 않았다. 용이와 술을 마시고 진탕 취했던 날, 그에게 부렸던 주사의 여파가 아직도 가시지 않았다. 그를 붙들고 헛소리를 해댄 걸 생각만 하면 시안은 아직도 얼굴이 화끈거렸다.

얼마나 한심하고 못나 보였을까. 얼마나 지질하고 구차해 보였을까.

'사랑을 못 해서 환장한 년도 아니고, 이게 무슨 짓이람.'

오늘도 리어만 보고 갈 작정이었는데, 하필 용이를 만나는 바람에 기분이 엉망이었다.

"어?!"

엘리베이터를 기다리며 서 있던 시안은 눈시울이 뜨거워지는 걸 느끼고 당황했다. 늦은 시각이라 주변에 사람이 없어서 다행이었다.

시안은 황급히 눈을 문지르며 중얼거렸다.

"미쳤나 봐. 이게 울 일이냐구."

그때 누군가 시안의 손목을 낚아채 비상구로 끌고 갔다. 깜짝 놀란 시안이 고개를 들자 눈물 때문에 흐릿해진 시선에 용이의 뒤통수가 보였다.

"어머, 야……."

비상구로 나가자 용이 그녀의 손목을 놓아주었다. 시안은 울어서 충혈된 눈으로 그에게 따졌다.

"왜 이래?"

용이는 약간 화가 난 얼굴이었다.

"너야말로 왜 울고 다녀?"

"뭐?"

"네 프라이버시를 생각해서 내가 말을 안 하려고 했는데……."

'무슨 말을 하려는 거지?'

시안은 가슴이 쿵쿵 뛰었다.

'설마 내가 좋아하는 걸 눈치챈 거 아냐?'

"대체 어떤 새끼야?"

"어?"

"대체 어떤 새끼한테 미련이 남아서 이러는 거냐구. 첫사랑? 두 번째 만났던 그 모지리? 아님 얼마 전에 헤어진 그 주유소 아들?"

에라이! 의사 가운이 아깝다, 이 자식아!

저도 모르게 기대하고 있던 시안은 맥이 쭉 빠졌다.

"이 오빠한테 다 털어놔 봐. 사람이 속으로 끙끙 앓으면 병 되는 법이야. 의사 친구 어따 써먹게? 이럴 때 요긴하게 써. 공짜니까."

"후욱—"

사납게 입김을 토해낸 시안은 용이의 정강이를 냅다 걷어찼다.

퍽!

"악! 어우, 왜 때려?"

용이 정강이를 싹싹 비비며 죽는 시늉을 했다.

"꺼져!"

용이의 귀에 빽 소리를 지른 시안은 비상구를 박차고 나가 버렸고, 혼자 남은 그는 억울했다.

"주정을 하질 말든가. 어쩌라는 거야? 아우씨, 아퍼."

호텔 바(bar). 우탄이 그 안으로 들어섰다. 바 앞에 매혹적인 자세로 앉아 있던 연주가 생긋 미소를 지었다. 우탄은 약간 경직된 표정으로 그녀의 옆자리에 가서 앉았다.

연주가 우탄의 앞에 놓인 술잔을 채우자 그가 차갑게 말했다.

"너랑 한가하게 술이나 마시자고 온 거 아니야."

빚 얘기 하러 온 거지.

하루라도 빨리 연주에게 진 빚을 갚는 게 이 불쾌하고 불편한 관계를 끝내는 길이리라.

"급하게 서두를 거 없잖아."

연주는 나긋하게 속삭이며 술잔을 들었다. 우탄은 그녀의 건배도 무시하고 술을 쭉 들이켰다. 그 모습마저 묘하게 자극적이었다.

"내가 왜 많은 경쟁사 중에서 너희 'Sun Art Design'을 추천했는지 물었지?"

"정말 나 때문이야?"

"너 때문이라고 하면, 우리 사이도 달라지는 건가?"

"뭐?"

연주는 조소하듯 우탄을 바라보았다.

"그럴 목적이 아니라면, 굳이 널 도울 필요도 없었겠지."

"······!"

설마가 사람 잡는다더니.

우탄은 충격을 이기지 못해 술잔을 부서져라 쥐었다. 처음부터 다 계산된 도움이었다는 게 믿기지 않았다.

"술집에서 만난 것도 계획적이었어?"

"그건 아냐. 그땐 정말 우연이었어. 그날 너와 헤어지고 6개월 동안 나도 잊으려고 노력했어. 네가 날 알아보기만 했어도 자존심이 상하진 않았을 거야."

그때 생각만 하면 연주는 자존심이 상해 견딜 수가 없었다.

"그 알량한 자존심 때문에 날 다시 찾아왔다구?"

우탄은 연주를 이해할 수 없었지만, 연주는 가볍게 어깨를 으쓱했다.

"그래. 근데 넌 이미 재판 중이었어."

다름 아닌 살인 사건이었다. 그 사실을 모르고 있었던 연주는 무작정 우탄을 도와야겠다는 생각만 했다.

술잔을 비운 연주는 쓰게 웃었다.

"그때 너에 대해서 다 알아봤어. 너의 주변에 대해서 하나도 빠짐

없이."

우탄에게 오랜 연인이 있다는 사실도 그때 알았다. 리어가 그녀를 좋아한다는 사실도.

한 여자를 사랑하는 우탄과 리어를 보자 옛 생각이 물씬 났었다. 그땐 서로 등만 바라보았는데, 지금은 서로 한 여자를 보고 있었다. 왜 그렇게 배신감이 느껴지던지 연주는 모든 걸 되돌려 놓고 싶은 강력한 욕망에 사로잡혔다.

"미친 짓이야."

우탄은 더 생각할 필요도 없다는 듯 잘라서 말했다.

"사랑은 원래 미친 짓이야."

"10년 전 일이야. 그걸로 내게 복수하고 싶은 거라면……."

연주는 어처구니없다는 듯 웃음을 터뜨렸다.

"내가 겨우 복수하려고 이러는 줄 알아?"

그러나 우탄 입장에서는 매한가지였다. 도와준 핑계로 발목을 잡을 속셈이니까.

"그럼 도와준 걸로 끝냈어야지. 뒷조사를 해서 그걸 빌미로 날 어떻게 해보려는 게 올바른 방법은 아니잖아."

연주는 딱한 눈빛으로 우탄을 쳐다봤다.

"우린 더 이상 순진한 학생이 아니야."

"무슨 뜻이야?"

"나도 그땐 어리고 순진해서 미국으로 도망치듯 가버렸지만, 지금은 성인이라구. 다시는 도망칠 이유도, 필요도 없다는 뜻이야."

연주는 우탄을 향한 욕망을 고스란히 드러냈다. 이번에야말로 널 갖고야 말겠다는 의지가 불타오르는 그녀의 눈동자를 보자 그는 소름이 끼쳤다.

"나한테 여자는 이 세상에서 단 한 명뿐이야."

우탄의 한마디에 연주는 얼굴이 싸늘히 굳어졌다. 각오한 일이지만, 너무나 단단한 그의 마음을 대하자 자존심이 완전히 뭉개지는 느낌이었다.

'널 꼭 갖고야 말겠어. 그래야 내 자존심이 회복될 거 같거든.'

강한 의지를 다지며 연주는 아리따운 미모에 걸맞게 섹시한 미소를 지었다.

"우탄이 넌 사람을 묘하게 자극해."

'그래서 다들 나만 보면 승부욕이 솟구치는 건가?'

우탄은 자신의 어떤 면이 그토록 자극적인지는 모르겠으나, 연주를 다시 만난 건 치명적인 실수라는 생각이 들었다.

"나 때문에 힘들었다면 미안해."

연주는 깜짝 놀라 우탄을 빤히 쳐다보았다. 그녀가 아는 그는 절대 '착한 남자'가 아니었다. 차갑고, 무시하는 게 더 잘 어울렸다. 연주는 그의 사과가 달갑지 않았다.

"네가 신사적으로 나오면, 내가 더 나쁜 년 같잖아. 그래서 사과 안 받으려구."

"신연주."

"차라리 예전처럼 잔인하게 굴어. 그게 더 너다우니까. 그래야 내가 널 더 가지고 싶어지지."

욕망이든 복수든 그게 무슨 상관인가.

연주가 바라는 것은 한 번만이라도 우탄이 자신을 진심 어린 마음으로 대해주는 일뿐이었다.

연주와의 만남은 술 한 잔으로 끝이 났다. 연주에게 빚을 갚는 방법이 그녀의 유혹을 받아들이는 거라니 더 오래 있을 이유가 없었다.

택시에서 내린 우탄은 숙소 마당으로 들어섰다. 그네에 앉아 있던 구름이 그를 보자 뜨악한 표정을 지었다. 구름은 그가 나간 줄도 모르고 있었다.

"어디 갔다 와?"

"어, 잠깐 일이 있어서."

'또 비밀.'

구름은 숨기는 게 많은 우탄 때문에 심기가 뒤틀렸다. 일제강점기 때 일본 경찰이 왜 독립투사의 입을 열게 만들려고 기를 썼는지 알 것 같았다. 그의 내장 메모리는 죄다 '비밀'로만 되어 있는 것일까?

구름의 옆에 와서 앉은 우탄은 살짝 그네를 흔들었다. 별이 총총한 하늘이 흔들렸다. 옆에 앉은 구름도 흔들렸다. 세상이 온통 흔들리는 것 같았다.

"무슨 일 있어?"

구름은 우탄의 표정이 어두워서 걱정이 되었다. 우탄은 답답한 마음을 가누지 못해 그녀의 손을 잡았다. 다행히 그녀는 뿌리치지 않았고, 그것만으로 작은 위안이 되었다.

"예전처럼 차라리 잔인하게 굴어. 그게 더 너다우니까. 그래야 내가 널 더 가지고 싶어지지."

우탄은 연주의 말이 자꾸 머릿속을 맴돌아 구토가 날 것처럼 속이 거북했다. 현기증이 나서 견딜 수가 없었다.

"우욱!"

급기야 마셨던 술이 치받쳐 오르는 바람에 우탄은 허리를 굽혔다.

"우탄아!"

놀란 구름이 우탄의 등을 감싸 안았다.

"왜 그래? 어디 아파?"

그러고 보니 우탄에게 옅은 술 냄새가 났다.

'혼자 술을 마실 리도 없고, 누구를 만났을꼬?'

언뜻 떠오르는 사람이 연주였지만, 그녀에게 냉랭하던 우탄이었기에 구름은 금세 의심을 지웠다. 고개를 든 우탄의 얼굴이 창백했다.

"물 좀 마시면 괜찮을 거야."

우탄이 먼저 일어나 집으로 들어갔다. 그 뒤를 구름이 쪼르르 따라갔다. 급히 주방으로 간 우탄은 물부터 찾아 마셨다. 그의 옆에서 구름이 안절부절못하며 그 모습을 지켜봤다.

"왜 그러는데? 술 마신 게 안 좋아? 약 사 올까?"

물 잔을 내려놓은 우탄은 저를 걱정스럽게 보고 있는 구름의 머리를 쓰다듬었다. 다정한 그녀를 보자 예전 모습으로 돌아온 것 같아 좋았다. 오직 그녀 하나만을 바라보며 살아온 세월. 하루를 1년처럼 최선을 다해 살았다. 구름에게 좋은 애인이고 싶어서, 멋진 남자이고 싶어서.

그런데 그 모든 게 자꾸만 멀리 달아나는 파랑새 같다.

"괜찮아. 걱정하지 마."

"어떻게 걱정을 안 해? 쇳덩이도 씹어 먹을 놈이 토악질을 하는데."

"정말 괜찮아…… 우욱!"

"지랄. 너 안 괜찮거든? 얼른 기대."

구름은 다짜고짜 우탄의 한쪽 팔을 들어 어깨에 걸쳤다.

"뭐, 뭐 하는 거야?"

"잔말 말고 따라와."

우탄을 억지로 부축하여 거실로 나온 구름은 2층으로 올라갔다. 자꾸 구토가 나는 것 말고는 사실 멀쩡했던 우탄은 부러 가만히 있었다. 그녀가 부축해 주는 게 좋았기 때문이다.

2층 그의 방 앞에 온 구름은 발로 문을 쾅쾅 걷어차며 소리쳤다.

"저 좀 들어갈게요!"

우탄과 방을 같이 쓰는 최 팀장은 방문이 벌컥 열리자 혼비백산했다. 자려고 팬티 바람으로 누웠다가 느닷없이 구름이 들이닥쳤기 때문이었다. 허겁지겁 이불로 하체를 둘둘 만 최 팀장은 침대 끝으로 피신했다.

최 팀장은 안중에도 없이 우탄을 그의 침대에 눕힌 구름은 숨을 헉헉 몰아쉬었다. 덩치가 배나 되는 놈을 부축해 왔더니 이마에 땀이 송송 맺혔다.

놀란 최 팀장이 물었다.

"우탄 씨 왜 그래? 다쳤어?"

"구토를 하잖아요."

"구, 구토? 구토하는데 부축을 왜⋯⋯."

"얘 얼굴을 보세요. 창백한 게 쓰러질 거 같지 않아요?"

최 팀장은 신중히 우탄의 얼굴을 살폈다.

"잘 모르겠는데⋯⋯."

"노안 왔어요? 암튼, 우탄이 아프니까 같은 방 쓰는 사람으로서 조심해 주세요."

"조심까지 해야 해?"

"아프면 원래 신경이 예민하잖아요. 얘가 원체 우직해서 말을 잘 안 해요. 술 먹고 체하면 먹는 약 없어요?"

"어, 없는데."

최 팀장은 약이 없어 미안해지긴 처음이었다.

"약국도 문 닫았을 텐데 어쩌지? 우탄이 너 진짜 괜찮겠어? 내가 밤새 간호 안 해도 되겠어?"

"바, 밤새?"

최 팀장은 밤새 간호를 핑계로 우탄의 옆에 있으려는 구름의 속뜻을 헤아리고 난처했다. 불편하게 총괄 팀장님 방에 가서 잘 수도 없는 노릇이었다.

거실로 나가서 자야 하나 고민 중일 때 우탄이 말했다.

"진짜 괜찮아. 미안한데 물만 한 통 갖다줘 줄래?"

"금방 갖고 올게."

구름이 후다닥 방을 나가자 침대 구석에 찌그러져 있던 최 팀장이 안도의 한숨을 내쉬었다.

"진짜로 밤새운다는 줄 알았네."

우탄은 나오는 웃음을 억지로 참으며 말했다.

"죄송합니다, 팀장님."

"구름 씨랑 다시 잘돼가는 거야?"

"모르겠어요."

"어이구, 뭔 소리야. 구름 씨 보니까 걱정돼서 죽겠는 표정인데. 강리어 약물 테러는 저리 가라인 걸, 뭐. 이럴 때 팍팍 밀어붙여."

직원들이 다들 응원해 주는 모양새라서 우탄은 힘이 되었다.

"고맙습니다."

"에이, 고맙긴. 연애할 때 싸우기도 하고 그러는 거지. 구름 씨가 우탄 씨 자랑을 많이 해서 그런지 처음 봤을 때도 낯설질 않더라구. 작년부터, 같이 일하게 될지 모르니까 잘 좀 봐달라고 얼마나 그랬는데. 후후후."

그랬던 구름은 이제 같은 회사에서 일하는 게 부담스러워 4개월 후면 관두겠다고 하는 것이다.

"같이 무대 만드는 게 저희 꿈이었으니까요."

그것 하나만 생각하며 열심히 공부했었다. 구름이 앞에 떳떳하고 멋진 남자로 돌아올 날만 손꼽아 기다리면서. 그런데 그 사건으로 모든 게 틀어졌고, 연주가 놓은 덫에 걸리고 말았다.

우탄은 그 일로 만에 하나 회사에 무슨 문제라도 생길까 봐 걱정이었다.

🍀

"계속 속이 안 좋아?"

조명등 하나만 켜져 있는 2층 거실 소파에 누운 우탄은 살짝 고개를 끄덕였다. 속이 안 좋다는 핑계로 구름을 붙잡아뒀는데, 계속 방에 있기는 최 팀장에게 미안해서 거실로 나온 것이었다.

바닥에 무릎을 세우고 앉은 구름은 걱정이 가시지 않는 얼굴로 우탄을 바라보았다.

"지금이라도 응급실 갈래?"

"아니. 그냥 너랑 있으면 나을 거 같아."

사람들이 모두 잘 시간이어서 구름은 속삭이듯 말했다.

"아픈 거 핑계지?"

"진짜 아파."

"누구랑 술 마셨는지 가르쳐 주지도 않으면서 간호는 나한테 하라 구? 너도 가만 보면 되게 뻔뻔해."

리어만 그런 줄 알았더니, 우탄도 만만치 않았다.

"후후. 아파야 네가 봐주는 걸 어떡해?"

객지 나와서 아프면 제일 서러운 법이었다. 이모 집에서 산다고 해 도 구름에게는 객지 생활이나 다름없었기에 그 마음을 이해할 수 있 었다.

"엄마는 편안하시지?"

인사가 늦은 감이 있었지만, 구름은 우탄이 아프니 엄마 생각이 간 절할 것 같아 물었다.

"엄마 재혼하셨어."

"진짜? 연락 좀 하지……. 맞다. 재판 중이랬지."

누가 들을까 작은 소리로 중얼거린 구름은 우탄의 이마로 흘러내린 머리칼을 쓸어 올려주었다.

"고생 많았지?"

그 또한 늦은 감이 있었지만, 이때가 아니면 묻기도 애매했다.

"네 생각만 나더라."

다시 구름을 못 만나게 될까 봐 두려웠던 나날들이 떠올랐다. 재판 내내 갇혀 있던 차가운 구치소 안에서 절망에 빠지지 않으려 매순간 자신을 다잡았다. 무죄를 입증하고 어떻게든 이곳을 나간다, 오로지 그 마음뿐이었다. 구름과 더 이상 시간에 구애받지 않는 사랑을 하고, 같은 일을 하며, 같은 집에서 살게 될 날을 꿈꾸면서 말이다.

그때의 간절함을 담아 우탄은 구름의 손을 자신의 입술에 갖다 댔다. 그녀의 손에 입맞춤을 하자 가슴에 온기가 스며드는 것 같았다. 그냥 이렇게 잠들고 싶은 생각이 간절했다.

"근데 무슨 재……."

……판이었냐고 물으려는데, 구름의 핸드폰에서 진동 소리가 들렸다.

"잠깐만."

우탄의 손에서 살짝 손을 뺀 구름이 전화를 받았다.

[자냐?]

핸드폰에서 들려오는 목소리는 리어의 것이었다. 구름이 뭔가 말하려는 찰나, 우탄의 손이 그녀의 머리를 끌어당겼다. 그 바람에 구름은 핸드폰을 손에서 놓쳤다.

"……!"

우탄은 구름의 입술을 깊이 빨아 당겼다. 열기가 순식간에 두 사람을 휘감았다. 그 아찔함에 구름은 온몸이 마비되는 듯했다. 바닥으로 떨어진 핸드폰에서 리어의 목소리가 계속해서 들렸다.

[구름아? ……내 말 들려?]

구름은 우탄에게서 빠져나오려고 했으나, 그럴수록 그는 더욱더 강하게 그녀의 입술에 키스했다. 모든 열망을 담아, 그녀의 입술에 자신의 존재를 각인하듯. 힘이 들어간 그의 팔뚝에 핏줄이 선명하게 일어섰다.

[구름아, 무슨 일 있어? ……대답 좀 해.]

우탄은 집요하게 구름의 입안을 파고들어 말캉한 혀를 찾았다. 뜨거워진 그의 혀가 그녀의 혀를 단숨에 옭아맸다. 침이 섞이고 호흡이 섞였다. 그리고 거친 호흡은 이내 신음으로 변했다. 농익고, 남자다운 신음이었다. 성인이 된 후 놀라운 자제력으로 키스 이상의 선을 넘지 않던 그였다. 딴에는 한국에 다시 돌아오기 전까지는 구름을 지켜주려는 마음이 컸다. 기껏 해봐야 달콤한 키스로 사랑하는 마음을 대신했지만, 키스의 끝이 얼마나 아쉬운지 너무도 잘 알기에 이젠 더 이상 참지 못할 지경에 와 있었다.

우탄은 구름에게 진짜 남자가 되고 싶었다.

구름은 누군가 방에서 나오기라도 할까 봐 신경이 쓰였다. 우탄이 일부러 리어의 전화를 못 받게 하기 위해 심술을 부리는 것도, 남자로서의 뜨거운 욕망에 휩싸여 있다는 것도 알고 있었다.

구름은 손으로 우탄의 어깨를 토닥였다. 이제 그만 되었으니 진정하라고.

그사이 전화는 끊겼고, 우탄은 구름의 머리를 잡고 있던 손에서 서서히 힘을 뺐다. 마침내 느슨하게 벌어진 품에서 빠져나온 구름은 어두침침한 조명 아래 반짝이는 그의 눈을 응시했다. 늘 서늘한 빛이 서려 있던 그의 눈빛은 이 순간 아이스크림처럼 달달했다. 구름이 바닐라 아이스크림을 즐겨 먹는 이유는 우탄과의 첫 키스 느낌과 닮아서였다.

짓궂게 웃고 있는 우탄의 섹시한 입술이 또다시 구름의 가슴을 뛰게 했다.

한없이 이기적이고, 한없이 매력적인 남자.

"나쁜 놈……."

그때 다시 진동이 울리기 시작했다. 화면에 뜬 이름은 '똥스타'.

"핸드폰 꺼."

우탄이 직접 끄려는 듯 손을 뻗자 구름은 얼른 핸드폰을 뒤로 감췄다.

"리어 몰라? 핸드폰 끄면 곧장 강원도로 날아올걸."

그렇게 말하며 구름은 최대한 목소리를 죽여 전화를 받았다.

"똥스타, 왜?"

[야, 뭔 일 난 줄 알았잖아. 전화 왜 안 받아?]

"화장실이 급해서."

[목소리는 왜 또? 누가 듣고 있냐?]

"다들 자. 넌 왜 안 자구?"

[네 목소리 듣⋯⋯.]

우탄이 옆에서 듣고 있었기에 구름은 슬쩍 자리에서 일어났다. 우탄에게 손짓으로 나가서 통화하겠다고 하고는 살금살금 계단을 내려갔다.

혼자 남은 우탄은 또 구름을 리어에게 빼앗긴 기분이 들어 서운했다. 잠시 안도했다가는 또다시 끼어드는 긴장감과 허전함.

'리어 그 자식을 어떡하지?'

열여덟 살 때처럼 무조건 패줄 수도 없고.

우탄은 방금 구름과 한 키스를 떠올리곤 피식 웃어버렸다. 질투심에 한 키스였지만 꽤 좋았다. 아직도 가슴이 두근거릴 만큼. 이런 잔잔한 행복감은 파랑새가 가져다주던 것이었다.

리어의 전화를 받기 위해 아예 마당으로 나온 구름은 편히 전화를 받았다.

"목소리 잘 들려?"

[밖에 나왔어?]

"사람들 깰까 봐서 소리를 크게 낼 수가 있어야지. 몸은 어때? 목소리 들으니까 살 만한가 보네."

[간만에 노니까 좋아서 그래.]

"놀아? 아픈 게 아니라?"

[아프지. 근데 아파서 좋다는 말은 그렇잖아. 네가 병문안을 와야 금방 낫는데.]

투정을 부리는 리어 때문에 구름은 마음이 쓰였다. 우탄인 구토만 해도 간호를 해주는데, 약물 테러로 죽을 뻔한 리어는 얼굴도 못 보니 말이다.

불쌍한 똥스타.

"서울에나 있어야 들여다보지."

[전화라도 좀 해. 네 전화 기다리다가 지금 전화한 거 아냐.]

"알았어. 전화할게."

[우탄이랑 너무 사이좋게 지내지 말구. 너 분명히 4개월이랬다. 그동안 심사숙고한다고 했어.]

구름은 우탄과 한 키스가 생각나 얼굴이 후끈 달아올랐다. 손으로 입술을 매만지자 아직도 입술이 뜨거웠다. 키스의 생생한 느낌이 혈관과 근육을 빠르게 훑고 내려가 발가락까지 짜릿하게 퍼졌다.

'키스만 해도 이렇게 좋은걸……'

이러다가 4개월도 못 돼서 우탄이에게 손을 들어줄 것 같았다. 그럼 우리 똥스타는 어쩐단 말인가.

"똥스타."

[응?]

"우탄이를 선택할 수도 있어. 알지?"

[나 때문에 고심하는 거 알아. 난 그 1%에 희망을 걸고 있구.]

그 말이 왜 그렇게 슬프게 들리던지 구름은 마음이 짠했다. 리어를 단칼에 잘라내지 못하는 건 다 그놈의 우라질 정 때문이리라. 미운 정 고운 정이 더 무섭다더니, 어쩌다 이런 놈한테 코가 꿰어서는.

"내가 너한테 미안해하는 건 알아?"

[알지 그럼. 내가 너한테 어떻게 했는데 안 미안하면 사람이냐, 그 게?]

리어의 생색에도 구름은 면박을 줄 수 없었다. 사실이었으니까.

"내가 욕심이 많은가 봐. 솔직히 너랑 계속 친구도 하고 싶고, 우탄 이랑 사귀고도 싶거든."

그런 평화가 오긴 할까? 구름은 막막했다.

[내 욕심보다 많겠냐? 뻔히 우탄이랑 사귀는 걸 알면서 널 내 여자 만들겠다고 9년을 공들이고 있잖아.]

알긴 아는구나.

"너나 나나 못된 거지, 뭐."

[악역은 내가 할 테니까 넌 바보처럼 우탄이한테 또 뒤통수나 맞지 마. 네가 정말 현명한 애라면 우탄이 말고 나 같은 남자를 선택해야 하는 거야. 그렇게 당하고도 모르겠냐?]

정말 그런가? 바보 멍청이라서 우탄이에게 뒤통수를 맞고도 또 미 련을 못 버리고 갈등하는 건가? 우탄과 못 이룬 사랑을 제대로 해보고 싶은 미련에 스스로 속고 있는 건 아닐까?

그때 구름의 머리 위로 까만 밤하늘에서 별똥별 하나가 포물선을 그리며 떨어졌다.

❦

본격적으로 공사가 시작되는 9월 초순. 월요일 오전 10시.

한미 양측 대표들과 'Sun Art Design'의 대표 해를 비롯한 직원들이 공사 현장에 도착했다. 해는 해외 출장으로 일정이 맞지 않아 파티에도 불참했었기에 양측 대표들과 인사하기 바빴다.

해는 창사 이래 가장 큰 공사임에도 직원들에게 전임했는데, 그 이유는 직원들 하나하나가 회사의 대표라는 생각을 갖고 있었기 때문이다. 직원들 또한 같은 생각으로 일을 하고 있었기에 3년이라는 짧은 기간에 승승장구할 수 있었는지도 모른다. 권위 의식이라곤 쥐뿔도 없는 대표와 부드러운 근무 환경을 사랑할 만큼 자유로운 분위기가 'Sun Art Design'의 최고 장점이었다. 현장을 돌아본 뒤 양측 대표들과 점심 식사를 마친 해는 다시 서울로 돌아갔다.

"기분이 어때요?"

오후 4시경, 언덕 위에서 공사 현장을 지켜보고 있던 구름의 옆으로 연주가 다가왔다. 구름이 기분 좋게 씩 웃으며 대답했다.

"내가 만든 무대에서 공연하는 걸 보고 있으면 한마디로 기분 째지죠."

"네?"

"완성된 무대를 상상하면서 만들거든요. 그러다 보면 어느새 무대

하나가 세워지고, 집이 지어지고 그래요. 아무것도 상상하지 않으면 재미도 없고 지루하지만, 상상하면서 지으면 아무리 힘들어도 견딜 수 있어요."

"재밌네요. 상상과 현실의 차이가 적어야 성공할 텐데요. 구름 씬 어땠나요? 상상한 것만큼 현실도 그렇게 되던가요?"

"더 좋을 때도 있었고, 아닐 때도 있었어요."

구름은 솔직했고, 연주는 그런 그녀를 신기하게 바라보았다.

"근데도 계속 상상하는 이유가 힘든 걸 덜어주기 때문인가요? 자기 최면 같은 거?"

"도전이라고 해두죠. 인간이 원래 불가능에 끊임없이 도전하는 존재잖아요."

"그래서 나도 우탄이한테 계속 도전하는 건가?"

갑자기 우탄이 얘기로 튀자 구름은 연주를 찌릿 째렸다.

일과 사랑이 같냐, 이 여자야!

연주는 구름의 따가운 눈초리를 무시하며 말했다.

"우탄이가 얘기 안 해요? 어제 둘이 호텔에서 술 마셨거든요."

누구를 만났나 했더니, 이 불여시였구나!

그 정도에 우탄이 넘어갈 거라고 생각하다니, 어리석은 것!

구름은 여전히 우탄을 철석같이 믿고 있었다.

"우탄이랑 사이가 좋아졌나 봐?"

이 목소리는!

똑같이 움찔한 구름과 연주는 휙 뒤로 돌아보았다. 두어 걸음 뒤에서 리어가 멋지게 선글라스를 벗더니 슈스답게 섹시한 미소를 지었다.

"똥스타!"

수준 떨어지는 '똥스타' 호칭에 리어는 멋지게 보이려다가 김이 팍 새어버렸다.

"네, 네가 왜 여기 있어?"

그때 구름의 표정은 동물원을 탈출한 사자를 본 것 같았다. 리어가 퇴원했을 거라곤 꿈에도 몰랐던 구름은 기함했고, 연주도 약물 테러 소식을 알고 있었기에 그가 나타난 게 불안했다.

리어로 말할 것 같으면 연예계의 진정한 또라이. 어려서부터 또라이의 싹수가 보였던 놈이었다. 중학교 때도 뮤즈라나 뭐라나, 사람을 어지간히 귀찮게 했다. 우탄에게 찾아가 대신 연주의 마음을 알아달라며 쓸데없는 짓을 하여 창피하게 만들기도 했다. 리어가 구걸하듯 하지만 않았어도 자존심이 덜 상했을 거다.

그럼에도 리어의 순애보를 연주 나름으로는 즐기는 편이었는데, 그 지고지순한 마음을 이용한 것 때문에 지금도 그를 보기가 껄끄러웠다. 지난번에 호텔 술집에서 재회했을 때 엄청 당황하며 도망친 것만 봐도 아직 소년티를 벗지 못한 그였다. 그게 또 리어의 매력이었지만.

그토록 자신을 죽기 살기로 좋아하던 리어는 이제 다른 여자를 보고 있었다. 풋풋한 중학생이 아닌 성인이 되어서 하는 그의 사랑은 얼마나 다를까?

우탄과 마찬가지로 9년 동안 친구라는 이름으로 구름의 곁을 떠나지 않는 리어를 보자 연주는 기분이 이상했다. 우탄도, 리어도 다른 여자의 남자라는 게 묘하게 신경에 거슬렸다. 지금도 구름을 보는 리어의 눈에 꿀이 뚝뚝 떨어져서 그 달달함에 닭살이 돋을 지경이었다.

'정말 좋아하나 보네.'

리어와 구름을 둘러싼 스캔들의 진실을 알게 된 순간, 연주는 우탄과는 또 다른 질투를 느꼈다. 두 남자의 사랑을 받고 있는 구름에 대한 시기심이었다.

'대체 저 여자가 뭐라구.'

연주가 보든 말든 리어는 구름을 눈에 담기 바빴다. 그녀가 보고 싶어서 퇴원하자마자 짐을 챙겨 한달음에 달려온 그였다.

"요양 온 거야."

말이 요양이지, 그의 속셈을 알 것 같아 구름은 머리가 지끈거렸다.

"이놈 시키! 진짜 요양하게 만들어줘?"

구름이 엉덩이라도 때릴 것처럼 나무라자 리어는 연주의 눈치를 보며 억지로 하하 웃었다.

"애가 농담도 참 살벌하게 해."

그러더니 깜박 잊고 있었다는 듯 발랄하게 인사를 건넸다.

"연주야, 안녕? 지난번엔 인사도 제대로 못 나눴지? 그때는 좀 놀라서…… 하하하! 넌 잘 지냈지? 음, 잘 지낸 거 같구나. 중학교 땐 소녀소녀 했는데, 지금은 시집가도 되겠는걸? 아하하하."

딴에는 자연스럽게 인사를 하려는 듯했으나, 그게 더 어색했다. 이런 걸 발연기의 진수라고 하는 것인가!

구름은 기가 차서 리어가 하는 꼴을 구경했다.

'지랄 똥을 싼다, 참말로.'

그건 연주도 같은 생각이었는지 피식 웃더니 말했다.

"넌 아직도 소년미가 넘치네. 순수하고 순진하구."

'우웩! 이놈이 어딜 봐서 순수하고 순진해? 걸핏하면 '키스하자', '자자' 하는 놈인걸.'

구름은 말도 안 된다는 듯 입술을 씰룩거렸다.

"하하하! 사람들이 다들 그렇게 얘기해. 소년미 뿜뿜, 섹시미 꽝꽝."

그러면서 리어는 소년미와 섹시미를 넘나드는 눈웃음을 살살 쳐 댔다.

연주가 우탄에게 꼬리를 치는 걸 알면 리어는 뭐라고 할까? 잘됐다며 연주와 쿵짝이 되어 우탄일 꼬시는 데 적극 도와주겠지?

'설마 그러려고 요양 핑계로 온 거 아이가?'

리어라면 그러고도 남을 것 같았다. 스케줄도 다 취소하고 이곳까지 왔을 때는 필시 목적이 있을 터. 구름은 한마음, 한뜻이 될 조짐이 뚜렷한 리어와 연주를 의미심장한 눈빛으로 바라보았다.

그때 최 팀장과 이야기 중이던 우탄이 그들이 있는 언덕 위로 올라왔다. 아마 리어가 온 걸 보았던 모양이다. 성큼성큼 언덕으로 올라온 그는 못마땅하게 리어를 쳐다보았다.

"닌 병원에 안 있고 왜 와?"

사실 오전에 용이에게 전화를 받았던 우탄은 리어가 올 걸 알고 있었다. 리어가 오늘 퇴원하니까 강원도에 갈지도 모르겠다고 알려줬던 것이다.

"요양 온 거거든?"

요양 온 사람치곤 너무 멋을 부린 데다 사지 육신 또한 멀쩡해 보였다.

"어디서 개수작이야?"

만나자마자 또 으르렁대는 우탄과 리어의 눈치를 보던 연주가 슬며시 끼어들었다.

"있을 데는 정했어?"

"응!"

❦

리어는 숙소와 그리 멀지 않은 곳에 있는 별장 앞에 차를 세우고 내렸다. 멀리 바닷가의 전경이 아주 환상적이었다.

"크으~ 풍경 죽이고."

별장은 친한 가수의 것이었다. 요양 차 강원도에 간다고 했더니 선뜻 빌려주었다. 별장에 악기도 있어서 조용히 작업하기에 정말 좋은 환경이었다. 리어도 쉬는 동안 시안과 함께 다음 앨범 작업이나 할 생각이었다.

별장 안으로 들어가 대충 짐 정리를 하고 주방에 가보았다. 먹을게 있을까 했더니, 냉장고는 텅텅 비어 있었다. 몰래 온 것이어서 마트에 가기가 부담스러웠다. 겉으로는 아무렇지 않은 척했지만 약물 테러로 조금은 위축된 것도 있었다. 누군가 진짜 자신을 죽일 수도 있다는 생각이 들었던 것이다.

"내가 뭘 그렇게 잘못했다구."

그동안 사람들이 하는 말에 무심했지만, 약물 테러를 당하고 보니더 이상 무심해지지가 않았다. 사람들의 사랑을 받는 것이든, 미움을 받는 것이든 결국 리어가 혼자 감당해야 할 몫이었다. 연예인이 된다는 것은 군중 속의 고독이란 걸 엄마를 통해 잘 알고 있었다. 그럼에도 그 길을 선택한 걸 후회하진 않았다. 다만, 이렇게 혼자일 땐 외로움에 사무치기도 했다.

"소매라도 있으면 시킬 텐데……."

윤희가 없으니 몹시 불편했다.

"시안이도 오려면 아직 멀었구."

시안은 오후에 출발한다고 했다.

"배고파."

퇴원하자마자 짐을 챙겨 오는 바람에 점심도 못 먹은 리어는 홀쭉해진 배를 쓰다듬었다.

"짜장면이라도 시켜 먹을까?"

거실로 나와 소파에 주저앉은 리어는 핸드폰으로 인근 중국집을 검색하기 시작했다.

"맛있는 짬뽕~ 맛있는 짜장면~"

리어는 노래를 흥얼거리며 검색을 하다가 제일 먼저 보이는 중국집에 전화를 걸었다.

"짜장면이요. 여기 주소가……."

10분 후 빌딩 문 앞에서 오도바이 소리가 들렸다. 거실 창밖으로 슬쩍 내다본 리어는 현관문 앞에 만 원을 놓은 뒤 주방에 몸을 숨겼다. 자신의 정체를 들키지 않기 위해서였다.

"짜장면이요!"

현관문을 열고 들어온 배달원이 짜장면과 단무지를 착착 꺼내어 거실 바닥에 내려놓았다.

"돈은 거기 뒀어요. 잔돈은 팁이에요!"

주방 쪽에서 목소리만 들리기에 배달원은 고개를 쭉 빼어 쳐다보았다.

"감사합니다! 맛있게 드세요!"

큰 소리로 인사하던 배달원은 재빨리 별장 내부를 살폈다. 그전에도 몇 번 배달을 와본 적이 있었는데, 주인이 유명한 가수였다.

'목소리가 다른데? 혼자 있나? 근데 왜 목소리가 귀에 익지?'

묘한 기시감을 느낀 배달원은 고개를 갸웃하며 돈을 챙겼다. 배달통을 들고 밖으로 나온 그는 정원을 지나며 별장을 돌아보았다.

"누구는 전국을 떠돌며 배달이나 하고 있는데, 누구는 한가하게 별장에서 호화로운 생활이나 하고 있고. 드러워서. 퉤!"

잔디에 가래침을 탁 뱉은 배달원은 건들거리며 별장을 나갔다. 그가 입고 있는 티에 그려진 캐릭터는 다름 아닌 '팬더'였다.

23
나를 밟고 지나가라

별장에서 함께 지내자는 시안의 강력한 요청을 못 이기고 직원들이
모인 자리에서 구름은 어렵게 이야기를 꺼냈다.

"진누가 별장에……."

"그럼 가봐야지!"

제일 먼저 총괄 팀장이 소리쳤다. 말을 끝까지 듣지도 않았는데 선
수를 치는 그를 보자 구름은 황당했다.

"공사 끝날 때까지……."

"당연히 가야지, 무슨 소리야."

최 팀장도 마치 가길 기다렸다는 듯이 말했다.

"식사는……."

"여긴 걱정하지 마. 우리가 다 알아서 할게."

명은도 어서 가라는 듯 눈을 반짝였다. 해방을 앞둔 선조들의 눈빛

이 저렇지 않았을까?

"우탄이도……."

"우와아아!"

직원들이 모두 손뼉을 치며 환영했다. 당번 정해 밥 하고 빨리 하는 게 그리도 힘들었던가. 그래봐야 구름이 하는 일에 비하면 '새 발의 피'였을 터.

구름은 살짝 배신감이 들었으나, 마지못해 고개를 숙였다.

"정말 죄송합니다. 저희만 좋은 별장에서 지내게 돼서 면목이 없습니다."

그리하여 직원들의 환송을 받으며 우탄과 구름은 캐리어를 끌고 숙소를 떠났다. 구름의 차에 오른 우탄은 아무 말이 없는 그녀를 쳐다보았다.

"리어랑 싸울까 봐 걱정돼?"

"잘하는 짓인지 모르겠다. 가뜩이나 리어랑 스캔들 때문에 골치가 아픈데, 별장에 같이 있는 거 알아봐. 그 후폭풍을 어떻게 감당할 거야?"

구름이 정작 걱정했던 건 리어와의 스캔들로 더 이상 빼도 박도 못하는 상황이 벌어질까 하는 것이었다.

"내가 있잖아. 네 진짜 남친."

우탄의 말처럼 구름에게는 마지막에 피할 곳이 있었다. 하지만…….

"우탄아."

"응."

"내가 리어로 결정하면 어쩌려고 그래?"

리어가 말하는 그 1%가 현실이 된다면 우탄인 그야말로 닭 쫓던

개 신세였다.

"그땐…… 널 데리고 도망쳐야지. 리어가 못 쫓아오는 곳으로."

❦

"이게 얼마 만이니?"

시안은 별장 2층 방에서 짐을 푸는 구름을 보며 기뻐했다. 같은 방을 쓰는 건 아니었지만, 휴가를 즐기는 기분이었다. 대학생 때까지만 해도 종종 같이 자곤 했었는데, 직장인이 된 후로 그런 여유는 사라졌다. 피 터지는 경쟁 사회에서 적응하느라 구름은 허구한 날 사무실에서 쪽잠을 청했고, 자유를 지향하던 시안은 밤마다 악보와 씨름했다.

"와우, 여기 정말 좋아. 가만히 있어도 곡이 막 떠올라."

시안은 별장을 비롯한 바닷가 풍경에 완전히 매료되었다.

"역시 사람은 가장 자유로울 때 창조적인 법이지."

구름이 침대 끝에 앉아 숙소에 있던 빨래 건조대에서 걷어온 옷을 개키며 말했다.

"여기서 또 불후의 명곡이 하나 탄생하는 건가?"

"그럴지도. 리어 저 쉐키가 곡에 대해선 까다로운 거 너도 알지? 같이 작업할 때마다 아주 피를 말려."

"그 덕분에 빠르게 슈스도 된 거지, 뭐. 딴건 몰라도 음악 천재인 건 맞아."

음악 천재란 소리에 시안은 시무룩해졌다.

"얼마 전에 리어 엄마 봤거든?"

구름은 개키던 옷을 무릎에 내려놓았다.

"만난 건 아니고 집 앞에서 창문으로. 에휴. 아직도 집 밖으로 안 나오시나 봐."

윤희가 세련과 내통(?)하고 있는 줄 꿈에도 모르는 구름도 심란해졌다.

"집 안에서만 지내면 건강에도 안 좋으실 텐데."

"내 말이. 그 카리스마 쩌는 분이 아들 하나 때문에 무너질지 상상이나 했겠니. 난 솔직히 그 정도일 줄 몰랐어."

시안은 세련이 화를 내다가 말 거라고 안일하게 생각했던 게 후회스러웠다.

"리어한테 엄마랑 화해 안 할 거냐고 슬쩍 물어봤는데, 용기가 안 나는 눈치야."

"쉽게 화해가 되겠어?"

세련의 상처가 큰 만큼, 그리고 리어가 슈스로 대성할수록 두 사람의 간격이 좁아지기는 어려울 것 같았다. 두 사람 중 누구라도 먼저 화해의 손길을 내밀면 될 것도 같은데, 둘 다 고집이 만만치 않았다.

"윤희는? 대표님한테 많이 깨졌지?"

"말도 마. 윤희가 리어한테 비밀로 하라고 해서 말 안 했는데, 약물 테러 때문에 징계받았어."

징계?

구름은 미간을 찌푸렸다.

"그게 윤희 잘못도 아니구."

"윤희가 물병을 챙겨줬잖아."

"알고 줬나, 뭐."

"암튼, 한 번만 더 리어한테 무슨 일 있으면 윤희도 매니저 자격 정지래. 리어 그 자식이 윤희를 매니저로 찍지만 않았어도 편하게 회사 다녔을 앤데."

리어는 왜 하필 윤희를 매니저로 선택했던 걸까?

윤희를 신뢰하지 않았던 리어가 심심해서 그런 선택을 했을 리 없었다. 그러나 리어와 윤희 둘 다 그날의 사정을 이야기하지 않았다.

시안도 굳이 회사 직원들에게 물어보지 않았다. 윤희의 자존심을 건드릴 수도 있는 일이었기 때문이다. 물론, 직원들이 수군대는 소리를 듣긴 했다. 윤희가 고등학교 때 '아프락사스' 밴드 매니저라는 단순한 이유였다. 두 사람이 친구여서 그렇다는 얘기도 있었다.

그러나 그 어떤 것이든, 리어가 윤희를 매니저로 선택한 이유는 되지 못했다. 리어가 가장 부려먹기 편한 사람이 윤희였다면 모를까. 그렇다고 해서 그가 윤희 외에 다른 사람을 부려먹지 않을 가능성은 없었다. 그 어떤 매니저라도 그는 자기 멋대로였을 테니까.

윤희가 리어 의상 때문에 미정에게 맞은 것도 결정적 이유는 아니었다. 그녀에게 미안한 마음은 있을지언정 동정할 놈은 아니었다.

'대체 둘 사이에 뭔 일이 있었능고?'

"윤희한테 무슨 일 있었어?"

1층 거실에서 리어와 뚝 떨어져 앉아 TV를 보던 우탄이 불쑥 물었다. 우탄은 윤희가 미정에게 맞아서 죽다 살아난 걸 모르고 있었다. 그날 미국으로 떠나느라 구름이 배웅을 나오지 못한 진짜 이유도 몰랐다. 그때의 일에 대해 모두 입을 다물었고, 굳이 우탄에게 설명하지 않았다. 그날의 일은 모두에게 상처였으므로.

"갑자기 그건 왜?"

"윤희가 예전과 많이 달라진 거 같아서."

리어는 윤희가 중환자실에서 사경을 헤맬 때만 생각하면 욱하고 화가 치밀어 올랐다. 퇴학을 당한 미정은 그날 이후로 이사를 갔는지 소식도 없었다.

"네가 미국에 가던 날, 구름이랑 소 매는 병원에 있었어."

우탄은 구름이 엄마가 위독하셔서 갑자기 부산에 간 건 알고 있었다. 하지만 윤희는 왜?

"어디가 아팠는데?"

"박미정 알지?"

"윤희 괴롭히던 애 말이지?"

"걔한테 맞아서 중환자실에 있었어."

"뭐?"

리어는 시선은 TV를 향한 채 덤덤히 말했다.

"구름이는 머리 찢어져서 이틀 만에 깨어났구."

"……!"

엄마가 편찮으신 게 아니었어?

우탄은 처음 알게 된 사실에 정신이 멍했다. 얼마나 맞았기에 구름인 머리가 찢어지고, 윤희는 중환자실에 있었던 걸까?

윤희가 변한 이유를 알 것 같았다. 왜 그렇게 가면을 쓸 수밖에 없었는지 말이다.

"왜…… 말 안 했어?"

"구름이가 말하지 말래서."

"……."

"다 지난 일 갖고 쉬쉬하는 거 웃겨서 말하는 거야. 이제 소 매가 왜 다크해졌는지 알겠냐?"

"난 너한테 너무 시달려서 그런 줄 알았어."

"쳇. 아니거든?"

우탄이 일어나 2층으로 올라가기에 리어는 불만조로 말했다.

"연애질하기만 해라!"

리어의 말을 뒤로하고 2층으로 올라온 우탄은 구름의 방을 노크했다.

"들어와."

안에서 구름의 소리가 들렸다. 문을 열고 들어간 우탄은 성큼성큼 다가가 그녀 앞에 무릎을 꿇듯 앉았다. 침대 끝에 걸터앉아 있던 구름이 어리둥절해서 그를 쳐다보았다.

"왜 이래'? 헛!"

우탄이 다짜고짜 끌어안았기에 구름은 눈을 동그랗게 떴다. 그의 어깨 너머로 똑같이 눈이 커진 시안이 보였다.

우탄은 구름의 머리를 조심스럽게 쓰다듬었다.

머리가 찢어져서 이틀을 깨어나지 못했다는 구름이.

미국에서 구름의 전화를 받았을 때가 떠올라 가슴이 먹먹했다. 그가 마음이 들떠 전화를 받았을 때 구름은 속으로 얼마나 울었을까. 인사도 제대로 못 하고 헤어져서 얼마나 속상했을까. 실은 구름이 걱정할까 봐 일부러 밝게 목소리를 냈던 것이었다. 구름의 목소리를 들으니 울컥해서 엄마와 어딜 간다고 둘러댔었다. 미국에 도착할 때까지 비행기 안에서 모포를 뒤집어쓰고 울었던 기억이 나 우탄의 눈가가 뜨끈해졌다.

"무슨 일이야?"

우탄은 목이 메어 아무 말도 할 수가 없었다. 그저 그녀를 품에 꼭 껴안고 뒤늦게나마 사과하고 싶었다.

'널 혼자 아프게 둬서 미안해.'

시안이 보고 있기 민망했는지 방문을 닫고 나갔다. 그제야 구름도 더듬더듬 손을 그의 등 뒤로 돌려 살포시 끌어안았다.

토닥토닥.

무슨 일인지 모르겠지만, 가슴 깊이 그의 슬픔이 느껴져서 말없이 등을 토닥거렸다.

'리어가 뭔 말을 한 거 같은데……'

"리어한테 얘기 들었어. 머리 찢어지는 바람에 공항에 못 나온 거였다면서?"

'입 싼 자슥!'

어찌 예감은 틀리질 않는 것인지. 지금껏 말 안 하고 가만있다가 하필 이때 말을 한 게 밉살스러웠다. 우탄과 신경전을 벌이느라 죄책감 좀 느껴보라는 속셈이었겠지만, 구름은 되레 아무것도 모르고 있던 우탄에게 미안했다.

"걱정할까 봐 말 못 했어."

"나도 그랬어."

"어?"

"걱정할까 봐 재판 중이라는 거 말 못 했다구."

아, 그렇구나!

구름은 그제야 서로 같은 마음이었다는 걸 깨달았다.

"넌 무슨 재판을 받았길래?"

"살인 누명."

'히익!'

구름은 소스라치게 놀라 우탄의 품에서 떨어졌다.

"사, 살인 누명?!"

기함하는 구름을 보자 우탄은 멋쩍었다.

"그래. 그 말만큼은 정말 못 하겠더라."

구름은 그렇게 큰 사건이었을 거라곤 꿈에도 몰랐다. 그가 말 못한 이유가 이해되고도 남았다. 그 많은 유수의 회사를 거절하고 한국에 올 날만 손꼽아 기다렸을 우탄은 살인 누명을 쓰고 얼마나 절망했을까. 그렇게 인고의 시간을 보내고 다시 한국에 오게 되었을 때 얼마나 행복했을까.

그 기대감과 행복을 무참히 뭉개 버린 건 구름이었다. 말하기 싫어서가 아니라 말할 수 없었던 우탄의 사정을 들어보지도 않고 무시해 버렸던 구름은 가슴이 미어졌다. 그 어떤 이유든 상관없었기에 들으나 마나라고 생각했다.

단지, 1년 동안 소식을 끊어버린 우탄에게 실망하고 화가 나서 이성을 잃은 건 구름이었다. 우탄 대신 곁에서 지켜준 리어에게 흔들린 것도 그녀였다. 마음이 무너져 내린 구름은 두 손에 얼굴을 파묻었다.

"흐흑……"

"쉬잇."

그런 구름을 우탄이 다시 끌어안고 달래주었다.

"난 그런 줄도 모르고…… 흐읔……"

구름의 두 뺨으로 닭똥 같은 눈물이 뚝뚝 떨어졌다. 그녀의 얼굴을 두 손으로 감싼 우탄이 안쓰럽게 바라보았다.

"울지 마."

"흐윽, 흐윽, 흐흐흑……."

구름은 좀처럼 울음을 그치지 못했다. 누명을 벗기 위해 죽을힘을 다해 싸웠을 우탄에게 아무런 도움이 못 되었다는 게 가슴 아팠다. 그의 여친 자격이 없는 건 구름 자신이었다.

'왜 이렇게 예뻐?'

우탄은 흐느껴 우는 구름이 사랑스러워 못 견디겠다는 표정이었다. 자신을 위해 울어주는 그녀가 정말 예뻐서 가슴이 두근거렸다.

우탄은 구름의 이마에 가만히 입을 맞췄다.

"으흐흑……."

그녀의 젖은 눈에도 입을 맞췄다.

"흐흑……."

그녀의 작은 코에도 입을 맞췄다.

"흑……."

그리고 그녀의 따뜻한 입술에도.

"……."

구름은 더 이상 소리 내어 울 수 없었다. 우탄의 입술이 그녀의 울음을 삼켜 버렸기 때문이다. 구름은 더 이상 반항하지 않았다. 그의 뜨거운 입술을 거부할 수 없었기 때문이다. 아무것도 모른 채 그를 기다리던 날들이 서러웠다. 불안에 떨며 잠 못 이루던 밤들이 너무나 아팠다. 기다림은 분노가 되고, 분노는 거절이 되어서 그를 또한 아프게 했다.

"미안해……."

구름은 그 말을 끝까지 내뱉지 못했다. 우탄이 그 말마저 입술로 지워 버렸기 때문이다. 그의 입술이 닿을 때마다 그녀의 가슴도 뜨거워졌다. 그의 혀가 입술을 가르고 들어와 아프게 그녀의 혀를 빨아당겼다. 구름은 우탄의 목에 두 팔을 두르고, 그의 입술을 탐닉했다.

'사랑해.'

이 순간, 머릿속에 맴도는 말은 그것뿐이었다. 리어도 머릿속에서 지워 버렸다. 그녀에게 남은 건 오직 우탄이 한 사람 외엔 없었다.

우탄의 강렬한 입맞춤과 포옹에 구름은 중심을 잃고 침대에 쓰러졌다. 그 위로 우탄이 덮치듯 올라왔다. 가슴을 크게 들썩이며 가쁜 호흡을 내뱉는 그가 낯설었다. 열기로 일렁이는 그의 눈빛에 온몸이 타들어갈 것 같았다. 구름은 완전히 흥분한 그의 모습을 이제껏 본 적이 없었다.

'아!'

구름은 강하게 아랫도리를 밀어붙이는 우탄 때문에 저도 모르게 고개를 뒤로 휙 젖혔다. 그것마저 용납 않겠다는 듯 우탄은 집요하게 그녀의 입술을 빨았다.

'아아!'

구름은 또다시 아랫도리를 밀어붙이는 우탄 때문에 가슴이 미친 듯이 뛰었다. 그의 거친 손길이 어느새 티 안으로 밀고 들어왔다.

'……헉!'

우탄이 브래지어 위로 가슴을 세게 움켜잡았기에 정신이 아찔해진 구름은 신음을 토했다. 불덩이처럼 뜨거운 그의 손!

'하아, 제발…….'

"너랑 자고 싶어."

마침내 입술을 뗀 우탄이 나직이 속삭였다. 커질 대로 커져 버린 그의 심벌이 여전히 구름의 하체를 짓누르고 있었다. 성인이 된 후 구름을 볼 때마다 불 일듯 일어나던 남자로서의 욕망을 가까스로 억누르며 살았다.

한국으로 완전히 돌아올 때까지는 구름을 지켜주고 싶었다. 그녀 옆에 찰싹 달라붙어 있는 리어 때문이라도 구름을 제 여자로 만들고 싶을 때도 많았다. 하지만 불안이나 질투 때문에 구름을 이용하는 것 같아 참았다.

그리고 이제 더 이상은 억제할 수 없었다. 아니, 그러고 싶지 않았다.

"너랑 하고 싶어. 미치도록."

그제야 구름은 정신이 번쩍 들었다. 이곳은 리어의 친구 별장이었다. 스케줄까지 취소하고 별장에 온 리어는 1%의 확률에 매달려 있었다. 이제 와서 우탄이를 사랑하니, 4개월이고 뭐고 취소하자고 할 수 없었다.

'아이고야……'

구름이 질끈 눈을 감았을 때였다.

똑똑똑!

노크를 한 사람이 누구일지는 보지 않아도 알 수 있었다.

잠시 후 리어가 방문을 열었을 때 구름은 침대 위에 올라앉아 옷을 개키고 있었다. 우탄도 그 옆에 다리를 꼬고 느긋하게 앉아 있었다. 방으로 들어온 리어는 수상한 흔적이 없는지 기민하게 눈동자를 굴렸다.

'공기가 뜨거워.'

구름이 옷을 개키며 아무 일 없었다는 듯 물었다.

"왜?"

"뭐 하나 싶어서."

"뭐 하긴. 얘기하고 있었지. 우탄이한테 미국 가던 날 얘기했다면서?"

구름이 따지자 리어가 머쓱해하며 둘러댔다.

"이젠 알아도 되지, 뭘."

"물어보지도 않고 말을 하면 어떡해? 당황스럽게."

리어가 우탄을 빤히 쳐다봤다. 시치미를 떼고 앉아 있던 우탄은 영문을 몰라 물었다.

"왜?"

"안 내려가?"

"난 구름이랑 얘기 더……."

"그럼 나도 있을래."

리어가 침대에 앉으려 하자 구름이 침대를 박차고 일어났다.

"다 개켰다! 잘 거야, 인제. 둘 다 내려가."

'이러고 그냥 가라구?'

구름은 시크한 시바견 같은 우탄을 외면해 버렸다.

"얼른 나가!"

리어는 쌤통이라는 듯 싱글거리며 우탄을 끌고 방을 나갔다. 리어의 손에 끌려 나가며 우탄이 하던 일을 끝까지 못 마친 찝찝한 표정으로 구름을 돌아보았다.

"빠이빠이."

구름이 안됐다는 얼굴로 손을 살살 흔들었다.

푸욱!

좌절한 우탄이 방을 나간 뒤 구름은 다리 힘이 풀려 침대에 털썩 주저앉았다. 좀 전 그가 강하게 하체를 밀어붙이던 감각이 고스란히 남아 있었다.

온몸이 오그라드는 느낌에 구름은 두 팔로 어깨를 감싸 안았다.

"너랑 하고 싶어. 미치도록."

화끈!

구름은 달아오른 얼굴을 두 손으로 감쌌다.

"머스마…… 섹시하모 다가."

괜히 말까지 비비 꼬며 구름은 침대로 휙 엎어졌다.

"몰라, 몰라, 몰라."

두 다리를 허공에 동동 구르던 구름은 별안간 리어의 얼굴이 코앞에 나타나자 화들짝 놀랐다.

그러나 그것은 환상이었을 뿐, 실제 리어는 아니었다.

"후아—"

안도의 한숨을 내쉰 구름은 리어 때문에 마음이 괴로웠다.

"똥스타, 미안."

그날 밤.

말똥말똥.

침대에 누운 우탄은 도저히 잠이 오지 않았다. 구름을 안았던 순간이 자꾸 떠올라서 온몸의 신경과 근육이 난리법석을 떨었다. 끓는 피를 해소하기 전에는 편안히 잠을 잘 수가 없었다. 그동안 얼마나 참고 참았던 일이었던가.

"도저히 못 참아!"

벌떡 일어난 우탄은 결심했다. 오늘 밤 구름과 거사를 치르기로.

서늘한 눈빛을 발하며 핸드폰으로 구름에게 전화를 걸었다. 이미 12시가 넘었기에 자고 있을지도 모르지만, 일단 시도는 해봐야 할 것 같았다.

[안 자고 왜?]

다행히 구름도 안 자고 있었는지 목소리가 생생했다. 그녀도 같은 마음이라고 생각한 우탄은 간단히 전화를 건 이유를 털어놓았다.

"너랑 자고 싶어서 잠이 안 와."

[쿨럭! 미, 미쳤어.]

그동안 꿋꿋하게 잘도 참는다 했더니 한번 발동이 걸리자 주체가 안 되는 모양이었다.

"미치게 만든 건 너야."

[콜록콜록! 잠이나 자. 우리한텐 아직 4개월이나 남았다고.]

우탄의 관자놀이에 핏대가 확 솟았다. 온몸으로 보여줬는데, 4개월이 아직 유효하다니! 작년에 그 빌어먹을 일만 없었어도 매일 꽁냥거렸을 터. 잃어버린 1년도 아깝고 원통한데, 왜 굳이!

"4분도 못 기다려. 지금 올라간다."

[아, 안 돼.]

구름이 다급히 말리는 통에 우탄은 입술이 바짝바짝 말랐다.

"왜?"

[오버하지 마. 축제 끝날 때까지는 절대 안 돼.]

"몰라. 나도 못 참아. 아니, 안 참아."

전화를 끊은 우탄은 서둘러 방을 나갔다. 어두운 조명 하나만 켜져 있는 상태여서 살금살금 2층 계단으로 다가갔다. 그리고 막 계단 앞까지 왔을 때였다.

두둥!

리어가 계단 아래 길게 이불을 깔고 누워 있는 게 아닌가!

소스라치게 놀란 우탄은 그 자리에서 돌이 되었고, 희번득 눈을 뜬 리어가 음산하게 목소리를 깔았다.

"나를 밟고 지나가라."

❧

아침, 8시 20분.

"잘 다녀와!"

시안의 배웅을 받으며 별장을 나선 우탄과 구름은 곧 차에 올라탔다. 현장까진 넉넉잡아 20분 거리. 출근 시간은 9시. 지금 가도 20분의 여유가 있었다.

차에 타고 얼마 안 있어 우탄은 크게 하품을 했다. 새벽까지 잠을 설친 탓에 엄청 졸렸다. 리어의 방해로 거사를 실패한 그는 말없이 운전만 하고 있는 구름을 부러 외면했다. 혈기 왕성한 남자 나이 스물일곱에 사랑하는 여친을 곁에 두고도 손을 잡거나 키스 한 번조차 마음 대로 할 수 없었다. 그동안 괜히 참았다는 생각에 억울하기까지 했다.

그렇다고 자존심 상하게 껄떡댈 수도 없는 노릇이었다.

'짐승이 따로 없군.'

우탄은 아침부터 본능과 싸우며 묵묵히 창밖만 바라보았다. 높은 언덕 위에 있는 별장에서 이어지는 외길. 사방이 트인 길에서 보이는 바다 풍경이 꽤 아름다웠다. 푸르름이 넘실거리는 바다 위에 아침 태양이 찬란한 빛 무리를 만들어내고 있었다.

창문을 내린 우탄은 창문틀에 상체를 기대었다. 시원한 바람에 그의 머리칼이 마구 흩날렸다. 바람을 쐬니 졸음도 조금 가시는 느낌이었다. 자연에 마음을 빼앗겨 서서히 본능이 사그라지고 있을 때였다.

구름이 음악을 틀었다. 바다 풍경에 걸맞은 시원한 경음악이었다. 아름다운 풍경에 음악까지 더해지니…….

'젠장. 키스하고 싶잖아.'

산신히 삼새운 본능이 다시 불쑥 올라왔다.

"운전 내가 할까?"

느닷없이 운전을 하겠다는 우탄 때문에 구름은 어리둥절했다.

"왜?"

"차라리 운전하는 게 나을 거 같아서."

끼익!

차를 세운 구름은 바로 차에서 내렸다. 조수석에서 내린 우탄이 차 문을 연 채로 그녀가 오기를 기다렸다. 차 탈 때까지 기다려 주는 그의 매너를 가상하게 여기며 구름이 조수석에 올라타려고 할 때였다. 그녀의 어깨를 잡은 우탄이 차 뒷문에 기대놓았다.

눈이 동그래진 구름은 경계하듯 우탄을 쳐다보았다. 이글거리는 눈빛의 그를 보자 왜 차를 세웠는지 알 것 같았다.

'짐승.'

구름은 무작정 얼굴을 들이미는 우탄의 입을 막았다.

"별장에서 자면서 출근까지 늦으려구?"

입에서 그녀의 손을 떼어낸 우탄이 졸랐다.

"시간 많아……."

구름은 다가오는 얼굴을 피하며 우탄의 가슴을 밀어냈다. 하지만 우탄의 손이 더 빨랐다. 그녀의 허리를 휘감아 안더니 차 문에 완전히 밀착시켰다.

우탄의 품에 갇혀 옴짝달싹 못하게 된 구름은 미운 눈초리로 그를 째렸다.

"그 부끄럼 타던 오우탄은 어디 갔지?"

처음 우탄에게 뽀뽀했던 날이 떠올랐다. 풋풋하기만 한 소년이었던 그는 어느덧 본능에 충실한 늑대남이 되어 있었다.

"그동안 충분히 자제한 거 같은데."

구름은 열망으로 가득 찬 우탄의 눈빛을 보며 수긍했다. 어젯밤에도 리어 때문에 끝까지 가진 못했지만, 만약 그렇지 않다면 그의 품에 안겨 뜨거운 밤을 보냈을지 모른다. 아쉽기는 그녀도 매한가지였기에 밤새 잠을 설쳤다. 통화 후 금방 온다던 그는 오지 않았고, 구름은 지레짐작으로 리어의 방해가 있었을 거라 생각했다.

우탄의 얼굴이 숙여졌다.

키스, 키스, 키스……!

가슴이 녹아내리는 듯한 우탄의 키스를 받으며 구름은 눈을 감았다. 차에서 들리는 음악과 밝은 햇살이 두 사람을 포근히 감쌌다. 구름은 촉촉한 그의 입술을 느껴보았다. 뜨거워서 데일 것 같은 입술이 조금은 성급하게 그녀의 입술을 머금고 있었다. 찬란한 아침 태양과 바다의 싱그러운 푸르름이 그에게서도 느껴졌다. 바람에 실려 코끝을 스치는 바다의 짠내가 그의 살 냄새와 섞였다.

구름은 우탄의 목덜미를 다정히 쓰다듬었다. 그녀의 손길에 그는 좀 더 강렬한 키스를 퍼부었다. 어젯밤 다 하지 못했던 사랑을 전부 쏟아부을 것처럼.

긴장감으로 딱딱해졌던 그의 몸이 나른해지기까지 몇 분여의 시간이 흘렀다. 우탄은 그녀의 몸 구석구석에 키스하고 싶은 욕망이 가시지 않았지만, 그녀가 키스를 받아준 것만으로 행복했다. 끝까지 거부했다면 정말 큰 상처가 될 뻔했는데 말이다.

제 성에 찰 때까지 키스를 한 우탄은 마침내 구름의 입술을 놓아주었다.

붉어진 구름의 누 빰과 키스의 흔적이 역력한 입술, 바다 위 태양처럼 일렁이는 눈동자.

두 사람은 잠시 서로를 깊은 시선으로 바라보았다. 우탄의 얼굴에 미소가 번지자 전염되듯 구름도 피식 웃어버렸다.

낮 12시 40분. 시안은 별장 소파에 앉아 용이와 영상 통화 중이었다. 용이는 의사 가운을 입고 있으니 깔끔한 훈남인 게 여실히 드러났다. 이쯤 되면 병원에서의 아이돌이 아니라 의사계의 아이돌이라고 해도 무방했다.

[아무 일 없었어?]

"무슨 일?"

[우탄이랑 리어 말이야.]

"리어가 우탄이한테 미국 가기 전날 구름이랑 윤희랑 다친 거 얘기한 것 말고는 없었어."

[그걸 말했다구? 하여간 리어 그 자식이 시비를 건다니까.]

하지만 시안이 생각은 달랐다.

"그것 땜에 구름이랑 우탄이가 화해한 거 같아."

어제 말없이 구름을 끌어안아 주던 우탄이 생각나 시안은 그렇게 확신했다. 아침에도 출근하는 두 사람 사이가 나빠 보이지 않았다.

[진짜?]

"완전히 화해한 건지 아닌지는 모르겠지만, 어쨌든 분위기가 나쁘진 않아."

[리어가 또 가만히 안 있겠구나. 네가 고생해라. 윤희도 없는데.]

"그러려고 온 거야."

[나도 갈까? 내일 쉬는 날이거든.]

대뜸 오겠다는 용이의 말에 시안은 깜짝 놀랐다.

"네가 왜 와?"

용이는 시안이 지나치게 거부하자 섭섭한 투였다.

[내가 가면 안 될 일이라도 있냐?]

"아니, 뭐 안 될 일은 없지만…… 피곤한데 뭐 하러 오냐는 얘기지, 나는."

용이와 함께 있는 게 고역스러운 시안은 대충 얼버무렸다.

[피곤하긴 뭘. 쉬러 가는 건데. 오늘 저녁에 출발하면 하룻밤은 잘 수 있어.]

그때 잠에서 깬 리어가 머리는 까치집을 한 채 소파로 걸어왔다. 강아지처럼 소파에 폴짝 뛰어오른 그는 시안의 핸드폰을 들여다봤다.

[깜짝이야. 슈스 맞냐? 몰골이 그게 뭐야?]

"방금 일어나서 그래, 짜샤. 오늘 온다구?"

시안이 하는 말을 들었는지 리어는 환영하는 눈치였다.

[어. 거기 도착하면 저녁 8시쯤 될 거 같은데?]

"시안이가 한우 사준대."

찌릿! 시안이 옆에서 리어를 째렸다.

[좋지! 딱 준비하고 기다려. 형아가 간다!]

전화가 끊겼고, 리어는 시안에게 아양을 부리듯 '헤에' 웃었다. 시안은 핸드폰을 탁 내려놓으며 리어에게 따졌다.

"왜 네 맘대로 오라 그래?"

"왜 내 맘대로 오라 그러면 안 되는데?"

"용이 피곤하다구. 간신히 하루 쉬는 애를 불러서 뭘 어쩌게?"

"여기 와서 쉬면 되지. 집에 가봐야 잠밖에 더 자? 차라리 이런 데 와서 쉬는 게 더 힐링 될걸?"

"난 불편한데……."

저도 모르게 본심이 튀어나온 시안이었다. 리어가 어안이 벙벙한 표정으로 그녀를 쳐다봤다.

"언제부터 용이가 불편해졌냐, 넌?"

아차, 싶었던 시안이 재빨리 변명했다.

"한우 사 와야 하잖아!"

"와아, 용이가 들으면 엄청 섭섭하겠어. 환자들에게 시달리는 애한 테 한우 좀 먹이는 게 그렇게 귀찮냐?"

거짓말은 거짓말을 낳고.

"그게 아니라…… 아유, 정말."

추접하게 거짓말이나 하고 있는 자신이 너무 못나 보여서 시안은 분통을 터뜨렸다.

기껏 용이를 피해 도망쳐 왔더니, 굳이 또 오겠다는 건 뭐람!

그날 저녁, 정원에서 숯불을 피운 리어는 우탄과 고기 굽기에 한창 이었다.

"으음! 한우라 냄새부터가 다르군."

리어는 흡족한 미소를 지으며 콧구멍을 벌렁거렸다. 별장에서 혼자 지내게 될 줄 알았더니, 친구들이 북적거려서 기분이 좋았다.

우탄이만 빼면 금상첨화겠으나, 오늘은 용이도 온다니 참자.

마침 용이와 통화를 마친 시안이 모두에게 말했다.

"용이 7시 반쯤에 도착한대."

"짜식, 날아오는 모양이네."

리어는 다 구워진 한우를 테이블에 내려놓았다. 테이블에 둘러앉은 네 사람은 맥주잔을 부딪쳤다.

"크으, 좋다."

시원하게 맥주를 들이켠 리어는 한우 한 점을 입에 넣어 오물오물 씹었다.

"우와, 대박. 진짜 맛있어."

우탄이 젓가락으로 한 점을 집었을 때였다. 구름이 미리 경고했다.

"내가 알아서 먹어."

우탄은 마음을 들키고 슬그머니 자기 입에 고기를 넣었다.

"으음! 괜찮은데."

시크하게 감탄한 우탄은 배가 고팠는지 정신없이 한우를 먹었다. 접시에 있던 고기가 순식간에 그의 입속으로 사라졌다. 그 모습을 본 리어는 떨떠름한 표정으로 자리에서 일어나 불판 앞으로 갔다.

"나도 같이……."

우탄은 일어나려는 구름의 손목을 잽싸게 잡아 도로 주저앉혔다.

"아유, 그래, 알았어. 내가 구울게."

시안이 일어나 리어 옆으로 쪼르르 다가갔다. 민망해진 구름이 잡힌 손으로 우탄의 옆구리를 쿡 찔렀다. 우탄은 먹느라 말도 못하고 짓궂게 웃기만 했다.

"하루 종일 굶었냐?"

다 구운 고기를 우탄의 앞에 놓아주며 리어가 구박했다.

"싸장먼 넉었거든."

"짜장면?"

리어는 별장에 오자마자 시켜먹었던 짜장면이 생각났다.

"내가 진짜 맛있는 집 알아났는데."

짜장면을 좋아하는 구름이 반가운 얼굴로 끼어들었다.

"오, 어딘데? 앞으로 거기서 시켜먹어야겠다. 오늘 먹은 집은 별로 맛없더라."

"나중에 전화번호 알려줄게."

별장에 먹으러 온 사람들처럼 먹는 얘기만 늘어놓다 보니, 금세 1시간이 지나갔다. 그때 용이 떠들썩하게 들어섰다.

"으아아, 배고파."

실컷 먹고 난 우탄은 용이를 위해 불판 앞에 서서 한우를 구웠다. 구름이 무척 시장했는지 식은 한우를 집어먹는 용이에게 말했다.

"새로 구운 거 먹어."

용이 식은 한우를 질겅거리다가 뱉어냈다.

"아우, 질겨. 밥은 없어?"

시안은 아무 말 없이 용이의 앞으로 새로 떠 온 따끈한 밥을 놓아 주었다. 밥을 먹으려다 말고 그는 이상한 눈초리로 그녀를 빤히 쳐다 보았다.

"넌 표정이 왜 그래? 컨디션 안 좋아?"

"신경 쓰지 말고 밥이나 드셔."

시안이 새치름하게 말하고는 고기를 굽고 있는 우탄의 옆으로 갔다. 용이는 영문을 모르겠다는 듯 리어와 구름에게 물었다.

"쟤 왜 저래?"

"피곤한 애를 불렀다고 나한테 뭐라 그러던데?"

리어는 낮에 용이와 영상통화 때 한 얘기를 꺼냈다. 용이 피식 웃었다.

"왜 그러는지 알겠다."

"왜? 뭔데?"

구름도 궁금해서 용이를 재촉했다. 시안이 듣지 못하게 그가 목소리를 낮췄다.

"전에 나한테 주정한 것 때문에 쪽팔려서 그래."

"아……."

"아……."

시안이 그만한 일로 쪽팔려 할 애인가 싶어 구름과 리어는 아리송했다.

"말도 마. 어떤 놈이 데려갈지 심히 걱정되더라구."

"다 들리거든!"

고기를 굽다 말고 시안이 큰소리로 나무랐다. 찔끔한 용이는 괜히 딴소리를 했다.

"고기 안 익었어?"

식사 후 치우느라 우탄과 구름, 그리고 리어까지 집 안으로 들어간 후 시안과 용이는 단둘이 앉아 커피를 마셨다.

"와아, 여기 엄청 좋다."

용이는 별들이 총총 박힌 하늘을 올려다봤다. 시안도 그와 똑같이 하늘을 올려다보았다. 서울에서는 볼 수 없는 별 무리가 하늘 끝부터 하늘 끝까지 펼쳐져 있었다.

"이런 하늘, 정말 오랜만에 봐. 작년에 네덜란드로 여행 갔을 때 보고는 처음이야."

작년 여름, 대학 친구들 몇몇과 함께 네덜란드로 여행을 다녀온 시안은 추억을 떠올리며 빙긋이 미소 지었다.

"히트호른에서 하룻밤 묵었을 때 거기서 본 하늘이 기억나. 나중에 나이 들면 이런 곳에서 살고 싶다, 그런 생각 들었거든."

1200년경, 지중해 지역의 난민들이 정착하여 만든 마을. 홍수로 떠내려 온 야생 염소의 뿔 때문에 '하이트 호른'이란 마을 명칭이 생겼고, 그 후 '히트호른'으로 바뀌었다는 곳.

"그때 네가 준 엽서들을 잘 간직하고 있지."

시안은 여행지에서 산 엽서로 친구들에게 짧은 편지를 쓰곤 했었다.

'용이에게 뭐라고 썼더라?'

별말은 아니었을 거다. 그냥 재밌었던 얘기, 여행지에서 느낀 감상문 정도였다.

"근데 나한테만 제일 많이 썼어, 너."

"그랬나? 여행도 못 가고 병원에만 있는 게 불쌍했나 보지, 뭐."

뜨끔했던 시안은 대수롭지 않게 말했고, 작년에 인턴이었던 용이도 금방 수긍하는 표정이었다. 시안이 준 엽서를 보면서 대리만족을 느꼈고, 그만큼 위안이 되었다.

"지금도 가끔 그 엽서 봐."

그 말은 시안도 뜻밖이었다.

"진짜?"

"그거 보면서 나도 아프리카에 빨리 가고 싶다는 생각을 해."

"……."

용이의 머릿속엔 오로지 아프리카뿐인 것 같았다. 늘 떠날 준비를 하고 사는 그를 보자 시안은 울컥했다.

"아프리카에 가면 한국에 오긴 할 거니?"

"와야지, 그럼. 야, 아프리카 가려면 아직 멀었어. 전문의도 따야 하고, 군대도 다녀와야 하잖아."

"군대까지 다녀오면 서른 훌쩍 넘겠네?"

"그렇겠지?"

"서른 넘어서 아프리카를 간다니……. 연애도 안 하고, 결혼도 안 하구?"

용이는 그런 건 안중에도 없다는 듯 무심히 귀를 만지작댔다.

"할 때 되면 하겠지, 뭐. 안 해도 어쩔 수 없구."

"할 생각이 없는 거겠지."

"후후. 그런가?"

이런 놈한테 좋아한다는 고백을 한다는 건 제 무덤을 파는 일이리라.

시안이 늘 부르짖던 자유로운 인생은 용이가 살고 있는 듯했다. 만약 그의 인생에 시안이 끼어든다면, 용이는 꿈을 버리고 현실과 타협하며 살게 될지도 몰랐다. 그것은 그녀도 원하는 일이 아니었다.

시안은 답답한 마음을 달래고자 식은 커피를 벌컥대며 들이켰다.

"그래도 다른 건 다 제쳐 두고라도 이 오빠가 네 결혼식 땐 꼭 올게."

엄청 생각해 주는 척하는 용이를 보자 시안은 기가 막혔다.

'앓느니 죽어야지, 내가.'

24
넌 친구, 난 애인

"야, 시안이 너무 달리는 거 아니냐?"

거실에 둘러앉아 술을 마시던 리어가 걱정스럽게 말했다. 오늘따라 시안은 작정한 듯 유난히 소주를 많이 마셨다. 이미 인사불성이 된 상태였지만 술잔을 놓지 않았다.

또 자작하여 술을 따르는 시안을 본 용이는 그녀의 손에서 소주병을 빼앗았다. 홱 고개를 든 시안이 그를 무섭게 노려보았다.

"내놔."

"술 많이 취했어."

"내놓으라구."

"그만 마셔. 내가 오기만을 기다렸냐? 내가 뭐 네 주정 받아주려고 왔냐구."

용이는 더 이상 시안이 괴로워하는 걸 보고 싶지 않아 면박을 주었다.

"나쁜 쉐퀴."

다짜고짜 욕을 하는 시안 때문에 용이는 크게 한숨을 내쉬었다. 일전에도 주정을 받아주느라 혼쭐이 났었는데, 또?

"나, 너랑 헤어진 남친 아니야. 왜 그 자식들이 먹을 욕을 내가 먹어야 하는데? 내가 욕받이 무당이야?"

용이는 매우 억울한 듯 침까지 튀겨가며 불평했다.

"네가 제일 나뻐, 이 쉐퀴야!"

용이는 시안이 또 자신을 전남친으로 착각하고 있다고 생각했다.

"아이고, 제일 나쁜 남친은 또 누구야? 그때 너한테 준 선물 다 내놓으라던 그 찐따 새끼? 아니면, 바람난 거 들켰던 연하남?"

구름이 후렴구를 넣듯 한마디 했다.

"화려하구마."

"진요오옹! 이 세상에서 네가 제일 나쁜 놈이야."

"나?"

용이 황당하고 억울해서 돌아버리겠다는 얼굴로 제 가슴을 검지로 콕 찍었다. 완전히 눈이 풀리고 이성도 놓아버린 시안은 손을 허우적대 용이의 멱살을 잡았다.

"그래, 이 쉐퀴야. 네가 제일 나쁜 놈이고, 네가 제일 못돼 처먹었고, 네가 제일 재수 없어."

"아오, 살다 살다 별 얘기를 다 들어보네. 예전엔 안 그러더니, 주사가 왜 시비형으로 바뀌었지?"

용이는 자신의 멱살을 붙들고 있는 시안의 양쪽 손목을 잡았다. 그런데 시안이 그를 쭉 잡아당기는 게 아닌가.

'어어어!'

상체가 기우뚱한 용이의 얼굴이 시안의 얼굴과 점점 가까워진다 싶더니……

두 사람을 보고 있던 우탄과 구름, 그리고 리어는 동시에 얼음이 되고 말았다. 시안과 용이의 입술이 찰떡처럼 맞붙어 버린 것이다.

"헉!"

"옴마."

"헐."

그중에서 제일 놀란 사람은 단연코 용이였다. 그는 너무 놀라서 손가락 하나 까딱할 수 없었다. 지난번에도 술에 취해 사랑 타령만 해대던 시안이었다. 그때도 키스해 달라고 들이대던 그녀였지만, 그건 다 전남친들과 착각해서인 줄 알았다.

'이 세상에서 내가 제일 나쁜 놈? 나한테 키스? 이, 이거 뭐지?'

시안의 입술을 느낄 새도 없이 용이의 머릿속에서는 대혼란이 일어났다.

'얘 설마……'

스르륵 무너져 내리는 시안을 엉겁결에 받아 안았다.

"흠냐……."

대형 사고를 쳐놓고 잠이 들어버린 시안을 보며 용이는 경악했다.

'시안이가 용이를 좋아하는 건가?'

우탄은 아직도 얼떨떨했고.

'앙큼한 가스나. 우째가 내 주위에는 뒤통수치는 인간밖에 없노.'

구름은 용이와 사귀라고 부추겨도 꼼짝도 안 한 시안에게 제대로 뒤통수를 맞았으며.

'이것들까지 커플이면 난 어쩌라구!'

리어는 쌍쌍으로 자신을 욕보이는 친구들에게 분노했다.

❦

다음날 오전 9시 50분. 어젯밤 술에 취해 완전히 뻗었던 시안은 다늦게 일어나 1층 거실로 내려왔다. 그녀와 달리 1시간 전에 일어난 용이는 정수기에서 물을 마시다가 우뚝 정지했다. 부스스한 모습으로 다가온 시안이 물었다.

"애들은?"

"우탄이랑 구름인 출근했고, 리어는 아직 자."

"넌 왜 벌써 일어났어? 좀 더 자지 않구."

"일찍 일어나던 게 습관이 돼서."

자꾸 시선을 피하는 용이 때문에 시안은 어리둥절했다.

"왜 그래?"

"어? 뭐, 뭐가?"

시안은 불안한 듯 넌지시 물었다.

"나, 또 어제 주정했니?"

주정 정도가 아니었지.

용이는 가슴이 쿵쾅거려서 물을 들이켰다. 사실, 시안이 한 주정이 진짜인지 아닌지 애매해서 애들에게 비밀로 해달라고 부탁했다. 괜히 헛다리를 짚었다간 시안의 손에 남아나질 않을 테니까. 그전에 사실 확인이 필요했다. 그런데 자신을 보고도 태평한 시안을 보자 용이는 감을 잡을 수가 없었다.

'전남친이랑 착각한 건가? 아닌데. 내 이름 콕 찍어서 나쁜 놈이라고 했는데.'

아리송해하던 용이는 용기를 내었다.

"어제 기억 안 나?"

"아으, 미치겠네."

뭔가 기억난 듯 시안의 표정이 일그러졌다. 용이는 긴장하여 침을 꿀꺽 삼켰다.

"또 너한테 진상 부렸구나. 어후, 나 요즘 왜 이러니? 미안. 진짜진짜 미안."

손까지 모아서 비는 시안을 보며 용이는 맥이 탁 풀렸다.

"근데 왜 내가 나쁜 놈이냐?"

몹시 억울한 듯 그가 물었다.

"뭘 새삼스럽게 그래? 전에도 그런 말 종종 했잖아. 우탄이랑 리어만 나쁜 놈이 아니라, 너도 이기적이라구."

그렇긴 하지만.

"세상에서 제일 나쁜 놈이라며?"

술에 취해서 한 얘기를 따지는 용이 때문에 시안은 저도 모르게 발끈했다.

"연애도 안 해, 결혼도 안 해, 서른 넘어 아프리카로 도망칠 궁리만 하는데 그럼, 네가 착한 놈이니?"

용이는 점점 아귀가 맞춰지는 것 같아 내심 안도했다.

"그런 거지? 야, 너 딴 남자랑 술 마시지 마. 네가 막 나한테……"

쿵!

"너한테 뭐?"

"그……."

용이도 막상 뽀뽀했다고 말하려니 얼굴이 화끈했다. 불알친구 같은 녀석이 술김에 뽀뽀 좀 했기로 왜 이렇게 쑥스러운지 입이 떨어지지 않았다.

"내가 너한테 무슨 짓을 했는데?"

시안은 초조하고 불안했다.

"뽀뽀했어."

콰콰쾅!

날벼락이 시안의 머리 위로 떨어졌다.

"뽀…… 뽀……."

휘청한 시안은 다리 힘이 풀려 그 자리에 쪼그려 앉았다. 마주 쪼그려 앉은 용이 걱정스럽게 그녀를 바라보았다.

"괜찮아?"

"주정이야. 주정이라구……."

뽀뽀를 했으니 다음엔 자자고 할 거 같았다. 시안은 금방이라도 울음을 터뜨릴 것처럼 절망했다.

"그러니까 딴 남자랑 술 마시지 말라구. 차라리 나랑 마셔. 개망신이나 덜 당하게."

"애들도…… 봤어?"

"아주 제대로 보여줬지. 다들 네가 날 남자로 좋아하는 줄 오해해."

'아흑! 죽고 싶어―어어어.'

시안은 안색이 창백해져 물었다.

"용이 넌?"

"어?"

"넌 어땠냐구?"

용이는 시안이 창피해하는 것 같아서 거짓말을 했다.

"내가 널 모르냐? 전에도 주정했었는데, 뭘."

그 말이 더 서운했다.

왜 다들 오해하는데 이 자식은 오해도 안 하는 거냐구! 뽀뽀까지 했는데, 대놓고 세상에서 제일 나쁜 놈이라고도 했는데. 사람 마음도 모르면서 무슨 사람을 치료하는 의사가 되겠다구. 에라이, 둔탱아!

"서울에 언제 가?"

"저녁에 애들 퇴근해서 오면 보고 가야지."

"알았어."

힘없이 일어난 시안은 2층으로 터벅터벅 올라갔다. 그 모습을 가만히 지켜보던 용이는 머쓱하게 머리를 긁적였다.

"표정, 왜 저래? 아우, 신경 쓰이게 진짜."

"아니라구?"

12시가 다 돼서 일어난 리어는 용이의 말을 듣고 황당했다.

"내가 뭐랬어? 아니라고 했지?"

용이는 제 말이 맞았다는 듯 의기양양했다.

"이상한데."

나름 촉이 좋은 리어는 고개를 갸우뚱했다. 아무리 주정이라지만, 용이에게 뽀뽀까지 할 필요는 없지 않을까? 아무리 전남친과 착각했어도 그렇지, 그녀의 옆에는 리어 자신도 있었다. 게다가 저격하듯 콕 집어 용이에게 세상에서 제일 나쁜 놈이라고 하질 않나.

"이상하긴 뭐가?"

"왜 너한테만 그러지? 나도 있는데."

"내가 더 만만한가 보지."

그때 2층에서 시안이 내려왔다. 소파에 앉아 얘기 중이던 리어와 용이는 괜히 그녀의 눈치를 보았다. 시안은 저기압인 듯 안색이 좋지 않았다.

"시안아, 우리 짜장면 시켜먹을까 하는데. 넌?"

리어가 묻자 시안은 고개를 도리도리 저었다. 말없이 주방으로 들어가는 그녀를 보던 리어는 혼잣말처럼 중얼거렸다.

"상심이 큰 거 같은데?"

"너희들한테 쪽팔려서 그래. 쟤가 은근 자존심이 강하잖아."

시안이가 언제부터 일일이 다 쪽팔려 했다구.

리어는 우선 시장기부터 해결하기로 했다.

"넌 뭐 먹을래?"

"짜장면 맛있다며. 같이 시켜. 짬뽕이랑 탕수육도. 시안이가 짬뽕 좋아하잖아."

"시안인 안 먹는다잖아."

"어떻게든 먹여야지. 해장은 시켜줘야 할 거 아냐."

10분 후 팬더가 철가방을 들고 별장에 도착했다. 지난번처럼 그릇들을 거실 바닥에 착착 내려놓은 그는 계산하기 위해 서 있는 용이를 쳐다보았다. 현관에 여자 신발도 있는 걸로 보아 별장에 계집애들을 불러 거하게 논 모양이었다.

'근데 왜 낯이 익지?'

고개를 갸우뚱한 팬더는 카드로 계산을 마치고 큰소리로 인사했다.

"맛있게 드십쇼."

팬더가 나가자마자 화장실에서 리어가 나왔다.

"내가 시안이 데리러 갔다 올게. 넌 그릇 좀 식탁에 갖다놔."

2층으로 경중거리며 올라간 용이는 시안의 방으로 향했다.

똑똑.

아무 소리가 없었다.

방문을 빼꼼 열고 안을 들여다 본 용이는 침대에 누워 있는 시안을 발견했다. 안으로 들어간 그는 시안의 눈치를 보며 침대로 다가갔다. 자는 척 눈을 감고 있는 시안을 보자 웃음이 나왔다. 그깟 주정 좀 했기로 그녀답지 않게 너무 처져 있었다.

'얘도 나이를 먹었나. 왜 안 하던 짓을 자꾸 하고 이러지?'

침대에 걸터앉은 용이는 시안의 얼굴을 가까이 들여다봤다.

"짬뽕 먹어. 해장해야지. 속 안 아파?"

"안 먹어."

"일부러 니들 보러 먼 길 달려온 이 오빠를 생각해서라도……."

"꺼져."

쩝.

"그 정도 개망신에 기죽을 고시안이 아닌데 왜 이러지? 낯설게."

"네가 내 울화를 알아?"

"언제까지 전남친들한테 미련 가질 건데? 그냥 새로운 남자 사귀어."

마음에도 없는 남친 사귀는 건 쉬운 줄 아는가.

시안은 서러웠고, 외로웠고, 속상했다. 늘 직선이던 인생이 용이에게 걸리기만 하면 낙서처럼 뒤죽박죽이었다.

용이는 괴로움에 우거지상을 하고 있는 그녀의 머리칼을 쓱쓱 쓸어 올려주었다.

"이쁜 시안아, 제발 일어나서 밥 먹자. 속 다 버려, 인마."

"나……."

"너, 뭐?"

'너 좋아해.'

그 말이 입안을 맴돌아 시안은 아프게 어금니를 악물었다. 더 이상 허튼소리가 나오기 전에 벌떡 일어난 그녀는 방을 나갔다.

"짬뽕 먹는 거야. 먹고 정신 차리는 거야."

주문처럼 외우며 아래층으로 내려간 시안은 식탁에 앉자마자 그릇의 비닐을 우악스럽게 뜯었다. 미리 자리에 앉아 있던 리어는 제정신이 아닌 듯 보이는 그녀를 멍하니 응시했다.

비닐을 뜯어낸 시안은 리어를 쳐다보지도 않고 우걱우걱 짬뽕을 먹기 시작했다.

그사이, 주방으로 들어온 용이는 시안의 옆에 앉아 그 모습을 지켜봤다.

"천천히 먹어라. 체할라."

하지만 시안의 귀에는 그 말이 안 들리는지 짬뽕을 먹기 위해 태어난 사람처럼 전투적으로 젓가락질을 했다. 먹는 게 아니라 숫제 밀어 넣는 수준이었다. 보다 못한 용이 그녀의 손을 잡았다. 짬뽕을 입안 가득 욱여넣은 시안의 볼이 빵빵했다.

시안은 불만인 듯 용이를 노려보았다. 용이도 슬슬 화가 나서 그녀를 마주 노려보았다. 때아닌 눈싸움에 리어는 머리가 지끈거렸다.

"짜장면 다 불어."

리어는 시안이에게 참견하지 말고 짜장면이나 먹으라는 듯 용이를 달랬다.

"나, 원래 화 안 내는 거 알지?"

짜장면이야 불든지 말든지 용이는 시안을 노려보며 말했다. 시안이 입에 가득 들어 있는 짬뽕을 억지로 삼켰다.

"차라리 화를 내."

그 말에 용이의 언성이 살짝 높아졌다.

"네 남친들 메뉴판 고르듯 갈아치울 때도 암말 안 했어. 그거 네 취향이고, 네 선택이니까."

"내가 내 남친 고르는 것까지 네 허락받아야 해?"

"근데 왜 망가지냐구!"

결국 용이는 폭발했다. 그가 화를 내는 걸 처음 보았던 리어는 깜짝 놀랐다. 드디어 용이 화를 내자 시안도 사납게 입김을 휘익 불었다.

"내가 망가질 동안 넌 관심도 없었으면서 왜 이제 와서 훈계질이야?"

"그럼 내 앞에서 망가지는 걸 보이지 말았어야지."

"앞으로 안 보이면 되잖아. 그동안 미안하게 됐어. 너처럼 바른생활 사나이가 술 취해서 진상 부리는 거 보느라 얼마나 고역이었겠니? 다신 그런 꼬라지, 너한테 안 보일 테니까 걱정 마. 나도 오늘부로 마음 깨끗이 접었으니까."

젓가락을 탁 내려놓은 시안은 주방을 나가 버렸다. 화가 난 용이 그녀를 따라 나갔다. 덩그러니 혼자 남은 리어는 짜장면 먹을 마음이 쏙 들어갔다.

"나, 요양하러 온 거 맞아?"

주방을 나와 2층 계단을 쿵쾅대며 올라가던 시안은 용이의 손에 잡혀 돌아서야 했다.

"왜? 뭐?"

신경질적으로 쏘아붙인 그녀는 씩씩대며 용이를 꼬나보았다. 화를 참느라 얼굴이 붉으락푸르락하며 용이 말했다.

"정확히 얘기를 해."

"무슨 얘기?"

"너, 나 좋아하냐?"

"······!"

시안은 그 말이 가슴에 박힌 듯 별안간 머릿속이 텅 비어버렸다. 용이의 화난 얼굴을 보니 농담으로 묻는 말이 아니었다. 연달아 부린 진상으로 아무래도 눈치를 챈 것 같았다. 얼굴이 하얗게 질린 그녀는 끝까지 모른 척했다.

"도, 돌았니? 내, 내가 왜? 내가 왜 하필 널? 그 많은 남자들 다 놔 두고······."

시선을 피하며 말끝을 흐리는 시안을 보자 용이는 가슴이 답답했다.

"진짜 아냐?"

"아, 아니야. 절대 아니야."

그렇게 말하는 시안은 가늘게 떨고 있었다. 누구한테든 당당한 그녀가 떤다는 것은······.

"거짓말."

침을 꼴깍 삼킨 시안은 잡혔던 손목을 억지로 뺀 뒤 돌아섰다.

"거짓말 아니니까 신경 안 써도 돼."

"신경 쓰여 미치겠는데 어떻게 신경을 안 쓰냐?"

"너랑 나, 20년이야. 어떻게……."

네가 남자일 수가 있어? 아니, 어떻게 내가 너에게 여자일 수 있겠니? 넌 아니잖아. 날 여자로 안 보잖아. 난 그냥 너에게 편안한 불알 친구일 뿐인걸.

시안은 나오려는 눈물을 꾹 참았다. 세상 무서울 게 없었던 그녀는 사랑 앞에서 두려웠고, 용이에게 마음을 들킬까 봐 겁이 났다. 그와 어색해지는 일은 죽기보다 싫었기에 끝까지 숨기고 싶었다. 그런데 주책없는 마음이 자꾸만 티를 냈다. 그에게 결국 마음을 들켜 버렸다.

억지로 마음을 가다듬은 시안은 다시 돌아섰다. 그리고 굳은 얼굴을 한 용이에게 조금 웃어 보였다.

"진짜 진상 안 떤다구, 이제. 내가 잘못했다구."

시안의 말에 안심이 된 용이었다. 하지만 그녀의 떨리는 눈동자는 자꾸만 움츠러들고 있었다.

"시안아."

"제발, 용아. ……너랑 싸우고 싶지 않아. 너 이 세상에서 제일 나쁜 놈 맞는데, 또 세상에서 제일 편한 친구인 것도 맞아. 내가 제일 믿고 의지하는 친구야, 넌."

그거면 되지 않을까?

'굳이 연인이 아니어도 괜찮아.'

시안은 다친 마음을 스스로 토닥였다.

"나 좀 쉴게. 짜장면 다 불었겠다. 어서 가서 먹어."

용이의 어깨를 다독인 시안은 몸을 돌려 2층 계단을 올라갔다. 상처받은 시안이 눈에 밟혀서 그는 내려가지도 못하고 그 자리에 우두커니 서 있었다. 그녀를 따라갈 수도 없었다. 일부러 피하는 기색이 역력했기 때문이다.

예상치 못한 상황에 맞닥뜨린 용이는 허공에 대고 멍하니 중얼거렸다.

"시안이가 날? 맙소사."

🌸

그날 오후, 용이 서울로 돌아간 뒤에도 밤은 어김없이 찾아왔다.

리어는 잠이 오지 않아 정원으로 나왔다. 그곳 벤치에 시안이 앉아 있었다. 그녀의 곁으로 다가온 리어는 벤치에 슬그머니 엉덩이를 붙였다.

"기분 좀 나아졌냐?"

"그러고 싶은데 잘 안 돼."

시안이 자조적으로 읊조렸다.

"너무 어렵게 생각하지 마."

리어가 무심히 하는 말에 시안은 긴장했다. 어쩌면 눈치가 빠른 리어는 알고 있는지도 모르겠다는 생각이 들었다.

힐끗 시안을 본 리어는 어이없게 웃었다.

"긴장할 거 없어, 인마."

시안은 리어의 느긋한 표정을 보고는 다 들통 났다는 걸 깨달았다.

"망했어. 제일 입 싼 자식한테 들켰으니."

"큭큭. 말 안 할게. 약속해."

리어는 불안해하는 시안을 위로했다.

"친구를 좋아할 수도 있지, 뭘."

"넌 내가 아무렇지 않아?"

"놀라긴 했지, 나두. 너희들까지 커플 되는 거 싫기도 했구. 그래도 날 좋아하는 것보단 낫잖아."

"뭐?"

"난 네가 좋아하는 사람이 내가 아닌 용이어서 감사해."

에라이!

"날 위로해. 널 위로하지 말구, 짜식아."

시안이 이를 악물고 하는 말에 리어가 키득거리며 웃었다. 그러면서 손으로 그녀의 머리통을 쓱쓱 매만졌다.

"다 컸구나, 우리 시안이."

아놔.

"약 올리니?"

"그냥 사귀어. 뭐가 문제야?"

"용이가 문제야. 걔는 날 여자로 안 봐. 너도 알잖아."

"여자로 보이게 해, 그럼."

이런 단순 무식한 놈을 봤나.

"용이가 너 같은 줄 아니? 걔가 은근 고지식해. 한 번 선을 그으면 그걸로 끝이야."

"기적을 미쑵미까?!"

"뭐래……."

리어는 시안의 손을 꼬옥 잡았다.

"자매님, 기적은 있쑵미다. 우리 기도합시다."

고개를 숙이고 눈을 감는 리어를 보며 시안은 어처구니가 없었다.

"아휴, 너한테 의논을 하고 있는 내가 미친년이지."

시안은 그동안 죽어라고 감추었던 이유가 있었다. 리어만 해도 위로
랍시고 놀릴 게 뻔했으니까.

❧

"도착했냐?"

[어, 방금.]

지금쯤 도착했을 것 같아 전화를 했더니 정확하게 맞아떨어졌다.
시안이 제 방으로 올라간 뒤에도 잠이 안 와 침대에서 뒹굴던 리어는
자기 촉이 정확한 것에 새삼 감탄했다.

"시안이 어쩔 거야?"

[음⋯⋯. 나도 생각 좀 해봐야겠는데.]

용이는 리어가 알고 있다는 것에도 상관이 없는 듯했다.

"너무 오래 끌지 마. 지금 시안이 많이 힘들어."

[알아. 그러는 넌 어쩔 셈이야?]

갑자기 자기 얘기로 돌아오자 리어는 마음이 착잡했다.

"1%의 기적을 믿어보려구."

[너도 참. 또 전화하자. 시안이 잘 부탁해.]

또 전화하자고 했던 용이는 그날 이후로 연락이 없었다. 시안도 그
의 전화를 기다리지 않았다. 전화가 안 올 걸 알고 있던 사람처럼. 아

무렵. 쉽지 않을 것이다. 20년 지기 친구가 하루아침에 연인이 된다는 것은. 시안이 그랬던 것처럼 용이도 대혼란의 나날을 보내고 있을 터였다.

폭풍우 같던 며칠이 지나간 후 리어와 시안은 곡 작업에 들어갔다. 시안에게는 그 시기가 곧 치유의 시간이었다. 우울해 있던 시안은 점차 원래의 밝은 모습으로 돌아왔고, 친구들도 안심했다.

그리고 한 달이 지난 어느 날, 용이는 병원 내의 봉사단에 자원하여 아프리카로 떠났다.

❦

비가 추적추적 내리는 10월 중순의 어느 일요일.

구름은 방의 유리창으로 시커멓게 먹구름이 낀 하늘과 높은 파고가 이는 바다를 보고 있었다. 아프리카로 떠난 용이에게는 연락이 없었다. 다행히 시안은 예전 모습을 되찾았지만, 이따금 울적한 얼굴을 보일 때마다 마음이 아팠다.

용이는 늘 입버릇처럼 아프리카로 떠날 거라고 했다. 그러나 그게 시안과 싸운 뒤일 줄은 몰랐다. 아무래도 그 이유가 시안이 용이를 남자로 좋아하게 된 것 때문이라는 생각이 들었다. 그 일에 리어와 우탄은 더 이상 말을 꺼내지 않았지만, 그래서 더 확신할 수 있었다. 시안과 용이는 서로에 대한 생각을 정리하기 위해 거리를 두기로 결심한 것 같았다. 구름이 생각을 정리하기 위해 우탄, 그리고 리어와 거리를 두기로 했던 것처럼.

구름은 방을 나와 1층에 있는 우탄의 방으로 향했다. 빗소리 말고는 적막한 집 안. 리어와 시안은 새벽까지 작업하는 게 일상이 되어버려서 늦잠을 자기 일쑤였고, 구름은 우탄이 깨어 있으면 같이 식사라도 할 참이었다.

노크를 했는데도 아무 소리가 없었다. 구름은 살며시 문고리를 잡아 돌렸다. 빼꼼, 안을 들여다보자 우탄은 아직 자고 있는지 침대에 누운 채 꼼짝을 하지 않았다. 조용히 방문을 닫고 그가 누운 침대로 다가갔다. 허리를 숙여 그를 들여다보자 세상모르게 잠들어 있었다.

'뉘 집 아들인지 참말로 잘생겼네.'

오전 10시가 넘었는데도 방 안은 어두컴컴했다. 오직 우탄의 얼굴만 환하게 빛이 나고 있었다.

"으음……."

잠결에 옆으로 돌아누운 우탄의 상체가 고스란히 드러났다. 답답했는지 그가 이불을 끌어내렸던 것이다.

'허걱.'

우탄의 상반신 나체를 본 구름은 아찔했다.

'인마도 나체족이었는 갑네.'

옷을 입고는 잠을 못 자는 나체족인 우탄은 구름이 보고 있는지도 모르고 깊은 잠에 빠져 있었다. 그의 자는 모습을 넋 놓고 보고 있던 구름은 침대 옆의 테이블에 둔 핸드폰에서 진동이 울려 깜짝 놀랐다. 슬쩍 화면을 보니 입력되어 있지 않은 번호였다.

'누군고?'

진동 소리에 우탄은 눈도 뜨지 않은 채 손을 더듬어 핸드폰을 잡았다. 살금살금 침대 끝으로 물러난 구름은 그가 전화받는 걸 지켜보았다.

"헬로우?"

여기가 미국인 줄 아는지 우탄은 비몽사몽간에 영어로 전화를 받았다.

"누구? ……아, 신연주."

"……!"

구름은 우탄의 입에서 나온 이름에 가슴이 철렁했다. 연주가 왜 전화를 했을지 알 수 있었기 때문이다.

"……1시간 후에?"

만나자고 하나 보다.

구름은 왠지 방에 있으면 안 될 것 같았다. 소리 없이 문으로 다가가 조심조심 문고리를 잡아 돌렸다.

구름이 방을 나가서야 우탄은 전화를 끊었다. 너무 피곤해서 더 자고 싶은데 연주의 전화로 잠이 홀딱 달아났다.

"젠장."

투덜대던 우탄은 문득 이상한 느낌이 들어 방문 쪽으로 고개를 돌렸다. 하지만 방문은 닫혀 있었다.

"누가 있었던 거 같은데."

억지로 침대에서 일어나 앉아 비가 오는 창밖을 바라보았다. 억수처럼 비가 내리는데 만나자고 하는 연주 때문에 짜증스러웠다.

오늘은 또 무엇으로 협박을 하려나?

지난번 술집에서 만난 이후로 계속해서 연주를 피해왔던 우탄은 오늘은 만나서 설득해 볼 생각이었다. 지금도 집으로 오겠다기에 하는 수 없이 밖에서 만나자 약속했던 것이다. 개인적인 일로 회사가 불이익을 당하게 할 순 없었다.

"정말 죽여주는 아침이로군."

침대에서 일어난 우탄의 몸은 단단한 근육질이었다. 오랜 시간을 칼리 아르니스로 다져진 몸이었다.

9년 전, 미국 고등학교에 입학하고 얼마 안 있어 몇몇 미국 학생들이 우탄에게 시비를 걸었다. 말이 없고 조용하지만 어딘지 모르게 반항기가 보이던 우탄이 그들 눈에도 거슬렸던 모양이었다. 미국까지 가서 주먹질을 할 수는 없었기에 한동안 괴로운 시간을 보내야 했다.

그러던 어느 날은 골목으로 끌려가 이유도 없이 맞았다. 참고 참았던 인내심이 끊어졌고, 우탄은 그들과 맞붙어 싸웠다. 자신을 지키기 위한 방어였다. 하지만 구름의 얼굴이 떠올라 끝까지 맞설 수가 없었다. 여기서 사고를 치면 미국에 온 목표 또한 엉망이 되어버릴 것 같았다. 때릴 수 있음에도 맞았고, 충분히 대항할 수 있었음에도 그럴 수 없었다.

그때 그가 나타났다.

나이는 사십대. 엄마와 비슷한 나이의 미국인이었다. 그가 바로 우탄에게 칼리 아르니스를 가르쳐 준 사부이자, 지금의 새아버지였다. 우탄이 살인 누명을 썼을 때 그를 구하기 위해 사방팔방으로 도와준 고마운 분이었다.

그러나 사안이 사안이었던지라 사부로서도 역부족이던 바로 그때 연주가 나타났다. 단지, 그것 하나만 봐서는 연주가 생명의 은인이었다. 다른 속셈이 없었더라면 예전 사춘기 때의 유치한 사랑 따윈 잊어버릴 수 있었을지도 몰랐다.

"후우……"

우탄은 옳은 방법이 아닌 협박으로 자신의 목적을 쟁취하려는 연주가 안타까웠다.

❦

1층 거실에 앉아 책을 보던 구름은 우탄이 방에서 나오자 고개를 들었다. 말쑥하게 차려 입은 그를 보자 벨이 꼴렸다. 그동안 연주의 유혹을 잘도 피해가더니 오늘은 어쩐 일일까. 우탄도 남자인지라 더 이상은 물리치기 어려웠던 걸까.

구름은 자신이 두 남자 사이에서 뜸을 들이는 사이, 우탄이 먼저 연주에게 넘어가는 건 아닐까 싶어 은근히 염려스러웠다. 뜸 들이다 다 태워먹는 건 아닌지 모르겠다.

"어디 가?"

구름은 아무것도 모르는 척 천연덕스럽게 물었다.

"잠깐 일이 있어서. 갔다 올게."

'점마는 비밀의 사명을 갖고 태어났나. 속 시원하게 말해주는 법이 읎네.'

떫은 내색을 감추며 구름은 부러 상냥하게 물었다.

"비 많이 오는데 어떻게 가려구? 데려다줄까?"

"괜찮아. 차만 빌려주면 좋겠는데."

'얼레, 뻔뻔한 거 보소. 딴 여자를 몰래 만나러 가믄서 차를 빌려 달라 카다이.'

구름은 인심 쓴다는 듯 테이블에 있던 차 키를 건넸다.

"잘 다녀와."

우탄은 웬일로 순순히 차 키를 건네는 구름이 미심쩍었다.

'누구를 만나러 가는지 알고 있는 거 아냐?'

구름이 신경 쓰는 게 싫어서 일부러 숨겼지만, 바람피우는 사람처럼 느껴져 마음이 찜찜했다.

우탄은 다시 책에 시선을 둔 구름의 안색을 살피며 차 키를 받아들었다.

"고마워."

우탄이 현관을 나가는 소리를 듣고서야 슬그머니 고개를 들었다. 고개를 쭉 빼어 현관을 살피던 구름은 보던 책을 잽싸게 내려놓고 일어났다. 바지주머니 안에서 시안의 차 키를 꺼내며 음흉하게 웃었다. 우탄이 차를 빌릴 것을 예상하고, 자느라 정신없는 시안의 방에 들어가 몰래 갖고 나온 것이었다.

"딱 걸려쓰."

구름은 오늘, 그동안 궁금했던 두 사람 사이의 내막을 알아볼 생각이었다. 창밖으로 우탄이 차를 타고 가는 걸 확인한 뒤 서둘러 현관으로 달려갔다. 그리고 막 운동화를 신으려고 할 때였다. 어느 틈엔가 나타난 리어가 그녀의 뒷덜미를 잡아챘다.

"으앗!"

후드 모자를 뒤집어쓰고 있던 구름은 휘청했다. 이놈, 뒷덜미 잡는 버릇 또 나왔다.

"어디 가?"

마음이 급한 구름은 리어의 손을 떼어내려 몸을 뒤틀었다. 그럴수록 그도 더욱 꽉 잡고 놓아주지 않았다.

"어디 가냐니까?"

"급한 볼일이 생겨서."

"우탄이랑 시간 차로 나가서 뭐 하려구?"

젠장, 다 봤나 보다.

"놔봐라, 쫌!"

"너 지금 어떤지 알아? 바람난 남친 잡으러 가는 여자 같아."

흠칫!

독심술도 여전하고.

"어떻게 알았지?"

구름은 신통방통한 눈초리로 리어를 쳐다보았다.

"참 나. 우탄이랑 헤어졌다면서 왜 신경 쓰고 그러지? 우탄이가 누굴 만나든 상관없어야 맞는 거잖아."

"사람 갈등 때리게 만든 게 누군데 내 앞에서 바람을 펴? 내가 얼마나 막장이 안 되게 하려고 기를 쓰는데. 괘씸하게."

구름은 모두를 위해 평화의 천사나 되는 것처럼 말했다. 그러나 표정만큼은 우탄이 바람을 피운다면 불지옥에 던져 버릴 듯 살벌했다.

"주접떨지 말고 그냥 있어."

리어는 구름의 뒷덜미를 끌고 주방으로 걸어갔다. 볼썽사나운 자세로 끌려간 그녀는 식탁 의자에 앉아서야 그의 손에서 해방되었다. 방금 일어나 머리가 죄다 뻗친 리어는 잠옷바지 차림이었다. 곡 작업으로 피곤한지 뽀얀 피부가 약간 거칠했다. 윤희가 봤더라면 당장 피부과에 데려갔을 터였다.

"배고파."

물을 마신 리어는 배를 쓱쓱 문지르며 구름을 빤히 쳐다보았다. 그 눈빛이 마치 '발딱 일어나 먹을 걸 해오지 않으련?' 하고 재촉하는 듯했다. 부려먹으려고 붙잡았다는 생각을 하며 구름은 일어나 냉장고를 열었다. 엊그제 시안이 사다놓은 찬거리들이 냉장고 안에 가득했다.

"비도 오는데 찌짐이나 해먹을까?"

"찌짐? 그게 뭐야?"

"부침개."

"아……. 맛있겠다. 시간 많이 걸려?"

배가 많이 고픈지 리어는 재촉하듯 물었다. 냉장고에서 찬거리들을 꺼내며 구름이 말했다.

"금방 해."

"도와줄까?"

구름은 기특한 눈초리로 리어를 쳐다봤다.

"슈스께서 웬일이래."

"나 원래 이런 거 잘해. 어려서부터 혼자 있을 때가 많아서."

바쁜 엄마 때문에 집에서 혼자 음식을 해먹었던 리어였다. 요리라곤 젬병인 세련보다 실력도 훨씬 나았다. 가수가 된 후로는 요리할 일이 없어서 간만에 음식을 해먹고 싶은 마음이 생겼다. 물론, 구름이와 함께 만들어 먹는 재미 때문이었지만.

"그럼 시안이 일어나기 전에 후딱 만들어볼까?"

구름도 우탄에게 신경 쓰지 않기 위해 요리에 집중하고자 마음먹었다. 연주를 만난다고 하지만 괜찮을 거다.

연주의 유혹? 흥!

파티장에서도 장담했듯이 우탄이는 여자의 유혹에 쉽게 넘어갈 놈이 아니었다. 구름은 거듭 스스로를 안심시켰다.

탁탁탁, 탁탁탁.

빠른 손놀림으로 부추와 해물들을 다지는 구름의 솜씨가 제법이었다. 꿈이 횟집 사장이었을 만큼 그녀는 요리하는 것도 좋아했다. 엄마의 반대만 아니었다면 적성을 살려서 일식을 배웠어도 잘했을 거다.

옆에서 구경하고 있던 리어는 요리에 집중한 구름의 모습이 예뻐서 시선을 떼지 못했다. 하는 것만 봐선 요리와는 거리가 멀 것 같은데 참 신기했다.

'어이구, 이뻐.'

리어는 구름을 안아주고 싶어서 자꾸만 손이 근질거렸다. 칼을 들고 있으니 함부로 껴안았다가는…….

리어는 구름의 뒤로 돌아가 슬그머니 허리에 팔을 둘렀다.

완벽한 백 허그! 가끔 뮤비 찍느라 백 허그를 한 적은 있었지만, 기분이 천지차이였다.

"떨어져."

나직이 경고하는 구름의 목소리에도 절로 미소가 묻어나왔다.

"싫어엉."

애교를 부리며 리어는 구름의 정수리에 턱을 얹었다.

"칼 든 거 안 보여?"

"흐으응."

간드러지는 콧소리에 구름이 툴툴거렸다.

"팬들한테나 그리 해보지."

"나, 애교쟁이인 거 팬들도 다 알아. 후후후."

"파리처럼 들러붙어서 칼질이 돼?"

구름이 리어를 떨어뜨리기 위해 몸을 비틀었으나, 그는 좀처럼 떨어질 줄 몰랐다.

"찌짐 안 먹을 거야?"

"먹을 거야."

"애도 아니고 뭐 하는 짓인지 원."

엄마 치마폭 붙들고 보채는 어린애 같아서 구름은 혀를 끌끌 찼다. 킥킥 웃던 리어는 그녀를 끌어안은 채 흥얼흥얼 노래를 부르기 시작했다. 슈스 강리어의 라이브를 백 허그 자세로 듣는다는 건 모든 여성의 로망이 아닐는지.

그러나 구름은 리어를 떼어놓기 위해 얼른 부침개를 해먹일 생각만 들었다.

구름은 뜨거워진 팬에 기름을 두르고 국자로 부침개 재료를 푹 떴다.

치이이익!

부침개 익는 소리가 요란하게 주방에 울려 퍼졌다.

"좋아, 좋아."

구름의 어깨 너머로 부침개를 보고 있던 리어는 흥겹게 추임새를 넣었다. 그때 누군가가 주방 안으로 들어오는 인기척이 느껴졌다. 구름은 시안이 일어났나 보다 생각하며 돌아보지 않고 말했다.

"시안아, 커피부터 마시지 마."

시안은 눈을 뜨면 가장 먼저 하는 일이 커피를 마시는 것이었다.

"……."

활활활!

등 뒤로 느껴지는 대단한 화력에 구름은 뒤집개로 부침개를 뒤집으려다가 흠칫했다.

'뭐꼬, 이 악의 기운은?'

리어도 뭔가 낌새를 느꼈는지 구름을 껴안은 채로 고개를 돌렸다.

주방 입구에 우뚝 서 있는 사람은 시안이 아닌 우탄이었다. 구름은 너무 놀라서 심장이 철렁했다. 지금쯤 연주를 만나고 있어야 할 그가 왜 여기 있는 걸까?

구름은 되레 자신이 바람피우다 딱 걸린 여자 같았다. 돌처럼 딱딱하게 굳어진 우탄을 보자 리어는 모처럼 승리자가 된 기분이었다. 이 정도면 저놈도 알아챘겠지.

'보다시피 구름이랑 난 이런 사이야. 애인보다 더한 절친.'

리어는 약을 올리듯 우탄을 향해 씩 웃었다.

"우탄…… 아……."

구름은 혀가 마비된 듯 띄엄띄엄 그의 이름을 불렀다. 구름이 말을 마치기도 전에 저벅저벅 다가온 우탄이 리어를 잡아챘다. 그동안 냉정을 유지하려고 무진 애를 썼던 우탄의 인내심이 바닥을 드러낸 찰나.

"안 돼!"

뒤집개를 내던진 구름이 절박하게 우탄의 허리를 껴안았다.

25
노 터치!

"때리면 안 돼."

구름은 우탄이 리어를 때릴까 봐 겁이 났다. 리어는 얼굴이 생명인 연예인이었다. 무엇보다 두 사람이 자기 앞에서 주먹질하는 꼴은 더 이상 보고 싶지 않았다. 지긋지긋한 삼각관계가 싫어서 유예기간도 뒀는데, 싸우면 그마저도 아무 소용없었다. 이제 그만 성인답게, 지혜롭게, 해결하고 싶었다.

순간 너무 화가 나서 눈이 뒤집혀 버린 우탄은 구름의 말에 멈칫했다.

"제발……."

우탄은 죽여 버릴 것처럼 리어를 노려보았다. 온몸이 부들부들 떨렸다. 리어 또한 '어디 죽일 테면 죽여 봐라' 하는 눈빛으로 마주 노려보았다.

그러나 우탄에게 더 상처가 되었던 건 리어가 아니라 구름의 태도였다. 필사적으로 리어를 보호하려는 그녀의 몸짓이 서글펐다. 리어가 백 허그를 해도 그냥 내버려 두는 그녀를 보는 게 가슴 아팠다. 구름이 사랑 앞에서 갈등한다는 것 자체가 고통이었기에, 이젠 그녀의 모습이 두렵기까지 했다. 우탄은 구름이 자신을 떠난다는 상상만으로도 숨이 막혔다.

어느 정도는 구름과의 빈틈이 메워졌다고 생각했다. 그런데 착각이었다. 리어와의 관계가 너무 돈독하게 다져진 나머지 오히려 둘 사이를 비집고 들어갈 틈이 없었다.

우탄은 입술을 깨물었다. 패배감과 상실감이 그의 전신을 매섭게 강타하고 있었다.

우탄은 구름을 떼어내고 돌아섰다. 아무 말 없이 주방을 벗어나는 그를 본 구름은 서둘러 쫓아나갔다.

혼자 덩그러니 남겨진 리어는 허세를 부리느라 참았던 숨을 크게 몰아쉬었다. 살기가 돌던 우탄의 눈빛을 떠올리자 등골이 오싹했다. 그 순간 구름이 말리지 않았더라면 정말 죽을 수도 있었겠단 생각이 들 정도였다.

"젠장할……."

리어는 모처럼 좋은 기분을 박살내 버린 우탄이 원망스러웠다.

"아유, 뭐야?"

시안이 주방으로 들어오며 기함했다. 불 위에 올려둔 부침개에서 탄내와 연기가 자욱했다. 쪼르르 달려와 불을 끈 그녀는 얼굴이 창백해져서 서 있는 리어에게 고개를 돌렸다.

"무슨 일이야?"

방금 주방으로 오다가 우탄과 부딪혔던 시안은 걱정이 되었다. 구름이 우탄을 그의 방으로 끌고 가는 걸 보았기에 리어와 싸웠다는 것만 짐작했다. 그런데 리어의 얼굴을 보자 단순한 싸움이 아닌 심각한 일이 있었던 모양이다.

리어 가까이 다가온 시안은 그의 얼굴을 살폈다. 멀쩡한 걸로 보아 우탄에게 맞진 않은 것 같았다. 사이좋게 잘 지낼 거란 기대는 하지 않았지만, 왠지 최악으로 치닫고 있는 느낌이 들었다. 괜히 우탄과 구름을 오라고 해서 일을 크게 벌인 것 같아 마음이 무거웠다. 어째서 잘해보겠다고 하는 일마다 최악의 상황이 되어버리는 것인지.

"뭣 땜에 그러는데?"

시안이 다그치자 리어가 엄마에게 이르듯 대답했다.

"구름이가 부침개 하는 거 보고 있었는데……."

"그냥 보고만 있었다구?"

"백 허그……."

고등학교 때에도 구름과 우탄이 냉전이 된 계기가 '손가락으로 입술 쓸기' 때문이었다. 그때와 달라진 게 있다면 우탄은 주먹질을 하지 않았다는 것이었다. 구름이 말려서인지, 우탄 스스로 자제했던 것인지는 모르겠다.

하지만 우탄의 달라진 모습이 리어는 씁쓸했다. 맞으면 죄책감이라도 덜 텐데, 아무 일도 일어나지 않으니까 자신만 나쁜 놈이 된 것처럼 억울했다.

'백 허그'란 말에 시안은 골치가 아파서 손을 제 이마에 얹었다.

"대책 없는 널 어쩜 좋으니?"

우탄의 방으로 온 구름은 무슨 말부터 해야 좋을지 알 수 없었다. 화를 억누르고 있는 게 확연한 그를 보자 부아가 치밀었다.

'지는 연주를 만나러 가도 되고, 내는 안 되고. 뭐 이딴 경우가 다 있노.'

구름이 쏘아보고만 있자 우탄은 화를 참느라 두 손을 허리에 얹은 채 그녀 앞을 왔다 갔다 했다.

"우탄아."

우탄은 손을 들어 구름을 제지했다. 문 밖에서 슬리퍼가 끌리는 소리가 들렸다. 서둘러 방문으로 다가간 우탄은 재빨리 문을 잠갔다. 간발의 차로 문을 두들기는 소리가 들렸다.

쾅쾅쾅!

"문 열어!"

리어가 문을 두드리는 소리가 빗소리에 섞여 음울하게 들렸다. 우탄은 그 소리를 들으며 차갑게 웃었다. 그의 웃는 모습을 본 구름은 미간을 찌푸렸다.

"우탄이 너……"

구름의 말은 우탄의 입속으로 사라졌다. 그녀를 와락 끌어안은 우탄이 거칠게 키스를 퍼부었기 때문이다. 그의 힘에 구름의 입술이 짓눌려지고 허리가 휘어졌다. 뒤로 넘어질 것 같아 구름은 그의 팔을 붙잡았다.

사나운 폭우처럼 거친 숨소리, 아프게 옭아매는 사슬 같은 혀…….

잔인하게만 느껴지는 키스가 구름의 마음을 아프게 했다. 그녀는 우탄과 함께 침대에 쓰러졌고, 문 밖에서는 리어가 애타게 문을 두드렸다.

쾅쾅쾅! 쾅쾅쾅!

그 소리가 마치 자신의 가슴을 치는 것 같아서 구름은 억지로 우탄을 밀어냈다. 그의 붉어진 눈동자가 안타깝게 그녀를 내려다보았다. 눈시울이 젖은 구름도 그를 원망스럽게 올려다봤다.

"이러지 마……. 싫어."

단호한 구름의 말에 우탄은 전신에 엄청난 타격을 느꼈다. 순간, 세상이 흔들리는 것 같았다. 질투심에 이성을 잃고 본능적으로 그녀를 가지려고만 했던 자신이 너무나 혐오스러워서 견딜 수 없었다. 그녀 입으로 '싫다'라는 말을 듣는 건 더욱 최악이었다.

"왜 돌아왔어? 신연주 만나러 간 거 아니었어?"

"……!"

구름이 이미 알고 있었다는 사실에 우탄은 가슴이 무너져 내렸다. 다 알면서 차 키까지 빌려줄 때 어떤 심정이었을지 알 것 같았다.

"너한테…… 다 말하려구."

구름에게 숨긴 게 마음에 걸려서 다시 돌아왔다. 재판 중에 연주가 도와줬던 일도 말하려고 했다. 그래서 돌아왔는데, 구름이 리어와 주방에서 행복하게 잘 있는 모습을 보자 만감이 교차했다.

문득 우탄을 쳐다보는 구름의 눈빛이 냉정해졌다.

"벌써 여러 번 기회 놓친 건 알아?"

"뭐?"

"너한테 말할 기회, 여러 번 줬다구. 그때마다 넌 숨기기 바빴고, 난……."

울컥한 구름은 잠시 말을 멈췄다.

"난…… 또 비참해졌고."

"구름아."

"리어랑 있으면 아무 생각 없이 편한데, 너랑 있으면 늘 긴장 상태라는 것도 알아?"

"……."

쾅쾅쾅쾅쾅쾅쾅!

발악하듯 문을 두드리는 소리가 들렸다.

"부숴 버리기 전에 문 열어! 문 열라구!"

돌기 일보 직전인 리어의 목소리에 구름은 몸을 일으켰다. 그러나 우탄의 손에 눌려 다시 침대 위에 쓰러졌다. 출렁. 공기가 크게 흔들렸다.

"문 열지 마."

간절한 우탄의 눈빛.

마음이 아프지만, 지체했다간 상황이 더욱 악화될 것은 뻔한 일이었다.

"리어 몰라? 진짜로 문 부술 거야."

"네가 이러니까 리어 저 자식이……!"

구름이 뭐든 받아주니까 리어가 자꾸 엉겨 붙는 거다. 우탄은 그게 정말 답답했다. 그게 정말 사랑일까 봐 싫고 두려웠다.

"불안한 거 알아. 리어도 너랑 똑같은 마음일 거구."

"리어랑 나, 너한텐 똑같단 거구나."

남친과 남사친의 비중이 똑같다는 걸 어떻게 이해해야 할까. 그 누구도 구름과 견줄 수 없었던 우탄은 이해할 수 없었다. 아니, 이해하고 싶지 않았다. 미국에 있는 동안 그녀에게 잘해주지 못했던 게 마음 아팠고, 이제 모든 걸 쏟아붓고 싶었다. 자신이 없는 동안 리어가 해주었던 그 모든 게 소중하게 되어버린 구름을 이해하기엔 그녀를 사랑하는 마음이 너무 컸다. 한없이 이기적이 된다고 해도 우탄은 그녀를 놓을 수 없었다. 그래서는 자신이 살 수 없었다.

"구름아아아아!"

리어는 아예 악을 쓰고 있었다. 구름은 망연자실해 있는 우탄을 밀어내고 침대를 내려왔다.

달칵!

구름이 잠긴 문을 여는 순간, 리어가 튕기듯 안으로 들어왔다.

"씨팔 새끼!"

구름은 침대에 누워 있는 우탄에게 달려들려는 리어를 붙잡았다.

"그만해."

구름의 싸늘한 한마디에 리어는 우뚝 멈춰 섰다. 구름이 두 남자를 향해 무섭게 으름장을 놨다.

"둘 다 잘 들어. 앞으로 나한테서 접근 금지 명령을 내린다."

"엥?"

리어는 미치고 팔딱 뛸 것 같은 표정이었다. 우탄도 거칠게 제 머리칼을 쓸어 올렸다. 땀에 젖은 그의 반듯한 이마에 불쾌한 주름이 졌다.

"노 터치! 안 지키기만 해봐. 축제 끝난 후에 결정하겠다는 말, 그 즉시 없던 일로 할 테니까."

"이씨!"

"닥쳐."

"씨잉……."

구름은 대꾸조차 없이 침대에 드러누워 있는 우탄을 노려보고는 휙 몸을 돌려 방을 나갔다. 그 뒤를 졸졸 따라가며 리어가 투정을 부렸다.

"그게 말이 돼? 내가 왜? 왜 그래야 되는데? 어? 어? 구름아아ー"

두 사람이 방을 나가서야 훌쩍 일어나 앉은 우탄은 인상을 팍 썼다.

"노 터치…… 하아, 날 죽일 셈이군."

❦

"아싸! 찌르고! 돌리고! 헛, 헛!"

구름은 스트레스를 푸느라 방 안에서 크게 댄스음악을 틀어놓고 막춤에 한창이었다. 어느새 핑크빛 머리는 산발이 되었고, 이마에는 땀이 흥건했다.

방문이 열리며 시안이 안으로 들어왔다. 막춤에 열중한 구름을 보니 기가 찼다. 비는 억수처럼 내리는데 미친년처럼 산발을 해서 춤을 추는 모습이 기괴했다.

곧장 오디오로 걸어가 음악을 껐다. 음악이 멈췄는데도 구름은 무아지경으로 춤을 췄다.

"해물파전에 소주……."

말이 채 끝나기도 전에 막춤을 멈춘 구름이 헉헉대며 말했다.

"씻고 내려갈게."

구름은 휘청대며 방에 딸린 욕실로 들어갔고, 그 모습을 보고 있던 시안은 탄식했다.

"다들 미쳤어."

다시 1층으로 내려오자 리어는 해물파전과 소주를 거실 테이블에 세팅하고 있었다.

"구름이는?"

음악 소리가 끊겨서 리어는 막연한 기대감을 갖고 물었다.

"씻고 내려온대."

리어의 입이 씩 벌어졌다. 접근 금지 명령을 내린 터라 안 오면 어쩌나 걱정했는데, 다행이었다.

"이건 구름이 거, 내 거, 시안이 거……."

리어가 소주잔을 차례로 테이블에 놓고 있을 때였다. 방에서 나온 우탄이 성큼성큼 다가오더니 테이블에 앉았다. 순간 부아가 확 난 리어는 소주잔을 소리 나게 내려놓았다. 주방으로 가 소주잔과 젓가락을 더 가져온 시안이 우탄의 앞에 놓아주었다.

시안은 우탄과 리어의 잔에 차례로 술을 따랐다.

'제발 그만 좀 싸워, 이것들아. 내 일만으로도 싱숭생숭해 죽겠구만.'

우탄도 술 생각이 간절했는지 단숨에 들이켰다. 입을 삐죽이던 리어도 시안과 살짝 건배하고는 쭉 마셨다. 억수같이 쏟아지는 비를 바라보며 마시는 술맛이 꽤 좋았다. 스산하고 음울한 공기와 흙냄새가 섞인 비 향.

세 명서서 한 병을 비웠을 즈음, 구름이 샤방샤방한 모습으로 2층에서 내려왔다. 우탄과 리어의 시선이 절로 그녀에게 향했다. 시안이 1인용 소파에, 우탄과 리어가 마주 놓인 3인용 소파에 각각 앉아 있었기에 모두가 구름이 어디에 앉을지 궁금해하는 눈빛이었다.

구름은 두 남자의 경쟁심을 간파하고 시안에게 눈짓을 했다. 시안이 구름에게 자리를 양보하듯 일어나며 말했다.

"파전 더 해올게."

시안이 주방으로 간 사이, 구름은 테이블에 있던 새 소주병을 들었다. 그러자 두 남자가 동시에 소주병에 손을 뻗었다.

"어허!"

구름의 냉엄한 꾸짖음에 두 남자는 찔끔해서 손을 거뒀다. 두 남자를 사납게 꼬나본 구름은 자작하여 잔을 채웠다.

잠시 후, 김이 모락모락 올라오는 해물파전이 담긴 쟁반을 들고 시안이 자리로 돌아왔다. 구름은 아무 말 없이 소주잔을 들었다. 그녀의 눈치를 보던 두 남자와 시안도 조용히 잔을 들었다. 누구 하나 말을 꺼낼 생각도 못한 채 술잔만 기울이기를 몇 차례. 입이 근질거리기 시작한 리어가 제일 먼저 침묵을 깼다.

"짜장면 먹고 싶다."

소주 안주로 해물파전도 근사했으나, 재료가 얼마 남지 않았다. 아무래도 술자리가 길어질 것 같아 다른 안주가 필요한 시점이었다. 용이가 시켜준 짬뽕 맛이 기억나 시안은 맞장구를 쳤다.

"난 짬뽕! 지난번에 먹은 데서 시키자. 거기 맛있더라."

"나도 짬뽕 먹을래. 유산슬도 하나 시켜."

구름도 컨테이너에서 근무하며 리어가 가르쳐 준 중국집에서 몇 번 시켜먹은 적이 있었다. 다들 현장 상황을 체크하느라 구름이 직접 주문한 음식들을 받곤 했었다. 한 번은 유산슬을 시켰는데 정말 맛있었다. 오늘처럼 술 당기는 날 안주로는 그만이었다.

"우탄이 넌 뭐 먹을래?"

"짜장면. 팔보채도 시켜. 고량주도."

'날을 잡았구나, 아주.'

시안은 이렇게라도 앙금이 풀어지길 바라며 리어에게 시키라는 눈짓을 보냈다.

리어가 주문을 끝내고 10분이 지났을 무렵, 벨소리가 들리기에 시안은 자리에서 일어나 인터폰을 확인했다.

"배달원이 아닌데?"

누가 찾아올 리도 없고.

시안은 어리둥절해서 화면을 뚫어져라 쳐다보았다. 그런데 화면에 보이는 여자가 굉장히 낯이 익었다.

'어디서 봤지?'

알 듯 말 듯 생각이 가물거렸다. 일단 문을 열어준 시안은 현관으로 향했다. 리어는 이곳에 자신이 있는 걸 밝힐 수 없어서 다소 긴장한 채 앉아 있었다. 대신 우탄이 시안과 함께 밖으로 나갔다.

잠시 후 두런대는 소리가 들리더니 누군가 거실로 들어왔다. 그녀를 보는 순간, 깜짝 놀란 리어는 저도 모르게 몸을 들썩거렸다.

"연주……."

그랬다. 무턱대고 별장으로 쳐들어온 사람은 다름 아닌 연주였다. 일방적으로 약속을 어긴 우탄 때문에 화가 나서 찾아온 것이다. 연주를 본 구름의 눈에도 빠직 힘이 들어갔다. 우탄과 냉전이 된 이유가 바로 그녀였으니까.

리어가 와 있을 줄 몰랐던 연주는 기가 찬 듯 웃었다. 약물 테러 사건으로 떠들썩하더니 요양은 핑계였던 모양이다.

"너도 있는 줄은 몰랐네."

남의 집에 불쑥 찾아와서 할 말은 아니었기에 리어는 신경이 예민해졌다.

"어쩐 일이야?"

"우탄이랑 약속을 했거든."

약속은 이미 깨졌지만, 연주는 인정하고 싶지 않은 투였다.

"약속?"

우탄이 빗속에 어딜 가나 했더니, 약속 상대가 연주였다는 사실에 리어는 헛웃음이 나왔다. 그는 빈정대듯 우탄에게 물었다.

"언제까지 세워둘 거야?"

우탄은 화를 억누르며 연주에게 차갑게 말했다.

"나가지."

연주는 별장을 휘익 둘러보며 여유를 부렸다.

"어차피 온 거 네 방에서 얘기하지, 뭐."

"그게 좋겠네. 비도 오는데 굳이 나갈 필요 뭐 있어?"

리어가 얄밉게 깐족거렸다.

'사람 열받게 하는 방법도 다양하다이.'

구름은 이 상황을 용납하기 어려웠다. 연주가 찾아온 걸 보면 우탄이 일방적으로 약속을 깼을 가능성이 충분했지만, 그에게 실망스러운 건 어쩔 수 없었다. 갑과 을의 관계에서 열심히 갑질 중인 연주에게도 화가 나긴 마찬가지였다. 우탄을 붙잡고 늘어지는 게 회사와 연결되어 있으리란 예상은 했었다. 우탄은 또 회사에 피해를 주기 싫어 혼자 감당하려 했을 테지.

"그러지 말고 나랑 술이나 한잔하죠."

구름의 제안에 모두 화들짝 놀랐다.

"네?"

"우탄이는 연주 씨랑 얘기할 맘이 없는 거 같고. 손님을 그냥 보낼 수는 없고. 어떡할래요?"

연주는 구름이 도발하는 것처럼 느껴졌는지 오기가 발동했다.

"그럴까요, 그럼?"

선뜻 소파로 와서 앉는 연주 때문에 모두 기함했다. 가뜩이나 구름의 기분이 최악이었기에, 이럴 때 연주와 함께 있는 건 너무나 위험했다. 구름이 그녀에게 무슨 짓을 할지 알 수 없었다.

"똥스타, 가서 잔 하나 더 갖고 와."

슈스한테 심부름을 시키는 구름이라는 여자.

연주는 구름의 다부진 포스가 흥미로웠다.

'우탄이가 좋아하는 모습이 이런 건가?'

파티장에서도 느꼈지만, 구름은 여느 여자와 다른 구석이 있었다. 늘 우아하게만 살던 연주는 자신에게는 없는 구름의 모습이 신기하기도 하고 부럽기도 했다.

주방으로 가서 소주잔을 갖고 온 리어는 연주 앞에 놓아주었다. 테이블에 있던 나무젓가락을 든 연주는 곱게 껍질을 깠다. 손짓 하나하나가 아름다웠으나, 구름의 눈엔 그 모습마저 아니꼬웠다.

"어머, 해물파전이잖아."

오랜만에 보는 해물파전이 반가웠는지 연주는 적진에 들어온 것도 깜빡 잊었다. 그새 식어버린 해물파전을 본 구름이 연주의 젓가락질을 말렸다.

"시안아, 해물파전 남았어?"

"어? 어, 그래. 하나 정도 할 거 있어."

"새로 해올래?"

"응."

시안이 주방으로 쪼르르 달려갔고, 우탄은 난감하게 구름이 하는 것만 보고 있었다. 두 여자의 흥미진진한 만남에 리어도 처음엔 긴장했으나, 슬슬 호기심을 드러냈다.

'구름이 진짜 대단하구나. 이 상황에서도 패기 쩌는 거 봐. 훗.'

구름은 우두커니 서 있는 우탄에게 시선을 주었다.

"앉아."

"구름아……."

"앉으라고."

하는 수 없이 우탄은 리어의 옆에 조금 떨어져 앉았다. 대쪽 같던 우탄을 고분고분하게 만드는 구름의 카리스마에 정작 주눅이 든 건 연주였다.

'보기보다 무섭네.'

구름을 만만하게 봤던 연주는 은근히 걱정이 되었다.

'이러다가 머리채 다 뽑히는 거 아냐?'

고등학생이었다면 그랬을지도 모른다. 그러나 구름은 성인이었고, 지각 있게 행동하고 싶었다.

아무리 적이라도 제 구역에 들어온 사람에게 기본적인 대접은 하는 게 예의지. 그래야 나중에 머리채를 잡더라도 할 말이 있지. 선빵만이 최선은 아니었다.

"받으세요."

구름이 소주병을 집자, 연주가 냉큼 소주잔을 들었다.

쪼르륵!

"소주 잘 마셔요?"

"아뇨. 처음 마셔봐요."

소주를 처음 마셔보는 여자를 만나다니. 구름은 희귀동물 보듯 연주를 쳐다봤다.

"처음이라고요? 술 안 마셔요?"

"주로 와인을 마시죠."

"아……."

술 취향도 고급이로구나.

자신과는 상극인 취향에 구름은 상당히 재수가 없었다.

"파전 오면 드세요."

"네, 그럴게요."

잠시 어색하게 앉아 있던 네 사람을 구해준 건 시안이었다. 시안이 새로 만든 해물파전을 들고 주방에서 나온 것이다. 해물파전을 조금 뜯어서 먹은 연주의 얼굴이 환해졌다.

"어머머, 너무 맛있다. 으음!"

구름이 소주잔을 내밀었다. 연주도 기분 좋게 그녀의 술잔에 살짝 부딪쳤다. 그러나 연주는 소주를 한 모금 마시고는 어깨를 부르르 떨었다.

"아이, 써."

"인생이 그런 거 아니겠어요."

"네?"

"혼잣말이에요. 해물파전 많이 드세요. 좀 있으면 중국집에서 시킨 것도 올 거예요."

연주는 우탄을 만나러 왔다가 난데없이 술자리에 참석하게 되어 얼떨떨했다. 이런 분위기가 그립긴 했지만, 편안히 어울릴 사람들이 아니어서 아쉬웠다. 이들처럼 친구였다면 얼마나 좋을까.

"시안이 넌 누군지 알지?"

소파 끄트머리에 앉아 있던 시안이 민망하게 머리를 긁적였다. 인터폰으로 봤을 때 낯이 익다 했는데, 연주일 거라곤 생각도 못했다. 미국으로 떠났던 그녀가 왜 이곳에 와 있는지도 궁금했다. 연주에 대해 구름에게 비밀로 했던 것도 미안했고, 연주의 등장이 불안했다. 사실 중학교 때도 시안과 연주는 친한 사이가 아니었다. 연주가 워낙 유명해서 얼굴만 아는 정도였다.

"난 이름도 기억해. 고시안, 맞지?"

중학교 동창이라서 그런지 연주는 시안에게 편히 말을 놓았다. 오랜만에 만난 동창을 만난 듯 대하는 통에 시안은 더욱 난감했다.

"어, 그래."

"너 해물파전 되게 잘한다."

엄청 낯을 가릴 줄 알았던 연주는 뜻밖에도 사교적이었다. 그런 연주가 달리 보여 구름이 물었다.

"해물파전 좋아하나 봐요?"

"네. 이 맛, 되게 그리웠거든요. 한국 와서 제일 먼저 사먹었던 게 해물파전이었어요. 근데 집에서 한 거라 그런지 더 맛있어요. 호호."

소주보다 와인을 더 좋아한다면서 해물파전이 그리웠다는 연주. 조화롭지 못한 입맛처럼 연주는 그들 사이에 어색하게 끼어 있었다. 구름은 왠지 짠한 마음이 들어 간장 종지를 그녀 앞으로 좀 더 가까이 밀어놓았다.

"어머, 나만 너무 신나게 먹고 있잖아."

"우린 많이 먹었어요. 딴것도 먹어야죠."

띵동, 띵동!

때맞춰 울리는 벨소리에 모두 어색한 분위기에서 빠져나왔다. 이번에는 진짜 중국집에서 온 배달원이었다. 오토바이 소리가 들리더니 곧 우비를 입은 배달원이 현관 안으로 들어섰다.

자리에서 일어난 우탄은 현관 앞으로 다가갔다. 철가방 안에서 음식들을 착착 꺼내놓은 배달원이 허리를 폈다.

"카드 계산이죠?"

주머니에서 카드 계산기를 꺼낸 배달원은 무심코 우탄을 쳐다봤다.

"……!"

"어!"

우탄도 단번에 배달원, 팬더를 알아봤다. 놀라서 계산기를 툭 떨어뜨린 팬더가 밖으로 뛰었다. 우탄이 거실을 향해 소리쳤다.

"팬더야!"

"팬더……."

번뜩 떠오르는 얼굴에 벌떡 일어난 리어는 장식장 위에 뒀던 차 키와 핸드폰을 들고 현관으로 뛰었다.

"팬더? 뭔 소리야?"

어리둥절한 구름이 중얼거렸고, 시안이 급히 말했다.

"그놈 아냐? 예전에 우탄이랑 리어한테 합의금 뜯어내고 도망쳤던 폭주족!"

"옴마야! 맞다. 그놈 별명이 팬더였지?"

"세상에나! 원수를 강원도 별장에서 만나다니. 이래서 죄 짓고 살면 안 되는 거라니까."

그 말에 뜨끔했던 연주는 조심스럽게 끼어들었다.

"무슨 일이에요?"

"고등학교 때 동네에 폭주족이 있었거든요."

"얼핏 기억나는 것 같기도 한데……."

"팬더라는 놈이 폭주족 대장이었는데요."

구름은 열이 올라 그때 일을 구구절절 설명했다. 끝까지 듣고 있던
연주가 말했다.

"지금 그런 인간을 잡겠다고 우탄이랑 리어가 같이 나간 건가요?"

"헉! 리어는 나가면 안 될 텐데! 여기 온 거 사람들이 알면 안 되는
데, 어쩌지?"

구름은 팬더와 한판 붙을 것 같은 예감에 발을 동동 굴렀다. 시안
도 걱정이 되는지 급히 리어에게 전화를 걸었다.

[왜?]

"너도 같이 가서 어쩌려고? 당장 돌아와."

[우탄이 혼자 못 잡아.]

언제부터 그렇게 우탄일 생각해 줬다고.

시안이 걱정스러운 마음에 핏대를 올렸다.

"둘 다 오라고. 잡아서 뭘 어쩌게?"

[그걸 가만 놔둬? 그동안 사기 치고 다녔을 게 뻔해!]

"여기 있는 거 사람들한테 들키면 안 된다는 거 몰라?"

[바빠, 끊어.]

전화는 끊어졌다. 징그럽게 말 안 듣는 똥스타!

"팬더인지 하마인지는 왜 하필 지금 나타나가지고!"

시안이 분에 차서 하는 말에 연주는 흠칫 놀랐다. 사실 그녀는 우탄의 친구인 시안에 대해 잘 알고 있었다. 중학교 때도 꽤 예쁘고 똑똑했던 시안이. 깍쟁이 같은 외모와 달리 성격이 좋아 친구들에게 인기가 많았다. 리어가 '뮤즈'라며 치켜세울 때도, 아이들이 '여신'이라며 떠받들 때도 이상하게 연주의 주변엔 친구가 없었다. 그래서인지 그녀는 늘 주변에 친구들이 들끓던 시안이 부러웠다. 제대로 인사 한 번, 말 한 번 나눠본 적 없었지만, 자꾸만 눈에 띄던 시안이었다. 어쩌면 우탄과 리어의 오랜 친구여서 더 그랬는지도 모르겠다.

그때 우탄이가 자신의 마음을 받아주었더라면 어땠을까? 아마도 구름의 자리는 자신의 자리가 되어 있었을 것이다.

연주에게 학창시절은 아픔이었다. 화려하지만 속 빈 강정처럼 덧없었다. 연주는 구름의 자리를 미치도록 빼앗고 싶었다.

"별일 없겠지?"

구름은 불안에 떨었다. 우탄이가 팬더와 싸우는 것도 싫었지만, 리어가 사람들 눈에 띄는 게 더 걱정이었다. 사람들은 리어가 요양하느라 두문불출하는 줄 알고 있었다. 그런데 뜬금없이 강원도에서 중국집 배달원과 싸웠다는 게 알려지면 적잖은 비난이 일 터였다. 리어의 약물 테러로 취소된 스케줄만 여러 건이었다. 더욱이 별장에서 스캔들 난 여자와 함께 있다는 걸 알면…….

구름은 상상만으로도 끔찍했다.

억수같이 쏟아지는 빗길을 오토바이가 전속력으로 달리고 있었다.

그 뒤를 리어의 차가 추격 중이었다. 별장에서 마을까지 이어진 긴 산 길을 지나 팬더는 골목길로 도망쳤다. 차가 진입할 수 없었기에 리어 는 급히 시동을 껐다. 리어가 내리려고 하자 우탄이 말렸다.

"넌 여기 있어."

"뭐래."

우탄의 말을 무시한 리어는 곧장 차에서 내렸다. 굵은 빗줄기가 그 의 얼굴을 때렸다. 뒤이어 차에서 내린 우탄은 골목 안으로 뛰었다. 리어가 쏟아지는 비도 아랑곳없이 우탄을 따라갔다.

하지만 팬더는 이미 달아난 뒤였다. 오토바이를 따라잡기에는 역부 족이었다는 걸 깨닫고 우탄과 리어는 가쁜 숨을 몰아쉬며 그 자리에 멈췄다. 이미 흠뻑 젖어버린 두 사람은 허탕을 치고 차가 있는 곳으로 되돌아올 수밖에 없었다.

얼마 후 비에 젖은 생쥐 꼴로 돌아온 우탄과 리어는 시안이 건네는 수건으로 얼굴을 문질러 닦았다. 그때까지 연주는 구름과 술을 마시 고 있었다.

구름이 불콰한 얼굴로 두 남자에게 아는 체를 했다.

"몬 잡았재? 그럴 줄 알았다. 두 놈이서 한 놈을 몬 잡네. 쯧쯧쯧."

술에 취해 사투리를 쓰는 구름 못지않게 연주도 술에 취해 눈이 풀 리고 혀도 꼬였다.

"너희 물귀신 같아. 호호호."

현관에서 얼굴을 닦다 말고 리어는 시안에게 작은 소리로 물었다.

"쟤는 왜 아직 안 가고 있는 거야?"

"너네 올 때까지 기다리겠다고 버티는 걸 어쩌니."

물을 뚝뚝 흘리며 각자의 방으로 향한 우탄과 리어는 잠시 후 갈아

입을 옷을 챙겨 나왔다. 동시에 욕실 앞에서 마주친 두 사람은 서로 먼저 들어가겠다고 눈싸움을 벌였다. 팬더를 잡겠노라 의기투합하던 모습은 온데간데없었다.

"물 떨어져. 빨랑 들어가."

시안이 두 사람을 같이 욕실 안으로 밀어 넣었다. 욕실 문을 닫은 그녀는 사방에 떨어진 물을 보며 질색했다.

"아유, 이것들 뒤치다꺼리하느라 등골이 빠지는구나."

시안이 대걸레로 빗물 자국을 지우는 동안에도 구름과 연주는 술잔을 주고받았다. 소주에 이어 고량주까지 마신 두 사람은 이미 거나하게 취해 있었는데, 서로를 경계하기는커녕 처음의 어색함은 많이 완화된 상태였다. 구름에게 느껴지는 특유의 친근감이 연주의 경계심도 무너뜨린 것이었다.

연주는 잔뜩 혀가 꼬여 말했다.

"그러니까 나더러 지금 2개월을 기다리라구요?"

구름의 말은, 우탄에 대한 소유권이 자기한테 있으니, 결정을 내릴 때까지 기다리라는 통보와 다를 바 없었다.

"자그마치 9년이다 아입니꺼. 그 정도 사겼는데 2개월이모 양호하지, 뭘."

술에 취한 구름은 제대로 사투리를 구사했다.

"그건 그렇죠. 근데 2개월 후에도 우탄이랑 안 헤어질 거면요? 그땐 어떡해요, 난?"

"중간에 끼어든 건 연주 씨라예. 연주 씨 땜에 더 헷갈린다꼬예."

"뭐가요?"

구름은 답답하다는 듯 차근차근 설명했다.

"연주 씨가 우탄이를 자꾸 꼬시니까네 내도 오기가 나가 붙잡고 싶어진다 아입니꺼. 사람 마음이 원래 그렇잖아예."

연주는 순순히 인정했다.

"그건 그래요. 나도 우탄일 만나기 전까진 아무 생각 없었거든요. 근데 막상 보니까 옛날 생각이 나서 더 붙잡고 싶은 거라구요."

"맞심더! 그라니까 우리 괜한 신경전 벌일 거 없이 두 달 후에 결정하는 깁니더."

개개풀린 눈으로 연주는 구름을 심드렁하게 바라보았다.

"재미없네. 버린 껌 씹는 기분이잖아요."

버린 껌이나 씹자고, 당당히 오우탄 소유권을 주장하는 구름을 위해 기다려 줄 만큼 연주는 순진한 여자가 아니었다. 우탄을 '버린 껌'에 비유하는 바람에 순간 욱 했던 구름은 억지로 웃어 보였다.

"우탄이를 진짜로 좋아한다 카모 두 달 정도 기다리는 거야 말로 껌입니더. 내는 자그마치 9년을 기다렸다니깐예."

"아이, 9년 기다렸단 말을 몇 번이나 하는 거예요?"

연주는 짜증을 내며 고량주를 홀짝였다. 내세울 게 없으니 9년 기다린 걸로 자꾸 생색이었다.

구름은 자꾸 대답을 미루는 연주를 채근했다.

"내 제안 받아들일 건지 말 건지 대답이나 쫌 해보이소."

우탄과 리어는 예전엔 같이 목욕도 할 만큼 스스럼없었으나, 성인인 지금은 벌거벗고 서 있는 게 굉장히 어색하고 민망했다.

'짜식, 운동깨나 했는데.'

우탄의 근육질 몸을 은근히 훑으며 리어는 저도 모르게 전신에 힘이 들어갔다. 나름 운동을 한다고 했는데, 칼리 아르니스로 다져진 우탄의 몸에 비하면 너무 보잘 것 없었다. 우탄 또한 팔짱을 낀 채 대놓고 리어를 아래위로 훑었다. 왼쪽 쇄골에 새겨진 타투가 몹시 거슬렸다.

「My Heart, My Muse.」

누굴 생각하며 새겼을지 짐작이 가고도 남았다.

'이 자식을 그냥 여기서 분질러 버릴까?'

몸에 타투까지 새길 정도로 구름일 사랑하는 리어 때문에 우탄은 속이 부글부글 끓었다.

"먼저 씻어."

리어는 양보하는 척했다. 샴푸로 머리를 감을 때 골탕을 먹여줄 생각이었다. 그의 속내를 꿰뚫은 우탄이 피식 웃었다.

"너부터 씻지 그래."

"난 엄청 오래 씻어."

"괜찮아. 기다려 줄게."

"그냥 씻으라면 씻어, 새끼야."

리어의 말에 감정이 팍팍 실렸다. 우탄도 지지 않고 응수했다.

"양보해 줄 때 곱게 씻기나 해, 자식아."

그때 문이 벌컥 열렸다. 서로 문을 잠궜겠거니 생각하고 방심한 탓이었다. 소스라치게 놀란 우탄과 리어의 입에서 동시에 비명 같은 신음이 터졌다.

"헉!"

"뜨악!"

놀란 리어가 잽싸게 우탄의 뒤로 숨었고, 우탄은 술에 취해 해롱대는 구름과 마주해야 했다. 완전히 눈동자가 풀린 덕에 구름은 우탄이 옷을 벗었는지 입었는지도 구분을 못했다. 그 와중에 우탄은 수건으로 가릴 생각도 안 하고 오히려 자신의 남성미를 과시하듯 두 손을 허리에 슬쩍 갖다 댔다.

우탄의 의도를 알아챈 리어는 눈을 흘겼다.

'엉큼한 새끼.'

리어는 긴 팔을 뻗어 수건걸이에 걸려 있던 수건으로 슬그머니 우탄의 아랫도리를 가렸다. 옆으로 가린 게 아니라 길게 가려서 모양새가 우스꽝스러웠다. 하지만, 구름은 그마저도 인지할 수 없었다.

"치워."

우탄이 나지막이 명령하자, 리어가 그의 귀에 얄밉게 속삭였다.

"싫어."

욕실로 비틀거리며 들어오려는 구름을 잡아챈 사람은 시안이었다. 시안과 눈이 마주쳐서야 우탄과 리어는 움찔 놀랐다. 두 남자가 벌거벗은 채 앞뒤로 나란히 서서 하는 꼴이 가관이었다.

"지랄들을 해요."

남자의 반나체를 보고도 눈 하나 깜짝 안 한 시안은 비난을 날리고는 욕실 문을 세게 닫았다.

쾅!

문이 닫힌 뒤 리어는 수건을 잡고 있던 손가락을 벌렸다.

툭!

수건이 우탄의 발아래에 떨어졌다. 왠지 굴욕을 당한 것만 같은 기분에 우탄은 머리에 열이 올랐다.

좌아아아!

나중에 씻겠다던 리어는 콧노래를 부르며 먼저 샤워를 하기 시작했다. 샴푸할 때는 우탄이 못 만지도록 손이 닿지 않는 곳에 두었다. 그의 말처럼 오래오래, 구석구석 씻은 리어는 상쾌한 마음으로 욕실을 나갔고, 인내심을 발휘해 꿋꿋하게 기다린 우탄은 샤워를 하다가 깨달았다.

'2층에도 욕실이 두 개나 있잖아.'

아닌 게 아니라 2층에는 구름과 시안이 있는 방에 각자 욕실이 딸려 있었다. 시안이 같이 욕실로 밀어 넣는 바람에 어쩔 수 없었지만, 우탄은 리어와 사소한 신경전을 벌이고 있는 자신이 한심했다.

26
스캔들은 괴로워!

새벽녘. 리어의 방문이 소리 없이 열렸다. 부스스한 몰골로 방에서 나온 연주는 핸드백을 들고 몰래 현관으로 걸어갔다. 어젯밤 완전히 술에 취해 리어의 방에서 잤던 것이다. 발뒤꿈치를 들고 살금살금 거실을 지나던 그녀는 소파에서 자고 있는 리어 때문에 소스라치게 놀랐다.

'아유, 깜짝이야.'

옅은 불빛에 리어라는 걸 확인한 연주는 깰까 봐 가슴이 조마조마했다.

'이게 무슨 짓이람.'

술이 떡이 되도록 마신 것도 모자라서 업어 가도 모를 만큼 곯아떨어진 게 충격이었다.

'다들 날 뭐라고 생각하겠어.'

굳건히 지켜온 이미지가 무너졌다는 생각에 연주는 눈앞이 캄캄했다. 이제 막 현관 앞에 당도했을 때였다. 이불을 박차고 리어가 벌떡 일어났다. 소스라치게 놀란 연주는 거의 경기 수준으로 비틀거렸다. 핸드백을 끌어안은 채 고개도 못 들고 쭈구리처럼 서 있는 연주에게 다가간 리어는 중문을 열었다.

"데려다줄게."

리어의 친절은 연주도 감동, 아니, 경악하게 만들었다.

"뭐?"

"너한테 술 냄새 진동하거든?"

'술 냄새 때문이었구나.'

실망한 연주는 자신의 처지도 잊고 뾰로통해졌다.

"이 시간에 누가 검문을 한다구."

"검문 안 하면 술 냄새 풀풀 풍기면서 운전해도 돼?"

예나 지금이나 리어의 팩트는 이상하게 기분이 나빴다.

리어가 먼저 밖으로 나갔고, 연주는 투덜대며 그를 따라갔다. 바깥으로 나오자 찬 공기가 엄습했다. 갑작스러운 추위에 그녀는 몸을 움츠렸다. 연주를 힐끗 쳐다본 리어는 입고 있던 후드점퍼의 지퍼에 손을 댔다. 벗어주려나 내심 기대하고 있던 그녀의 얼굴이 파삭 일그러졌다.

"으, 추워."

지퍼를 목 끝까지 끌어올린 리어가 연주의 차로 뛰어갔다. 어이없는 표정으로 리어를 쳐다보던 그녀는 그를 따라 차까지 뛰었다.

"차 키 줘."

연주는 핸드백을 뒤져 리어에게 차 키를 건넸다. 곧이어 나란히 차에 올라탄 두 사람은 어색함을 이기지 못해 정면만 뚫어져라 바라보았다. 바다에서 새파랗게 날이 밝아오고 있었다. 마을로 향하는 기다랗고 구불구불한 길을 달리며 두 사람은 똑같이 짙은 청색의 하늘을 향해 감탄했다.

"멋있다."

"내가 좋아하는 색이네."

새벽이 밝아오는 색을 좋아하던 연주. 그땐 그녀가 좋아하는 건 뭐든 기억했던 리어는 그 사실조차 까마득하게 잊고 있었다. 그만큼 세월은 흘렀는데, 왜 미련을 버리지 못하는 것일까.

리어는 왠지 연주가 자신과 닮았다는 생각이 들었다. 힐끗 그녀를 쳐다본 리어의 눈에 잡힌 것은……

"화장 다 번졌어."

"어머나!"

화들짝 놀란 연주는 차에 불을 켜더니 거울로 몰골을 확인했다.

"헉!"

어제 씻지도 못하고 잔 여파가 적나라하게 드러났다. 립스틱뿐 아니라 마스카라도 번져서 눈가는 시커맸으며, 잡티 하나 없던 얼굴엔 빨갛게 뾰루지도 나 있었다.

화끈!

리어 보기 창피한 연주는 눈을 질끈 감고 말았다. 나라를 잃은 표정에 리어는 기가 찼다.

"화장을 떡칠하니까 그 모양이지."

우탄을 만나느라 화장에 신경 쓴다는 것이 그만.

연주는 리어를 보기 민망해 휴대용 물티슈로 제 얼굴을 벅벅 문질렀다.

"피부 상해. 호텔에 가서 씻어, 그냥."

일방적으로 약속을 취소해 버린 우탄 때문에 오기가 나서 별장에 찾아간 게 잘못이었다. 이런 추한 꼴을 보이려던 게 아니었는데, 연주는 너무너무 속상했다. 리어든 우탄이든, 아니, 누구에게든 완벽한 신연주로만 기억되고 싶었다.

'망했어.'

연주는 자신이 경멸스러워 견딜 수가 없었다.

"연주야."

"말해."

"아직도 그러고 사냐?"

리어의 말에 연주는 화장을 지우던 손을 멈칫 했다.

"무슨 소리야?"

"아직도 너 자신을 들들 볶는 거 같아서 하는 말이야."

"······!"

"중학교 때도 그랬어, 너. 조금이라도 네 마음에 들지 않으면 불안해하고, 화내고. 우리 엄마랑 비슷했거든."

"너희 엄마랑 내가····· 비슷했다구?"

"그땐 몰랐는데, 지금 생각해 보니까 그래. 그래서 내가 널 좋아했나 봐."

연주는 비로소 확실히 깨달았다. 리어가 자신을 그토록 좋아했던 이유를. 신연주 자체가 좋았던 게 아니라, 엄마를 닮아서 마음에 담았다는 사실을.

이건 또 다른 배신감이었다. 굳게 믿고 있었던 무언가가 와르르 무너져 버린 것 같은 충격이었다. 우탄을 좋아한다는 이유로, 리어가 했던 그 사랑에 대해 무심했었다. 한편으론 슈퍼스타가 된 리어의 첫사랑이라는 데 은근히 자부심을 느꼈다.

그런데 이건 무슨 감정일까? 왜 이렇게 화가 나는 걸까?

연주는 자신이 리어에게 아무것도 아니라는 사실이 못내 분통했다. 가뜩이나 트라우마였던 중학생 시절을 통째로 부인당하는 느낌이었으니까.

잠시 후 호텔 근처에 도착한 리어는 주변을 경계하며 말했다.

"난 여기서 내릴게."

"어떻게 가려구?"

"택시 타면 돼."

"사람들이 알아보면 어떡해?"

"새벽이잖아. 사람들 많이 안 다녀서 괜찮아."

리어가 차에서 내렸다. 연주는 무슨 생각이 났는지 급히 그를 따라 내렸다.

"리어야."

돌아보는 리어를 보자 연주는 울컥했다. 지독한 짝사랑을 앓았던 리어는 이제 와서 사랑이 아니었다고 말한다. 방황하느라 학창시절을 제대로 보내지 못했던 연주는 리어라는 추억마저 사라져 버린 것 같아 서운했다.

"구름 씨랑 잘되길 바라."

리어는 듣던 중 반가운 소리라는 듯 씩 웃었다.

"우탄이랑 잘되길 바라…… 라는 말은 차마 못하겠다, 난. 공사 잘 부탁해. 내 친형이나 다름없는 사람이 대표로 있는 곳이야."

더 이상 길게 이야기하진 않았지만, 리어의 진지한 눈빛을 보자 연주는 무슨 말을 하려는지 알 것 같았다. 모든 걸 알고 있는 눈빛이었다.

'다들 그 여자 걱정뿐이로구나.'

더욱 서글픈 마음이 들어 연주는 대꾸도 없이 차에 올라탔다. 리어는 그녀가 차를 몰고 호텔로 들어서는 것을 지켜보았다.

후드득, 후드득.

또다시 빗방울이 떨어지기 시작했기에 리어는 후드를 뒤집어쓰고 빠르게 걷기 시작했다.

"리어야."

시안은 방에서 자고 있는 리어를 흔들어 깨웠다. 새벽에 연주를 호텔에 데려다준 뒤 방에 와 잠에 곯아떨어진 리어는 좀처럼 깨어나지 못했다.

"리어야, 큰일 났어."

시안과 리어의 핸드폰이 동시에 울렸다.

"왜에……?"

리어는 귀찮은 듯 물었다.

"새벽에 연주랑 호텔 갔었니?"

정신이 번쩍 들었다. 벌떡 일어나 앉은 리어는 안색이 창백한 시안을 쳐다보았다.

"그게 왜?"

"아휴, 어떡해. 인터넷에 난리 났어."

"뭐?"

"사진 찍혔다구."

리어는 얼른 침대에 둔 핸드폰을 켰다. 시안의 말처럼 새벽에 호텔 앞에서 찍힌 사진이 인터넷에 올라와 있었다.

"분명히 아무도 없었는데……."

"회사에 비상이야."

리어는 침을 꿀꺽 삼켰다. 인터넷에 올라온 기사 제목이 너무 자극적이어서 머리끝이 쭈뼛했다.

〈요양인가, 밀회인가?〉

"제기랄."

확인 절차도 없이 자극적인 기사를 올린 기자가 원망스러웠다. 시안도 그 기자에 대해 알고 있었다.

"그 기자, 악질인 거 너도 알지?"

본인은 그것이 기자 정신이라고 생각했으나, 이미지가 생명인 연예인들에게는 저승사자나 다름없었다. 하필 그놈에게 걸렸으니 당분간 시끄러울 게 뻔했다.

"다들 나한테 왜 이러지?"

그때 리어의 핸드폰으로 전화가 걸려왔다. 김 대표였다.

"받아봐."

시안의 재촉에 그는 크게 숨을 고르고는 전화를 받았다.

"대표님의 귀염둥이 강리어입니다."

김 대표의 화를 누그러뜨리기 위해 리어는 애교를 부렸다.

[귀염둥이 좋아하네! 애물단지야, 애물단지!]

돌아오는 건 김 대표의 벼락같은 호통이었다. 리어도 억울해서 소리 쳤다.

"여자랑 호텔 간 거 아니거든요!"

[갔든 안 갔든 그게 중요해? 사진이 찍힌 게 중요하고, 그 시각에 호텔 앞에 여자랑 있었다는 게 중요하지!]

"누가 사진 찍힐 줄 알았나, 뭐."

[자나 깨나 파파라치 조심하라고 했어, 안 했어! 당장 회사로 들어 와!]

"진짜 요양하러 온 거라니까."

[댓글 좀 봐, 자식아. 너, 양다리 됐어. 천하의 몹쓸 바람둥이 됐다 구.]

순정남을 매도해도 정도가 있지.

전화를 끊은 리어는 분해서 방을 마구 서성댔다.

"내가 어떻게 바람둥이야. 양다리가 말이 돼? 내가 왜? 내가 왜!"

"얼른 준비해. 같이 서울 가자."

"구름이도 기사 봤을까? 봤겠지? 봤을 거야."

시안은 불안해하는 리어를 달랬다.

"아직 연락 없는 거 보니까 모르는 거 같아. 일단 서울 가자. 여기 있으면 구름이한테도 피해야."

"구름 씨, 구름 씨!"

잠시 쉬느라 컨테이너에 있는 자판기에서 커피를 뽑고 있던 구름은 호들갑스럽게 들어오는 명은을 쳐다보지도 않고 물었다.

"무슨 일이야?"

"인터넷 봤어? 강리어 기사가 떴는데……."

구름은 리어의 기사가 떴다는 말에 불안한 기운이 확 몰려왔다. 명은이 보여준 기사를 보는 순간 휘청, 다리가 꼬였다.

"이, 이게 뭐야?"

"이 여자, 켈리 신 아냐? 어머머머, 이건 또 무슨 조합이라니? 강리어가 양다리 걸쳤다는 게 진짜야?"

"언니!"

이렇게 모두 리어를 오해하고, 왜곡할 터였다. 사실 여부도 확인하지 않은 채 무분별하게 올리는 이런 기사 하나 때문에!

"리어는 양다리나 걸치는 그런 놈 아냐!"

9년 동안 한 여자만 바라보는 바보 천치라고!

"근데 왜 새벽에 켈리 신이랑 호텔 앞에 있어?"

"그건……."

일일이 설명하려니 답답해서 구름은 기자에게 욕을 싸질렀다.

"이런 씨 발라 먹을 시키!"

움찔 놀란 명은이 구름을 진정시켰다.

"캄 다운, 캄 다운."

구름은 당장 리어에게 전화를 걸었다. 리어는 전화를 받자마자 우는 소리를 냈다.

[구름아. 히잉.]

"호텔엔 왜 갔어!"

[술 냄새 풀풀 풍기는 애를 그냥 보낼 순 없잖아. 난 그저 기사도를

발휘했을 뿐이야.]

터진 입이라고 할 말은 꼬박꼬박 해대는 똥스타!

"이 사고뭉치야. 어쩔 거야, 이제."

[나도 몰라! 무서워.]

"지랄. 암튼, 사태 수습 잘해라. 팩트가 팩트이니만큼 아무 일 없을 거야. 주둥이 단속 잘 좀 하고. 알지?"

[응. 서울에 금방 갔다 올게.]

"왜 오는데!"

[잘못도 없는데 내 맘대로도 못 해?]

아이고, 천지분간 못하는 똥스타야!

구름은 속이 터졌다.

"애당초 여기 온 것부터가 잘못이란 생각은 안 해?"

[왜 아무도 내가 진짜 요양을 왔단 생각은 안 하지?]

"이 화상아, 별장에서 술 퍼마시는 요양도 있냐?"

[술은 지가 다 마셔놓구.]

그거야 말로 팩트!

"암튼, 몸 좀 사려. 괜히 욱해서 일 더 크게 만들지 말구."

[보고 싶을 거야.]

"지랄로 똥을 싼다, 참말로."

전화를 끊어버린 구름은 옆에 우탄이 서 있자 소스라치게 놀랐다.

"인기척 좀 해. 간 떨어질 뻔했잖아."

"리어한테 무슨 일 생겼어?"

우탄도 아직 인터넷을 못 봤는지 걱정스러운 표정이었다.

"새벽에 연주 씨를 호텔까지 직접 데려다준 모양인데, 그게 사진에

찍혔어."

귀를 쫑긋 세우고 듣고 있던 명은이 톡 끼어들었다.

"켈리 씨가 아니구? 연주 씨는 또 누구야?"

"켈리 씨 한국 이름이 연주 씨야."

"아하. 근데 새벽에 왜 같이 있었던 건데?"

"남의 일에 궁금한 것도 많다."

구름이 팩 쏘아붙이자 명은은 입을 삐죽이며 밖으로 나갔다. 명은이 나가는 걸 확인하고서야 구름이 빠르고 낮은 목소리로 설명했다. 거의 랩 수준이었으나, 그걸 또 다 알아들은 우탄의 얼굴도 심각해졌다.

"리어가 너랑 연주랑 양다리를 걸쳤다고 기사가 났단 말이지?"

"연주 씨가 해명하면 금방 오해 풀리겠지?"

우탄은 턱을 매만지며 골똘해졌다.

"흐음. 진짜 문제는 그게 아닌 거 같은데."

"무슨 소리야?"

우탄은 시선을 내려 구름을 빤히 쳐다보았다. 얼떨떨해서 그를 마주 보던 구름은 손가락으로 제 가슴을 콕 찔렀다.

"나?"

끄덕끄덕.

"리어가 요양 핑계로 너랑 강원도에 있었다는 게 문제야."

'양다리'라고 확정 기사가 난 것만 보더라도, 이미 사람들은 리어와 구름을 연인 관계로 보고 있을 터였다. 이번 일까지 3차 스캔들이 터졌으니, 아무리 리어라도 더 이상 해명하기가 불가능하리라. 우탄이 걱정하는 것은 바로 그 점이었다.

우탄이 나서서 구름일 '내 여자'라고 사실대로 말한다고 사람들이 믿어줄까? 사실대로 밝힌다고 해도 리어는 이제껏 친구의 여자에게 집적댄 몰상식한 놈으로 낙인찍히기 십상이었다. 무엇보다 리어가 구름일 포기하지 않는 이상, 우탄은 스캔들을 묻어버리기 위한 수단에 지나지 않을 것이다. 상황은 더욱 복잡해질 테고, 그 사이에서 상처받는 사람은 결국 구름이었다.

그때 연주가 컨테이너 안으로 불쑥 들어왔다. 아침에 퉁퉁 부은 얼굴로 출근했던 구름과 달리 연주는 언제 술을 마셨냐 싶게 말짱했다. 얼굴에 뾰루지 하나만 빼면 완벽한 미모였다.

스캔들 기사 때문에 찾아온 연주는 두 사람을 밖으로 불러냈다. 언덕 위 오솔길을 따라 천천히 산책하듯 걸으며 연주가 뾰로통한 얼굴로 말했다.

"스캔들치곤 너무 수준 떨어져서 자존심 상해. 이왕이면 근사한 스캔들이었음 얼마나 좋아. 양다리가 뭐람."

"해명하기도 좀 우습죠?"

구름은 괜히 눈치가 보였다. 제 발로 별장에 찾아온 건 연주였으나, 호텔에 데려다준 건 리어의 오지랖 때문이었으니 말이다. 안 하던 짓을 하면 꼭 우환이 따른다더니.

"필요하다면 해명해야겠죠?"

구름은 내심 안도했다. 연주가 나서서 해명해 준다면 일이 쉽게 풀릴 수도 있었다. 리어와는 중학교 동창이었고, 우연히 강원도에 와서 만났고, 그러다 보니 같이 술을 마셨고, 리어가 기사도를 발휘해서 호텔까지 데려다준 것뿐이다. 간단하지 않은가!

리어가 굳이 구름이 있는 강원도에 와서 요양한 건 차후 문제였다.

그전에 양다리 스캔들 하나라도 무마시키는 게 최우선이었다.

하지만 그날 저녁, 별장으로 돌아온 구름은 인터넷에 올라온 새로운 기사에 큰 충격을 받았다.

"이게…… 뭐야?"

〈강리어의 진짜 연인은 '9년 친구'인 '추리닝녀'였다!〉

기자는 양다리 스캔들에 휩싸인 연주의 제보로 기사를 올린 것이었다. 연주에게 제대로 뒤통수를 맞은 구름은 안색이 하얗게 질렸다. 우탄을 놓고 타협을 보느라 어제 먹인 해물파전과 소주와 중국집 음식까지 죄다 토해내라고 하고 싶었다.

방에서 옷을 갈아입고 나온 우탄이 걱정스러운 낯빛으로 다가왔다.

"왜 그래?"

우탄은 구름의 옆에 앉아 기사를 확인했다. 우려했던 일이 실제로 벌어지자 그는 막막한 기분에 휩싸였다. 기사엔 별장에서 함께 지낸 이야기까지 상세하게 나와 있어서 연주의 제보가 정확히 먹혔다.

아무리 양다리가 싫어도 그렇지. 아니, 이참에 구름을 리어와 확실히 엮을 속셈이었을지도.

"하아……."

눈앞이 캄캄해진 우탄은 소파에 털썩 기대었다. 지금쯤 제일 좋아할 사람은 연주가 아닌 리어일 터였다. 리어가 승리의 미소를 짓고 있는 얼굴을 상상하자 열이 확 올랐다.

[부산 갈매기~ 부산 갈매기~]

암울한 공기를 깨고 경쾌한 벨이 울렸다. 구름은 멍한 얼굴로 전화를 받았다.

"여보세요?"

[나야, 구름아.]

"똥스타, 어떡해? 연주 그 불여시가……."

[알아, 나도 기사 봤어. 차라리 잘됐어.]

"뭐?"

[나도 이제 안 물러서. 널 내 여자라고 당당히 발표하겠어.]

불을 지른 건 연주요, 기름을 끼얹는 건 똥스타!

호텔에 연주를 데려다줬다는 건 순전히 일을 꾸미기 위한 페이크가 아니었을까?

정말이지 서로 머리 맞대고 짜지 않고서야 이럴 순 없었다.

구름은 박박 이를 갈았다.

"하기만 해. 가만 안 놔둬."

[늦었어. 난 너 포기 못해. 안 해!]

"약속이 다르잖아!"

[1%의 기적? 그걸 기대하느니 그냥 내 힘으로 만드는 게 더 빨라.]

"야…… 야, 똥스타!"

전화는 끊겼고, 구름은 약이 올라 팔짝팔짝 뛸 지경이었다.

"아오오오, 이 자슥을 갈아 마셔야 속이 시원하지이이!"

그러나 옆에서 통화 내용을 듣고 있던 우탄은 웬일로 느긋했다. 마치 리어의 기자회견과 맞설 만큼 대단한 무기를 갖고 있는 사람처럼.

구름은 우탄이 리어와 연주의 약점이라도 쥐고 있나 싶어 기대감에 찬 눈빛을 초롱초롱 빛냈다.

어서 그 무기를 꺼내보거라.

그런데 우탄이 구름의 허리를 끌어안아 무릎 위에 달랑 올려놓는 게 아닌가.

'오잉?'

리어의 기습적인 기자회견에 맞설 무기를 꺼내놓으랬지, 누가 요염한 자세로 유혹하랬냐? 지금 달달한 분위기나 낼 때냐고!

"리어 그 자식, 우리 둘이만 별장에 있는 거 불안해서 선수 치는 거야."

그건 그렇지만.

구름은 괜스레 머리를 귀 뒤로 넘기며 새침을 떨었다.

"그래도 이건 너무……."

얼굴이 화끈 달아올라 시선을 먼 데다 두고 있는 구름을 보자 우탄은 피식 웃음이 나왔다. 집 안에 리어가 없으니 이렇게 상쾌할 수가. 거사를 치르기엔 완벽한 날이었다.

우탄의 손이 슬금슬금 가슴으로 올라오기에 구름은 인상을 팍 쓰며 그의 손목을 잡았다.

설마 네가 생각하는 그 무기가 생체 무기는 아니렷다?

"이 시점에서 우리가 잔다는 거는 너무 비겁하……."

추웁!

구름의 입술을 한 번 짙게 훔친 우탄은 달달함에 취해 버렸다.

"달다."

쿵쿵쿵쿵.

세상에서 가장 달달한 폭격에 맞은 것처럼 구름의 가슴이 미친 듯이 뛰었다. 달뜬 눈망울은 왜 또 이렇게 섹시한 건데? 여자 마음 홀리는 게 무기라면, 이놈은 거의 핵폭탄이었다.

"우탄아."

"응?"

구름이 진지하게 말을 꺼냈다.

"……고백할 게 있어."

결국 리어를 선택하겠다는 건가 싶어 우탄은 가슴이 철렁 내려앉았다.

"뭔데?"

"똥……."

"리어 때문에 나랑 못 자겠다구?"

"그게 아니라…… 요즘 똥배가 나와서……."

똥배?

"품! 푸하하하하하하하!"

크게 웃지도, 길게 웃지도 않는 우탄은 살면서 가장 오래, 그리고 길게 웃음을 터뜨렸다. '나의 똥배가 널 웃게 할 수만 있다면' ……같은 순애보가 아니라 얼굴이 새빨개진 구름이 그의 허벅지에서 내려가려고 했다.

구름의 허리를 꽉 잡은 우탄은 웃느라 눈물을 찔끔거렸다.

"똥배 때문에 나랑 못 자겠단 거야?"

설마 똥배 때문일까. 리어와 이별할 시간을 갖고자 한 건 사실이었다.

"그건 아니지만, 막상 너랑 자려니까 똥배가 나의 첫날밤을 가로막잖아. 나도 첫날밤의 환상이 있는 여자거든?"

우탄이 미국에서 돌아오기만 하면 화려한 첫날밤을 보내겠노라 결심했었다. 그동안 우탄이 남자의 본능을 이기느라 엄청난 고통을 감내했다는 걸 구름도 알기 때문이었다.

야시시한 란제리도 입고, 섹시한 분위기로 우탄을 사로잡을 생각이 었는데……

돌아오지 않는 우탄 때문에 밤마다 퍼마신 소주로 인한 술배가 똥배로 승화할 줄이야.

"그럼 똥배 빼려고 4개월을 기다리라고 한 거야?"

아주 아니라고는 말 못한다. 내막을 깊숙이 들여다보면 구름의 야심찬 계획이 숨어 있었던 것만은 사실이니까. 하지만 지금 모습으로는 우탄과 첫날밤을 보내기엔 무리였다. 얼굴의 붓기도 다 안 빠졌고, 섹시한 란제리도 없었다.

분위기? 리어와 시안도 없이 큰 별장에 덜렁 둘만 있으니 마냥 좋을 것 같지만, 노우!

주객전도나 다름없이 리어가 얻은 별장에서 첫날밤이 웬 말인가. 아무리 기자회견에 맞설 강력한 무기라고 해도, 배반은 당할지언정 배신할 수는 없었다. 끝까지 정정당당! 그래야 우탄을 선택해도 할 말이 있지.

"이건 아닌 거 같다."

야멸치게 고개를 젓는 구름 때문에 우탄은 미간을 찌푸렸다.

"뭐가 자꾸 아닌데?"

"여기 리어 친구 별장이잖아. 아무리 그래도 여기서 첫날밤을 어떻게 보내? 양심 없게."

양심? 리어의 여자를 빼앗은 것도 아닌데 무슨 양심? 그동안 사랑과 우정 사이에서 최대한의 인내력을 발휘했음 됐지 더 이상 뭘 바라?

우탄은 구름이 이것저것 재는 게 못마땅했다. 안 될 이유를 찾기 시작하는 걸 보니 결국 첫날밤은 물거품으로 돌아갈 위기였다.

'이게 어떻게 얻은 기회인데.'

리어의 기자회견도, 구름의 양심도 우탄을 막을 순 없었다. 구름을 달랑 들고 자리에서 일어난 그는 방으로 걸어갔다. 거사를 앞둔 장군 포스에 구름은 속사포로 경고했다.

"자중해라. 진정해라. 고마 쌔리 쥑이쁜다."

"차라리 죽여."

우탄은 냉정하게 말하고는 단숨에 방 침대까지 진격했다. 그는 구름을 침대에 내려놓자마자 빠르게 옷을 벗었다. 탄탄한 상체가 드러나고, 알알이 박혀 있는 근육들이 꿈틀대는 걸 보며 구름은 기겁했다.

'옴마야, 진짜로 할라 카나 보네.'

당황한 구름은 말을 심하게 더듬었다.

"내, 내, 내, 내는 아, 아, 아직 마, 마, 마음의 주, 준비가…… 허 걱!"

우탄이 황급히 바지와 팬티를 벗었을 때였다.

이를 어째!

구름은 침을 꼴깍 삼키며 우탄의 거대한 심벌을 뚫어져라 쳐다봤다.

'훗. 놀랐을 거다.'

지난번 욕실에서 리어의 방해로 다 보여주지 못했던 남성미를 과시하느라 우탄은 씩 웃었다.

"……."

"……."

구름이 충격 어린 눈빛으로 보고만 있으니 우탄은 점점 온몸이 빨갛게 달아올랐다.

'옷을 벗겨야 하는데, 어쩌지?'

구름이 이불을 부여잡고 정신이 반쯤 나가 있어서 어떻게 해야 할지 난감했다. 우탄이 한 걸음 다가갔을 때 구름이 소스라치게 놀라며 소리를 질렀다.

"으아아악!"

머리를 이불에 폭 파묻는 구름을 본 우탄의 얼굴이 일그러졌다. 용기를 내어 옷까지 다 벗었는데 이제 와서 무를 수도 없고.

"구름아, 착하지? 별거 아닐 거야. 말이 이상한데? 별거 아닌 게 아니겠지만, 그래도 이왕 벗었으니까……."

"몰라, 몰라."

앙탈을 부리는 구름을 보자 우탄은 그만 정신이 홱 나가 버렸다. 와락 달려든 그는 구름을 침대에 눕혔다. 뒤로 발랑 나자빠진 그녀가 겁먹은 눈으로 그를 쳐다봤다.

"처음이니까 아프긴 하겠지만, 그래도 살살 하면……."

살살이 가능하긴 할까 싶다만.

"넌 가만있어. 내가 다 알아서 할게."

사실 긴장이 되긴 우탄도 마찬가지였다. 스물일곱에 사랑하는 여자와 처음 맞이하는 밤이 일상처럼 익숙할 리 없었다.

이럴 줄 알았으면 진작 하는 건데.

'침착해, 침착.'

최대한 정신을 집중한 우탄은 조심조심 구름의 옷을 벗겼다. 브래지어만 한 맨살을 보자 심장이 터질 것 같았다.

"너무 예뻐."

구름의 몸에서 브래지어를 완전히 거둬냈을 때 우탄은 심장박동이 멈추는 듯했다. 그는 가만히 그녀의 가슴에 얼굴을 갖다 댔다. 무섭도록 뛰는 심장소리. 포근하고 따뜻한 살결에 왠지 마음이 뭉클했다.

구름이 더듬더듬 우탄의 머리를 감싸 안았다. 이 시간까지 너무나 오래 기다렸다. 그의 여자가 되는 날만을 손꼽아 기다렸는데 말이다. 비록 리어의 기자회견에 자극을 받긴 했으나, 싫지 않았다. 한 번만 더 우탄이 유혹한다면 넘어갈 거라고 예견했었다. 그 시간이 생각보다 빨리 왔을 뿐이었다. 솔직히 말하면 이 시간은 1년 전에 왔어야 했다. 그러니까 빠른 게 아니라 한참 늦은 셈이었다.

우탄은 조심스럽게 팬티를 벗겨 내렸다.

"아!"

여자의 알몸을 보자마자 우탄의 입에서 경탄이 터져 나왔다. 이게 구름의 몸이었다니. 왠지 눈물이 날 것 같았다. 손바닥으로 뽀얀 허벅지를 쓸어보았다. 그의 손이 스칠 때마다 구름은 움찔움찔 경련을 일으켰다. 더 이상 지체할 수 없어진 우탄도 황급히 그녀를 안았다.

"아흑!"

묵직하게 몸 안을 파고드는 느낌에 구름은 진저리를 쳤다.

"괜찮아."

우탄은 겁에 질린 그녀를 달래며 천천히 허리를 돌렸다.

"너무 좋아……."

구름을 파고들 때의 아찔함이 뇌리 속에서 떠나지 않았다. 그리고 그 기분은 점점 고조되고 있었다. 그녀를 안고 싶어서 밤잠을 설친 적이 너무나 많았기에, 이 순간이 영원히 끝나지 않았으면 했다.

우탄의 몸이 점점 세차게 흔들렸다. 덩달아 구름의 몸도 흔들렸다. 마치 그네를 탄 것처럼 현기증이 일어, 구름은 그의 어깨를 부여잡았다. 유리 천장으로 보았던 별무리가 보이는 듯했다. 우탄의 몸이 땀으로 젖어가고 있었다. 그는 도저히 멈추지 않을 것 같은 몸짓으로 구름을 정신없이 몰아쳤다. 구름의 목구멍에서 환희에 찬 신음이 터져 나오기 시작했다.

"그만, 그만!"

구름이 애원을 해도 우탄은 거센 파도처럼 그녀를 끝까지 몰아붙였고, 외마디의 비명과 함께 자신을 쏟아부었다. 땀에 흠뻑 젖은 우탄이 그녀의 몸 위로 털썩 엎어졌다. 그의 가쁜 숨소리가 구름의 귀에 고스란히 들렸다.

'맙소사.'

구름은 제정신이 돌아올 때 즈음, 태풍처럼 몰아친 시간에 막막해졌다. 리어와 한 약속은 이로써 완전히 날아가 버린 셈이었다. 한마디로, 우탄의 완벽한 승리였다.

구름의 몸에서 내려와 옆에 누운 우탄은 그녀와 달리 개운하고도 황홀한 표정이었다.

'기자회견? 웃기지 말라 그래.'

리어가 기자들을 모아놓고 뻘짓을 하는 동안 구름과 거사에 성공한 우탄은 승리감에 취해 있었다. 그런데 구름은 천장만 올려다볼 뿐, 우탄을 쳐다보지도 못했다. 멍하니 누워 있는 그녀를 본 우탄이 옆으로 돌아누웠다.

"구름아."

"훌쩍."

구름의 눈가로 눈물 한 방울이 또르르 굴러 떨어졌다. 그녀가 울자 승리감에 도취되어 있던 우탄의 얼굴에 그늘이 졌다.

"왜 울어? 아파?"

"씨이…… 아프고 짜증 나고 밉고……."

오만 가지 감정이 뒤섞여 구름은 투정을 부렸다.

"이리 와."

우탄이 따뜻하게 구름을 안아주었다. 그녀의 입에서 후회하는 말이 나오지 않아 다행이었다.

"인제 니는 내 끼다."

오래 전 구름이 했던 말이 귓전에 맴돌았다.

"난 네 거야."

그 말을 하는 우탄의 눈가가 뜨거워졌다.

"……."

"왜 아무 말 안 해?"

"몰라."

구름이 수줍은 목소리로 말을 굴렸다.

"부끄러워서 그래?"

"내는, 진짜, 결혼하믄, 할라, 캤는데……."

아양이 섞인 말투를 들으며 우탄이 나직이 웃었다.

"후후. 난 귀국하자마자 하려고 했어."

"아잉, 몰라, 몰라."

주먹으로 우탄의 가슴팍을 팡팡 치며 구름은 콧소리를 냈다. 드디어 소원을 이룬 우탄도 흐뭇하게 미소를 지으며 구름을 품에 꼭 안았다. 두 사람은 시안에게 걸려온 전화로 거실에 둔 핸드폰에서 불이 나는 줄은 까맣게 모르고 있었다.

❦

우탄과 구름이 첫날밤을 보내는 그 시각, 서울의 한 호텔에서는 리어가 기자회견 중이었다.

"강리어 씨, 그 '추리닝녀'가 애인이 확실합니까?"

리어는 다부지게 대답했다.

"예, 맞습니다."

"그동안 왜 아니라고 하신 겁니까? 두 번이나 스캔들이 났는데 부인한 이유가 뭐죠?"

"일반인이니까요. 여자친구한테 피해를 주는 게 싫었습니다."

"이미 밝혀지긴 했습니다만, 사실 확인을 위해 다시 한 번 묻겠습니다. 신연주 씨와는 어떤 관계입니까?"

"연주는 중학교 동창입니다. 강원도에서 우연히 만나 같이 술을 마셨을 뿐이구요."

"그러시군요. 그동안 여자친구를 보호하느라 무진 애를 쓰셨던 거 같은데, 공개를 하게 된 건 양다리 스캔들을 해명하기 위한 건가요?"

"그렇습니다."

그때 남자 기자 한 명이 예리한 질문을 던졌다.

"신연주 씨가 해명을 했는데도 불구하고 왜 공개하시는 거죠?"

잠깐 생각을 정리하던 리어는 진지하게 답변했다.

"사람들이 우리 둘 사이를 친구인지 애인인지 헷갈려 하셨는데요. 이젠 제가 숨기는 게 싫어서요. 당당하게 연애하고 싶고, 사랑한다고 말하고 싶어서입니다."

리어가 말하는 동안 수많은 사진이 찍혔다. 그리고 리어는 당당히 구름을 사랑한다고 말했다.

"우탄아, 일어나."

새벽까지 구름을 탐하느라 잠을 못 잔 우탄은 그녀가 비몽사몽간에 하는 말에 행복한 미소를 지었다. 파랑새가 손 안에 날아드는 꿈을 꾸었다. 우탄은 그 파랑새를 놓아주기 싫다는 듯 구름을 뒤에서 꼭 끌어안았다.

"지각 안 하려면 일어나야 해."

"으응."

우탄은 가볍게 콧소리를 내며 구름을 품으로 바짝 끌어당겼다. 품 안에 쏙 들어오는 구름이 사랑스러웠다. 그사이 슬그머니 고개를 드는 심벌 때문에 우탄은 '끙' 신음했다. 눈치를 챈 구름이 나지막이 한마디 했다.

"그거 말고, 네가 일어나라구."

"후후. 큰일 났어, 구름아."

"왜?"

"너만 보면 이럴 텐데, 어쩌지?"

휙!

이불을 박차고 일어난 구름은 뻐근한 몸을 어기적거리며 옷을 입었다. 더 있다간 저 짐승이 또 덤벼들지도 몰랐다.

"준비하고 내려올게."

구름이 하품을 하며 방을 나갔다. 우탄은 침대에 밴 그녀의 향기에 설레는 표정을 지었다. 완벽하게 행복한 아침이었다.

"……!"

우탄의 방에서 하품을 하며 나오던 구름은 뻣뻣하게 굳어버렸다. 거실 창가에 서 있는 사람이…….

"똥스타……."

이렇게 빨리 돌아올 줄은 몰랐기에 구름은 너무 놀란 나머지 온몸에서 힘이 쭉 빠져나갔다. 천천히 돌아본 리어의 표정이 심상치 않았다. 여자친구의 바람난 현장을 목격한 남자의 표정이란, 바로 저런 것이 아닐까. 배신감과 충격. 그 절망의 회오리가 리어의 전신에서 뿜어져 나오고 있었다.

그때 방문이 열리며 우탄이 나왔다. 리어를 발견한 그는 멈칫했다. 리어가 무서운 눈빛으로 우탄을 노려보았다. 리어를 본 순간 흠칫 놀랐던 우탄은 곧 승리자의 미소를 지었다. 구름이와 잤다는 걸 다 알고 있는 표정이었기에 둘러댈 이유도, 둘러댈 필요도 없었다.

중간에서 당황한 건 구름이었다. 두 남자의 대치는 살인이라도 일어날 것처럼 긴장감이 팽팽했다.

그런데 그 긴장감을 스스로 놓아버린 건 리어였다. 아무 말 없이 제 방으로 들어가 버린 것이다. 사람이 너무 절망스러우면 무기력해지는 법이었다.

구름이 리어 방으로 가려고 할 때였다.

"그냥 둬."

우탄이 구름을 말렸다. 그러나 그녀는 리어를 혼자 두고 출근할 수는 없었다.

"먼저 출근해. 난 늦는다고 말 좀 해줘. 차 키 갖고 가."

순간, 우탄의 미간이 꿈틀했다. 우탄은 구름이 출근도 미루고 리어와 있겠다는 게 이해되지 않았다.

"구름아."

"부탁할게."

구름은 다른 말을 덧붙이지 않고 간단하게 부탁만 했다. 2층으로 뛰어 올라간 그녀는 샤워부터 했다. 우탄과 잔 흔적을 깨끗이 지우기 위해서였다. 리어의 상심한 눈빛이 자꾸 떠올라 미칠 것 같았다.

"후회하지 마. 이미 끝난 일이야. 아니, 처음부터 다 알고 있었잖아."

리어에게 흔들리는 그 순간에도 언제나 마음은 우탄에게 닿아 있었다는 걸. 그래서 더 리어에게 미안했다는 걸.

알면서도 구름의 눈에선 자꾸 눈물이 흘렀다. 한마디로 정의할 수 없는 감정이 뒤섞여 마음을 주체할 수가 없었다.

27

사랑한다는 것은

구름이 머리를 말리고 옷을 갈아입은 뒤 1층으로 내려왔을 때 우탄은 출근하고 없었다. 리어의 방 앞으로 간 구름은 노크를 한 뒤 살며시 문을 열었다. 리어가 침대에 웅크린 채 누워 있었다. 크게 심호흡을 하고 그 앞으로 간 그녀는 눈을 감고 있는 리어의 얼굴을 들여다봤다.

"똥스타."

"……."

"일어나 봐. 얘기 좀 하게."

벌떡 일어난 리어는 구름을 쳐다보지도 않고 방을 나갔다. 그녀가 재빨리 그의 팔을 붙잡았다.

탁!

리어는 매몰차게 구름의 손을 떨쳤다.

"……!"

구름은 그런 식으로 자신을 대하는 리어에게 적잖은 충격을 받았다. 그의 화난 마음을 이해하면서도 가슴이 먹먹했다.

"미안……."

구름은 젖어드는 목소리로 사과했다.

"나가."

"똥스타."

"그렇게 부르지 마!"

"……."

꾸중 듣는 아이처럼 어쩔 줄 모르고 서 있던 구름은 리어의 억센 손에 붙잡혀 밖으로 끌려 나갔다.

"당장 짐 챙겨."

"알았어, 나갈게. 안 그래도 나가려고 했어. 나는 너 못 오는 줄 알고……."

"못 올 줄 알고 우탄이랑 잤냐! 내가 어떤 마음으로 기자회견 했는지 다 알면서!"

엄마와의 연을 끊을 정도로 되고 싶었던 가수였다. 가수가 된 걸 처음으로 후회한 건 구름을 사랑한다고 당당하게 밝히지 못했을 때였다.

구름에게 친구가 아닌 남자가 되고 싶었던 리어.

리어는 단 한 번도 구름에게 남자로 인정받지 못해서 늘 괴롭고 아팠다. 우탄이 있는 한 남자가 될 수 없다는 걸 알면서도 1%의 미련에 가수의 사활을 걸었다. 기자회견은 구름에게 자신의 진심을 보여주고자 하는 최후의 수단이었다. 그런데 그의 진심은 묵살당했다.

찔끔한 구름은 말소리가 기어들어 갔다.

"나가면 되잖아."

구름은 어깨가 축 쳐져 다시 2층으로 털레털레 올라갔다. 방으로 들어가 주섬주섬 짐을 챙겨 1층으로 내려왔을 때, 리어는 그 자리에 우두커니 서 있었다. 분통해서 돌아버릴 것 같은 표정이었다.

"우탄이 짐은 퇴근하면서 챙겨오라고 할게."

탈탈탈.

바퀴 달린 캐리어를 끌고 현관으로 가고 있을 때였다. 성큼성큼 다가온 리어가 구름을 휙 낚아챘다.

"읍!"

구름은 리어의 기습적인 키스에 화들짝 놀랐다. 분노가 실린 키스였다. 아픔이 느껴지는 키스였다. 입술을 아프게 짓이기는 키스에 그녀는 속수무책 비틀거렸다. 금방 그녀를 놓아주긴 했지만, 리어는 분노를 참지 못했다.

"왜 그랬어, 왜! 내가 널…… 내가 널…… 얼마나 사랑하는데…… 왜!"

털썩, 그 자리에 무릎을 꿇고 리어는 울음을 터뜨렸다. 함부로 키스하기도 어려울 만큼 예쁜 아이였다. 마냥 소중하게만 느껴지는 아이였다. 그런데 하루아침에 구름은 우탄의 여자가 되었고, 리어는 그녀를 잃었다.

가까이 다가온 구름이 울고 있는 리어를 안아주었다.

"미안. 약속 못 지켜서."

"어어어엉!"

리어는 어린애처럼 울었다. 엄마와 의절했을 때도 울지 않았던 그였다. 사람들이 멋모르고 비난할 때도 속은 상했을지언정 눈물은 보이지 않았다. 하지만, 구름이 우탄의 여자라는 사실만큼은 인정하고 싶지 않았다. 사랑하는 여자를 잃는다는 건 너무나 끔찍한 일이었기에.

❧

그 일이 있고부터 일주일이 지났지만 리어는 별장에서 두문불출했다. 그 누구의 전화도 받지 않은 채 은둔했다. 리어에게 쫓겨나 다시 숙소로 돌아온 우탄은 내심 걱정스러웠다.

'무슨 일 있는 거 아냐?'

불쑥불쑥 고개를 드는 생각이 우탄을 괴롭혔다.

'밥을 챙겨먹긴 하나?'

우탄은 하다하다 리어의 끼니까지 걱정하고 있는 자신을 발견할 때마다 답답했다.

'한판 붙더라도 만나자.'

우탄은 무작정 리어를 만나야겠다고 생각했다. 그리고 일요일이 되자 구름의 차를 타고 별장으로 향했다. 문을 열어줄 때까지 벨을 누르려던 우탄은 금방 문이 열려서 웬일인가 싶었다. 집 안은 엉망이었다. 일주일 내내 술만 마셨는지 술병들과 먹던 안주들로 인해 퀴퀴한 냄새가 났다. 수염도 깎지 않아 덥수룩한 리어에게서는 슈스의 모습을 찾아보기 어려울 지경이었다.

우탄은 그때야 알았다. 리어가 아무렇지도 않아서 문을 열어준 게 아니라 술에 취해서 열어줬다는 것을. 이 지경일 줄은 꿈에도 몰랐던 탓에 말문이 막혔다.

혼미한 정신으로 소파에 널브러져 있던 리어는 잔뜩 취한 투로 물었다.

"왜에?"

우탄은 다짜고짜 리어의 멱살을 잡아 일으켰다.

"놔, 새꺄아."

술에 절어 있는 리어를 끌고 욕실로 갔다. 막무가내로 옷을 벗겼더니 리어가 그제야 심하게 반항했다.

"씨파알! 냅두라고오!"

"뒈지고 싶어?"

"뒈지든지 말든지 네가 무슨 상관인데? 넌 구름이랑 행복하게 잘 먹고 잘 살면 그만이잖아!"

부아가 치민 리어가 고래고래 악을 썼다. 타고난 보컬이라 그런지 술에 취했어도 목소리만큼은 우렁찼다.

"입 닥치고 벗기나 해."

억지로 옷을 벗긴 우탄은 버티는 리어 때문에 진땀을 빼야만 했다. 우탄의 손에 팬티까지 벗겨지고 나서야 리어는 억울하고 분해서 찔끔거리며 울었다.

"이씨……."

욕조에 미지근한 물을 받는 동안, 리어는 변기 뚜껑에 주저앉아서 훌쩍거렸다. 욕조 턱에 앉아 있던 우탄은 가만히 그 모습을 지켜봤다.

"리어야."

"왜! 훌쩍."

"그만하자."

"닥쳐! 훌쩍훌쩍."

우탄은 나오지 않는 말을 억지로 짜냈다.

"미…… 안하다."

"닥치라고오! 으허어엉!"

리어에게 다가간 우탄은 그를 와락 끌어안아 일으켰다.

"놔, 씨팔새꺄! 난 너 용서 안 해. 용서 안 해에!"

"알았으니까 좀 씻자."

우탄은 흐느끼는 리어를 욕조에 밀어 넣었다. 욕조 안에 앉아서야 리어는 울음을 그쳤다. 꽁해서 앉아 있는 그를 보자 우탄은 왠지 눈시울이 뜨거워졌다. 누구보다 친했던 리어와 어쩌다 이런 사이가 되어버렸을까. 친구들끼리 애인과 함께 만나는 모습을 보면서 부러울 때도 있었다. 그런데 리어와는 너무 멀리 와버린 것 같았다.

'정말 돌이킬 수 없는 걸까?'

우탄은 침울한 얼굴로 리어의 등에 욕조의 물을 끼얹어주었다. 중학교 때 용이와 셋이 대중목욕탕을 갔던 기억이 떠올랐다. 사춘기를 지나며 남자의 성징이 몸에 나타나는 걸 신기해했던 소년들은 이제 없었다. 키만 멀대처럼 큰 리어는 여전히 천진난만한 어린애 같았지만, 그래서 더 실연이 아플 수도 있겠다 싶었다.

리어를 이해한다는 구름이. 구름이보다 더 훨씬 전부터 친구였던 우탄은 리어를 비로소 이해했다. 연주도, 엄마도, 이젠 구름이도. 리어가 사랑한 여자들은 모두 그를 떠났고, 리어는 또다시 혼자 남았다.

마음이 괴로운 우탄의 눈에서 눈물 한 방울이 툭 떨어졌다. 우탄은 리어가 눈치채지 못하도록 나오는 울음을 꾹 참으며 리어의 몸을 닦아주었다. 리어는 웬일인지 더 이상 반항하지 않았다. 우탄이 하는 대로 몸을 맡기고 앉아 있었다. 말은 없었지만, 그의 진심을 느낀 듯했다.

리어를 씻긴 뒤 거실로 나온 우탄은 어질러진 것들을 치우기 시작했다. 뒤늦게 따라 나온 리어가 뚱한 목소리로 말했다.

"그냥 둬."

우탄은 묵묵히 치우던 것들을 마저 치웠다. 이번에도 리어는 더 이상 말리지 않고 방으로 들어가 버렸다. 거실을 다 치운 후 우탄은 리어의 방으로 가서 살짝 방문을 열었다.

"밥 먹자."

"안 먹어."

우탄은 하는 수 없이 방 안으로 들어가 리어를 억지로 일으켰다.

"아, 왜 그래, 자꾸!"

짜증을 내든 말든 리어를 끌고 나온 우탄은 현관으로 향했다. 리어도 끝까지 거절했다.

"안 나가."

"맛있는 거 사줄게."

"안 먹는다니까."

"먹어야 살지."

"상관 마!"

리어는 징징거리며 우탄의 우악스러운 손에 이끌려 별장 밖으로 나왔다.

"나 좀 그만 괴롭히라구우!"

밖에 나와서도 손목을 놔주지 않는 우탄 때문에 리어는 미치고 팔딱 뛸 노릇이었다. 술에 취하지만 않았어도 한판 오지게 붙었을 거다.

일주일 내내 술에 절어 산 탓에 지금 그와 맞붙었다간 깨질 게 분명하여 참고 있었을 뿐이었다. 그런데 이 미친놈은 남의 속도 모르고 자꾸 엉겨 붙었다. 안 하던 짓을 하니 왠지 무서웠다.

리어를 억지로 차 안에 구겨 넣은 우탄은 운전석에 올라탔다. 조수석에 앉은 리어는 우거지상을 하고 있었다.

별장을 떠난 차는 얼마 후 바닷가 근처의 횟집 앞에서 멈췄다.

❧

보글보글, 보글보글.

매운탕 끓는 소리가 리어의 구미를 당겼다. 안 먹겠다고 반항하던 그는 밥 한 그릇을 뚝딱하더니, 금세 혈색이 돌아왔다.

"잘 먹네."

우탄의 한마디에 리어는 재수 없다는 듯 눈을 치떴다.

"사악한 새끼."

"밥이나 처먹어."

"왜 하필 구름이야? 왜 내가 좋아하는 여자들은 널 좋아하냐구. 그것만 생각하면 내가 억울해서 잠이 안 와. 내가 너보다 못한 게 뭐 있어? 학교 다닐 때도 너보다 내가 더 인기 많았어. 슈스라구, 나."

꽁해서 말도 안 하더니, 속사포로 쏟아내는 투정에 우탄은 한숨을 푹 쉬었다.

"난들 그러고 싶냐? 그러게 사람을 봐가면서 좋아해야지, 새끼야. 왜 자꾸 겹쳐? 짜증 나게."

"헐. 적반하장도 유분수지. 화낼 사람이 누군데."

그때.

옆 좌석에 앉았던 문신파들이 두 사람을 무섭게 노려봤다.

"거, 좀 조용히 합시다."

"식당 전세 냈어?"

쓸데없이 목소리를 착 내리까는 놈들이 있는가 하면, 그 와중에 리어를 알아보는 놈들도 있었으니.

"어! 강리어 아녀?"

"어라? 마, 맞습니다, 형님. 얼마 전에 기자회견 했던 강리어."

"여어, 강리어. 여기서 슈스를 다 만나불구마이."

아놔.

리어는 문신파 아니라 팬이라도 상대할 마음이 없었다. 이래서 밖에 나오기가 싫었는데, 이 망할 놈의 자식 때문에!

리어가 부아를 꾹 억누르고 있는데, 문신파 형님이 손을 까딱까딱했다.

"이리 좀 와보드라고. 사진이나 같이 찍어불게."

순간 눈빛이 돌변한 건 우탄이었다. 휙, 그들에게 고개를 돌린 우탄이 나직한 목소리로 말했다.

"식사들 하시죠."

그 말이 꼭 '아가리 닥치고 곱게 밥이나 먹어'라고 하는 것 같았다. 우탄은 누구에게나 전투력을 불러일으키는 분위기의 소유자였던 것이다.

"슈스라고 슈스 친구까지 우릴 깔보는 거여, 뭐여?"

분위기가 험악해지자 급히 리어가 나섰다.

"죄송한데, 제가 지금 사진 찍을 기분이 아니어서요."

"팬이 사진 좀 찍자는디 너무 비싸게 구는 게 쪼까 거시기허네. 그래봐야 웃음 팔고 노래 파는 딴따라믄서."

"뭐?"

가뜩이나 기분이 저조한 리어는 문신파 형님의 시비에 뺑 돌아버렸다. 일어나려는 리어를 붙잡은 우탄이 나갈 채비를 했다. 기분 전환이나 시킬 겸 데리고 나왔는데, 판단 미스였던 모양이다. 시답잖은 시비가 붙기 전에 나가는 게 나으리라.

미국에서 시비 한 번 붙었다가 마음고생, 몸 고생을 작살나게 했던 우탄은 피하는 게 상책이다 싶었다.

"어딜 도망가?"

문신파 똘마니가 밖으로 나가는 우탄의 어깨에 손을 탁 얹었다. 찰나, 우탄의 손이 본능적으로 튕겨 나갔다.

탁, 탁탁, 타닥!

철퍼덕!

우탄의 빠른 손놀림은 보이지도 않았는데, 거구의 똘마니는 순식간에 바닥에 대자로 뻗어버렸다.

띠용!

리어는 눈이 튀어나오는 줄 알았다. 이건 고등학교 때 했던 싸움과는 차원이 달랐다. 칼리 아르니스인지 뭔지, 살인 누명을 쓸 만도 했다. 문신파들도 어지간히 놀랐는지 누구 하나 나서는 사람이 없었다. 다들 '형님!' 하고 무릎이라도 꿇을 표정이었다.

"금방 깨어날 겁니다."

때려눕힌 장본인이 맞나 싶게 우탄은 침착하게 알려주었다.

"아, 예……."

"살펴 가십쇼."

일제히 일어나 정중하게 허리까지 굽히는 문신파들은 험상궂은 인상들과는 달리 조폭은 아니었던가 보다. 조폭이라면 이런 상황에서 얌전히 굴 리가 없었다.

계산을 마치고 밖으로 나온 우탄과 리어는 바닷가로 향했다. 리어는 찬바람에 정신이 번쩍 들었다. 어두워서 잘 보이지도 않는 바다를 향해 서서 두 사람은 잠시 찬바람에 몸을 내맡겼다.

"넌 담배 안 피워?"

거실에 술병은 잔뜩 있어도 담배는 없어서 궁금했었다. 속이 문드러져도 담배만큼은 안 피우는 리어가 신기하기도 했고.

"가수가 무슨 담배야."

노래에 있어서만큼은 자기 관리가 철저한 리어였다. 하지만 그 외의 모든 것에는 어수룩했고 순진했다.

"넌?"

"칼리 배우기 전에 잠깐 피웠는데 끊었어."

"용이는 피우는 거 같던데."

"의사라는 놈이 잘하는 짓이다."

리어는 추운지 슬금슬금 우탄이 쪽으로 붙어 섰다.

"용이 보고 싶다."

"소식도 없네, 그 자식."

"너, 미국에서 용이랑은 연락했었지?"

리어는 다 알고 묻는 투였다. 이미 사람 시켜 알아볼 거 다 알아봤었다.

우탄도 솔직하게 인정했다.

"응."

"그래서 네가 사악한 거야."

"너한테 얘기해 봤자 금방 들통 날 텐데, 뭘."

"그것도 그래, 새끼야. 나한테 먼저 얘기했음 도와줬지."

"어디 도와달랄 사람이 없어서."

리어는 곧 죽어도 그럴 일은 없다는 우탄의 태도에 열이 확 받았다.

"아오, 진짜! 근데 이런 얘긴 왜 하고 있는 거야?"

구름의 일로 우탄에게 잔뜩 화가 나 있던 리어는 그와 엉뚱한 얘기를 나누고 있는 상황이 황당했다.

"암튼, 난 널 죽을 때까지 용서 안 할 거니까 그렇게 알아. 미안하다고도 하지 마, 재수 없어. 차라리 욕을 해. 그게 더 잘 어울려."

징그럽게 말을 안 듣는 리어 때문에 우탄도 인내심이 무너졌다. 리어의 멱살을 탁 잡아챈 우탄은 그를 무섭게 노려봤다.

"이걸 확!"

퍽!

먼저 주먹을 날린 사람은 리어였다. 횟집에서 만난 똘마니처럼 뻗을지언정 비굴하게 맞고만 있진 않겠다는 오기였다. 모래밭으로 나가떨어진 우탄은 스프링처럼 튕겨져 일어나더니, 괴성을 질렀다.

"아우우우!"

늑대 소리 같은 괴성에 움찔한 리어는 곧장 우탄을 향해 돌진했다.

퍽퍽!

리어의 주먹에 연거푸 얻어맞고 우탄은 휘청했다.

"때려봐, 새끼야! 왜 맞고만 있는데!"

예전에도 그랬다. 편의점 앞 파라솔 테이블에서 구름의 입술에 묻은 아이스크림을 닦아주는 모습에 질투를 느낀 우탄. 그때 우탄은 때릴 수 있었음에도 맞았고, 지금도 마찬가지였다.

"넌 나한테 맞으면 죽어, 새끼야."

"잘난 척은!"

퍽퍽퍽!

입술이 터져 피가 흘러나왔다. 혀로 피를 싹 훑은 우탄은 맞은 턱이 아파서 인상을 찡그렸다.

"그래, 어디 분 풀릴 때까지 때려봐. 맞아줄게."

우탄의 거드름에 피식 웃던 리어는 열나게 주먹을 휘두르기 시작했다.

᠁

"뭘 하기에 전화를 안 받아?"

계속 전화를 받지 않는 우탄 때문에 구름은 걱정이 되었다. 소리 없이 나간 걸로 봐서 별장에 간 것 같아 찾아왔는데, 그곳에도 없었다.

"뭔 일 생긴 거 아냐?"

구름이 안절부절못하며 별장 앞을 서성대고 있을 때였다. 불빛이 보이더니 리어의 차가 들어왔다. 하지만 금방 내리지 않고 마치 대치하고 있는 것처럼 차가 서 있었다.

차 안에서는 우탄과 리어가 구름을 보며 잔뜩 졸아 있었다.

"아씨, 어떡해?"

얼굴은 멀쩡하지만 우탄과 모래에 뒹굴어서 몰골이 엉망인 리어가 초조하게 중얼거렸다. 그 옆에서 얻어맞아 모래 범벅, 피 범벅인 채로 우탄도 미간을 찡그렸다.

"젠장할, 어쩌지?"

"온다, 온다."

기다리다 못한 구름이 차로 걸어오고 있었다.

"도망갈까?"

리어가 다시 시동을 켰다.

"그러다 잡히면 더 죽어."

우탄은 아예 시도도 말라는 듯 고개를 저었다. 그사이 차 운전석 앞에 당도한 구름이 창문을 톡톡 두드렸다.

스르륵.

창문이 조금 열렸다. 구름은 눈알만 보이는 리어 때문에 창문에 바짝 얼굴을 들이댔다. 그 안으로 우탄이 보였다.

"둘 다 내려."

구름의 목소리에 화가 실려 있자 우탄과 리어는 사지를 뒤틀며 차에서 내렸다. 두 녀석과 함께 집 안으로 들어온 구름은 기가 찼다. 모래를 뒤집어쓴 몰골이 가관이었다. 더군다나 우탄은 리어에게 맞아서 코피까지.

"후욱―"

입김을 세게 날린 구름은 철딱서니 없는 두 녀석을 어떻게 해줄까 고민했다. 그녀의 침묵이 길어지자 불안해진 리어가 먼저 볼멘소리를 냈다.

"난 가만히 집에 있으려고 했는데 이 자식이 끌고 나간 거야."

리어는 자기 잘못은 없고 죄다 우탄이 탓이었다. 리어를 노려본 우탄도 마지못해 변명했다.

"술만 퍼마시고 있길래 밥이나 먹으려고 데리고 나갔지."

"그럼 밥이나 처먹을 것이지 싸우긴 또 왜 싸워?"

"우탄이가 먼저 멱살 잡았어!"

"리어가 자꾸 깐족대니까……."

어후, 이 화상들!

"시끄러! 얼른 씻기나 해."

우탄과 리어는 동시에 다행이라는 표정을 짓더니 후다닥 이번에는 각자 욕실로 뛰어 들어갔다. 방에서 먼저 갈아입을 옷을 챙겨서 나온 리어가 1층 욕실로, 리어에게 갈아입을 옷을 빌려 뒤늦게 나온 우탄은 2층 욕실로 올라갔다.

그 모습을 지켜보던 구름은 못 말린다는 듯 절레절레 고개를 저었다.

"저것들은 다 늙어서도 싸울 거야. 쯧쯧쯧."

그때 별장 정원으로 들어서는 차 소리가 들렸다. 그 밤에 별장에 도착한 사람은 시안과 윤희였다. 리어의 기자회견이 있은 직후, 김 대표가 매니저인 윤희를 감시자로 딸려 보낸 것이다. 한 번만 더 사고 치면 윤희를 정말 잘라 버리겠다는 협박과 함께.

샤워를 마친 우탄과 리어가 1층 거실로 왔을 때 윤희는 무표정으로 소파에 앉아 있었다.

"소 매, 안녕?"

자기가 속을 썩이는 건 아는지 리어는 방긋 웃으며 윤희에게 인사했다. 그런데도 그녀는 도통한 표정이었다.

윤희에게 눈인사만 건넨 우탄은 수건으로 젖은 머리를 닦으며 주방으로 갔다. 그러고는 냉장고에서 시원한 캔 맥주 두 개를 가져와 하나를 리어에게 던졌다. 공중에서 캔을 낚아챈 리어는 언제 싸웠냐 싶게 우탄과 건배하고는 맥주를 마셨다.

둘이 하는 짓을 보고 있던 시안은 어이없어했다.

"쌍또라이들."

"너넨 왜 왔냐?"

리어는 김 대표의 지시가 있었는지 모르고 물었다.

"너 감시하려고 왔지. 정말 마지막 경고라고 하셨어. 너도 윤희도 영원히 아웃이래."

마치 김 대표가 빙의한 듯 시안의 표정은 살벌했으나, 리어는 마냥 시큰둥했다.

"마지막 경고라는 말, 수도 없이 들었거든?"

"그건 네가 수도 없이 사고를 쳤단 뜻이지. 소 매는 뭔 죄니?"

그때까지 잠자코 있던 윤희가 물었다.

"몸은 괜찮아?"

"몸도 마음도 안 괜찮아. 아퍼. 진짜 요양 필요하다구. 그니까 우탄이랑 구름이는 그만 가. 둘 다 꼴 보기 싫어."

시안이 아니꼽게 눈을 흘겼다.

"기자회견은 지가 해놓고선. 이제 그만 너도 마음 정리해. 그동안 구름이도 애썼잖아. 그 정도 했음 됐어."

"되긴 뭐가 돼! 난 억울해. 너희 다 미워. 나도 용이 따라서 아프리카에나 갈걸. 그랬음 이 꼴 저 꼴 안 봐도 되는 건데, 씨이."

아프리카라는 말에 시안은 발끈했다.

"소 매. 낼 당장 아프리카행 티켓 끊어. 이 자식 좀 보내 버리게."

그 밤, 윤희가 짐을 푼 방은 구름이 쓰던 곳이었다. 그녀를 따라 방으로 들어온 구름은 괜스레 눈치가 보였다.

"나 때문이야. 미안해."

캐리어에서 옷을 꺼내던 윤희는 무뚝뚝하게 대꾸했다.

"자책할 거 없어. 리어, 내일 서울에 데려가려고 온 거야. 지금 리어에게 필요한 건 스케줄이야. 그거라도 집중해야 널 잊기가 수월하지."

윤희는 오면서 시안에게 대충 내용을 들어 알고 있었다. 처음부터 구름의 마음은 우탄이로 정해졌는데, 우정 때문에 리어에게도 기회를 주려고 했다는 걸 말이다. 의리파 구름이다운 결정이었으나, 이젠 그마저도 의미 없어졌으니 남은 일은 리어의 마음을 돌리는 것뿐이었다. 9년간의 짝사랑을 한순간에 접는다는 게 얼마나 힘든 일인지 윤희는 잘 알고 있었다. 그래서 리어를 보면 마음이 애잔했다.

"윤희야."

"왜?"

"리어, 잘 좀 부탁할게."

"나야 무슨 힘이 되나. 너야 말로 우탄이랑 잘 지내. 리어한테 더 이상 미안해하지 말구."

윤희의 그 말이 너무나 큰 위로가 되어 가슴이 찡했다. 윤희에게 다가간 구름은 와락 그녀를 끌어안았다.

"어머!"

깜짝 놀란 윤희는 어정쩡하게 안겨 있었다.

"고마워."

울먹이는 구름의 목소리를 듣고서야 윤희는 어색하게 그녀의 등을 토닥였다.

❦

다음 날, 시안과 윤희는 리어를 데리고 별장을 떠났다. 기자회견으로 구름은 여전히 리어의 여자친구인 상태였고, 리어는 이미지 회복을 위해 미뤘던 스케줄을 소화했다.

그렇게 또다시 한 달이라는 시간이 아무 일도 일어나지 않은 채 평범하게 지나갔다. 유일하게 달라진 게 있다면, 아프리카로 떠났던 용이가 돌아왔다는 사실이었다.

그날 밤 작곡실에서는 시안이 별장에서 리어와 함께 만든 곡을 손보고 있었다. 그녀는 용이가 돌아온 줄도 모르고 있었다. 곡이 잘 풀리지 않아 고민에 빠져 있던 시안은 잔뜩 예민한 상태였다. 한 달이 지나도록 연락이 없는 용이 생각에 더 안 풀리는 느낌이었다.

'아프리카에 눌러살 생각인가?'

전문의 시험에, 군대에 아직 남아 있는 문제들 때문에 당장 아프리카에 눌러살지는 않을 것이다. 그러나 한국에 돌아와서도 계속 피한다면 곤란했다.

'그러기 전에 내 쪽에서 깔끔하게 정리하는 게 낫겠지?'

시안도 그간 거듭했던 고민을 정리할 때가 왔음을 직시했다. 서로 불편하게 지낼 바엔 깔끔하게 관계를 정리해서 마음이라도 편해지고 싶었다. 짝사랑한 게 밝혀지기만 했을 뿐인데 불편한 점이 한두 가지가 아니었다. 자신이 불편한 건 어쩔 수 없다 쳐도 친구들에게까지 피해를 주는 것 같아 미안했다.

'돌아오면 어떻게 대해야 하나? 아무 일 없었던 것처럼 편하게 대할까? 아니면 진지하게 대화로 풀어볼까?'

여러 가지 방안을 고민하던 시안은 쓴웃음을 지었다.

'진지하게 대하면 더 불편하겠지? 그냥 평소처럼 하는 거야. 애초에 좋아한 적도 없었던 것처럼. 그래, 그게 낫겠다.'

마침내 생각을 정리한 시안은 누군가 문을 열고 작곡실 안으로 들어오자 무심코 고개를 돌렸다.

'어!'

안으로 들어온 사람은 용이였다. 아프리카에서 꽤 고생했는지 얼굴이 초췌했다. 의사계의 아이돌이라는 타이틀이 무색하게 피부는 새까맣게 탔고, 살이 빠져서 홀쭉했다.

방금 편하게 대하자고 결심했던 것과 달리 시안은 의자에서 꼼짝도 할 수 없었다. 연락도 없이 갑자기 나타난 용이 너무 이질적으로 느껴졌다.

가까이 다가온 용이는 책상에 걸터앉았다. 시안은 그때까지도 멍하게 그를 바라보고 있었다.

용이는 시안의 굳어진 안색을 조심스럽게 살폈다.

"반가운 눈치가 아닌걸?"

"어…… 반가워."

어정쩡한 인사에 용이는 나오려는 웃음을 꾹 참았다.

"야, 정신 차려."

용이 시안의 어깨를 툭 치자, 돌처럼 굳어져 있던 그녀는 퍼뜩 정신이 돌아왔다.

"언제…… 왔어?"

"오늘 새벽에."

근데 이제야 찾아온 걸 보면, 용이의 마음을 알 만했다.

'거절이구나.'

서운함과 미안함과 아쉬움과 후련함, 가질 수 있는 모든 감정이 뒤섞였다. 깔끔하게 정리하자던 마음은 순 거짓이었다. 시안은 그 순간 깨달았다. 용이가 돌아오기만을 애타게 기다렸다는 것을. 그가 사랑을 받아주기를 내심 기대했다는 것을.

'진짜 멍청해.'

시안은 구질구질하고 질척대는 자신이 너무 싫었다.

"나가자. 근처에 술집이 새로 생겼는데 분위기 되게 좋아."

시안이 서둘러 자리에서 일어났을 때였다. 용이 그녀의 손목을 잡아 끌어당겼다.

'어머……'

시안이 당황해하며 용이의 품에 안겼다. 동시에 그의 입에서 나른한 목소리가 흘러나왔다.

"보고 싶었어."

"……!"

"보고 싶었다구, 인마."

"어…… 나두."

시안의 어색하기 짝이 없는 대꾸에 용이 별안간 한탄했다.

"아이고, 아프리카 정말 멀더라. 돌아올 땐 더 멀게 느껴지더라구."

"쉽게 가고 오고 할 거리는 아니지."

"나한텐 네가 아프리카였어."

"그게 무슨 소리야?"

"가고는 싶은데 쉽게 갈 수 없는 곳이었던 거지. 그런데도 꼭 가고 싶은 곳이었고. 일단 가게 되면 헤어날 수 없는 곳. 나한텐 네가 그랬던 것 같아."

용이는 그 사실을 아프리카에 가서야 깨달았다. 그의 고백을 들으며 시안은 입가를 슬쩍 말아 올렸다.

"사랑한다고 한마디만 해주면 안 돼?"

세상에서 가장 듣고 싶은 말이었다.

"그건 좀 더 있다가 하면 안 될까? 솔직히 나, 지금 되게 쑥스럽거든."

친구로서의 스킨십과 여자로서의 스킨십이 이렇게 다를 수 있는 거구나.

용이는 시안을 만나러 오기 전부터 두근대던 가슴이 좀처럼 진정되지 않았다. 살면서 이렇게 긴장되기는 처음이었다.

"후후. 키스도 안 돼?"

사실, 그 생각도 안 한 건 아니지만.

"내가 너무 짐승 같잖아."

"그냥 나랑 잘래?"

용이의 몸이 움찔했다.

"포옹도 쑥스러운데 자자구?"

"응. 나, 매일 너랑 자는 꿈 꿨어."

단도직입적인 시안 때문에 용이는 후덜덜 했다.

"그러면서 어떻게 숨겼냐?"

"죽어라 숨겼지."

"대단하다, 우리 시안이."

기특하고 미안한 마음에 용이는 시안의 머리를 쓱쓱 쓰다듬었다.
시안이 그를 꽉 끌어안았다.

"불안해. 내일 아침에 눈 뜨면 네가 딴소리할까 봐. 또 아프리카로
도망갈까 봐."

"이젠 도망 안 가. 걱정하지 마."

용이는 시안을 품에서 떨어뜨려 가만히 얼굴을 바라보았다. 인형처
럼 예뻤던 아이는 어느새 사랑을 꿈꾸는 여자가 되어 있었다. 그저
친구인 줄로만 알았는데, 아프리카의 하늘에 새겨진 수많은 별처럼
자신의 마음에도 그녀가 무수히 새겨져 있다는 걸 알았다. 돌아오는
길의 밤하늘을 보며 그녀도 같은 마음이었다는 걸 깨달았다.

좋은 친구, 영혼의 파트너.

그게 사랑인 줄 용이는 멀고 먼 아프리카 땅에서 비로소 깨달았다.

두 사람의 입술이 포개졌다. 따뜻하고 다정한 입맞춤이었다. 너무
나 오래 기다렸던 사랑이 그날 밤 드디어 하나의 별이 되었다.

11월 중순의 어느 날, 강원도에는 다소 이른 눈발이 흩날렸다.

삐뽀삐뽀, 삐뽀삐뽀.

을씨년스러운 날씨 속에 119 차량이 줄지어 공사 현장에 도착했다.
무대 설치만 남겨둔 공사 현장은 축제 때 올 관광객들이 이용할 시설
들로 제법 윤곽을 갖춘 상태였다. 그런데 마지막으로 지은 2층 건물
이 내부 공사 중에 무너졌고, 그 안에 있던 직원들 몇몇과 인부들이
매몰되는 사고가 일어난 것이었다.

갑작스러운 사고에 모두 우왕좌왕하는 가운데, 하얗게 질린 명은이 사라진 직원들을 체크했다.

"인원 확인됐습니까?"

명은이 체크한 명단을 경찰관에게 내밀었다. 경찰관이 체크가 안 된 이름을 확인했다.

"민철호, 최후정, 나진기, 오우탄, 표구름, 더 없습니까?"

"다섯 명 맞아요. 흐흐흑."

명은이 흐느껴 울면서 경찰관에게 사정했다.

"꼭 좀 구해주세요. 꼭 좀 살려주세요. 으흐흑."

경찰관이 딱한 표정을 지으며 명은을 위로했다.

"진정하시구요. 구조대원들이 손을 쓰고 있으니까 기다려 봅시다."

❣

"빨랑 좀 가."

리어는 운전 중인 윤희를 채근했다. 두 사람은 속보를 듣고 곧장 강원도로 가는 중이었다. 매몰된 명단 중에 우탄과 구름이 포함되었다는 소식을 듣고 심장이 터질 것 같았다.

최대한 속도를 내며 윤희는 침착하게 말했다.

"아무 일 없을 거야."

쉽게 죽을 친구들이 아니었다. 자신 같은 사람도 잘 살고 있는데 그 친구들이 죽을 이유가 없었다.

조금도 흔들림이 없는 윤희와 달리 리어는 초조하고 불안해서 견딜 수가 없었다. 오늘 오전까지만 해도 아무 일 없었는데, 이게 무슨 날

벼락이란 말인가. 부실 공사를 했을 리도 없는데 어찌 된 일인지 알 수 없었다.

두 사람이 현장에 도착했을 때 그곳은 아수라장이었다. 매몰된 건축물 잔해가 보였고, 그 주변을 에워싼 폴리스 라인과 취재진들, 그리고 구경하는 사람들로 정신이 없었다. 아직도 눈발이 날리는 가운데 서서히 어둠이 깔리는 현장을 보고 있노라니 리어는 다리에 힘이 풀렸다. 옆에서 꿋꿋하게 서 있던 윤희가 그를 부축했다.

간발의 차로 시안이 왔고, 1시간이 지나 용이도 도착했다. 용이를 보고서야 시안은 두려움에 울음을 터뜨렸다. 용이 시안을 달랬지만, 그녀의 울음은 쉽사리 그치지 않았다.

친구들이 생사 여부를 확인하지 못해 두려움에 떨고 있는 그 시각. 매몰된 건물 안에서는 직원들과 인부들이 수시로 서로의 생사를 확인했다. 골조에 다리가 깔린 직원도 있었고, 아직 어디에 있는지 확인이 불가능한 인부도 있었다. 다행히 한 자리에서 회의 중이던 직원들은 흩어진 사람이 하나도 없었다. 총괄 팀장인 민철호가 어깨를 다쳤고, 나진기 대리는 다리가 부러졌으며, 최 팀장은 골조에 다리가 끼어 움직일 수 없는 상태였다.

건물이 무너지는 순간, 우탄의 보호로 구름은 어느 한 군데 다친 곳 없이 말짱했다. 다만, 우탄이 구름 대신 돌덩이에 머리를 맞고 의식이 없었다.

구름은 우탄의 체온이 내려갈까 봐 연신 그의 몸을 마사지했다. 이대로 계속 두었다가는 위험해질 게 뻔한데 구조는 너무나 더디기만 했다. 구름처럼 다친 곳이 없는 젊은 인부가 교대로 우탄을 마사지해 주었다.

"좀 쉬세요. 깨어날 겁니다. 깨어날 거예요."

젊은 인부는 연신 구름을 위로했다. 지독히 어두웠고, 서로의 얼굴을 가늠하기 어려웠다. 오랜 시간 지하에 갇혀 있었더니, 추위와 갈증으로 더 힘들었다.

구름은 지쳐 있었지만, 편히 쉴 수 없었다. 우탄의 상태가 걱정스러웠기 때문이다. 태어나 오늘만큼 두렵고 무서웠던 적이 없었다. 울지 않으려고 얼마나 입술을 깨물었는지 모른다. 모두에게 걱정 끼치고 싶지 않았고, 희망을 놓고 싶지 않았다. 겨우 우탄이에게 돌아왔는데, 허무하게 그를 잃을 순 없다는 생각으로 버텼다.

"우탄아, 내 말 들려?"

"……."

"정신 놓지 마. 절대 놓으면 안 돼."

구름의 목소리가 가늘게 떨렸다. 천장에서는 계속해서 포클레인 소리가 들렸다. 잔해물을 거둬내는 듯했다. 그럴 때마다 흙먼지가 사람들 머리 위로 쏟아져 내렸다.

그때 우탄을 마사지하던 젊은 인부가 큰소리로 외쳤다.

"깨어났어요!"

"구, 구름아……."

어둠 속에서 들려오는 우탄의 목소리.

구름은 더듬더듬 우탄의 손을 찾아 꽉 부여잡았다. 따뜻한 체온을 느끼자 안도감에 눈물을 왈칵 쏟을 뻔했다.

"괜찮아?"

우탄이 깊은 숨을 몰아쉬었다.

"넌…… 괜찮아?"

"어."

"머리가 깨질 거 같아."

"돌에 맞아서 기절했어. 안 깨어나는 줄 알고 얼마나 조바심 났는지 알아?"

죽을지도 모르는 위험한 상황에서 망설임 없이 구름을 보호해 준 우탄. 아마도 그의 희생이 아니었다면, 구름과 우탄은 처지가 바뀌었으리라.

"다른 사람들은?"

"사무실 직원들이 좀 다쳤어. 최 팀장님이 제일 힘들어하시고. 다른 분들은 다 괜찮아."

억지로 몸을 일으키자 현기증에 구토가 쏠렸다. 가까스로 일어난 우탄은 핸드폰의 불을 켜서 사람들 얼굴을 일일이 확인했다. 언제 무너질지 모르는 좁은 공간 안에 직원 다섯 명과 인부 세 명이 갇혀 있었다.

"씨발놈, 이게 다 그 작업반장 놈 때문이여."

인부 중에 나이가 지긋한 남자가 원망조로 말을 토해냈다. 모두 깜짝 놀라 그를 주목했다.

"그 새끼가 자재비를 빼돌려설라무네 이 꼴이 난 거라고오. 우리 다 죽을 뻔한 게 다 그놈 때문이랑께."

"그게 정말입니까?"

우탄은 믿을 수 없는 사실에 망연자실했다. 이 사고로 어쩌면 공사 자체가 중단될 수도 있었다. 연주가 굳이 손을 쓰지 않더라도 회사가 큰 타격을 입을 만한 중대 사고였다. 직원들이 걱정하는 것도 그 때문이었다. 회사의 사활이 걸려 있는 공사에서 작업반장이 자재비를 빼

돌려 사고가 났다는 건 다른 건축물들에도 죄다 하자가 생겼다는 뜻
이었으므로. 축제가 열린 뒤 사고가 나지 않은 걸 천만다행으로 여겨
야 할 정도였다.

28
축제가 끝나고

"왜 빨리 구조를 못 하는 거야?"

리어는 자꾸 시간이 지체되자 안절부절못했다. 이곳에 온 지 벌써 2시간이 지나갔다. 그런데도 구조는커녕 부서진 건축자재들을 거둬내는 일은 더디기만 했다.

애가 타서 바짝바짝 마르는 건 다른 친구들도 매한가지였다. 침착하던 윤희도 막상 현장에 오자 심각한 상황에 사색이 됐다. 때때로 몰려드는 죽음에 대한 두려움이 그녀를 엄습했다. 윤희에게 죽음의 현장은 9년 전 그때의 일을 상기시켰다. 미정에게 맞아서 죽은 듯이 쓰러져 있던 그 시간이 얼마나 길게 느껴졌던가. 구름이 쓰러져 있는 걸 보고도 꼼짝할 수 없었던 그 시간이 윤희에게는 지옥 같았다. 어떻게든 구름이에게 기어가려고 했으나, 손이 닿기도 전에 기절해 버렸던 그때의 좌절감을 결코 잊을 수 없었다. 지금도 여전히 죽음의 기로에 선 친구들을 위해 자신이 할 수 있는 일은 없었다. 윤희는 그것이 너무나 괴로웠다.

"리어야."

리어에게 다가온 사람은 연주였다. 연주 역시 소식을 듣고 몇 시간째 현장에 나와 있었다. 하지만 리어와 그 친구들에게 가까이 다가갈 수 없었다. 악감정을 가지고 우탄을 협박했던 일 때문이었다.

연주는 자신이 한 말 때문에 이런 일이 생긴 것 같아 두려웠다. 정말 이런 상황을 바란 건 아니었는데, 왠지 자신이 우탄과 구름에게 저주를 내린 것 같은 기분이었다.

리어는 연주를 보자 화가 치밀었다. 그녀가 우탄을 좋아하지만 않았어도 축제 공사를 계약할 일은 없었으리라. 언론에 구름이 리어의 연인이라며 거짓 제보한 일도 어이가 없었기에, 그는 연주에게 감정이 상했다. 그녀를 향한 리어의 눈빛에 살기가 어렸다.

"너, 내 눈에 띄지 마."

"……."

연주는 리어가 대뜸 하는 말에 상처를 받았다. 가뜩이나 죄책감을 느끼고 있던 차에 리어의 원색적인 비난을 받자 절망스러웠다.

"이게 네가 원하던 거야?"

"무슨 소리야?"

"네 농간으로 우탄이랑 구름이는 죽었는지 살았는지도 모르잖아."

연주는 억울했다. 우탄이 한국에 올 줄 알고 선수를 친 건 맞지만, 죽게 할 생각은 추호도 없었다.

"사고가 난 게 내 탓이라구?"

"네가 계약을 안 했다면 이런 공사를 왜 해?"

"난 그저 우탄이가 들어갈 회사니까 도와주고 싶었을 뿐이야."

"돈으로 우탄일 사고 싶었던 거겠지."

"……!"

연주는 입술을 꽉 깨물었다. 리어의 지적이 뼈아팠다. 스스로 생각해도 우탄에게 욕심을 부린 게 맞았으니까. 그 추악한 욕심 때문에 그의 목숨이 위험해질 수도 있다고 생각하자 가슴이 무너졌다.

연주는 대꾸 없이 돌아섰다.

정말 무엇이 우선이었던 걸까? 우탄을 도와주고 싶었던 마음과 우탄을 돈으로라도 유혹해서 내 걸로 만들고 싶은 마음. 어떤 게 진짜였던 걸까?

시작은 선했으나, 우탄의 거절로 마음에 상처를 입었고, 갖지 못한 것에 대한 집착과 오기로 우탄은 생사를 오가는 사고를 당했다. 만약 그가 죽기라도 한다면 자신을 용서할 수 없으리라. 연주의 눈에서 후회와 아픔의 눈물이 주르륵 흘러내렸다.

[거기 상황은 어때?]

윤희는 친구들에게서 떨어져 나와 전화를 받았다. 사고 상황을 묻고자 하는 세련이 전화를 걸어 온 것이다.

"구조 중이에요."

[명단 봤어. 우탄이랑 구름이 살아 있는 건 확실해?]

"모르…… 겠어요."

추위에 이가 딱딱 부딪혔다.

[리어는 괜찮아?]

"현장에 같이 있어요. 많이 힘들 거예요."

힘들긴 윤희도 매한가지였기에 눈물을 꾹 참았다.

[그래. 정신없을 텐데 전화해서 미안해.]

"아니에요. 많이 놀라셨을 텐데. 리어는 제가 잘 보호할게요. 걱정
마세요."

[소 매니저.]

"예."

[이제 난 신경 안 써도 돼. 일부러 집에 안 와도 되구.]

"감독님."

[그동안 고맙고 미안했어. 지금 용이네 가보려고 해. 집에서 칩거하
는 동안, 용이 엄마가 자주 들여다봐 줬잖아. 먹을 거 싸가지고. 사고
소식 듣고 전화했더니 초상집 분위기야. 부산에서 구름이 부모님도
올라오시는 중이라고 하네.]

"괜찮으시겠어요?"

[갇힌 사람들 구조하는 거 보니까 내가 뭐 하는 짓인가 싶어지더라
고. 슬슬 집에만 있는 거 지겹기도 하네. 구름이네 부모님 도착하시기
전에 잠깐 들러봐야지. 그게 도리지.]

"예. 그러세요. 또 연락드릴게요."

전화를 끊은 윤희는 눈발이 점점 거세지는 하늘을 올려다봤다. 곳
곳에 켜진 환한 불빛이 어지러웠다.

얼음장 같은 날씨 속에서도 밤새 쉬지 않고 구조한 덕분에 날이 어슴푸레 밝아올 즈음, 마침내 구멍이 뚫렸다. 사람들의 환호 속에 상태가 가장 위중한 사람부터 구조가 되었고, 목숨이 간당간당했던 최 팀장은 병원으로 긴급 호송되었다.

총괄 팀장과 나 대리에 이어 머리를 다친 우탄이 차례로 구조되었다. 우탄은 구름을 먼저 내보내길 원했으나, 그녀가 한사코 거부하는 바람에 어쩔 수 없이 앞서서 빠져나왔다. 우탄이 구조되자 가장 먼저 달려온 사람이 리어였다.

"우탄아!"

우탄은 안색이 창백한 리어를 보자 저도 모르게 미소가 그려졌다. 만나기만 하면 죽자 사자 싸우던 리어도 극한 상황에서 다시 보니 반가웠다.

"리어야."

흙먼지를 뒤집어쓴 우탄은 머리에 피가 흥건했다. 이 머리를 하고서 어떻게 버텼는지 의아했다.

"괜찮아?"

"구름이 곧 나올 거야."

"알아. 너 괜찮냐구."

리어는 다친 사람부터 구조한다는 구조대장의 말을 들었기에, 우탄이 먼저 나오자 구름이 무사하다는 걸 알고 안도했다.

"멀쩡해서 실망할 줄 알았는데."

"미친 새끼. 설마 내가 너 죽으라고 고사를 지냈겠냐?"

"그런 줄 알았지, 난."

그때 시안과 용이가 리어를 밀치고 모습을 드러냈다.

"우탄아!"

"어떡해, 머리에 피 봐."

시안이 호들갑을 떨었다.

"괜찮······."

우탄의 말이 끝나기도 전에 뒤에서 리어의 통곡 소리가 들렸다.

"우어어어엉, 구름아아아아!"

구름이 구조된 모양이었다.

❧

"너 정말 괜찮아?"

병원에 와서도 리어는 구름이 걱정에 여념이 없었다. 매몰되었던 사람이 맞나 싶게 구름은 쌩쌩했다.

"텀블링이라도 해야 믿을래?"

"어떻게 하나도 안 다쳤냐?"

"우탄이 아니었으면 내가 돌에 맞아서 지금쯤 저승길 가고 있을 거야."

생각해 보니 우탄이 그 커다란 돌덩이에 맞고도 살아난 게 참으로 기적이었다.

"내가 그 자리에 있었어도 대신 돌 맞았다, 뭐."

구름은 별걸로 다 질투하는 리어를 어이없게 쳐다봤다.

"넌 스케줄 없어?"

그동안 요양한답시고 미뤘던 스케줄을 소화하느라 바빠야 할 놈이 참으로 한가했다.

"하던 도중에 왔지."

리어가 태평스럽게 하는 말에 구름이 펄쩍 뛰었다.

"제정신이야? 착실히 스케줄 한다더니 중도에 오면 어떡해!"

"사람이 생사불명인데 스케줄이 문제냐?"

"참 내. 넌 프로 정신이란 건 알고 사니? 부모님이 돌아가셔도 프로그램은 마치고 장례식장에 간다는 말, 못 들었어?"

"내가 그 사람들이랑 같냐? 그리고 난 네가 더 중요해."

한동안 연락도 없이 스케줄에 착실해서 포기했나 싶었는데, 혼자만의 착각이었나 보다. 웬일로 깔끔하게 포기했나 했다.

구름은 황당해서 리어를 쳐다봤다.

"나 포기한 거 아니었어?"

"네가 우탄이랑 잔 거 알고 순간 욱해서 이성을 잃은 건 맞아. 근데 생각해 보니까 사랑은 모든 걸 이해하고 감싸주고……."

"지랄."

남아 있던 1%의 가능성마저 사라지는 비난에 리어는 시무룩해졌다.

"나쁜 가스나."

머리를 다친 우탄은 다른 부상자들과 함께 서울로 이송되었다. 보호자가 필요해서 구름도 따라갔다. 가장 큰 중상을 입었던 최 팀장은 골조에 깔렸던 다리뿐 아니라 폐를 다쳐서 조금만 늦었어도 생명을 잃었을 거라고 했다. 어쨌거나 건물이 무너지는 사고에 모두 생명을 건진 것은 기적 중의 기적이었다.

서울 병원에 와서도 뻔질나게 드나드는 리어 때문에 구름은 우탄의 눈치를 보며 물었다.

"집에 안 가?"

"좀만 더 있다가."

"놀러 왔어? 얼른 가. 우탄이 좀 쉬게."

"쉬어. 누가 못 쉬게 하냐?"

병문안을 와서도 심통을 부리는 리어 때문에 구름은 주먹이 근질거렸다. 오나가나 팬들 성화에 병실 밖으로 데리고 나갈 수도 없었다. 리어가 입원한 것도 아닌데 왜 팬들은 병원까지 몰려와 이 난리인지. 이놈을 아예 입원시키는 게 나았을까?

"구름아, 잠깐 나가 있을래?"

우탄이 리어와 할 말이 있는가 보다 생각하며 구름은 병실을 나갔다. 설마하니 병실에서 싸우기야 하겠는가.

구름도 없는 병실에 우탄과 단둘이 남은 리어는 괜스레 긴장이 되었다.

"왜? 뭐?"

리어는 머쓱해서 선수를 쳤다. 가만히 그를 바라보던 우탄은 진지하게 말을 꺼냈다.

"나, 구름이 정말 사랑해."

세상에서 제일 듣기 싫은 말.

리어는 대번에 툴툴거렸다.

"쳇. 난 또 뭔 소린가 했네. 어쩌라구?"

"진짜 사랑한다구. 내 목숨도 줄 수 있을 만큼."

매몰되는 순간, 저도 모르게 구름을 먼저 보호했을 때 우탄은 확실히 느꼈다. 자신보다 구름을 더 사랑한다는 것을. 이기적이던 십대 때의 사랑이 아닌, 진정으로 목숨을 바칠 만큼 구름일 사랑한다는 것을 말이다.

"나도 그래. 나도 내 목숨보다 더 구름일 사랑해."

리어도 지기 싫어 허세를 부렸다. 만약 그 자리에 우탄이 아닌 자신이 있었어도 똑같이 했을 터였다.

"알아. 너도 나만큼 구름일 사랑한다는 거."

"……."

리어는 우탄이 쉽게 인정하자 말문이 막혔다.

'설마 이제 와서 구름일 양보하겠다는 건 아니겠지?'

포기해! 포기해!

"그래서 부탁하려구. 구름이 그만 편하게 보내줘. 내가 잘 지켜줄게."

리어의 얼굴이 찌그러진 양은냄비처럼 일그러졌다. 기껏 한다는 소리가 잘 지켜주겠다는 거라니.

"내가 널 뭘 믿구? 그동안 구름이 힘들게 했던 거 똑똑히 기억하는데, 어떻게?"

우탄은 단단히 결심을 한 듯 침대에서 내려와 리어 앞에 무릎을 꿇었다. 당황한 리어가 말을 더듬었다.

"뭐, 뭐 하는 거야?"

"지금까지 너한테 했던 모든 것에 대해 용서를 빈다."

"하, 하지 마."

"진심이야."

이 자식이 죽다 살아나더니 회심이라도 한 걸까? 왜 자꾸 착한 척이지?

"하지 말라구, 새끼야. 난 너 용서 안 한다고 분명히 말했어. 용서 안 해. 절대 안 해."

"네가 용서할 때까지 빌 거야."

"하, 또라이 새끼. 머리에 돌 맞더니, 돌았냐?"

'도른 자'가 9년 만에 부활이라도 한 건가?

"용서해라, 친구야."

"씨발, 내가 왜 네 친구야? 친구라고 하지 마. 너랑 의절한 지가 10년이야, 새끼야."

연주 때문에 1년, 구름이 때문에 9년. 도합 10년 동안 우탄과 리어는 '친구인 듯 친구 아닌 친구 같은 관계'로 지내왔다.

친구라는 말에 리어는 질색했지만, 우탄은 꿋꿋하게 사과했다.

"난 의절한 적 없어. 그건 너 혼자 개지랄, 아니, 너 혼자 그런 거야. 물론, 나도 열받을 땐 너란 놈을 다시는 보고 싶지 않았어. 특히, 구름이 때문엔 더더욱. 그래도 지금까지 이렇게 만나는 걸 보면 우린 떼려야 뗄 수 없는 친구인 거야."

"너, 지금 나 놀리지?"

우탄은 절대 아니라는 듯 진지함을 고수했다.

"내가 장난으로라도 누구한테 무릎 꿇는 사람이야?"

"아니."

"난 진지해. 그러니 너도 진지하게 내 사과를 받아줬으면 좋겠어."

도저히 참지 못한 리어는 우탄의 멱살을 잡아 뒤흔들었다.

"어우, 닭살 돋는 짓 그만해! 어디서 발연기야!"

큰소리가 나자 병실 문이 열리며 구름이 뛰어 들어왔다. 차가운 바닥에 무릎을 꿇은 우탄과 그의 멱살을 잡아 흔들고 있는 리어를 보자 구름의 눈이 뒤집혔다.

"이 시키가!"

거의 날아온 구름이 발로 리어의 옆구리를 걷어찼다.

퍽!

"윽!"

구름에게 발로 걷어차이고 리어는 비명을 지르며 저만치 나가떨어졌다.

"우탄아, 괜찮아? 환자를 무릎 꿇리는 저게 사람 새끼 맞아?"

구름은 버둥대며 일어나는 리어를 잡아먹을 듯이 노려봤다. 억울한 리어는 미치고 팔딱 뛸 노릇이었다.

"내가 그런 거 아니야!"

"어디서 거짓말이야! 네가 그런 게 아니면 우탄이가 너한테 무릎을 꿇을 사람이야? 엉!"

"돌아버리겠네. 야, 네 입으로 말해. 네가 무릎 꿇고 사과했다고 말하라고오!"

우탄은 침울한 얼굴로 고개를 저었다.

"괜히 구조됐나 봐. 그냥 거기서 죽었어야 하는 건데."

절망한 얼굴로 침대에 기어 올라가 이불을 뒤집어쓰고 누워버리는 우탄이 때문에 리어는 억장이 무너졌다.

"저, 저 사악한 새끼! 와아, 눈 하나 깜짝 안 하고 거짓말 하는 거봐. 그렇게 연기를 잘하는데 배우 되지 그랬냐? 상이란 상은 다 휩쓸 텐데, 엉!"

우탄이 이불 속에서 웃음을 참느라 입술을 아프도록 깨물고 있는 동안, 구름은 리어를 응징했다.

"이젠 하다하다 모함까지 해?"

"모함은 내가 당하고 있거든!"

"맞아야 정신 차리지. 거기 딱 서. 어허, 어딜 도망가! 병실에 또 오기만 해라. 내 손에 뒈진다!"

리어가 병실 밖으로 도망간 후 구름은 씩씩대며 침대로 돌아왔다.

"우탄아, 많이 속상했지?"

"큭큭큭."

이불 속에서 웃음을 참지 못한 우탄이 키득거렸다. 그때야 이상한 낌새를 느끼고 구름이 이불을 홱 걷어냈다.

"푸하하하하!"

통쾌한 웃음을 터뜨리는 우탄을 보자 구름은 기가 찼다.

"리어한테 무릎 꿇은 거 장난이었어?"

그런 줄도 모르고 리어만 호되게 잡았으니.

구름이 우탄의 가슴을 세게 내려쳤다.

딱!

'퍽' 소리가 나야 하는데, 딱딱한 근육질 덕분에 돌덩이를 내려친 것 같았다. 구름은 되레 내려친 손이 아플 지경인데, 우탄은 가슴을 부여잡으며 엄살을 떨었다.

"사, 사람 살……."

"으이그, 이 웬수들. 언제 철들래!"

❦

달려드는 구름을 피하고 용이를 병원 근처 술집으로 불러낸 리어는 한탄을 쏟아냈다.

"구름이가 사악한 오랑우탄한테 속고 있는 거라니까. 좀 전에도 나한테 막 무릎 꿇으면서 용서해 달라고 비는 거야. 완전 어이없었어."

리어는 생각할수록 분한지 생맥주를 벌컥거렸다. 용이 땅콩을 공중에 던져 받아 먹으며 말했다.

"너희들 하는 짓거리 보면 아직도 어린애 같아."

"넌 뭐 엄청 어른인 거 같다?"

"어른이지. 너희들보단."

리어는 문득 시안이 떠올라 물었다.

"시안이랑은 잘 돼가?"

용이 빙그레 웃으며 고개를 끄덕였다. 리어는 곧 죽을 사람처럼 얼굴을 구겼다.

"나만 없어, 애인."

"구름이한테 그만 집적대고 너도 딴 여자 만나, 인마."

"그게 내 맘대로 안 돼. 자꾸 구름이 생각만 나는 걸, 뭐. 다른 여자들 봐도 구름이랑 비교되구. 구름이 아닌 여자랑 연애하는 거, 자신 없어."

"천하의 강리어가 연애를 두려워하다니. 쯧쯧쯧."

"너도 내가 한심하지? 나도 내가 한심해."

리어는 자조적으로 읊조리며 또 생맥주를 마셨다. 마셔도, 마셔도 갈증이 가시지 않았다. 리어가 불쌍했는지 용이 갑자기 소개팅 얘길 꺼냈다.

사랑이란 상처에는 사랑이 약.

"의사는 어때? 소개시켜 줄까?"

"바빠서 잘도 연애하겠다."

"백수 소개시켜 줘?"

"됐어, 짜샤. 너나 시안이랑 잘 먹고 잘 살아."

"후후후. 너도 아프리카에 가서 한 달만 봉사하고 오든지. 그럼 자동으로 복잡한 머리도 정리될걸?"

리어는 정말 그러고 싶은 마음이었다. 머릿속에서 구름이에 대해 '여자'라는 생각만 지울 수 있다면 뭐든 할 것 같았다. 솔직히 말해서, 우탄이가 무릎을 꿇고 진지하게 사과했을 때 마음이 약해져서 하마터면 용서하겠단 말이 튀어나올 뻔했다. 그만큼 처음보단 용서할 수 없는 마음이 옅어졌다는 뜻이었다. 아마도 우탄이 죽다 살아난 덕분이 아닌가 싶었다. 죽으면 모든 게 끝이었으니까. 사랑도 살아 있으니 하는 거고, 싸움도 살아 있으니 하는 거다.

구조된 우탄을 보는 순간, 죽지 않아서 정말 다행이란 생각이 들었다. 미국에서 살아 돌아왔을 때 그랬던 것처럼. 어쩌면 우탄과는 평생 애증의 관계가 될 듯했다. 그마저도 이제는 삶의 일부처럼 느껴졌다.

"그나저나 공사는 어떻게 되는 거야? 하자가 드러났으니 공연도 못 하는 거잖아."

공사 이야기가 나오자 용이의 얼굴에서 웃음기가 사라졌다. 입에서는 마른 한숨이 쏟아졌다.

"형이랑 통화했는데 심각한 상황인가 봐. 공연은 물 건너갔고, 사고 수습하느라 정신없어. 주최 측에서 계약 위반으로 걸고넘어질 게 뻔한데, 이러다 부도나는 건 아닌지 걱정이야."

리어도 어느 정도는 예상했던 일이어서 막막하긴 마찬가지였다.

"어쩌면 좋으냐?"

"일단 상황을 좀 더 지켜봐야겠지. 우탄이나 구름이도 마음이 편치 않을 거야."

"방법이 있을 거야. 매몰 현장에서 한 명도 안 죽고 구조된 것만 봐도 이미 기적은 시작됐잖아."

리어의 말처럼 그 기적이 계속 이어질지 용이는 장담할 수 없었다. 형이 태어나 처음 맞이한 인생 최대의 위기를 잘 넘길 수 있기만을 바랄 뿐이었다.

❦

리어가 한창 용이에게 넋두리를 하고 있던 그 시각. 병실에 연주가 찾아왔다. 구름은 두 사람이 편히 얘기할 수 있도록 일부러 자리를 피해주었다. 잠시 머뭇대던 연주는 어렵사리 말을 꺼냈다.

"몸은 좀 어때?"

우탄은 기다렸다는 듯이 말했다.

"괜찮아. 그보다 부탁할 게 있어."

"무슨 부탁인지 알아."

연주는 곤란한 투였다. 하지만 우탄이 지금 매달리고 사정할 곳은 그녀밖에 없었다.

"이게 정말 네가 원하는 결과가 아니었길 바라."

우탄마저 자신을 의심하는 투여서 연주는 쓰게 웃었다.

"너도 리어랑 똑같은 말을 하는구나. 내가 그 작업반장에게 시켜서 일을 이렇게 만들기라도 했다는 거야?"

"내 말뜻은, 이게 네가 원하는 일이 아니었다면 도와달라는 거야."

"미국에서 널 도와준 것 때문에 곤란해진 건 나야. 너네 회사와 계약하겠다고 우긴 사람이 나라구."

"리어한테 들었어. '라이언'이 네 외삼촌 회사라는 거."

그렇게 든든한 백이 있었기에 연주는 우탄에게 큰소리칠 수 있었던 거다. 그를 흥하게도, 망하게도 할 수 있다고 으스대면서 말이다.

살인 누명도 벗길 만큼 재력과 권력을 갖고 있는 연주의 외삼촌이, 지금으로선 우탄에게 이 위기를 벗어날 수 있는 유일한 길이었다. 누구한테도 도와달라고 해본 적이 없는 그였다. 연주를 설득할지언정 비굴하게 타협하거나 굴복할 생각도 없었다.

하지만, 지금은 무슨 짓을 해서라도 회사를 구해야 했다. 그것만이 해와 직원들을 구하는 길이었고, 구름을 위해서 자신이 할 수 있는 일이었다.

"제발 도와줘, 연주야."

"……!"

내세울 건 자존심 하나뿐인 우탄이 도와달라며 애원하고 있었다. 그곳에 있는 건물 전체가 다 무너진대도 끄떡하지 않을 줄 알았던 우탄이 구름과 회사를 구하기 위해 자존심을 버렸다. 그는 아마 무릎이라도 꿇으라면 그럴 것이다.

그런데도 연주는 왠지 자신이 진 것 같은 기분이 들었다. 사랑하는 사람들을 위해 자신을 버리는 사람들. 자신의 명예를 지키기 위해 적극적으로 돕겠다고 나서는 사람들. 누구보다 높은 사회적 위치에 있음에도 늘 열등감에 젖어 있던 연주는 그 순간, 심한 자괴감에 시달렸다.

지금까지 무엇을 위해 산 것일까?

리어가 그 새벽에 호텔까지 데려다주며 했던 말이 떠올랐다.

"넌 아직도 그러고 사냐?"

"아직도 너 자신을 들들 볶는 거 같아서 하는 말이야."

"중학교 때도 그랬어, 너. 조금이라도 네 마음에 들지 않으면 불안해하고, 화내고. 우리 엄마랑 비슷했거든."

"그땐 몰랐는데, 지금 생각해 보니까 그래. 그래서 내가 널 좋아했나 봐."

연주는 그 어떤 대답도 하지 않은 채 도망치듯 병실을 나왔다. 너무나 이기적이고, 너무나 보잘 것 없는 자신이 창피해서 참을 수가 없었다.

❦

"뭐? 공연을 하겠다구?"

김 대표는 리어가 찾아와 하는 말에 기함했다. 사고가 나서 사람이 죽을 뻔한 곳이었다. 그런 곳에 어떤 미친놈이 자기 회사 아티스트를 공연하라고 보내겠는가. 또 사고가 나면 누가 책임지라구!

김 대표는 절레절레 손을 저었다.

"안 돼. 절대 안 돼."

"대표님이 허락 안 해주셔도 전 합니다."

"아이고, 두야."

리어의 생떼가 또 시작되었기에 김 대표는 머리를 싸안았다.

"무대가 무너져 봐야 정신 차릴래? 공연은 너 혼자 해? 단독 콘서

트라도 할 거야?"

"아무도 안 오겠다고 하면 단독 콘서트라도 해야죠, 뭐."

"누가 공연을 보러 오긴 하구?"

"제 팬들 있잖아요."

"아무리 네가 좋아도 그렇지, 목숨 내놓고 공연 보러 올 팬이 누가 있어?"

"그러니까 보러 오게끔 홍보해야죠. 팍팍!"

김 대표는 답답한 마음에 목소리를 낮춰 조곤조곤 설명했다. 이럴 때 흥분했다간 리어를 자극하는 것밖에 안 된다는 걸 그간 숱한 경험 끝에 터득했기 때문이다.

"강 스타. 이 홍보라는 게 말처럼 쉬운 게 아니야. 사탕 주면서 동네 꼬마들 불러 모으는 거랑 다르다니까? 우린 뭐 흙 파서 장사해? 사고 소식 듣고 이미 광고주들 다 발 뺐어."

"그거야 대표님이 공연 안 한다고 하니 그런 거구. 다시 공연한다고 하면 달라질걸요?"

"내가 싫어, 내가. 무대 위에서 죽는 게 네 소원이라고 해도, 난 네가 거기서 죽는 꼴은 못 봐."

단호한 김 대표를 보며 리어가 씩 웃었다.

"대표님, 나 죽을까 봐 겁나는구나?"

사업 수완이 뛰어나서 종종 냉철하단 평판을 듣는 김 대표도 리어의 웃는 얼굴에는 마음이 살살 녹았다.

"네가 우리 회사의 보물인데, 내가 널 함부로 굴릴 성싶어?"

"치. 사고뭉치라고 구박할 땐 언제구. 이번 일만 도와주시면 진짜진짜 잘할게요. 평생 같이 가자구요."

"평생?"

'평생'이란 말에 솔깃했는지 등을 보이고 있던 김 대표가 은근슬쩍 리어를 향해 자세를 고쳐 앉았다. 그의 태도가 달라지자, 리어는 더욱 앓는 소리를 했다.

"대표님도 아시잖아요. 그 회사, 구름이네 사촌오빠가 대표로 있는 거. 망하면 큰일 나요. 그 집 식구들, 나한테도 가족이나 다름없다구요. 제 가족 살리시는 셈치고 한 번만 도와주세요."

리어의 간절한 애원에 김 대표는 갈등했다. 조사 결과 무너진 건물 외엔 하자가 없다는 말을 들었지만 신뢰하긴 어려웠다.

하지만 무대는 아직 짓기 전이니, 공연만 하는 건 가능하지 않을까? 이전보다 철저히 무대를 지으면 되고, 주변 숙박 시설이나 식당들의 도움을 받으면 관광객들을 유치하는 데도 문제는 없을 터였다. 사실, 축제가 무산된 게 아쉽기는 그들도 마찬가지일 테니까.

다만, 그곳이 위험지역이 아니라는 인식만 사람들에게 심어주면 되었다. 인식만 새롭게 바꿀 수 있다면, 그리고 리어가 적극적으로 참여 의지를 보인다면, 다른 가수들도 따라올 가능성이 컸다.

이미 리어는 동료 가수들의 동의를 받아놓은 상태였다. 발을 뺀 가수들이 아니어도 얼마든지 다른 가수들로 대체할 수 있다는 뜻이었다. 어쩌면 리어의 독보적인 무대가 될 수도 있었다. 구름의 일로 무너진 이미지를 다시 끌어올릴 기회였다.

사업적으로 두뇌 회전이 빠른 김 대표는 아주 짧은 시간에 머릿속에 착착 그림을 그려냈다.

"한 가지만 더 약속한다면, 네 뜻대로 해주지."

"뭔데요?"

리어는 무슨 조건이라도 받아들일 마음의 준비가 되어 있었다. 우탄은 구름을 위해 머리에 돌도 대신 맞아줬는데, 나라고 무슨 짓이든 못할까.

"구름이 포기해."

"대표님!"

"구름이 때문에 네 인생이 꼬이는 거 더 이상 나도 못 봐줘. 고 이사한테 들었어. 구름이 진짜 남친 있다면서? 네가 남친 있는 애한테 목 맨 거라면서? 네가 뭐가 모자라서? 너처럼 끼가 철철 넘치는 놈이 왜 하필 남친 있는 애를 좋아하냐구."

김 대표는 진심으로 속상한 듯했다. 그 순간, 리어는 김 대표가 친 아버지 같은 느낌이 들어 마음이 애틋했다.

"마음 접는 중이에요."

리어는 솔직하게 마음을 털어놓았다. 괜히 해본 말이 아니라 진짜 그랬다. 구름이 우탄의 여자가 된 그날 이후로 서서히 마음을 정리 중이었다. 구름이 우탄과 잠자리를 해서가 아니었다. 사실, 그런 건 별 의미가 없었다.

그간 장난처럼 '자자'고 할 때마다 입버릇처럼 첫날밤은 결혼식 날이라고 했던 구름이었다. 그 얘기를 들을 때마다 우탄도 그녀를 지켜주고 있다는 걸 알 수 있었다.

장거리, 장시간의 연애. 그리고 사랑하는 여자 옆에 거머리처럼 붙어 있는 남자가 있는데도 상관없이 구름을 지켜주었던 우탄.

보통 사람이라면 쉽지 않았을 사랑의 행보 때문에 더 질투가 났는지도 모른다.

그런데 구름이 우탄과 밤을 함께 보냈다는 것은, 우탄을 진심으로 사랑하기에 가능한 일이었다. 그녀의 진심을 깨닫는 순간, 리어는 정말 끝이라는 걸 직감했다.

시간이 얼마나 걸릴지는 모르겠지만, 이젠 구름을 보내주어야만 한다. 구름이 그토록 사랑하는 우탄이에게. 그녀를 죽도록 사랑했던 소년 강리어 또한 떠나보낼 때가 온 것이다.

🐨

사고가 난 공사 현장을 수습하느라 애당초 예정되었던 축제 일정이 12월 초에서 크리스마스를 앞둔 시기로 미뤄졌다. 그렇게나마 축제를 할 수 있었던 것은 순전히 리어가 앞장선 덕분이었다.

그리고 그 뒤에는 연주와 지성훈의 도움이 있었다. 미국 주최 측의 연주는 '라이언'의 대표인 외삼촌을 설득했고, 파티장에서 만났던 한국 주최 측의 지성훈은 회사를 설득했다.

인부들의 도움도 컸다. 자재비를 빼돌렸던 일당은 잡혔고, 인부들은 자기 일처럼 마지막 건물을 새로 세우는 데 전력을 기했다. 리어의 소속사 '문 The moon'에서는 발을 뺀 소속사들을 회유하여 참여하는 쪽으로 결정을 번복시켰다. 그러자 물러섰던 광고주들도 다시 손을 내밀기 시작했다.

그러나 언론에서는 리어의 여자친구 회사라는 이유로 부정적인 시선이 압도적이었다. 안전불감증이라는 자극적인 기사도 연일 터져 나왔다. 돈에 눈이 먼 업자들이 무리하게 강행하는 공연이라는 악플도 만만치 않았다. 이러다 리어의 이미지 쇄신은 고사하고 이미지 파탄이나 나지 않을지 걱정스러울 지경이었다.

여론을 뒤집은 건 '악동 강리어'를 사랑하는 팬들이었다. 리어의 헌신적인 노력에 팬들이 적극적인 지지를 하고 나선 것이다. 팬들은 직접 축제를 홍보하는 일에 앞장섰으며, 그것을 계기로 참여하는 가수들의 팬들까지 합세했다. 팬들의 자발적인 홍보를 이끌어낸 덕분에 부정적 시선이 긍정적 시선으로 서서히 바뀌어갔다.

부정적 시선이 긍정적 시선으로 바뀌게 된 결정적 계기는 리어가 자신의 공연비를 불우청소년 돕기에 기부하겠다는 뜻을 밝힌 것이었다. 단순히 여자친구 회사를 돕기 위해 무리수를 두는 것도 아니고, 돈에 눈이 먼 업자들이 무리하게 강행하는 공연도 아닌, 의미 있는 공연으로 만들어 버린 것이다. 그에 따라 불참 의지를 밝혔던 몇몇 가수들도 리어와 뜻을 같이했다. 그리하여 관광호텔을 세우기 위한 홍보 공연은 뜻 깊은 행사로 변모했다.

축제 당일, 구름은 무대에서 리허설 중인 리어를 바라보고 있었다. 리어는 평상시와 달리 깐깐하고 프로다운 면모를 유감없이 발휘하는 중이었다.

역시나 무대 위에서 가장 빛나는 우리의 똥스타.

야외무대에서 추울 법도 한데 리어는 조금도 그런 기색이 없었다. 이따금 무대 아래에서 그 모습을 지켜보고 있는 구름과 눈을 맞춘 그는 그녀에게 가볍게 윙크를 날릴 정도로 여유가 넘쳤다.

'억수로 멋지다, 똥스타.'

감탄하고 있는 구름의 옆으로 우탄이 다가와 섰다. 그는 리허설이 시작되고부터 한 자리에서 꼼짝 않고 지켜보는 구름 때문에 리어에게 살짝 질투 어린 눈빛을 보냈다.

"안 추워?"

우탄은 다정히 물었다. 구름도 그의 허리에 팔을 둘러 안으며 대답했다.

"춥네."

"여기 기자들 많아."

아직도 사람들은 구름이 리어의 여자친구인 줄 알고 있었다. 사고 때문에 사실대로 밝힐 타이밍을 찾지 못했던 것이다. 기자회견 한 지 얼마 안 되어서 사실대로 밝혔다간 축제가 위태로웠다.

"이런 걸 대국민 사기극이라고 하는 건가?"

구름은 웃지 못할 해프닝에 씁쓸한 마음뿐이었다.

[부산 갈매기~ 부산 갈매기~ 너는 정녕 나를 잊었나~]

서울에서 용이와 시안이 도착한 모양이었다. 구름은 반갑게 전화를 받았다.

"도착했어?"

[어, 방금. 어디야?]

"무대 앞."

[알았어.]

구름이 전화를 끊고 우탄과 함께 용이와 시안을 마중 가기 위해 돌아섰을 때였다. 웬 남자가 음흉한 미소를 지으며 쳐다보고 있었다.

"누구……?"

우탄이 잔뜩 경계한 눈빛으로 묻는 그때, 무대 위에 있던 리어가 급히 두 사람을 불렀다.

"우탄아! 구름아!"

리어의 손짓에 두 사람은 무대로 가까이 다가갔다. 무대에 엎드리다시피 한 리어가 두 사람에게 속삭였다.

"그 악질 기자야."

연예인들에게 '저승사자'라고 불린다는 바로 그 악질 기자!

"절대 사귀는 거 티 내지 마. 알았지?"

리어의 경고에 우탄과 구름은 울며 겨자 먹기로 고개를 끄덕였다.

아버지를 아버지라 부르지 못한 홍길동의 비애가 이와 같았을까?

우탄과 구름은 절절히 사랑하면서도 티를 내지 못해 서로에게 더욱 애잔한 마음이었다.

비밀 얘기를 속닥이고 있는 세 사람에게 악질 기자가 다가왔다.

"강리어 씨, 잠깐 인터뷰 좀 할 수 있을까요?"

리어는 어이없다는 듯 웃었다.

"사전에 약속도 안 하고 무슨 인터뷰예요? 다른 기자라면 몰라도 황 기자님하고는 절대 인터뷰 안 합니다. 왜인 줄은 아시죠?"

"후후. 저 너무 미워하지 마십시오. 기자 정신이 투철하다 보니 팩트 전달이 우선이라서……. 전 세 사람 보니까 한눈에 딱 알겠던데. 강리어 씨와 표구름 씨가 연인이 아니라, 이쪽 두 분이 연인 맞으시죠?"

눈치가 백단인 악질기자 황에게 걸렸으니, 축제가 시작되기도 전에 기사가 나올 위기였다.

'슈퍼스타 강리어, 친구의 연인을 사랑하는 몰염치한 놈이었다!'

"하하하! 뭔 소리야. 구름인 내 여친인데, 하하하하!"

리어의 발연기에 우탄과 구름은 어처구니없는 눈으로 그를 쳐다봤다. 그에 황 기자는 더욱 확신이 선 표정이었고, 리어는 이 난관을 또 어떻게 극복해야 하나 짱구를 굴렸다.

그때.

"황 기자님."

도도한 목소리의 주인공은 연주였다. 모두 그녀를 주목했다.

"아, 신연주 씨."

황 기자는 일전에 제보 건으로 만난 적이 있던 연주를 보자 무척 반가워했다. 심증도 있겠다, 연주까지 나섰으니 대박기사를 건졌구나 싶었다.

"저랑 얘기 좀 하시죠."

"저야 연주 씨가 콜 하면 언제든지, 후후후."

황 기자가 능글맞게 웃으며 앞장섰고, 연주가 긴장한 세 사람에게 시선을 한 번 주고는 자리를 떠났다.

구름은 초조하게 손톱을 물어뜯었다.

"저 불여시가 또 뭔 소릴 하려고."

리어도 심각한 표정을 지우지 못했다.

"망했어."

하지만 우탄만은 왠지 연주를 믿는 표정이었다. 사고 이후 연주가 축제를 위해 라이언을 어떻게 설득했는지 잘 알기 때문이었다. 사고에 대한 죄책감과 우탄의 부탁이 그녀의 마음을 돌리는 데 크게 일조했다. 또한 리어와 팬들의 움직임이 라이언 회사에 감동을 주었다. 결국 연주와 라이언 회사는 눈앞에 보이는 실보다 앞으로의 득을 선택한 것이었다.

아무도 없는 곳으로 황 기자를 데려온 연주는 싱긋이 웃었다.

"황 기자님."

"예, 연주 씨."

"기자 생활 계속하고 싶으시죠?"

"예? 무슨 뜻입니까?"

황 기자는 연주의 질문 속에 뼈가 있다는 걸 느끼고 얼굴이 굳어졌다.

"장난 같은 거 이제 재미없어졌거든요. 그러니까 이제부터 리어에 대해 좋은 기사 아니면 쓰지 말아주세요."

"아니, 제가 왜? 전 팩트를 중요시하는 기잡니다."

"팩트 되게 좋아하시네. 그럼 저도 팩트 하나 말씀드릴까요?"

"말씀해 보시죠."

"'스타 one' 한 실장님과 아주 친한 사이시던데. 황 기자님이 왜 유독 리어에게만 악질적인 기사를 쓰나 이상했거든요. '스타 one'이 '문 The moon'과 라이벌이란 건 다들 아는 사실이구요. 리어가 그 숱한 악질 기사에도 불구하고 왜 건재하다고 생각하세요?"

"그래도 실력이 되니까겠죠?"

자신한테 불리하게 돌아가자 황 기자는 슬쩍 태도를 바꿨다. 피식, 비웃으며 연주가 말했다.

"돈 받고 쓰는 기사는 티가 나기 때문이에요. 물론 무분별한 기사에 현혹되는 무지한 사람들도 많겠지만, 정신 똑바로 박힌 사람들도 많다는 뜻이죠."

황 기자는 발끈했다.

"제가 돈 받았다는 증거라도 있습니까?"

"제가 증거 찾기 시작하면 영영 기자 못할 수도 있어요. 뭐, 팩트 좋아하시니까 원한다면 확실한 물증 갖고 오죠."

안색이 창백해진 황 기자는 얼른 한 발 물러섰다.

"어휴, 왜 이러십니까? 그냥 술 몇 번 같이 마신 걸 가지구."

"기사는 술 얻어 마신 날만 쓰셨나 봐요. 다음부턴 맨 정신에 쓰시
구요. 이 축제 망치면, 아니, 강 스타 인생에 자꾸 초 치면, 그땐 진짜
팩트가 뭔지 보여 드리죠."

더없이 싸늘한 연주의 눈빛에 황 기자는 진땀을 흘렸다.

"무슨 말씀인지 잘 알겠습니다. 좋은 기사…… 네, 명심하죠."

축제 첫날, 사람들은 2시간 내내 추위도 잊고 열광하는 중이었다.
마지막에 리어가 등장했을 때가 절정의 순간이었다. 가요계의 악동
이미지답게 리어는 관중들과 자유로운 호흡을 맞췄고, 그것을 시작으
로 한 달간 주말마다 이어지는 축제는 대성공이었다.

축제 마지막 날의 피날레를 장식한 이 역시 리어였다. 이 축제를 위
해 혼신의 힘을 불살랐던 리어는 눈발이 흩날리는 하늘과 그 아래 모
인 관중에게 경이로운 눈빛을 보냈다. 이윽고 그의 시선이 무대 맨 앞
에서 보고 있는 구름과 우탄에게 향했다.

리어의 꿈은 무대에서 구름에게 프러포즈를 하는 것이었다. 하지만
이제 우탄의 여자가 된 구름에게 더는 '사랑한다'고 고백할 수 없었다.
그게 너무 마음이 아파서 눈물이 났다. 혼자 마음고생이 심했던 리어
는 오만 가지 감정이 뒤섞여 말을 잇지 못했다.

스탠드 마이크를 붙들고 조용히 눈물을 흘리는 리어를 본 관중들
이 격려의 환호성을 질렀다. 그 소리에 또 울컥한 그는 그때야 비로소
팬들의 사랑을 가슴 가득 느꼈다. 그저 자기 잘난 맛에 살고, 자기 잘
난 멋에 살았던 리어였다. 팬들이 없었다면 지금의 이 자리도 없었을

거란 생각에, 그동안의 오만함이 한없이 부끄러웠다.

그리고…… 무엇보다 이제 이 축제를 끝으로 사랑하는 구름을 우탄에게 보내줄 생각이었다. 마음은 굳게 먹었으나, 그녀를 떠나보내기 힘들었던 리어는 드디어 마지막 순간이 다가왔음을 느꼈다. 하염없이 눈물이 흐르는 건 그런 이유였다.

"여러분도 아시다시피 저에겐 9년 동안 사랑하는 여자가 있습니다."

돌연 구름이 얘기를 꺼내는 리어 때문에 관중이 고요해졌다.

"제가…… 여러분을 속였습니다."

구름은 가슴이 덜컥 내려앉았다. 축제가 끝나기도 전에 고해성사를 하는 리어가 위험해 보였다.

'아, 안 된다. 지금 그 얘기를 하면 니는 말 그대로 똥 되는 기다!'

구름은 무대 위로 뛰어 올라가 리어의 입을 틀어막고 싶은 심정이었다.

"근데 그 친구는 제가 아닌 딴 남자를 사랑합니다."

웅성웅성.

관중이 동요하자 리어는 손등으로 눈물을 쓱 닦으며 말을 이었다.

"그래서 보내주려고요. 그동안 저 때문에 갈등하고 고민해 준 거 고마워서라도 이젠 진짜 사랑하는 사람에게 보내줄까 합니다."

관중석은 찬물을 끼얹은 듯 조용했다. 하늘에서 내리는 눈송이만 을씨년스럽게 흩날리고 있었다.

"네, 여러분이 지금 생각하시는 그대롭니다. 제가 그 두 사람 사이에 낀 거 맞아요. 근데 제가 그 자식보다 먼저 좋아했거든요."

볼멘소리에 여기저기서 웃음이 터졌다. 그 덕분에 싸늘해졌던 분위기가 조금 풀어졌다.

"그 자식만 아니었어도 내 여자 되는 거였는데 억울해서 잠이 안 옵니다."

"저게 돌았나? 뭔 소릴 하는 거야?"

우탄이 안절부절못하는 구름의 손을 꼭 잡았다. 구름이 그를 올려다보자 어쩐 일인지 만면에 미소가 가득했다.

무대 위에서 우탄과 구름을 째려보던 리어는 억울함이 가시지 않는 얼굴로 말했다.

"그 새끼가 제 불알친구예요. 한마디로 웬수 중의 웬수죠."

와-하하하하!

관중이 짠한 표정으로 리어를 향해 웃음과 격려의 박수를 보냈다.

내용은 막장인데, 분위기가 나쁘지 않아서 구름은 다소 안심했다. 두 사람 옆에서 똑같이 가슴을 졸이며 보고 있던 시안과 용이도 한시름 놓은 표정이었다.

관중의 반응에 씩 웃은 리어는 손가락으로 우탄을 콕 집어 가리켰다.

"내가 사랑하는 여자가 사랑하는 놈이 저 새끼거든요. 거기 덩치 큰 남자 분, 머리통 한 대만 때려주심 안 돼요?"

험상궂게 생긴 남자가 옆에 선 우탄을 쓱 쳐다보며 솥뚜껑만 한 손을 올렸다. 우탄이 마주 꼬나보자 남자는 머쓱하게 손을 내렸다.

관중 앞에서 이게 뭐 하는 짓인지.

구름은 리어와 우탄의 유치한 짓거리에 창피해서 얼굴이 화끈거렸다.

"지금 이 시간 이후로 저의 9년간 짝사랑은 영원히 막을 내립니다! 이제부턴 팬들이 제 영원한 여자친굽니다!"

와아—아아아!

관중의 환호 속에서 리어는 마지막 곡을 부르기 시작했다. 그렇게 슈퍼스타 강리어의 짝사랑이 끝이 났다.

에필로그 I
리어와 윤희 story

'크하하하하!'

리어는 '문 the moon'의 간판을 보며 속으로 크게 웃어젖혔다. 드디어 기획사에 입성하는 역사적인 날! 이날을 위해 엄마와도 의절했던 그는 감격의 눈물을 흘릴 뻔하였으나, 꾹 참았다. 기뻐하기엔 아직 일렀기 때문이다. 그는 가요대상이라도 받으면 엄마의 화가 풀릴 거라 생각했다.

당당히 기획사 안으로 들어간 리어는 직원의 안내를 받아 대표실로 향했다. 대한민국 최고 기획사답게 럭셔리한 분위기가 마음에 들었다. 복도마다 유명한 연예인들의 사진이 걸려 있었다. 리어는 언젠가 자신도 저들과 어깨를 나란히 할 날이 올 거라 믿어 의심치 않았다.

갖은 폼을 잡으며 복도를 걸어가고 있을 때였다. 마침 지나던 문이 열리며 누군가 툭 튀어나왔다. 뭔가 한 아름 들고 나오던 사람과 부딪힌 리어는 볼썽사납게 비틀거렸다. 하지만 상대는 더한 꼴로 바닥에 엎어졌고, 들고 있던 의상이 바닥에 우르르 떨어졌다.

"아야……"

엎어지며 무릎을 심하게 찧었던 여자가 기어들어 가는 소리로 중얼 거렸다. 빨간색 안경을 낀 삼십대 여자가 뒤따라 나오다가 냅다 악을 썼다.

"야! 넌 그것도 하나 제대로 못 하니? 아유, 속 터져! 너랑 일하다가 는 내가 암 걸리겠어, 암! 말귀를 알아듣길 해, 말을 잘하기를 해. 어 디서 이런 애가 들어와서 내 속을 썩이는 거냐구! 빨랑빨랑 못 주워! 이게 얼마나 공들여서 만든 의상인데!"

빨간 안경의 잔소리에, 넘어졌던 여자는 쭈뼛거리며 의상들을 줍기 시작했다. 같이 주워도 되련만, 줍는 것만 사납게 노려보던 빨간 안경 이 그녀의 머리를 쿡 쥐어박았다.

"빨랑빨랑 좀 해. 시간 없어. 사람이 빠릿빠릿해야 일 시킬 맛이 나 지."

가만히 보고만 있던 리어는 빨간 안경이 하는 짓거리가 너무하다 싶은 마음에 의상을 같이 줍기 시작했다.

난데없는 남자의 등장에 빨간 안경은 화들짝 놀랐다.

"누구세요?"

리어는 빨간 안경을 쳐다보지도 않고 말했다.

"슈퍼스탑니다."

"네? 슈퍼스타 누구……?"

리어는 씩 웃으며 고개를 들었다. 순간, 빨간 안경은 움찔 놀랐다.

"가, 강리어 맞죠?"

"오, 단번에 알아맞히시네요?"

"당연하죠! 오디션 할 때 제가 투표를 얼마나 했는데요. 우리 기획사 들어온단 소식을 들었는데, 여기서 이렇게 만나다니. 이런 걸 사람들은 운명이라고 하죠."

빨간 안경의 흥분된 리액션에 의상을 들고 일어난 리어는 뿌듯한 미소를 지었다.

"이모 팬을 여기서 만날 줄 저도 몰랐는걸요?"

"이모 팬……. 이왕이면 누나 팬이라고 해요. 오호호호호호."

빨간 안경의 과장된 웃음과 달리 리어는 반대편에서 어둠의 그림자가 드리워지는 느낌을 받았다. 고개를 돌려 빨간 안경에게 구박받던 여자를 본 순간, 리어는 저도 모르게 굳어졌다. 윤희였던 것이다.

"소 매……."

윤희는 리어를 보자마자 당황해하며 달아났다. 졸업하고 처음이었으니, 3년 만의 재회였다. 너무나 보잘것없는 모습을 보여서 창피하고 속상했다. 그동안 시안에게서 간간이 리어의 소식을 듣긴 했으나, 일부러 만나지 않았다. 미정 때문에 또다시 사람들을 향한 마음의 문을 닫아버렸던 것이다.

고 이사의 배려로 들어온 기획사. 여전히 윤희는 왕따였고, 의상팀의 허드렛일을 하는 신세였다.

비상구로 가서 숨은 윤희는 너무 놀라서 가슴이 떨렸다. 리어가 기획사를 이곳으로 정했다는 소식은 들었지만, 이렇게 맞닥뜨리게 될 줄은 몰랐다.

"어떡해……."

구석에 웅크리고 앉은 윤희는 창백한 얼굴을 두 무릎 사이에 파묻었다.

❧

"누구?"

김 대표는 리어가 대뜸 하는 말에 어리둥절했다.

"소윤희. 제 매니저로 정했다구요."

"허……."

'이런 맹랑한 녀석을 봤나' 하는 얼굴로 김 대표는 리어를 빤히 쳐다봤다. 오디션에서도 자신만만한 게 지나쳐 뻔뻔하기까지 한 모습에 반했지만, 이제 막 계약서에 사인하러 온 놈이 제 마음대로 매니저를 정해 버리다니. 게다가 소윤희라면 고 이사 때문에 의상팀에 억지로 넣어놓은 아이 아닌가.

"의상팀에 그 소윤희?"

"네. 제 고등학교 동창입니다. '아프락사스' 매니저도 했었구요."

"그건 알지. 그래도 매니저는 좀……."

김 대표가 난감해하자 리어는 사인을 하려다가 말고 싱긋 웃었다.

"전 소 매 아니면 싫습니다."

"이미 너한테 붙여줄 매니저 다 정해놨어. 실장급으로. 고등학교 밴드부 매니저랑 기획사 매니저는 달라."

"알아요. 그래서 부탁드리는 겁니다. 소 매 아니면 절 감당할 매니저는 없거든요."

"뭐? 하하하하. 난 이래서 네가 맘에 들어. 매사 당당한 모습, 아주 좋아!"

"그럼 승낙하시는 걸로 알고 사인합니다?"

김 대표가 황급히 리어의 손을 잡았다.

"매니저가 보통 힘든 게 아니야. 윤희가 그걸 감당할 수 있을 거라고 생각해? 아무것도 모르는데?"

"금방 감 잡을 거예요."

"의상팀에 3년을 있었어도 감을 못 잡고 아직도 헤매는 애야. 고 이사 때문에 자르질 못하고 있을 뿐이라구."

"의상에 트라우마 있는 애를 의상팀에 보내신 게 잘못이죠."

"뭐라구?"

리어는, 자신의 의상 때문에 죽다 살아난 윤희에게 트라우마가 있을 거라고 짐작했다.

"그런 게 있어요. 다른 건 몰라도 소 매가 제 매니저 일만큼은 잘할 거예요. 죽자 사자."

리어는 윤희가 자신을 좋아하는 것도 알고 있었다. 하지만 윤희 성격에 그 이상은 절대 넘어오지 않을 터였다. 김 대표 말만 듣고도 윤희가 언제 잘릴지 알 수 없었기에 차라리 자신의 매니저가 되는 게 낫겠다 싶었다.

리어는 윤희가 퇴원했을 때도 별다른 말을 하지 않았다. 그냥 평소처럼 대했고, 그 후로는 일부러 피하는 건지 얼굴을 볼 수가 없었다. 그만큼 상처가 큰 것 같아서 내버려 뒀는데 이제야 조금이나마 빚을 갚을 수 있겠다는 생각이 들었다.

"매니저는 너랑 한배를 타야 할 사람이야. 너한텐 정말 중요한 사람이라구. 괜찮겠어?"

"두고 보세요. 소 매가 제 매니저가 되면 달라질 테니까."

그러나 정작 윤희는 그 소식을 듣고 얼떨떨했다.

'내가 리어 매니저라구? 진짜 가수 매니저?!'

그날부터 윤희의 지옥 훈련은 시작되었다. 리어의 장담과 달리 매사 서툴렀고, 실수투성이였으며, 욕받이였다. 어쩌면 윤희가 다크해진 것은 골 때리는 악동 강리어의 매니저를 하면서 생긴 새로운 방어기제였으리라. 어떻게든 리어를 이 험난한 연예계에서 살려야 했으니까. 또한 자신이 사는 길이었으니까.

이전보다 훨씬 단단해진 자신을 볼 때마다 윤희는 리어에게 고마웠다. 신인 가수와 신인 매니저가 좌충우돌, 5년간을 함께하다 보니 정이 들어서 이젠 정말 한 팀이 된 느낌이었다.

그렇게 두 사람은 '진짜 친구'가 되었다.

에필로그 II
용이와 시안 story

우탄이 귀국하고 용이와 시안이 함께 처음 그의 집에 방문하던 날의 전말은 이렇다.

소식이 끊겼던 우탄 때문에 내내 벼르고 있던 시안을 달래느라 혼이 났던 용이는 집 근처 술집에서 그녀와 2차를 가졌다. 차 때문에 술은 입에도 대지 못한 시안이 제안을 했던 것이다. 병원에만 파묻혀 살던 용이도 간만의 휴식이었기에 기꺼이 동조했다.

문제가 생긴 건 시안이 잔뜩 취한 뒤였다. 잠깐 화장실에 다녀온다던 그녀가 오지 않아 찾으러 갔던 용이는 저도 모르게 멈칫했다. 시안이 웬 남자를 거의 끌어안다시피 하고 있었기 때문이다.

'아는 사람인가?'

시안이 많이 취한 상태인 걸 알기에 용이는 낯선 남자가 무척 신경이 쓰였다. 급히 다가갔더니 남자가 난감한 듯 물었다.

"이 여자 애인이세요?"

"아뇨. 친군데요. 누구시죠?"

"아마 절 애인으로 착각한 모양이에요. 사랑한다면서 키스하려고 덤비더라구요."

남자는 그 상황을 즐기듯 빙긋이 웃었다. 용이는 시안의 실수보다 남자의 조롱 섞인 웃음이 더 기분 나빴다.

용이는 남자의 품에서 황급히 시안을 떼어냈다.

"죄송합니다."

"친구 잘 간수해야겠어요. 내가 신사나 되니 망정이지. 운이 좋네요, 아가씨가."

남자의 빈정거리는 투가 몹시 거슬렸다. 하지만 시안의 실수를 만회하고자 용이는 애써 고개를 숙였다.

"고맙습니다."

자꾸만 주저앉으려는 시안을 들쳐 업은 용이는 바삐 계산대로 향했다. 두 사람을 지켜보던 남자가 뒤늦게 구시렁댔다.

"용이가 애인인가? ……인형처럼 예쁜 여자가 애인이라니 어떤 놈인지 진짜 부럽다."

❦

시안의 집 앞. 시안을 벽에 세우려 애쓰며 용이 말했다.

"야, 똑바로 서봐."

"우웅……."

완전히 취해 버린 시안은 자꾸만 용이의 품으로 쓰러졌다.

"이래서 집에 들어가겠냐?"

용이는 억지로 시안을 벽에 기대놓았다. 눈을 게슴츠레 뜬 그녀가 흐릿한 시선으로 그를 올려다보았다.

"사랑해⋯⋯."

용이 한 손으로는 시안의 허리를 잡고, 다른 한 손으로는 그녀를 업고 오느라 땀에 젖은 이마를 닦으며 중얼거렸다.

"이번엔 또 어떤 놈이야?"

"사랑한다구우⋯⋯."

"알았으니까 정신 좀 차려봐."

시안이 두 팔로 덥석 용이의 목을 휘감았다. 하마터면 그녀와 입술이 부딪힐 뻔했던 용이 반사적으로 고개를 뒤로 뺐다. 정말 아슬아슬하게 피했기에 등에 진땀에 확 났다.

"키스하고 싶어."

"⋯⋯!"

"키스해 줘."

순간 용이는 몽롱한 시안의 시선을 마주하면서, 그녀가 다른 남자와 착각하는 게 아닐지 모른다는 생각이 들었다.

"사랑한다구, 이 바보야."

두근두근, 두근두근.

용이는 저도 모르게 시안에게서 뚝 떨어져 나왔다. 그 바람에 비틀거리던 그녀는 제자리에 푹 주저앉고 말았다.

"⋯⋯."

시안의 말에 가슴이 두근거렸다는 게 믿기지 않아 용이는 얼이 빠진 사람처럼 서 있었다. 어이없게 웃음이 터진 건 잠시 뒤였다.

'정신 차려, 미친놈아. 착각을 해도 유분수지. 시안이가 날 사랑한 다는 게 말이 돼?'

자신의 착각이라고 치부해 버린 용이는 주저앉아 있는 시안을 부축 했다.

"아이고, 작곡하더니 느는 거는 주정뿐이고, 친구랑 헤어진 애인이 랑 구분도 못 하고……. 우리 이쁜 시안이, 앞으로 이 오빠하고만 술 마셔야 돼. 오늘도 봐. 죄다 늑대들만 득실대잖아. 내가 네 진짜 애인 이었음 오늘 그 자식, 손모가지를 확 분질러 버렸어!"

용이는 뒤늦게 술집에서 남자와 부둥켜안고 있던 시안이 떠올라 부 아가 치밀었다. 그때만 해도 그게 질투라는 걸 어찌 알았으랴.

에필로그 Ⅲ
우탄과 구름 story 1

 이듬해 5월 어느 날, '더 스윗' 카페가 안팎으로 북적거렸다. 그날따라 카페는 평소와 달라서, 카페가 아닌 결혼식장 분위기가 물씬 풍겼다. 그랬다. 그날은 다름 아닌 우탄과 구름의 결혼식 날이었다.

 오랜 연애 끝에 마침내 역사적인 결혼식을 앞둔 우탄과 구름!

 하객들 앞에 모습을 드러낸 두 사람은 꽤나 상기된 표정이었다. 두 사람은 흔한 주례사도 없이 하객들 앞에서 부부 선언을 했고, 양가 부모님과 직장 동료들이 흐뭇한 표정으로 그 모습을 지켜보았다.

 모든 게 순조롭게 흘러가고 있을 때, 신랑 신부뿐 아니라 하객들마저 긴장하게 만드는 이가 있었으니.

 바로, 리어였다.

 지난 강원도 축제 때 팬들 앞에서 구름을 깨끗하게 포기한 후로 바쁜 일정을 보내던 리어는 모처럼 우탄과 구름의 결혼식장에 모습을 드러냈다. 바쁘다는 핑계로 구름을 멀리했던 리어의 등장은 묘한 긴장감을 불러일으켰다.

결혼식이 무르익었을 무렵, 리어는 자진해서 축가를 부르겠다고 나섰다. 슈퍼스타인 그가 축가를 부른다는 건 가문의 영광(?)이겠으나, 왠지 모두 뜯어말리고 싶은 심정이었다.

특히, 우탄은 리어가 앞으로 나왔을 때 인상이 굳어졌다. 걸어 나오는 리어와 눈이 마주친 찰나, 그의 눈에 짓궂은 표정이 스쳤기 때문이었다.

'허튼수작하기만 해!'

우탄이 경고의 눈빛을 보냈으나, 부러 외면한 리어는 피아노 앞으로 가서 앉았다. 무대 위에서 가장 빛나는 리어였기에 금세 모두 숨을 죽였다.

잠시 새하얀 건반을 내려다보던 리어는 지그시 눈을 감고 피아노를 치기 시작했다. 이윽고 그의 입에서 무척이나 아름답고 애잔하며······ 구슬픈 이별 노래가 흘러나왔다.

'꿍······!'

이곳이 무대였다면 더없이 멋지고 환상적인 노래였으리라.

But!

'저 자식을 죽여 버릴까?'

우탄의 몸이 부들부들 떨리는 걸 느낀 구름은 팔짱을 낀 손에 힘을 꾹 주었다.

'니는 가만있어라. 저 자식은 내가 죽여 버릴라니까!'

리어를 바라보는 구름의 두 눈에 살기가 어렸다.

'감히 내 결혼식에서 이별 노래를 불러 제끼는 니란 인간은 살기를

포기한 기재! 그동안 조용하다 싶더니만, 아직도 정신을 몬 차렸구마!'

그사이, 지켜보는 것만으로 눈물을 짓게 만드는 이별 노래는 절정을 향해 달려가고 있었다. 주먹을 꽉 움켜쥔 구름이 척척 앞으로 걸어나갔을 때 가장 놀란 건 우탄이었다. 구름은 우탄이 말릴 새도 없이 곧장 리어 앞에 도달했다. 눈을 감고 노래에 취한 나머지 리어는 앞으로 닥칠 재앙을 알지 못했다. 구름이 그의 머리채를 잡기 전까진 말이다.

"아악!"

리어의 입에서 벼락같은 비명이 터져 나왔다. 구름이 살기등등한 채 윽박질렀다.

"사악한 시키! 아예 저주를 하지, 왜!"

"아아아! 이, 이거 놓고 얘기……."

리어가 사정했으나, 열을 있는 대로 받은 구름은 그의 머리채를 파리채 잡듯 잡고서 마구 흔들었다.

"네가 인간이냐! 남의 결혼식에 와서 초를 쳐도 유분수지. 나랑 뭔 원수가 져서 결혼식까지 망쳐 놔, 망쳐 놓길!"

찰칵, 찰칵, 찰칵!

그날 인터넷에는 슈퍼스타 강리어가 여사친 결혼식장에서 이별 노래로 저주(?) 아닌 장난을 치다가 머리채가 잡힌 사진으로 도배되었다. 실검에는 '리어의 짝사랑녀, 표구름'이 5개월 만에 핫이슈로 떠올랐으며, 우탄은 '슈스를 이긴 진정한 최강자'로 덩달아 화제가 되었다. 축제 때 리어가 무대에서 떠들어낸 소리로 한동안 언론에서 시달렸던 우탄이었기에, 결코 반갑지 않은 사건이었다.

퍽!

누군가 등짝을 후려갈기는 바람에 구름은 화들짝 놀라 리어의 머리채를 놓았다. 돌아보니…….

"헉!"

서슬 퍼런 모습으로 리어의 엄마, 강세련이 노려보고 있는 게 아닌가! 리어와 연락을 끊고 살아서 결혼식에 올 거라고는 꿈에도 몰랐다.

"아, 안녕하세요……?"

"너 같으면 신부한테 머리채 잡힌 아들을 보고 안녕하겠니?"

구름은 당황하여 얼굴이 빨개졌다.

"죄, 죄송…….'"

말이 끝나기도 전에 누군가 득달같이 달려와 세련의 머리채를 잡았다.

"이년이 지금 누구를 치노!"

구름의 엄마 경순이었다.

"어머멋! 이거 놔요!"

세련이 빠져나가려 버둥거리면서 소리를 질렀다. 그러나 오랜 세월 부산의 바닷바람을 맞으며 거칠게 살아온 경순에게 잡힌 이상 쉽게 빠져나갈 수 없었다.

"남의 결혼식에 와가 뭐 하는 짓이고! 신부를 때리는 사람이 세상에 어데 있드노!"

"당신 딸이 먼저 내 아들 머리채를 잡았잖아욧!"

찰칵, 찰칵, 찰칵!

리어가 신부에게 머리채를 잡힌 사진 외에, 뮤지컬 감독 강세련이 신부 엄마에게 머리채를 잡힌 사진 역시 그날의 화제가 되었다.

"......"

"......"

리어는 우탄과 구름의 결혼식장에서 엄마를 만날 거라곤 조금도 생각하지 못했다. 그래서인지 아무도 없는 곳에 와서도 서로 말없이 서 있기만 했다.

"너 보러 온 거 아니야. 신경 쓰지 말고 가."

한참 만에 냉랭하게 말을 꺼낸 세련이었다. 세련을 외면하고만 있던 리어가 그제야 입을 열었다.

"나 안 보고 싶었어?"

약간 물기가 젖은 음성에 세련은 울컥했다.

"난 엄마 보고 싶었는데."

그 한마디에 세련은 마음이 무너져 내렸다. 그동안 기사를 통해 구름과의 스캔들을 알고 있었다. 그렇기에 리어가 어떤 마음으로 구름을 보냈을지도 알 수 있었다. 언제까지 어린애인 줄로만 알았던 아들은 그렇게 성장해 있었고, 오히려 어린애처럼 골을 내고 있는 건 자신이었다.

리어는 모르고 있었지만, 세련이 집에서 칩거만 하고 있었던 것은 아니었다. 리어에게 조금이라도 피해가 갈까 봐 연예계에 관련된 사람들과 일절 접촉을 끊은 건 사실이지만, 가끔 훌쩍 여행을 가기도 하고, 반찬을 싸들고 온 효순과 같이 식사를 하거나 차를 마시기도 했다. 지난겨울 사고 때 칩거를 해제하고 효순에게 달려갔던 것도 남다른 친분 탓이었다. 게다가 우탄의 엄마와는 미국으로 떠나기 전까진 아이들끼리 친구라는 이유로 가깝게 지냈었다. 두루두루 축하해 줘야 할 결혼식 자리여서 참석했던 것이다.

그러나 세련의 진짜 목적은 따로 있었다. 칩거도 풀었으니 더 늦어지기 전에 아들과 화해를 할 마음이 들었던 것이다.

"아무 때나 집에 와."

세련의 말에 리어가 반색했다.

"진짜? 이제 용서해 주는 거야?"

"이게 다 소 매니저 덕분인 줄 알아."

"소 매?"

"우리 화해시키려고 걔가 많이 애썼어. 이제 그만 괴롭혀야지."

리어도 내심 그런 생각을 안 해본 건 아니었다. 윤희라면 어떻게든 도와주려고 했을 테니까. 그는 남모르게 엄마를 챙겨준 윤희가 새삼 고마웠다.

성큼 다가온 리어는 세련을 와락 끌어안았다.

"고마워, 엄마."

이게 얼마 만에 안아보는 아들인가. 하마터면 눈물이 왈칵 나올 뻔한 세련은 괜히 리어의 등을 탁 때렸다.

"나쁜 자식."

"미안해, 엄마."

"나도……. 보고 싶었어, 아들."

"사랑해, 엄마."

리어와 세련의 얼굴에 비로소 미소가 드리워졌다.

털썩!

털썩!

우탄과 구름은 신혼여행지에 있는 호텔에 도착하자마자 동시에 침
대로 쓰러지고 말았다. 너무나 긴 하루였고, 너무나 험난한 하루였다.
리어의 장난으로 시작된 축가는 결국 모두에게 상처만 남겼으며, 그
게 리어의 의도였다면 '완벽한 결혼식'이었다.

"아이고, 결혼 한 번 하려다가 사람 잡겠네."

구름이 한탄을 쏟아냈다.

"그러게. 두 번은 못 하겠다."

"야……."

발끈한 구름이 우탄을 째려보며 말을 이었다.

"생각만 해도 끔찍하다."

"후후. 내가 딴 여자랑 결혼하는 거 상상만 해도 싫어?"

"그게 아니고……."

"응?"

"리어가 날 가만두겠어?"

"야……!"

"쿡쿡쿡."

구름은 우탄을 꼭 끌어안았다. 우탄도 구름을 마주 안으며 다짐을
받았다.

"신혼여행에서만큼은 리어가 금지어야. 제발 평화로운 신혼여행을
보내고 싶다구."

"나야말로. 아아, 드디어 해방이다."

구름은 리어에게서 해방된 기분에 피곤한 것도 잊을 지경이었다. 우탄도 이제야 마음이 놓인 듯 구름을 사랑스러운 눈빛으로 바라보았다.

키스, 키스, 키스!

야릇한 분위기에 젖어 서로의 입술을 찾아 다가가던 그때, 눈치 없이 현관 벨소리가 들렸다. 신혼여행이란 걸 알고 있는 호텔 측에서 서비스라도 주려나 싶어 우탄은 벌떡 일어나 현관으로 향했다. 그리고 문을 열었을 때였다.

"서프라이즈!"

문 앞에 와인을 들고 해맑게 웃으며 서 있는 사람은 강. 리. 어!

띠잉!

순간, 현기증을 느낀 우탄의 몸이 휘청거렸다.

"너, 너 이 자식······!"

"구름아, 나 왔엉~"

리어는 우탄을 밀치고 안으로 들어가며 큰 소리로 자신의 존재를 알렸다.

"뭐, 뭐야!"

소스라치게 놀란 구름의 외침이 들렸다.

"여, 여기 하와인데······."

"나도 휴가."

"헐."

구름은 뻔뻔한 리어 때문에 욕을 해줄 기력도 없었다. 설마하니 신혼여행까지 쫓아올 줄은 정말 몰랐다!

머리를 한 대 얻어맞은 듯 문 앞에서 얼떨떨하게 서 있던 우탄이 막 문을 닫으려는 순간, 누군가 닫히는 문을 잡았다.

"……?"

우탄이 다시 문을 열었더니, 난처한 얼굴로 시안과 용이 서 있는 게 아닌가.

"우리도 왔어."

시안이 어울리지도 않게 나긋한 목소리로 말했고, 용이도 민망한 듯 웃었다.

"미안, 친구야."

"뭐야, 너희들?"

우탄은 분노하기보다 어처구니가 없었다. 가까운 거리도 아니고, 하와이까지 몰래 쫓아온 친구들을 이해할 수가 없었다.

시안이 안으로 들어오며 두 손 모아 용서를 빌었다.

"어쩔 수 없었어. 리어 저 자식을 혼자 보냈다간 하와이에서 네 손에 죽을지도 모르잖아. 우린 어디까지나 감시사 사석으로."

용이도 시안을 따라 들어오며 동조하듯 고개를 끄덕였다.

"더 이상 인터넷에 올라오는 건 막아야지."

"아냐."

용이 우탄의 어깨를 툭툭 쳐 줬다.

"걱정 마. 첫날밤은 무사히 보내게 해줄 테니까."

말은 그러나, 왜 재밌어 죽겠는 표정을 짓고 있는 걸까?

우탄이 용이의 뒤를 쫓아가며 말했다.

"너네 일부러 짰지?"

그러지 않고서야 하와이에 온다는 걸 끝까지 비밀로 할 수는 없는 노릇이었다. 어이없게 쳐다보는 구름의 옆에서 리어가 장난스럽게 침대를 구르며 눈웃음을 쳤다.

"우와! 여기 되게 좋다. 우리 오늘 여기서 다 같이 자자아—"

퍽퍽!

구름이 리어의 옆구리를 차며 구박했다.

"악마야, 물러가라!"

에필로그 IV
우탄과 구름 story 2

서울의 한 24평 빌라. 신혼여행에서 돌아온 지 한 달이 지난 어느 토요일 저녁.

진수늘과 식상 농묘들의 성화에 우탄과 구름은 집들이 준비에 힌 창이었다. 작년, 리어와 연주의 도움으로 강원도 축제를 성공리에 마 친 뒤 회사는 간신히 부도 위기에서 벗어났으나, 호텔을 짓는 결정은 차일피일 미루어지고 있었다. 연주가 속한 '라이언' 쪽에서 'Sun Art Design'을 끝까지 믿어야 할지에 대해 의구심을 거두지 못했기 때문 이다.

그 결정을 받아내는 것만도 석 달이 넘는 시간이 걸렸고, 얼마 전 에야 마침내 정식 계약이 체결되었다. 결정이 나기까지 미국에서 연주 의 도움이 컸다.

호텔에 관한 전반적인 디자인은 이미 나온 상태였기에, 계약이 체결된 후 우탄과 구름은 매우 바쁜 시간을 보내야 했다. 이미 결혼식 날짜를 잡아놓아서 신혼여행도 무리해서 다녀온 것이었다. 해의 배려 덕분이었다.

다음 주면 두 사람은 다시 강원도로 긴 출장을 떠나기로 되어 있었다. 친구들과 직장 동료들이 집들이를 재촉한 것도 모두 그 때문이었다.

가장 먼저 도착한 사람은 뜻밖에도 리어였다. 세상에서 제일 바쁜 사람이 한가하게 친구 집들이에 온 것이다.

리어는 거실에 들어서자마자 집 사러 온 사람처럼 뒷짐을 지고 집 안을 둘러보았다.

"집이 너무 작은 거 아냐?"

"소파, 저거 진짜 가죽 맞아?"

"촌스럽게 요즘 누가 결혼식 사진을 걸어놓냐?"

"아우~ 배고파. 집들이하는 집에 음식 냄새가 안 나네. 먹을 거 없어?"

온 집 안을 들쑤시듯 돌아다니며 비아냥을 일삼던 리어는 곧 배고 프다며 징징거렸다. 그 모습을 못마땅하게 지켜보던 우탄은 부아를 꾹 누르며 말했다.

"곧 올 거야."

"오오, 해 형네 엄마가 해오시는구나!"

우탄은 리어의 맞은편에 긴 다리를 꼬고 앉아 떨떠름하게 대꾸했다.

"꿈 깨."

"그럼 누가 해오는데? 구름이가 했을 리도 없구."

딩동, 딩동!

"왔나 보다!"

구름이 냉큼 문을 열어주었다. 안으로 쓱 들어선 사람은 중국집 배달원이었다. 철가방을 거실 바닥에 내려놓은 배달원은 그 안에서 각종 요리를 착착 꺼냈다.

그사이 배달원 앞으로 온 우탄은 주의 깊게 그를 지켜보았다. 그리고 배달원이 자리에서 일어났을 때, 우탄의 입가가 쓰윽 말려 올라갔다. 움찔한 배달원의 얼굴에서 식은땀이 흘러내렸다.

"오랜만이다? 팬더."

'팬더'라는 이름을 듣자마자 소파에 느긋하게 앉아 있던 리어가 쏜살같이 현관으로 달려왔다. 그 서슬에 놀란 팬더도 철가방을 우탄에게 내던지더니 밖으로 뛰었다. 허겁지겁 신발을 신은 우탄과 리어가 그 뒤를 쫓아갔다. 요리와 함께 남겨진 구름이 복도까지 나와 소리쳤다.

"또 놓치면 죽는다!"

빌라 밖으로 뛰어나온 우탄과 리어는 마침 도착한 용이를 발견하고 무작정 차에 올라탔다.

"저 오토바이 쫓아!"

어안이 벙벙했던 용이는 도망치는 오토바이를 보는 순간 깨달았다.

"팬더?"

"야, 빨리, 빨리!"

리어의 재촉에 용이는 질주 본능이 살아난 듯 속도를 내기 시작했다.

"뭐야? 아무도 안 온 거야?"

10분 후쯤 도착한 시안은 조용한 실내에 어리둥절했다.

"해 오빠랑 직원들은 지금 오는 중이래."

"용이는? 아까 거의 다 왔다고 통화했는데?"

"말도 마."

"왜? 또 무슨 일 있었어?"

구름의 표정에서 심상치 않은 일이 벌어졌음을 안 시안은 다급히 소파에 앉았다.

"집들이 때 먹으려고 중국집 요리를 시켰더니 누가 왔는지 알아?"

"설마……."

재수가 없어도 이렇게 없을 수가! 강원도에서도 모자라 서울에서 또 만나는 불운이라니!

구름도 생각하니 어이가 없는지 피식 웃었다.

"왜 아냐? 그 팬더가 우리 집에 딱 온 거지. 와아, 우탄이 눈썰미 하나는 끝내주더라."

"그래서 지금 우탄이랑 용이가 팬더를 잡으러 갔단 말이야?"

"리어가 빠질 수 있나. 마침 용이가 도착해서 그 차 타고 다 같이 출동했어."

"우리 용이 괜찮을까? 걔가 달리기나 잘할 줄 알지, 싸움은 못하잖니."

구름은 용이 걱정을 하고 있는 시안이 뭔가 단단히 오해하고 있다고 생각했다.

"넌 아직도 용이가 어린앤 줄 알아? 걔가 고등학교 때 소매치기도 잡은 놈이야."

"후후. 우리 용이, 되게 멋있지 않니? 일곱 살 때만 해도 완전 애기였는데. 얼마나 귀여웠다구."

오줌싸개이기도 했지.

"너도 똑같은 애기였거든?"

"난 용이보단 조숙했어. 내가 용이를 얼마나 예뻐하며 업어줬는지 모르지?"

구름은 뿌듯해하는 시안을 보며 웃음이 나왔다.

"어부바로 사랑이 싹튼 모양이구나."

"호호호. 함께하지 못한 세월보다 함께한 세월이 길다는 건 행운이야."

❦

팬더를 태운 오토바이는 골목으로 요리조리 도망치고 있었다. 더 이상 차를 몰고 쫓아갈 수 없게 된 우탄과 리어는 동시에 차에서 뛰어내렸다.

서로 눈짓을 주고받던 두 사람은 누가 먼저랄 것도 없이 골목으로 뛰어들었다. 용이는 미리 짜기라도 한 것처럼 차를 몰고 반대편으로 질주했다. 멀리서 들리는 오토바이 소리를 따라가던 우탄과 리어는 반대편 길이 나올 때까지 팬더를 쫓았다.

생각보다 골목들이 많지 않았던 탓에 줄곧 직진하던 팬더는 반대편 길로 나올 수밖에 없었는데, 그 앞을 가로막은 건 용이였다. 차에서 내려 기다리고 있던 용이가 길목을 차단한 것이다. 길이 막힌 팬더는 좁은 골목에서 오토바이를 돌릴 수도 없어 우왕좌왕했다.

드디어 팬더를 잡았다는 생각에 리어는 회심의 미소를 지었다. 팬더를 잡기 위해 앞으로 나서는 리어의 어깨를 붙잡은 사람은 우탄이었다.

우탄은 흥분한 리어를 진정시키듯 어깨를 툭툭 치더니, 팬더를 향해 싸늘히 말했다.

"네가 올래, 내가 갈까?"

"……."

"셋 센다. 하나……."

"씨팔! 그게 언제 적 일인데!"

"둘……."

퍽!

나비처럼 날아 벌처럼 팬더의 얼굴에 주먹을 날린 사람은 용이였다. 우탄과 눈싸움을 하느라 용이의 움직임을 감지 못한 팬더는 그만 오토바이에서 힘없이 툭 떨어졌다.

생각보다 너무 세게 친 탓에 손이 아팠던 용이는 갖은 인상을 쓰며 쓰러진 팬더에게 다가왔다. 우탄과 리어도 용이에게 한 대 맞고 기절한 팬더를 가엾은 눈초리로 내려다보았다.

리어는 장하다는 듯 용이의 머리를 쓱쓱 쓰다듬었다.

"어이구, 우리 용이가 많이 컸구나. 우쭈쭈."

❦

전국을 다니며 일하던 중국집에 피해를 주거나 사고 합의금 명목으로 사기를 치던 팬더를 경찰에 넘겼다. 그리고 세 친구가 의기양양하게 집으로 돌아왔을 때, 집 안에서는 집들이가 한창이었다. 해와 은혜를 위시해 직원들이 전부 출동해 집 안은 발 디딜 틈이 없었다. 그리하여 팬더를 잡은 것을 자랑하고 싶었던 세 친구는 말할 틈을 찾지 못하고 대충 그 사이에 끼어 앉았다.

1시간이 채 되지 않아서 슬그머니 자리에서 일어난 리어가 구름을 불러냈다. 구름은 그를 따라 주차장에 내려왔다.

"벌써 가게?"

"응. 내일 새벽부터 스케줄 있어."

"아······. 그럼 가야지. 바쁜데 일부러 와줘서 고마워."

구름의 말에 리어는 피식 웃었다.

"앞으로도 자주 올 건데?"

순간, 욱했던 구름은 살벌하게 윽박질렀다.

"시도 때도 없이 찾아오기만 해. 가만 안 둬."

"왜? 내가 오면 안 될 일이라도 있냐?"

"신혼집이잖아!"

"강조 안 해도 알거든!"

"하여튼, 밉상."

구름이 눈을 흘기자 리어는 장난스럽게 그녀의 머리를 헝클었다.

"간다."

"리어야."

"어?"

물끄러미 리어를 바라보던 구름은 그를 꼭 안아주었다. 오히려 당황한 건 리어였다.

"어허, 유부녀가 이래도 되냐? 너, 이거 수 쓰는 거지? 우탄이한테 나 맞아 죽으라고. 그럼 너네 집에도 못 올 테니까……"

"고마워, 친구야."

"……!"

"내가 엄청 고마워하는 거 알지?"

"응…… 알아."

리어를 놓아준 구름이 씩 웃었다.

"알면 됐다. 얼른 가."

구름을 따라 싱긋 웃으며 리어는 차에 올라탔다.

차가 떠난 후에야 처음부터 두 사람을 지켜보았던 우탄이 구름의 옆에 다가와 섰다. 구름도 우탄이 보고 있다는 걸 알고 있었다. 어쩌면 리어도 알고 있었는지 모른다.

구름이 우탄을 힐끗 쳐다보며 물었다.

"아직도 질투 나?"

"사랑하는 여자가 다른 남자랑 포옹하는데 질투 안 나는 게 이상하지."

"친구잖아. 네 친구이기도 하지만, 내 친구이기도 하다고."

"나한텐, 아주, 많이, 불편한, 친구지."

"다시는 포옹 안 할게. 됐지?"

우탄이 어이없다는 듯 구름을 쳐다보았다.

"또 포옹하려고 그랬어? 다신 안 돼. 오늘이 마지막이야. 친구라도 안 돼."

그렇게 말하며 우탄은 구름의 어깨를 바짝 끌어당겨 안았다.

"아유, 질투쟁이."

구름이 우탄의 허리를 껴안으며 투정을 부렸고, 순간 후끈 달아오른 그는 난감한 표정을 지었다.

"저 인간들, 가려면 멀었겠지?"

"내일 일요일이야. 밤새 퍼마실 거라던데?"

"쳇. 누구 맘대로?"

우탄에게는 믿는 구석이 있었다. 리어는 떠났어도, 용이는 남아 있었던 것이다. 우탄과 은밀한 얘기를 주고받던 용이는 1시간 후쯤 모두를 신혼집에서 내모는 데 성공했다.

그리고 그날 밤, 우탄과 구름은 신혼의 꿀 같은 시간을 보냈다.

💕

"아아아악!"

"아아아아!"

해산의 고통이 최고치에 다다른 구름과 그녀에게 머리채를 잡힌 채 비명을 지르고 있는 슈스 강리어.

집들이 날 가진 아기의 탄생을 앞두고 구름은 강원도에 있는 우탄 대신 리어에게 전화를 했던 것이었다. 해산날보다 한 달이나 앞서 나오려는 성질 급한 딸이었다. 다급한 마음에 전화를 건다는 게 하필 리어였다.

마침 스케줄이 없던 리어는 한달음에 달려와 구름을 병원으로 데려갔고, 우탄 대신 머리채를 잡히는 수모를 당했다. 그 덕분에 리어는 산모와 아기 아빠 사이에 끼어 아기를 처음으로 보러 갈 수 있었고,

신기하고 놀라운 생명체에 감동한 나머지 눈물을 흘렸다. 옆에서 우탄이 황당해하거나 말거나.

그날 리어는, 우탄과 구름의 첫딸인 바다의 대부가 되었다.

〈The end〉

☺ 리어의 그림일기 ☺

용이 엄마는 천사다.

얼굴도 이쁘고 내가 좋아하는 사탕도 주셨다.

엄마는 이 썩는다고 절대 사탕 안 줘서 악마다.

오늘 천사 엄마네 집에도 왔다.

천사 엄마가 자고 가라고 하셨다.

천사 엄마는 반찬도 맛있게 잘 만들고, 잘 웃고, 말도 이쁘다.

천사 엄마가 내 엄마였으면 좋겠다.

☺ 시안이의 그림일기 ☺

귀염둥이 용이. 부산 사투리 때문에 애들이 자꾸 놀려서

오늘도 내가 지켜주었다.

귀여워서 뽀뽀를 했는데 용이가 울었다.

나는 용이가 좋은데 용이는 내가 싫은가 보다.

내일부턴 뽀뽀를 안 할 것이다.

우탄이랑 리어도 좋지만, 나는 용이가 더 좋으니까.

뽀뽀를 안 하면 용이도 날 조금 좋아해 주겠지? 크크.

☺ 용이의 그림일기 ☺

나는 시안이랑 의사 놀이 하는 게 제일 재밌다.

우탄이랑 리어는 환자 하기 싫다고 맨날 도망가지만,

시안이는 잘 놀아준다.

환자도 잘 하고, 업어주기도 잘 하고, 먹을 것도 잘 나눠준다.

지난번엔 뽀뽀를 하는 바람에 창피해서 울었는데,

그것만 빼면 참 좋은 아이인 거 같다.

시안이는 피아노를 잘 친다.

나는 할 줄 아는 게 달리기 빼고 없는데 의사나 할까?

시안이가 아프면 진짜로 치료해 줄 수 있으니까.

시안이가 아픈 건 싫으니까.

☺ 우탄이의 그림일기 ☺

엄마랑 부산 해운대에 여행을 왔다.

수영을 하다가 어떤 여자애랑 놀았다.

재미있었다.

얼굴은 심통이 덕지덕지했지만,

수영도 잘하고 힘도 세고 사투리가 웃겼다.

그런데 수영하고 나와보니 갑자기 없어졌다.

내일 또 만났으면 좋겠다.

만나면 이름 꼭 물어봐야지.